Keri Arthur est née à Melbourne et vit toujours en Australie. Elle s'est mise à l'écriture quand elle avait douze ans pour réécrire un roman qu'elle venait de lire et dont la fin lui avait déplu. Elle n'a pas cessé depuis et a été publiée pour la première fois en 2000. Elle est l'auteur de nombreuses séries de **bit-lit** et celle consacrée à Riley Jenson remporte un succès mondial.

Du même auteur, chez Milady :

Riley Jenson :
1. *Pleine lune*
2. *Le Baiser du mal*
3. *Tenter le diable*

www.milady.fr

Keri Arthur

Pleine lune

Riley Jenson – 1

Traduit de l'anglais (Australie) par Lorène Lenoir

Milady

Milady est un label des éditions Bragelonne

Titre original : *Full Moon Rising*

1re édition : décembre 2009
2e tirage : octobre 2010

Illustration de couverture :
Anne-Claire Payet

ISBN : 978-2-8112-0221-7

Bragelonne – Milady
35, rue de la Bienfaisance - 75008 Paris

E-mail : info@milady.fr
Site Internet : www.milady.fr

Ce livre est dédié aux personnes suivantes :
Linda, pour m'avoir appris tant de choses.
Miriam, pour avoir fait le pas le plus important.
Les Sock Monkeys et les Lulus… tous de grands écrivains.

Chapitre premier

La nuit était calme.

Presque trop.

Même s'il était minuit passé, on était vendredi soir, et, en général, le vendredi soir était celui des sorties… au moins pour ceux d'entre nous qui étaient célibataires et ne travaillaient pas de nuit. Ce coin de Melbourne n'était pas particulièrement animé, mais il recelait une boîte de nuit ouverte aux humains comme aux non-humains. Et même si je ne fréquentais pas souvent ce club, j'appréciais la musique qu'il passait. J'adorais danser sur les rythmes qui s'en échappaient quand je rentrais chez moi.

Mais ce soir-là, il n'y avait pas de musique. Pas de rires. Pas même de beuglements d'ivrognes. En dehors du murmure de la brise nocturne, j'entendais seulement le fracas du train qui sortait de la gare et le ronronnement distant de l'autoroute voisine.

Évidemment, le club était aussi un repaire bien connu pour les dealers et leurs clients et, de ce fait, subissait régulièrement des descentes de police et des fermetures administratives. Peut-être était-ce le cas cette nuit-là.

Mais alors, pourquoi n'y avait-il pas un chat dans la rue ? Ni le moindre signe de fêtards contrariés se résignant à trouver une autre boîte de nuit ?

Et pourquoi l'air nocturne était-il chargé de l'odeur du sang ?

Je remis mon sac plus confortablement sur l'épaule, m'éloignai du quai de gare à moitié plongé dans l'ombre et gravis à toute allure l'escalier qui menait à Sunshine Avenue. Une ampoule était grillée à la sortie de la gare et les ténèbres se refermèrent sur moi à l'instant où j'arrivai dans la rue.

Normalement, je n'avais pas peur du noir. Après tout, je suis une créature de la lune et de la nuit, et plutôt coutumière du fait de traîner dans les rues à des heures indues. Même si la lune était montante ce soir-là, sa lueur argentée ne parvenait pas à franchir l'épaisse couche de nuages. Mais son pouvoir vibrait dans mes veines... une chaleur qui ne ferait qu'empirer dans les nuits à venir.

Pourtant, ce n'était pas la proximité de la pleine lune qui me rendait tellement à fleur de peau. Ce n'était pas non plus l'absence de signes de vie dans les environs ordinairement bruyants de la boîte. C'était autre chose, mais je n'arrivais pas à mettre le doigt dessus. Quelque chose clochait dans cette soirée, et je n'avais pas la moindre idée de quoi il s'agissait.

Mais il m'était impossible de faire comme si de rien n'était.

Je ne pris pas la rue dans laquelle se trouvait l'appartement que je partageais avec mon frère jumeau et me dirigeai plutôt vers le club. Peut-être l'odeur de sang et cette sensation étrange que j'éprouvais étaient-ils des effets de mon imagination ? Peut-être le silence de la boîte de nuit n'avait-il rien à voir avec cela ? Une chose était sûre : il fallait que j'en aie le cœur net. Sinon, je ne réussirais pas à m'endormir.

La curiosité est un vilain défaut dont les loups-garous, grands fouineurs devant l'Éternel, ne sont pas exempts. Ou, dans mon cas, les demi-loups-garous. Et mon instinct infaillible pour flairer les ennuis m'avait déjà fourrée dans plus de situations délicates que je ne voulais y penser. En général, mon frère se trouvait toujours dans les parages, soit pour combattre avec moi, soit pour me soustraire au danger. Mais Rhoan n'était pas à la maison, et il était impossible de le contacter. Il exerçait la fonction de gardien pour le Directoire des Espèces Alternatives, une administration gouvernementale à mi-chemin entre la police et l'armée. La plupart des humains pensaient que le Directoire n'était rien de plus qu'une force de police spécialisée dans la capture des criminels non humains, et dans un sens ils avaient raison. Mais le Directoire, aussi bien en Australie que dans le reste du monde, ne se contentait pas d'appréhender, il était aussi juge, jury et bourreau.

Moi aussi, je travaillais pour le Directoire, mais pas en tant que gardienne. J'étais loin d'être assez impitoyable pour exercer une autre fonction que celle de banale employée de bureau. Mais, comme tous ceux qui travaillaient de quelque manière que ce soit pour le Directoire, j'avais été mise à l'épreuve. J'étais particulièrement soulagée d'avoir échoué, sachant que 80 % du travail d'un gardien impliquait des exécutions. J'avais beau être en partie loup, je n'étais pas une tueuse. Rhoan était le seul de nous deux à avoir hérité de cet instinct particulier. Le seul talent dont je pouvais me glorifier, c'était d'être un aimant à ennuis.

Et c'étaient certainement des ennuis que mon nez fouineur allait trouver d'ici peu. Mais est-ce que j'allais laisser cette perspective m'arrêter ? Alors là ! Il neigerait plutôt en enfer !

J'esquissai un petit sourire en fourrant mes poings dans les poches de mon manteau et en pressant le pas. Mes talons de dix centimètres cliquetaient sur le bitume et le son semblait résonner encore plus fort dans le silence de la rue. Il était probablement imprudent d'annoncer ainsi mon arrivée. Je bifurquai vers la bande d'herbe presque sèche qui séparait la route du trottoir et essayai de ne pas enfoncer mes talons dans la terre.

La rue tournait vers la gauche et les bicoques qui la bordaient firent place à des usines antiques et à des entrepôts. Le club de Vinnie se trouvait à quelques dizaines de mètres de là, et on se rendait compte de loin qu'il était fermé. Les enseignes clinquantes de néons verts et rouges étaient éteintes et personne ne traînait autour du bâtiment.

Mais l'odeur de sang et le sentiment que quelque chose clochait étaient plus forts que jamais.

Je m'arrêtai au pied d'un gommier et humai l'air, goûtant les odeurs portées par la brise, espérant déceler un indice de ce qui m'attendait de ce côté-là.

Sous les accords précieux du sang, je perçus trois odeurs : les excréments, la sueur et la peur. Pour que ces deux dernières soient perceptibles de là où je me trouvais, il fallait que quelque chose de particulièrement grave soit en train de se passer.

Je me mordis la lèvre et hésitai à appeler le Directoire. Je n'étais pas idiote, du moins pas complètement, et ce qui se passait actuellement dans cette boîte sentait les embrouilles de fort beau calibre. Mais qu'est-ce que j'aurais bien pu dire ? Que le vent puait la merde et le sang ? Qu'une boîte de nuit normalement ouverte le vendredi soir était fermée cette nuit-là ? Il était peu probable que le Directoire envoie des troupes pour cela. Il fallait que j'aille voir ce qui se passait exactement.

Mais plus je m'approchais, plus l'appréhension me nouait l'estomac, et plus j'étais certaine que quelque chose d'atroce s'était produit dans le club. Je me dissimulai dans l'ombre d'une porte d'entrepôt, presque en face de *Chez Vinnie*, et étudiai la disposition des lieux. Les fenêtres, toutes intactes, ne laissaient filtrer aucune lumière. Les portes d'entrée en métal étaient fermées et d'épaisses grilles protégeaient les carreaux peints en noir. Le portail d'accès latéral était fermé à l'aide d'un cadenas. Pour un regard peu exercé, ce bâtiment semblait vide et bien protégé.

Pourtant, quelque chose se trouvait à l'intérieur. Quelque chose qui avait le pas plus léger qu'un chat. Quelque chose qui sentait la mort… ou plutôt la non-mort.

Un vampire.

Et, si l'on devait se fier à l'odeur prégnante de sang et d'humanité transpirante, il n'était pas seul. Ça, c'était quelque chose que je pouvais signaler au Directoire. Je farfouillai dans mon sac à main à la recherche de mon téléphone portable, mais soudain, je sentis un picotement sur ma peau, comme des centaines d'aiguilles chauffées à blanc. Je n'étais plus seule dans la rue. Et l'ignoble odeur d'aisselles mal lavées qui vint confirmer cette conviction me permit de deviner l'identité de mon visiteur.

Je me tournai et scrutai un amas de ténèbres au milieu de la rue.

— Je sais que tu es là, Gautier. Montre-toi.

Son ricanement s'éleva dans la nuit, un caquètement grave qui me fit grincer des dents. Il sortit de l'ombre et s'approcha de moi. Gautier était un vampire long et nerveux. Il détestait les loups-garous presque autant qu'il haïssait les humains qu'il était payé pour protéger. Mais c'était l'un des gardiens les plus efficaces du Directoire, et d'après ce que j'avais entendu il était destiné à occuper les plus hautes sphères au sein de l'agence.

Si les choses devaient en arriver là, je démissionnerais. Ce mec était un salopard avec un grand « S ».

— Et qu'est-ce que tu fais par ici, Riley Jenson ?

Sa voix était aussi lisse et huileuse que ses cheveux. Apparemment, avant de devenir vampire, il était commercial. Cela se sentait encore *post mortem*.

— J'habite juste à côté. Et toi ? C'est quoi ton excuse ?

Son soudain rictus laissa apparaître deux canines ensanglantées. Il venait de se nourrir, très récemment. Je me tournai vers la boîte de nuit. J'espérais que même lui n'était pas aussi dépravé, aussi dénué de maîtrise de soi.

— Je suis un gardien, dit-il en s'arrêtant à une dizaine de pas. (C'était beaucoup trop près de moi à mon goût.) Nous sommes payés pour patrouiller dans les rues et protéger les humains, reprit-il.

Je me pris à souhaiter, pas pour la première fois depuis que je travaillais avec des vampires, que mon odorat ne soit pas aussi aiguisé. Cela faisait un bon moment que j'avais renoncé à essayer de leur faire prendre des douches. Comment Rhoan pouvait supporter cela, lui qui passait son temps en leur compagnie, je l'ignorais.

— Tu ne sors dans la rue que lorsque tu as quelqu'un à exécuter, dis-je en désignant le club. Est-ce pour cette raison que tu as été envoyé dans le coin ?

— Non.

Il plongea son regard brun dans le mien et je sentis un étrange bourdonnement aux frontières de mon esprit.

— Comment as-tu deviné ma présence alors que j'étais dissimulé dans l'ombre ?

Le bourdonnement s'accentua et je souris. Il était en train d'essayer de contrôler mon esprit et de me contraindre à répondre : quelque chose que les vampires avaient tendance à faire lorsqu'ils savaient qu'on n'allait pas leur répondre volontiers. Évidemment, le contrôle mental avait été rendu illégal par la loi « Droits de l'humain » qui régissait tout ce qui était acceptable ou non dans le comportement des non-humains face aux humains. Ou aux autres non-humains, d'ailleurs. Le problème, c'est que la légalité, les créatures mortes n'en ont souvent rien à cirer.

Mais il n'avait aucune chance de parvenir à ses fins, vu que j'étais quelque chose qui n'aurait jamais dû exister : la fille d'un loup-garou et d'un vampire. De par mon héritage mixte, j'étais immunisée contre le contrôle mental des vampires. Et c'est grâce à cette particularité que je travaillais au sein du bureau de liaison des gardiens au Directoire. Gautier aurait dû le savoir, même s'il ne connaissait pas les raisons de cette immunité.

— Je suis désolée de devoir te le dire, Gautier, mais tu ne sens pas la rose.

— Je n'étais pas sous le vent.

Zut. Il avait raison.

—Certaines odeurs ne sont pas tributaires du vent pour un loup. (Je m'interrompis un instant, puis repris:) Tu sais, ce n'est pas parce que tu es un mort-vivant que tu dois nécessairement avoir l'odeur d'un cadavre.

Il plissa les yeux et se figea comme un serpent prêt à frapper.

—Tu ferais mieux de ne pas oublier qui je suis.

—Et toi, tu ferais mieux de te rappeler que je suis justement entraînée pour me défendre contre les gens comme toi.

Il eut un reniflement de dérision.

—Comme tous les officiers de liaison, tu surestimes tes propres capacités.

Il avait sans doute raison, mais je n'étais pas près de l'admettre, parce que c'était précisément ce qu'il voulait. Gautier ne se contentait pas d'aimer chahuter la main qui le nourrissait, il la mordait souvent. Et cruellement. Ses supérieurs le laissaient faire parce qu'il était un excellent gardien.

—Écoute, même si je trouve très amusant de rester ici à échanger des insultes, j'aimerais vraiment savoir ce qui se passe dans ce night-club.

Gautier tourna les yeux vers *Chez Vinnie*, et quelque chose en moi se détendit. Juste un peu. Ce n'était pas prudent de se relaxer trop en présence de Gautier.

—Il y a un vampire là-dedans, dit-il.

—Ça, je m'en étais rendu compte, lui répondis-je.

Son regard brun se posa sur moi, impénétrable et étrangement glaçant.

—Qu'est-ce que tu en sais? Un loup-garou n'a pas plus de perception qu'un humain en ce qui concerne les vampires.

Les loups-garous, peut-être bien, mais je n'étais qu'à moitié loup et c'étaient bien mes instincts de vampire qui avaient détecté le vamp à l'intérieur du club.

— Je commence à penser qu'il faudrait rebaptiser le peuple vampire : les grands malpropres. Il pue presque autant que toi.

Il plissa de nouveau les yeux et je sentis une fois encore le danger virevolter autour de moi.

— Un de ces jours, tu iras trop loin.

Probablement. Mais, avec un peu de chance, cela arriverait quand il aurait un peu perdu de son arrogance. Je désignai *Chez Vinnie* d'un vague mouvement de la main et demandai :

— Y a-t-il quelqu'un de vivant à l'intérieur ?

— Oui.

— Tu vas te décider à faire quelque chose ?

Il eut un sourire particulièrement désagréable.

— Non.

Je clignai des yeux. Je m'étais attendue à l'entendre dire bien des choses, mais sûrement pas ça.

— Et pourquoi donc ?

— Parce que je traque une plus grosse proie, ce soir.

Son regard glissa sur moi et j'en eus la chair de poule. Pas parce que c'était sexuel – Gautier ne me désirait pas plus que je ne le désirais – mais parce que c'était le regard d'un prédateur évaluant son prochain repas.

Quand ses yeux revinrent au niveau des miens, ils arboraient une expression de défi.

— Puisque tu te crois si maligne, tu n'as qu'à t'en occuper.

— Je ne suis pas gardienne. Je ne peux pas…

— Bien sûr que si, m'interrompit-il. Tu es officier de liaison pour les gardiens. Légalement, tu as toute autorité pour intervenir en cas de nécessité.

— Mais…

— Il y a cinq personnes vivantes là-dedans, poursuivit-il. Si tu veux qu'elles le restent, va les aider. Sinon, appelle le Directoire et attends les renforts. Mais moi, je me casse.

Il s'enveloppa dans la nuit et devint invisible. Mes sens de vampire et de loup-garou suivirent sa forme camouflée alors qu'elle se dirigeait à toute allure vers le sud. Il partait vraiment.

Merde.

Je regardai vers *Chez Vinnie*. Je ne parvenais pas à entendre de battements de cœur et ne savais si je pouvais me fier à Gautier quand il disait qu'il y avait des personnes vivantes à l'intérieur. J'avais beau être à moitié vampire, je ne buvais pas de sang et mes sens n'étaient pas accordés sur les pulsations du corps. Je pouvais néanmoins sentir la peur, et c'était une odeur qui laissait penser que quelqu'un était vivant dans le club.

Même si j'appelais le Directoire, ils n'arriveraient jamais à temps pour sauver ces personnes. Il fallait que j'entre. Je n'avais pas le choix.

Je saisis mon téléphone et composai rapidement le numéro d'urgence du Directoire. Un opérateur répondit. Je lui dis qui j'étais et ce qui se passait. Des renforts arriveraient dans dix minutes, me répondit-il.

Tous ces gens à l'intérieur seraient probablement morts avant.

Je remis le téléphone dans mon sac et traversai la route d'un pas vif. Même si j'avais hérité de la capacité vampirique à me dissimuler dans l'ombre, je ne pris pas la peine de l'utiliser. Le vampire à l'intérieur du bâtiment saurait que j'arrivais. Il entendrait le battement rapide de mon cœur.

Était-ce de la peur ? Bon sang, bien sûr que oui. Quelle personne saine d'esprit ne serait pas effrayée en approchant du nid d'un vampire ? Mais la peur et moi étions de vieilles complices. Elle ne m'avait jamais arrêtée jusqu'à présent, ce n'était pas maintenant qu'elle allait commencer.

En arrivant sur le trottoir d'en face, je m'immobilisai un instant et examinai les portes métalliques. Même si le sentiment d'urgence faisait palpiter mon cerveau, me hâter était justement l'erreur à ne pas commettre. Pas si je tenais à sauver des vies.

Les serrures sur la porte étaient de simples verrous. Pour décourager les effractions lorsque le club était fermé, les propriétaires installaient devant la porte une grille semblable à celles des fenêtres. Son absence signifiait que Vinnie au moins se trouvait à l'intérieur, et probablement quelques membres du personnel.

Je fermai les yeux et inspirai profondément. Trois odeurs distinctes me parvenaient de la gauche. Celle du vampire et deux autres odeurs venaient de la droite.

J'expirai un grand coup et fis valser mes chaussures. Les talons de dix centimètres, c'était très bien pour faire la fête, mais c'était nul à chier pour les bagarres. Quand ils étaient aux pieds, en tout cas : car sinon les talons faisaient de bien bonnes armes, en particulier lorsqu'ils étaient en bois, comme les miens. Non seulement ils tenaient lieu de petits pieux mortels contre les vampires, mais ils étaient aussi très commodes contre tous types d'ennemis. Peu de gens avaient dans l'idée qu'une chaussure puisse être dangereuse, mais les miennes l'étaient. Mes années d'expérience en matière d'embrouilles m'avaient au moins appris cela : toujours avoir une arme à portée de main. Parfois, les dents du loup-garou n'étaient pas suffisantes.

Je fis un revers à mon jean pour éviter de marcher dessus et lançai mon sac dans un coin à droite de l'entrée, hors du passage et hors de vue. Je fis craquer mes phalanges avant de donner un coup de pied dans la porte. Celle-ci vibra sous l'impact, mais ne s'ouvrit pas. Je jurai à mi-voix et flanquai un autre coup de pied. Cette fois-ci, l'huis s'ouvrit à la volée et s'écrasa contre le mur avec assez de force pour briser la vitre la plus proche.

— Directoire des Espèces Alternatives, dis-je sur le pas de la porte en scrutant les ténèbres.

Je ne pouvais voir aucun vampire, mais je sentais son odeur. Pourquoi les vampires refusaient-ils de se laver ?

— Sortez d'ici ou je vais devoir intervenir.

Ce n'était pas vraiment la formule légale, mais j'avais passé assez de temps parmi les gardiens pour savoir que la légalité était en général le cadet de leurs soucis.

— Tu n'es pas une gardienne, répondit une voix douce et presque enfantine.

J'étirai mes épaules en essayant de les soulager de la tension qui les nouait. La voix semblait venir de la mezzanine alors que l'odeur de corps mal lavé émanait de la droite. Y avait-il deux vampires ? Gautier m'en aurait sûrement parlé… Puis je me souvins de son sourire vicieux. Il le savait, ce salaud, c'était certain.

— Je n'ai jamais prétendu être gardienne. J'ai dit que j'appartenais au Directoire. Et pour le reste, l'avertissement est toujours valable.

Le vampire eut un reniflement de dérision.

— Vas-y, fais-moi sortir.

Fais-moi, pas *fais-nous*. Le vamp pariait sur le fait que je ne savais pas qu'ils étaient deux.

— Dernière chance, vampire.

— Je sens ta peur, petit loup.

Moi aussi, je la sentais. Elle parcourait mes veines en une clameur assourdissante. Mais ce n'était rien comparé aux accents de terreur qui s'échappaient des humains à l'intérieur.

J'entrai dans le night-club.

À ma droite, l'air se mit en mouvement et l'odeur fétide de la mort se fit plus forte. Je me laissai tomber au sol. Une ombre passa au-dessus de moi, si puante que j'en eus un haut-le-cœur. L'être atterrit dans un bruit sourd qui m'informa de sa position, même si son odeur était trop forte pour que je puisse le localiser précisément. Je tournoyai en envoyant un coup de pied nu. Le coup porta dans l'ombre solide et j'entendis le vampire grogner. L'air bougea de nouveau, m'avertissant d'une nouvelle attaque. Je me retournai et plongeai le talon pointu dans l'obscurité. Je le sentis érafler de la chair et fus récompensée par un hurlement de douleur. Ce n'était pas la voix d'un adulte, plutôt celle d'un adolescent. Quelqu'un avait transformé des gamins en vampires. Ça me rendait malade.

Je détectai un mouvement du coin de l'œil. Le premier vampire s'était extrait des ténèbres et remis debout. Il fit volte-face et me dévisagea avec des yeux rouges de la soif de sang et un visage tordu par la fureur. C'étaient des jeunes, aussi bien d'après les critères humains que vampiriques. Mais cela ne les rendait pas moins dangereux. Juste un peu moins retors.

Il me fonça dessus. Je l'esquivai et le frappai avec ma chaussure : un coup assourdissant en pleine mâchoire. Il hurla et m'assena un coup de poing. Je me penchai en arrière et sentis le vent généré par le mouvement sur mon menton. La puanteur d'un corps mal lavé me submergea de nouveau. Pas celle du premier vampire, celle de l'autre. Je saisis une poignée des cheveux marron en broussaille du premier vamp et le traînai dans la trajectoire du second.

Ils se percutèrent avec tant de force que mes propres dents s'entrechoquèrent, mais cela ne suffit pas à leur faire perdre connaissance. Le premier vamp se débrouilla pour me frapper dans un tressautement, un coup de poing qui me projeta en arrière. Je heurtai le plancher avec un grognement en laissant échapper mes chaussures. Je vis même trente-six chandelles. Puis je sentis atterrir sur moi le poids d'un des vamps. Il me cloua au sol. Son odeur satura mes sens, m'empêchant quasiment de respirer, et je vis ses canines s'allonger à la perspective de son repas.

Il était hors de question que celui-ci soit constitué de mon cou.

Je me cabrai en essayant de le désarçonner, mais il avait assuré sa position en entourant mes jambes des siennes. Il éclata de rire et soudain, je ne vis plus que des crocs sanglants fondant sur moi.

— Tu peux toujours courir, salopard, dis-je en mettant le bras entre nous deux.

Ses crocs entaillèrent profondément mon poignet et une douleur brûlante envahit mon corps. Certains vampires rendaient l'expérience de la prise de sang agréable, mais celui-ci ne s'en donnait certainement pas la peine. Peut-être parce qu'il était trop jeune. Quelle qu'en soit la raison, cela me fit hurler.

L'autre vampire se mit à rire, ce qui ne fit que me rendre encore plus enragée. Une vague de puissance parcourut mes membres, me permettant provisoirement d'oublier la douleur. Je tendis ma main libre, agrippai la chevelure du vampire qui suçait mon poignet avec gourmandise et tirai sa tête en arrière, le forçant à arracher ses crocs de mon bras. Il poussa un râle de surprise et j'envoyai aussi fort que possible mon poing sanglant dans sa bouche. Il y eut une gerbe de sang, d'esquilles d'os et de dents, et son râle se transforma en hurlement de douleur. Je ruai de nouveau et l'envoyai valser par-dessus ma tête. Il s'écrasa lourdement sur le dos contre le bar et ne sembla pas près de se relever.

Un de moins. Maintenant, il fallait s'occuper de l'autre.

Celui-ci me fondit dessus en volant dans les airs. Je me relevai rapidement et m'écartai de sa trajectoire. Son corps se tordit en vol, il atterrit aussi gracieusement qu'un chat et tenta de me déséquilibrer d'un coup de pied botté. J'esquivai le coup et le lui rendis, réussissant là où il avait échoué. Il tomba lourdement sur les fesses, mais se retourna rapidement et se rua sur moi. Il frappa du poing ma cuisse, me faisant chanceler. Le vamp se remit presque instantanément debout, ses crocs luisant dans l'obscurité glaciale.

Je simulai un coup vers sa tête et me jetai à terre pour attraper l'une de mes chaussures. Cela suffirait à tuer cet enfoiré si je le frappais au bon endroit, mais la probabilité qu'il reste dans la même position debout était proche de zéro.

Néanmoins, quel que soit l'endroit où je frapperais, un pieu en bois dans sa poitrine ne permettrait pas seulement de le ralentir sensiblement, il le brûlerait aussi cruellement. Personne ne savait exactement pourquoi, étant donné que les vamps pouvaient toucher du bois sans problème. Selon certaines théories, il s'agissait peut-être d'une réaction chimique entre le bois et le sang des vampires, ce qui expliquerait pourquoi un pieu dans le cœur leur était fatal. Cela déclenchait un processus qui aboutissait à la combustion de leurs organes internes, de la même manière que la lumière du soleil consumait les jeunes vampires assez stupides pour s'y exposer.

Il gronda férocement et se jeta sur moi. Je saisis ma chaussure, en brisai le talon et me dégageai du poids de son corps avant de me redresser. Il se retourna pour me faire face et j'enfonçai la pointe en bois aussi profondément que possible dans sa poitrine.

Mais il bougea et je manquai ma cible. Ce n'était pas très grave. Au point où nous en étions, n'importe quel endroit était mieux que rien. Il se figea d'un coup et contempla avec surprise les étincelles qui s'échappaient de sa blessure. Je le lâchai alors et il s'effondra sur le sol, complètement immobile.

Je restai un instant plantée là, essayant de faire entrer un peu d'air dans mes poumons. Lorsque je fus de nouveau capable de respirer, la douleur revint au premier plan, une douleur atroce. Je pris une profonde inspiration tremblante et appelai le loup en moi.

Une vague de puissance me parcourut, fourmillant dans mes veines, mes muscles et mes os, rendant ma vision floue et atténuant la douleur. Mes membres se raccourcirent, leur position se modifia et bientôt ce ne fut plus une humaine, mais une louve qui se tenait au milieu de la pièce. Je gardai ma forme alternative pendant quelques secondes en haletant doucement, tendant l'oreille à l'écoute d'éventuels mouvements dans les ténèbres. Puis je me remétamorphosai en humaine.

Les cellules des loups-garous gardaient en mémoire la forme du corps, ce qui expliquait pourquoi les loups avaient une telle espérance de vie. Lorsqu'ils se métamorphosaient, leurs cellules se réparaient et les blessures cicatrisaient. Et même s'il fallait généralement plus d'une métamorphose pour guérir des plaies aussi profondes que celles que j'avais sur le bras, cela suffirait à arrêter le flot de sang et à initier le processus de cicatrisation.

Bien entendu, changer de forme lorsqu'on portait des vêtements ne faisait pas grand bien à ces derniers, surtout lorsqu'ils étaient aussi fragiles que le haut en dentelle que je portais. Au moins mes jeans étaient-ils tous en tissu extensible : en général, ils résistaient à la métamorphose.

De nouveau humaine, je nouai les pans de mon corsage déchiré sur ma poitrine puis me retournai, cherchant du regard les humains dissimulés quelque part dans l'obscurité. Quelqu'un se mit à applaudir, de manière sarcastique.

Je savais que c'était Gautier, même sans percevoir son odeur.

— Espèce de salaud, dis-je en me retournant vers lui. Tu t'es simplement contenté de regarder ?

Il me décocha un sourire qui n'avait rien de plaisant.

— Tout à fait. Tu peux très bien te débrouiller toute seule.

— Pourquoi tu ne m'as pas filé un coup de main ?

Il enfonça les poings dans ses poches et entra dans la boîte de nuit.

— Je suis arrivé juste à temps pour te voir enfoncer ta chaussure dans la poitrine de ce gamin. Innovation intéressante, d'ailleurs.

Je mourais d'envie de lui hurler dessus ou, mieux, d'attraper ma seconde chaussure et de la lui enfoncer dans le cœur. Mais qu'est-ce que cela m'apporterait ? Gautier était assez tordu pour apprécier la brûlure du bois dans sa chair.

— J'ai appelé le Directoire. C'est pour ça que tu es ici ?

Il acquiesça et vint s'accroupir près du vamp que j'avais poignardé.

— Ce n'est pas tous les jours que le Directoire reçoit un appel d'urgence d'un agent de liaison. Jack a envoyé un appel à toutes les unités présentes dans les environs. (Il leva les yeux.) Quelle chance tu as eue que j'aie été dans le coin !

Oh ça, oui, quelle chance, pensai-je en faisant volte-face et en m'avançant pieds nus vers l'endroit où étaient étendus Vinnie et une femme, probablement l'une des serveuses. Le corps du colosse était couvert de lacérations sur les bras, la poitrine et sur une joue, mais elles ne semblaient pas très profondes. Sa jambe était bizarrement tordue et, même dans l'obscurité, je pus voir le blanc de l'os de son tibia. Il avait réussi je ne sais comment à se faire un garrot à la cuisse, mais même avec cela il avait perdu une grande quantité de sang. Je me demandai pourquoi les bébés vampires ne s'étaient pas jetés dessus.

La femme ne s'en était pas aussi bien sortie. On avait déchiqueté sa chemise et ses seins. Les vamps l'avaient tétée comme des bébés leur mère et, à ce qu'il semblait, l'avaient saignée à blanc.

Je m'accroupis près de Vinnie. Son regard était perdu dans le vague, il était sous le choc.

— Ils m'ont suivi à l'intérieur quand j'ai ouvert le club. Je ne les ai même pas vus entrer.

Je mis ma main sur la sienne. Sa peau était froide et moite.

— J'ai appelé une ambulance, lui dis-je. Elle ne devrait pas tarder.

— Et Doreen ? Elle va bien ? Mon Dieu, c'est horrible ce qu'ils lui ont fait !

Je jetai un regard à Doreen, qui était morte. J'aperçus l'écho de sa terreur dans ses yeux bleus vitreux. Quels horribles derniers moments !

Je sentis mon estomac se soulever. Je ravalai un peu de bile et serrai la main de Vinnie.

— Je suis certaine qu'elle va s'en sortir.

— Et les autres ?

J'eus un instant d'hésitation.

— Ça va aller pour toi si je vais vérifier ?

Il acquiesça.

— Doreen et moi, on va t'attendre ici.

— Je n'en ai pas pour longtemps.

Je me levai et entendis distinctement un craquement d'os. Gautier, qui finissait le travail que j'avais commencé.

Briser le cou d'un vampire ne les tuait pas, mais cela les immobilisait évidemment un certain moment. Assez longtemps pour enfoncer un pieu dans leur cœur noir, en tout cas. Mais Gautier n'avait nul besoin d'immobiliser quelque vampire que ce soit lorsqu'il l'empalait : il faisait juste ça pour le plaisir. Il adorait voir la peur dans leurs yeux quand il brandissait le pieu avant de l'enfoncer dans leur poitrine. Cela voulait probablement dire qu'il était assez agacé par ce que j'avais fait : en assommant les deux bébés vampires, je l'avais privé de ce petit plaisir. La raison pour laquelle il leur avait quand même brisé le cou était un mystère pour moi. Peut-être la force de l'habitude.

Ou alors, il aimait le bruit.

Je passai à côté de Gautier comme si la situation était parfaitement normale et que je voyais tous les jours des vampires rebelles se faire exécuter. Toute autre réaction aurait pu m'être fatale, car je sentais bien qu'il m'observait comme le chat surveille la souris.

Et je n'avais pas la moindre intention d'être la souris de Gautier.

Le hululement des sirènes se fit soudain plus audible. Je me penchai sur les trois autres femmes. Toutes portaient de vilaines coupures, et au moins deux d'entre elles avaient été violées. En entendant le bruit du bois pénétrant dans la chair, brisant les os et s'enfonçant dans le cœur, je ne pus m'empêcher de ressentir un profond soulagement. Ces petits salauds ne méritaient pas un procès, ni la justice. Ils ne méritaient même pas d'être aussi rapidement exécutés.

Les équipes d'urgence arrivèrent enfin. Pendant que les ambulanciers s'occupaient de Vinnie et de ses employées, je fis ma déposition à la police. Gautier montra son insigne et s'en alla. Mais le regard qu'il m'adressa juste avant de disparaître dans les ténèbres me fit subodorer qu'il me gardait un chien de sa chienne. Rien de bien surprenant.

Dès que cela fut possible, j'attrapai mon sac à main et me barrai.

L'air de la nuit était doux comparé à l'intérieur du club et je pris une grande inspiration, le laissant remplir mes poumons et chasser les miasmes qui s'y accrochaient. L'odeur du sang était toujours présente, mais c'était assez logique, vu que j'en étais recouverte.

Une bonne douche, voilà ce dont j'avais besoin. J'épaulai mon sac et me dirigeai d'un pas décidé et pieds nus en direction de mon appartement.

J'avais à peine fait quelques pas quand l'impression que quelque chose clochait me frappa de nouveau, cette fois-ci encore plus fort qu'avant.

Je m'arrêtai et regardai par-dessus mon épaule. Qu'est-ce qui se passait, nom d'un chien ? Pourquoi éprouvais-je cela alors que la situation dans la boîte de nuit avait été réglée ?

Soudain je compris.

Ce sentiment ne venait pas du club ou de quoi que ce soit dans la nuit. Son origine était plus distante. Plus personnelle. C'était un sentiment qui reposait sur le lien entre deux jumeaux.

Mon frère avait des ennuis.

Chapitre 2

La panique m'envahit. Dix gardiens avaient disparu dans des circonstances suspectes lors des derniers mois, et seuls deux d'entre eux avaient été retrouvés. Ou, plus exactement, seulement les morceaux de deux d'entre eux. Je déglutis avec difficulté. Mon frère jumeau ne *pouvait* pas être le onzième. C'était la seule famille qui me restait depuis que notre meute nous avait expulsés. Il était la seule personne qui comptait à mes yeux, la seule personne sans qui je ne pouvais survivre. Le perdre me tuerait aussi sûrement qu'une balle en argent.

Je respirai profondément en essayant de calmer ma peur. Rhoan n'était pas blessé, ni à l'agonie, car j'aurais été en mesure de le sentir.

Il avait juste des problèmes et, que cela vienne de moi ou non, il passait le plus clair de son temps dans des situations délicates. Il était capable de se débrouiller, quelle que soit la situation.

La dernière chose à faire était bien de paniquer. Mais je pouvais toujours me renseigner. Je sortis mon téléphone du sac, appuyai sur le bouton de vidéoconférence et composai rapidement le numéro de mon patron, Jack Parnell. C'était lui qui chapeautait la section des gardiens et l'un des seuls vampires que j'appréciais. L'autre, Kelly, l'une de mes rares amies, était gardienne. Non seulement ils étaient tous les deux sympathiques, mais en plus ils se lavaient régulièrement.

Le crâne chauve de Jack apparut sur mon écran. Il me sourit de toutes ses dents, mais son regard vert était plein d'une intensité qui venait contredire son expression joviale.

—Content de voir que tu t'es sortie sans encombre de ta petite aventure, dit-il joyeusement d'une voix rocailleuse. J'attends ton rapport pour demain matin.

—Je le rédigerai chez moi et te l'enverrai par mail. Dis-moi, tu as eu des nouvelles de Rhoan récemment?

—Il y a à peu près deux heures, pourquoi?

J'hésitai à répondre. Il fallait que je fasse attention à ce que j'allais dire, car personne au Directoire ne savait que Rhoan et moi faisions partie de la même famille, et *a fortiori* que nous étions jumeaux. Le fait que nous ayons le même nom de famille ne signifait rien, tout simplement parce que tous les individus d'une meute avaient le même nom. Chacun des membres de notre meute s'appelait Jenson et, dès que quelqu'un la rejoignait, il devait changer légalement de nom. C'était la seule manière de différencier les meutes qui avaient la même couleur de pelage.

La plupart des employés du Directoire étaient persuadés que nous formions un couple, tout bêtement parce que nous habitions ensemble. Nous ne les détrompions pas parce qu'il était bien plus simple pour nous qu'ils pensent cela. Cela étant, s'ils avaient su quoi que ce soit sur Rhoan, ils se seraient rendu compte à quel point une relation amoureuse entre nous tenait du domaine de l'improbable.

Je n'étais pas sûre de ce que Jack pensait. Il n'avait jamais posé de question à propos de nous ou de notre relation. Il donnait l'impression de ne pas y accorder la moindre importance mais, après six ans passés à travailler pour lui, je savais qu'il ne fallait pas se fier à cette impression.

—Tu es au courant que les membres d'une meute savent souvent si l'un d'entre eux a des ennuis?

Il acquiesça d'un simple mouvement de tête.

—Eh bien, c'est ce que je ressens en ce moment même à propos de Rhoan.

— Des ennuis dans le genre question de vie ou de mort ?

— Non.

— Est-il blessé ?

— Non. Pas encore.

Il fronça les sourcils.

— Tu sens simplement qu'il a des ennuis ?

— Oui.

Je le sentais dans chaque fibre de mon être, aussi fort que je sentais la chaleur de la lune.

— Je te crois, Riley, mais étant donné qu'il n'a pas encore eu de retard dans ses rapports, je préfère attendre. La mission sur laquelle il travaille est très délicate et tout risquerait de foirer si j'envoyais quelqu'un à son secours.

Comme si cela avait une quelconque importance à mes yeux comparé au sort de mon frère.

Je pris une nouvelle inspiration et laissai lentement l'air s'échapper de mes poumons.

— Mais, étant donné les autres disparitions, cela ne vaudrait-il pas le coup de vérifier ?

— Les autres ont disparu dans une zone bien précise. La mission de Rhoan n'est pas censée l'amener dans ce coin-là.

— Tu sais donc où il se trouve ?

— Oui. (Il eut un instant d'hésitation.) Même si je sais aussi bien que toi qu'il ne nous informe pas nécessairement de ses changements d'itinéraires.

C'était bien vrai, ça. Et s'il ne se trouvait pas où il était supposé être, le retrouver allait être une sacrée partie de plaisir.

— Quand est-ce qu'il sera considéré comme étant en retard pour son rapport ?

— Il doit nous contacter demain matin à 9 heures.

— Et s'il ne le fait pas ?

— J'aviserai alors.

— Je veux participer aux recherches.

— Riley, tu n'es pas une gardienne.

Pas encore. Je pus presque entendre ce qu'il n'avait pas dit. L'amusement qui brillait dans ses yeux ne trompait pas. J'avais eu beau échouer aux tests, Jack était persuadé, pour je ne sais quelle raison, que j'étais du bois dont on faisait les grands gardiens. Il m'en avait parlé un nombre incalculable de fois. Mais comme j'avais déjà passé l'examen, il ne pouvait me contraindre à le repasser. J'étais tranquille – en tout cas, jusqu'au moment où il trouverait le moyen de me soumettre de nouveau à ces foutus tests. Ou alors jusqu'à ce que je me laisse manipuler par lui, et je crois que c'était ce que j'étais en train de faire à cet instant précis.

— Il fait partie de ma meute. Il est hors de question que je reste à me tourner les pouces s'il a des ennuis.

— Bien, alors viens au bureau demain matin, et nous aviserons.

Ce n'était ni un oui, ni un non, mais c'était tout ce que j'obtiendrais ce soir.

— Merci, Jack.

— Essaie de ne pas renifler d'autres problèmes pour le moment, conclut-il d'un ton sec. Tu donnes l'impression qu'une fourmi pourrait te mettre KO.

— Oui, mais une fourmi très musclée.

Il rit et mit fin à la communication. Je contemplai l'écran noir pendant plusieurs secondes. Si Jack ne voulait pas me donner plus d'informations que cela, peut-être fallait-il que je demande à quelqu'un d'autre ? Quelqu'un comme Kelly, par exemple.

Les gardiens parlaient souvent de leurs missions entre eux. Peut-être savait-elle où Rhoan s'était rendu. J'ignorais si elle se trouvait chez elle, mais je savais qu'elle ne travaillait pas aujourd'hui. Cela valait le coup d'essayer.

Je composai son numéro, mais ce fut le répondeur qui décrocha après trois sonneries.

— Kel, c'est Riley. Appelle-moi quand tu rentreras, quelle que soit l'heure. (J'hésitai un instant pour ne pas la paniquer.) Rien d'urgent. J'ai juste une question à te poser.

Je coupai la communication, fourrai le téléphone dans mon sac et m'en retournai chez moi.

Où je me rendis compte que je n'en avais pas fini avec cette soirée étrange. Un vampire se trouvait devant ma porte.

Un vampire nu, même.

Je m'immobilisai et le regardai d'un air hébété. Je ne pouvais m'en empêcher. Après tout, il était *tout nu*. Et, bon sang, il était sacrément *bien foutu*.

Ses cheveux devaient être noirs, mais ils paraissaient marron à cet instant, car ils étaient pleins de boue. Il avait des yeux sombres qui n'étaient pas du tout dépourvus d'âme et un visage pour lequel un ange tuerait.

Son corps aussi était recouvert de boue, mais sous la couche de terre on voyait bien qu'il était puissant et élancé. Et, pour couronner le tout, il était bien monté. Ce n'était pas le plus gros que j'aie jamais vu, mais c'était très honorable.

La porte de l'escalier claqua dans mon dos, me sortant de ma stupeur admirative.

— Bonsoir, dis-je.

— Bonsoir, répondit-il.

Un vampire bien éduqué. Voilà qui était époustouflant.

— Y a-t-il une raison particulière pour que vous attendiez nu devant ma porte ?

J'espérais que c'était le cas. Peut-être une sorte de cadeau. Certes, mon anniversaire n'interviendrait pas avant quelques mois, mais on peut rêver, non ?

Cela étant, je rêvais assez rarement de vampires nus, surtout recouverts de boue.

Il répondit à ma question par une autre question :

— Y a-t-il une raison particulière pour que vous soyez couverte de sang ?

— Je me suis bagarrée. Quelle est votre excuse à vous ?

Il baissa les yeux, comme si sa nudité était un détail qu'il venait à peine de remarquer.

— Je n'ai vraiment pas la moindre idée de comment j'ai pu me retrouver dans cet état.

Il avait une voix profonde et vibrante qui me chatouillait l'âme et me donnait envie de remuer les orteils. C'était probablement la voix la plus sexy que j'avais jamais entendue… que ce soit chez un mort ou un vivant.

— Mais vous savez pourquoi vous vous trouvez devant ma porte ?

Il acquiesça.

— Si c'est vous qui habitez ici, alors c'est que je suis venu vous rendre visite.

— Eh bien ! autant que je vous le dise, je n'ai pas pour habitude de trouver des mecs cul nu sur mon paillasson.

Ce qui était d'ailleurs ce dont je m'étais plainte auprès de Rhoan avant qu'il parte en mission, et c'était pour cela que j'avais cru un instant que ce vamp pouvait être un cadeau. Rhoan avait tendance à faire ce genre de blagues. Mais il était fort peu probable qu'un vampire – ils ne sont pas nombreux à avoir le sens de l'humour – ait accepté de se livrer à une telle mascarade.

— Donc, à moins que vous puissiez m'expliquer la raison de votre présence, j'invite votre joli corps à descendre cet escalier et à sortir de mon immeuble.

— J'ai besoin d'aide.

Ce qui signifiait très probablement qu'il avait besoin de l'aide du Directoire, pas de la mienne. C'était bien dommage. Je contemplai son torse musclé et laissai échapper un soupir presque nostalgique. OK, je voyais souvent de beaux corps dénudés dans les boîtes de nuit réservées aux loups-garous, mais ce vampire était vraiment le spécimen de virilité le plus parfait que j'aie vu ces derniers temps.

— Quel genre d'aide ? Vous avez montré vos bijoux de famille à la copine d'un gars pas commode ?

Ses yeux trahirent son agacement.

—Je suis sérieux. On essaie de me tuer.

Il était peut-être sérieux, mais ce n'était pas facile de le prendre de cette manière avec le calme dont il faisait preuve. N'aurait-il pas été plus simple d'aller parler de ses ennuis à la police ou même au Directoire ?

—Les gens essaient toujours de tuer les vampires, et on ne peut pas dire que vous ne le cherchez pas.

—Nous ne sommes pas tous du genre à tuer pour survivre.

C'était exact, mais ceux qui le faisaient donnaient une bien mauvaise réputation au reste d'entre eux.

—Bien. Dites-moi ce que vous voulez, ou barrez-vous faire l'exhibitionniste ailleurs qu'ici.

—Vous êtes gardienne pour le Directoire des Espèces Alternatives, n'est-ce pas ?

—Non. C'est mon colocataire.

—Se trouve-t-il ici ?

Je soupirai. Pourquoi tous les beaux mecs voulaient-ils voir Rhoan ?

—Je ne l'attends pas avant demain.

Au plus tôt, si je devais me fier à la sensation de malaise qui me tordait l'estomac.

—Alors, je vais attendre.

J'arquai un sourcil interrogateur.

—Ah bon ? Et où ça ?

—Ici, dit-il en désignant le sol d'un geste gracieux.

—Vous ne pouvez pas rester ici.

Mme Russel, la propriétaire de cette ancienne usine délabrée qu'elle avait eu le culot de rebaptiser « immeuble d'habitation », risquait de péter un plomb. La seule raison pour laquelle elle avait accepté de nous louer un appartement, c'était parce que la discrimination envers les non-humains était illégale… et aussi accessoirement parce que le fait d'avoir des loups-garous quelque part éloignait la vermine. Les rats ne semblaient pas nous apprécier beaucoup.

Mais si elle découvrait un vampire dans son couloir, cette vieille vache nous virerait à tous les coups de notre logement. Mme Russel avait développé une haine féroce envers les vamps, même si elle se réjouissait chaque jour que son mari ait fini comme repas de l'un d'entre eux.

— Surtout tout nu, ajoutai-je. La loi interdit de se balader à poil.

J'avais appris cette information quelques mois plus tôt, lorsque je m'étais fait arrêter pour ce même délit, mais dans un parc, pas dans un couloir. Je m'en étais sortie avec une petite amende, mais j'avais une bonne excuse : c'était la pleine lune. La robe de soie que je portais ce soir-là n'avait pas mieux vécu la métamorphose que mon corsage en dentelle. Cela étant, ni mon arrestation ni mes problèmes vestimentaires ne m'empêcheraient jamais de m'habiller de manière totalement indécente. La loi interdisait peut-être la nudité en public, mais ce n'était pas quelque chose qui dérangeait les loups-garous.

— L'ampoule est grillée, dit-il d'une voix si douce et chaude que des frissons me parcoururent l'échine. Il n'y a aucune fenêtre et le couloir est plongé dans l'obscurité. Personne ne pourra me voir.

Je l'avais bien vu, moi, mais je me fis la réflexion qu'il n'avait pas dû prendre la peine de se camoufler dans l'ombre en m'entendant gravir les marches. Et cette pensée fit croître mon malaise. Sans parler de sa nudité. Ce n'était pas un secret : j'étais un loup-garou et la lune serait pleine dans une semaine. Or il était de notoriété publique que, dans les sept jours qui précédaient la pleine lune, les besoins sexuels des loups-garous atteignaient des sommets impressionnants. Peut-être tenait-il lieu d'appât.

Mais pourquoi voudrait-on m'appâter ? En dehors du fait que mon frère était un gardien, je n'avais aucun intérêt, je n'étais personne. Peut-être l'appréhension que je ressentais à propos de Rhoan me rendait-elle paranoïaque?

— Si vous avez des ennuis, pourquoi n'allez-vous pas plutôt au Directoire? Vous y trouverez plein de gardiens prêts à vous aider.

— Je ne peux pas.

— Pourquoi donc?

Ses yeux aussi sombres que le cœur de la nuit s'emplirent de confusion.

— Je ne me souviens pas.

Ouais, j'allais croire ça.

— Cela vous dérangerait-il de vous éloigner de ma porte?

Il s'exécuta. J'attrapai mes clés dans mon sac et m'approchai d'un pas prudent de la porte. Il leva les mains, l'air amusé, et me laissa la déverrouiller et l'ouvrir. Une fois à l'intérieur, je me sentis plus détendue. Même si nombre des légendes concernant les vampires étaient fausses, celle qui concernait leur incapacité à franchir un seuil sans invitation était tout à fait fidèle à la réalité.

Je lançai mon sac à main sur le canapé vert avant de croiser son regard nocturne.

— Si vous mordez un seul de mes voisins, je vous traînerai jusqu'au Directoire moi-même.

Il me décocha un sourire qui fit faire des petites cabrioles hystériques à mes hormones.

— J'ai déjà passé en revue tous les occupants de l'immeuble, et vous êtes la seule que je pourrais avoir envie de mordre.

Je ne pus m'empêcher de sourire. Peut-être qu'il était nu, couvert de boue et que ses intentions étaient peu louables, mais cela ne l'empêchait pas d'être carrément canon et de sentir particulièrement bon comparé à la plupart des vamps avec qui je travaillais. En d'autres circonstances, j'aurais sûrement été tentée de mordre à cet appât boueux, et au diable les conséquences.

— Les compliments ne vous serviront à rien : je ne vous laisserai pas entrer.

Il haussa les épaules légèrement, d'un geste presque gracieux.

— Je ne fais que dire la vérité.

— Ouais, ouais… (Je commençai à refermer la porte, puis m'interrompis :) Vous ne vous souvenez vraiment pas de la raison pour laquelle vous êtes nu ?

— Non, pas à l'heure actuelle.

Il ne se souvenait pas ou bien il avait honte de me dire pourquoi ? Je subodorais que la seconde réponse était la bonne, sans vraiment savoir pourquoi, vu que la honte n'était pas un sentiment que ressentaient mes collègues vamps.

— Bon. Eh bien, à tout à l'heure, alors.

Je refermai la porte et me dirigeai vers la salle de bains pour prendre une douche. Puis je grimpai dans mon lit aux draps en désordre et essayai de dormir un peu. Mais la conviction que mon frère se trouvait en danger, combinée à la présence d'un vampire nu et canon assis devant ma porte et dont je ne connaissais pas les motivations, m'empêchèrent de trouver le sommeil.

Au bout d'une heure à tourner et virer dans mon lit, j'abandonnai et me relevai. J'enfilai mon tee-shirt préféré à l'effigie de Marvin le Martien pour me protéger de la fraîcheur de la nuit et me dirigeai vers la cuisine, où je me servis un grand verre de lait et attrapai la boîte à cookies aux pépites de chocolat. Confortablement installée dans mon fauteuil favori, je regardai se lever l'aube rougeoyante en grignotant des biscuits arrosés de lait. Une fois le spectacle céleste terminé, je tapai mon rapport sur l'ordinateur portable de Rhoan et l'envoyai à Jack par mail. Le téléphone sonna au même moment.

Je me laissai aller contre le dos de mon fauteuil et attrapai le combiné mural.

— Salut, Kel.

Son rire rauque fit résonner mon écouteur. Elle avait le genre de voix qui en aurait fait une star si elle avait travaillé en tant qu'hôtesse de téléphone rose.

— Comment savais-tu que c'était moi ?

— Parce que je t'ai laissé un message, et parce que le reste du monde sait parfaitement qu'il vaut mieux éviter de me téléphoner à des heures aussi indues.

— Pourtant, tu es réveillée, ce qui signifie que quelque chose ne va pas. (Elle eut un moment d'hésitation.) Tu avais juste besoin d'une conversation entre nanas ? Ou est-ce quelque chose de plus sérieux, du genre de l'aide pour te débarrasser de ton mec tout en bite et dépourvu de cerveau ?

Je ne pus m'empêcher de sourire. Kelly n'appréciait pas plus Talon que Rhoan, mais au moins elle voyait l'intérêt de le garder à portée de main. Les hommes aussi bien membrés que Talon ne couraient pas les rues.

— En fait, j'avais juste une question.

— Zut. Je n'aurais rien eu contre un peu de sexe avec un loup-garou monté comme un taureau. Vas-y, demande.

— As-tu parlé à Rhoan avant qu'il parte en mission ? Et as-tu une idée de l'endroit où il a pu aller ?

— Non et non. Pourquoi ?

— J'ai juste l'impression qu'il a des ennuis.

— Pas le genre d'ennuis qui a déjà causé la disparition de dix d'entre nous, j'espère ?

— Non. Pas encore, en tout cas.

— Bien.

Elle s'interrompit un moment. J'entendis le léger « tic-tac » d'une pendule derrière elle, ce qui signifiait qu'elle se trouvait dans son bureau du Directoire. La seule pendule qui se trouvait chez elle était la plus grosse horloge franc-comtoise que j'avais jamais vue. Elle était tellement énorme et faisait un tel boucan que j'étais obligée de quitter la pièce quand elle sonnait l'heure.

— Je dois repartir en mission demain soir, reprit-elle. Je verrai ce que je peux apprendre s'il n'est pas revenu d'ici là.

— Merci. Je te le revaudrai.

— Emmène-moi dans l'un de tes clubs durant la fièvre de la lune, et ce sera parfait.

Cela me fit sourire.

— Compte sur moi. À plus tard.

— *Arrivederci, bella.*

Je raccrochai, puis me levai et retournai dans la cuisine.

Je n'étais pas précisément un cordon-bleu. Le plus souvent, je faisais cramer tout ce que je cuisinais. Mais, la plupart du temps, j'étais capable de me faire des œufs, du bacon et des muffins sans trop de difficulté. Par chance pour mon estomac, c'était un jour avec. En disposant les aliments sur une assiette, je jetai un coup d'œil vers la porte et me demandai si mon vamp à poil avait faim. Non que j'aie la moindre intention de m'offrir à lui. Rhoan conservait toujours une bonne réserve de sang synthétique dans le réfrigérateur, tout simplement parce qu'il en avait besoin. Nous avions beau être jumeaux, j'étais plus loup-garou et mon frère était plus vampire. Il n'avait pas les crocs extensibles, pouvait manger et boire normalement ainsi que se promener au soleil, mais lorsque la pleine lune approchait, son besoin de sang devenait dévorant.

J'attrapai une poche de sang synthétique dans le réfrigérateur d'une main, mon assiette de l'autre, et me dirigeai vers la porte d'entrée.

Mon vampire crado et sexy était assis là où je l'avais laissé, dans le coin obscur à la droite de ma porte.

— Vous avez mangé ?

Il eut l'air surpris.

— Vous m'offrez à manger ?

Je souris et lui envoyai la poche de plastique.

— Pas ce que vous croyez. Mon coloc' conserve toujours un stock de sang synthétique. Vous pouvez manger ça.

Il attrapa adroitement la poche d'une main.

— Merci. C'est très aimable.

— Autrement dit, répondis-je d'un ton sec, mon offre craint, mais vous allez faire avec.

Ses lèvres sensuelles frémirent d'amusement.

— Vous êtes plutôt bonne pour lire dans l'esprit des gens, pas vrai ?

Seulement les espèces non humaines, et seulement parce que j'étais ce que j'étais. Je haussai les épaules et m'assis en tailleur de l'autre côté du seuil, en sécurité. Même si c'était un étranger et que ses intentions étaient probablement mauvaises, c'était quelqu'un à qui parler. L'image du loup solitaire ne correspondait pas à la grande majorité des loups-garous, mais elle collait comme un gant à Rhoan et moi. Nous avions grandi dans un environnement qui était fondamentalement hostile à notre présence – et, pour tout dire, à notre simple existence – et nous nous étions habitués de ce fait à vivre dans notre coin. Ce qui signifiait que l'art de se faire des amis n'était pas exactement notre fort. Bon Dieu, il m'avait fallu des siècles pour baisser un peu l'armure et laisser Kelly m'approcher. Cela faisait trois ans qu'on se connaissait et, même si je la considérais comme une amie, elle ne savait toujours pas que Rhoan et moi faisions partie de la même famille, et *a fortiori* que nous étions jumeaux.

Et malgré le fait que j'avais deux amants réguliers, ils n'étaient pas vraiment des amis. Melbourne pouvait être bien peu accueillante quand on était tout seul.

Son regard parcourut ma peau nue, un toucher sans contact qui causa néanmoins une flambée de désir en moi. Pas étonnant. Les chaleurs lunaires, comme nous appelions la semaine précédant la pleine lune durant laquelle le besoin de nous accoupler devenait irrésistible, venaient de commencer. Et même si elles n'influaient pas autant sur moi que chez les loups-garous pur sang, le besoin dévorant de sexe était difficile à négliger.

Et si les pulsions que causait la lune étaient si fortes dès aujourd'hui, j'étais bonne pour une semaine rude, mais passionnante.

— Bien, dis-je en essayant de dissiper l'image qui m'était venue à l'esprit, me représentant m'accouplant avec ce vamp en plein milieu du couloir (et de ne pas penser à la délicieuse possibilité de choquer la sensibilité puritaine de Mme Russel). Il semble que vous n'avez pas retrouvé vos esprits ce matin.

— Eh bien, cela dépend de ce que vous appelez « reprendre ses esprits », dit-il avec une lueur chaleureuse dans son regard sombre. Si vous faites allusion au fait que je suis toujours ici, alors visiblement c'est non. Si cela concerne ma capacité à me souvenir de certaines choses, alors la réponse est affirmative.

— Vous vous souvenez donc de la raison pour laquelle vous vous trouvez ici ?

— Je vous l'ai dit hier soir.

C'était exact. J'étais juste curieuse de savoir si sa version des faits avait changé.

— Et comme je vous l'ai dit, repris-je, si c'est urgent, vous feriez mieux d'aller au Directoire. N'importe quel gardien sera en mesure de vous aider.

— C'est votre colocataire que je dois voir.

Je piquai ma fourchette dans un bout de bacon que je trempai dans le jaune d'œuf.

— Vous êtes l'un de ses petits copains ?

Il eut un mouvement de recul si brutal qu'on aurait pu croire que je venais de le frapper.

— Non, pas du tout.

Je lui souris, amusée.

— Je ne voulais pas vous offenser. C'est simplement que chez les vampires qui ont plus d'un siècle ou deux, il n'est pas rare que les préférences sexuelles varient d'un genre à l'autre.

L'air inexpressif, il me dévisagea d'un regard insondable, deux lacs sombres dans lesquels on pouvait imprudemment se noyer.

— Vous êtes un loup-garou, n'est-ce pas ?

— Ouais.

Je déchiquetai un morceau de muffin, le couvris d'œuf et l'enfournai dans ma bouche. Très féminin, quoi. C'était tout moi.

— Les loups-garous n'ont pas plus d'intuition que les humains en ce qui concerne les vampires, dit-il doucement. Comment se fait-il alors que vous ayez su que j'étais un vampire, sans parler du fait que j'aie plus de deux siècles ?

Je haussai les épaules.

— Mon colocataire est gardien, et je travaille avec des gardiens. On apprend rapidement à repérer ce genre de choses.

Un simple regard à son expression suffit à me faire comprendre qu'il ne me croyait pas.

— Puis-je poser une autre question ?

— Vous pouvez toujours. Je ne garantis pas d'y répondre.

Il sourit et ses yeux se plissèrent. Non seulement il était poli, mais en plus il avait le sens de l'humour. Époustouflant.

— Vous n'avez pas… comment dire ? La constitution physique typique du loup-garou femelle.

— Vous voulez dire que j'ai des courbes et des nichons ?

Des nichons qui m'avaient beaucoup aidée à trouver du travail dans le passé. Bien que la discrimination soit illégale, peu de gens embauchent de loups-garous tout simplement parce que, à cause du cycle de la lune, cela signifie qu'ils doivent s'absenter une semaine sur quatre. Mais, grâce aux dits nichons, peu de gens devinaient ce que j'étais vraiment.

Son regard me parcourut de bas en haut.

— Vous avez les cheveux roux. Je croyais pourtant qu'il n'existait que quatre meutes : argent, noir, or et brun.

J'acquiesçai.

— La plupart des gens pensent cela, tout simplement parce qu'il y a très peu de loups-garous roux et que les meutes vivent isolées. Ils viennent d'Irlande, et ont migré dans le centre de l'Australie. La plus grande partie d'entre eux vit toujours là-bas.

— L'Irlande et le centre de l'Australie ne sont pas précisément le même genre d'endroit.

J'avais visité l'Irlande huit ans plus tôt et ne pouvais que lui donner raison. Je n'avais jamais vu autant de pluie de ma vie… enfin, c'était avant que j'arrive à Melbourne.

— Ils ont été chassés durant les émeutes raciales de 1795. L'Angleterre se servait de l'Australie comme d'une colonie pénitentiaire, mais il y avait beaucoup de terre, donc ils sont partis là-bas aussi. (Je haussai les épaules.) J'imagine qu'après le froid de l'Irlande, la chaleur du centre de l'Australie était une bénédiction.

— Ils devaient avoir le choix, à l'époque. Pourquoi choisir un désert ?

— Qui sait ?

Pas moi, en tout cas. L'histoire de la meute n'avait jamais été mon point fort. En même temps, ils ne s'étaient pas vraiment bousculés pour nous enseigner quoi que ce soit. Pourquoi perdre son temps quand ils avaient la ferme intention de nous virer de la meute dès que nous serions adultes ?

Certaines meutes toléraient les bâtards. Pas la nôtre. La seule raison pour laquelle on nous avait laissé la vie était que notre mère était la fille de l'alpha, et qu'elle avait menacé de quitter la meute si nous étions condamnés à mort.

Pourtant, lorsque nous avions fini par nous en aller, cela avait été un soulagement aussi bien pour nous que pour elle.

Elle nous aimait, nous le savions, mais elle avait été très claire sur le fait qu'elle ne voulait plus jamais nous revoir.

Sa décision m'avait fait mal – elle me faisait toujours mal – mais en même temps je comprenais sa volonté de revenir à une vie de meute normale. Cela avait dû être difficile d'élever deux louveteaux dont personne ne voulait sauf elle.

— Et la meute rousse n'est pas élancée, contrairement aux autres meutes ? demanda mon vampire cracra.

— Pour la plupart, non.

Il acquiesça, ses yeux languissants se promenant sur mon corps, me donnant l'impression de me noyer dans la lumière du soleil. Ce qui était une drôle de sensation de la part d'une créature de la nuit.

Mais, il était vrai que les vamps n'étaient pas des blocs de glace, contrairement à ce que pensaient les humains. Ils ne devenaient froids que s'ils n'avaient pas assez eu à manger.

Je toussotai.

— Si j'étais vous, je ne ferais pas ça.

Une lueur amusée dansa dans ses yeux.

— Pourquoi pas ?

— Vous savez très bien pourquoi.

Son amusement se transmit à la commissure de ses lèvres et, en les voyant frémir, ma gorge se contracta, me coupant le souffle. Bon sang, depuis quand les morts étaient-ils devenus irrésistibles ?

— Cela ne me dérangerait pas.

Eh bien, en fait, moi non plus, mais j'avais certains principes. Tout du moins jusqu'à ce que la fièvre de la lune soit vraiment à son zénith.

— Vous êtes ici pour voir mon colocataire, pas moi. (Je m'interrompis en fronçant les sourcils.) Hier soir, vous avez dit qu'on essayait de vous tuer. Si c'est le cas, pourquoi êtes-vous tranquillement assis dans mon couloir ?

— Parce qu'ils m'ont laissé pour mort. Je ne pense pas qu'ils reviendront vérifier si c'était bien le cas.

— Et vous êtes nu et couvert de boue parce que… ?

— Parce que l'on m'a enfoncé un pieu dans la poitrine alors que j'étais nu et que je me trouvais entre un tas de paillis et un autre de terreau.

Je le regardai fixement, pas vraiment sûre que ce soit du lard ou du cochon.

— On vous a planté dans un magasin de jardinage ?

— C'est ce qu'il semble. Heureusement pour moi, ils ont décidé de ne pas me planter le pieu dans le cœur et se sont contentés de voir le soleil levant me consumer.

— Ce qu'il n'a visiblement pas fait.

Il sourit de nouveau, mais cette fois-ci d'une manière féroce.

— L'un des avantages d'avoir quelques centaines d'années, c'est que l'on acquiert une certaine immunité au soleil. Chose que mes agresseurs ne savaient visiblement pas. Quand l'aube s'est levée, je me suis mis à hurler. Ils ont paniqué et se sont enfuis.

Cela signifiait peut-être que les gens qui l'avaient agressé étaient des débutants en matière de chasse aux vampires. Je m'adossai contre l'encadrement de la porte et posai mon assiette sur le plancher poussiéreux.

— Pourquoi n'avez-vous pas pris le contrôle de leurs esprits pour les forcer ainsi à s'enfuir ?

— J'ai essayé. Ils étaient bloqués. (Il m'examina un instant.) Comme vous l'êtes, vous.

Je fronçai les sourcils. Rhoan m'avait parlé d'une bande qui parcourait la ville à la recherche de vamps à traquer, mais j'avais l'impression qu'il ne s'agissait que d'adolescents désœuvrés. Je doutais qu'ils soient assez forts pour vaincre ce vampire-là, et encore plus qu'ils aient développé des boucliers mentaux assez puissants pour le repousser. Même si ce genre de technologie existait et donnait de bons résultats, elle était très chère et peu pouvaient se l'offrir.

— C'étaient des jeunes ?

—Non, des hommes adultes, tous âgés d'au moins trente ans.

Cela me semblait mauvais signe.

—Vous feriez peut-être mieux d'aller au Directoire. S'il y a une autre bande qui sévit en ville, cela les intéressera certainement.

—Je ne peux pas.

—Pourquoi ? Il est possible que mon colocataire ne soit pas de retour avant plusieurs jours, et il faut vraiment que vous signaliez ce qui s'est passé.

—Rhoan m'a demandé d'en référer à lui, et rien qu'à lui.

J'arquai le sourcil.

—Je croyais que vous ne connaissiez pas mon colocataire ! Et, si c'est le cas, pourquoi ne l'avez-vous pas appelé par son nom hier soir ?

—Parce que, hier soir, je me souvenais de son adresse, mais pas de son nom. Et je n'ai jamais dit si je le connaissais ou pas.

Typiquement vampire, comme réponse. Je suis certaine que ceux qui n'étaient pas commerciaux durant leur vie étaient avocats.

—Cela signifie-t-il que vous l'avez vu récemment ?

—Oui. Avant que ces hommes m'attrapent et me poignardent. C'est pour cela que je connaissais son adresse.

Peut-être ce vamp pouvait-il m'aider à retrouver Rhoan si Jack et le Directoire n'y parvenaient pas.

—Et c'était quand, ça ?

Il fronça les sourcils.

—Je n'en suis pas sûr.

Mince.

—C'était où ?

—Je n'en sais plus rien.

—Et pourquoi ces hommes ont-ils voulu vous enfoncer un pieu dans la poitrine ?

—Pour une raison dont je ne me souviens plus.

— Il y a vraiment beaucoup de choses dont vous ne vous souvenez plus, marmonnai-je en hésitant entre confiance et méfiance.

— Un regrettable effet secondaire de plusieurs coups de pied dans la tête.

Je tournai mon regard vers son front. Il semblait effectivement y avoir des taches foncées sous la boue, peut-être des ecchymoses.

— Vous avez un nom ?

— Oui.

La commissure de mes lèvres frémit légèrement.

— Et vous pouvez me le dire, ou il est lui aussi perdu dans le brouillard ?

— Quinn O'Conor.

— Moi, c'est Riley Jenson.

Il se pencha en avant et me tendit la main. Je la serrai automatiquement, ce qui était vraiment la plus stupide des choses à faire. Il aurait facilement pu me tirer dehors s'il m'avait voulu du mal.

Mais il se contenta d'envelopper ma main de ses doigts longs et puissants, et de serrer légèrement. Au contact de sa paume brûlante, je me pris à imaginer que ces doigts parcouraient mon corps en attisant le désir que je ressentais déjà au plus profond de moi. Je déglutis avec difficulté.

— Enchanté de faire votre connaissance, Riley Jenson, répondit-il d'une voix si douce qu'elle me sembla résonner dans ma tête et non dans mes oreilles.

J'ôtai ma main de la sienne, mais je serrai le poing pour conserver un peu de sa chaleur. C'est cette réaction qui me fit me rendre compte qu'il fallait que je fasse attention. Jusqu'à ce que j'en sache plus à son propos, il valait mieux que je maintienne une saine distance entre nous. Même si mes hormones ne semblaient pas partager cette opinion.

Mais la curiosité était plus forte que la prudence.

— Et vous vous souvenez de ce que vous faites dans la vie ?

Il acquiesça.

— Je suis le propriétaire d'Evensong Air.

Je m'étranglai presque. Evensong était la plus importante des trois compagnies transpacifiques et venait de racheter le service de navettes qui menaient aux stations spatiales. Ce qui faisait du vampire assis en face de moi un multimilliardaire.

Son visage se referma.

— Est-ce que cela change l'opinion que vous aviez de moi ?

— Comme si j'avais eu le temps de me faire une opinion, lui dis-je en souriant, avant d'ajouter : mais, si c'était le cas, ce serait seulement parce que je n'ai jamais baisé avec un mec super, méga-riche.

Cela étant, je m'étais déjà fait le millionnaire de base, élevé au grain. À vrai dire, c'était même encore le cas à présent.

Son rire m'envoya des frissons le long de l'échine.

— C'est l'une des choses que j'aime chez les loups-garous : ils sont toujours directs quand ils parlent de sexe.

— Vous vous êtes déjà tapé un ou deux d'entre eux, pas vrai ?

Cela n'aurait pas été surprenant. Il était riche, il était beau, et c'était un vampire. C'était l'une des rares espèces qui pouvait tenir le rythme des loups-garous lors des chaleurs lunaires.

— Un ou deux, oui.

Il ne semblait pas vouloir en dire plus et je me demandai pourquoi. Je le regardai siroter son repas un moment, puis repris :

— Je croyais qu'Evensong appartenait à un dénommé Frank Harris.

— C'est le directeur et l'image publique de l'entreprise, répondit Quinn en haussant les épaules. Être un vampire a ses inconvénients. J'aurai toujours besoin de quelqu'un pour s'occuper de l'entreprise pendant la journée.

J'étais prête à parier que la marge de manœuvre de Frank Harris était des plus étroites.

— Qu'est-ce qu'un homme d'affaires aussi prospère que vous a bien pu faire pour se retrouver planté par des humains ? J'aurais pourtant cru que vous posséderiez le dernier cri en matière de gadgets pour la sécurité.

Il plissa le front.

— J'aimerais bien le savoir. C'est assez agaçant de se réveiller empalé sans avoir la moindre idée du pourquoi de la chose.

— J'imagine que c'est encore plus agaçant de savoir que ce sont deux simples humains qui vous ont mis KO.

— Très clairement.

Ses lèvres furent parcourues d'un frisson d'amusement et je sentis mon cœur manquer un battement. Il était temps de me retirer, avant que je fasse quelque chose d'idiot, comme mordre à l'appât de ce vampire.

— Bon, il faut que je me prépare pour le boulot. Vous ne voulez pas un manteau ou quelque chose du genre ? La météo prévoit de la pluie pour plus tard dans la journée.

Sa bouche s'étira dans un sourire sensuel.

— J'apprécie l'offre, mais les vampires ne ressentent pas le froid.

— Peut-être, mais vous me donnez froid rien qu'à vous regarder.

C'était en fait le contraire qui se passait, mais il n'avait pas besoin de le savoir.

Il haussa les épaules.

— Si cela vous fait plaisir, alors je veux bien ce manteau.

Je me levai et attrapai l'un des manteaux de Rhoan sur la patère, derrière la porte. Au moins Mme Russel ne nous ferait pas un infarctus en le voyant. Et, même si j'adorais taquiner la vieille bique, je doutais que nous puissions trouver un appartement aussi grand, aussi proche du centre-ville, pour ce prix-là.

Je fermai la porte et allai fouiller dans les paniers de linge propre à la recherche d'un chemisier et d'une jupe adaptés au bureau. Je les repassai, puis me préparai pour le travail. Quinn était toujours assis dans le couloir quand je sortis de chez moi en direction de la gare.

Je me glissai hors du wagon à la gare de Spencer Street et marchai quelques centaines de mètres jusqu'au bâtiment vert entièrement vitré dans lequel se trouvait le Directoire. Après être passée sous les portiques de sécurité puis avoir fait scanner l'empreinte de ma main, j'empruntai l'ascenseur vers le troisième sous-sol. Les dix étages au-dessus de la surface étaient le visage officiel du Directoire, ceux où l'on travaillait durant la journée à recevoir les rapports de crimes commis par des non-humains, traiter les délits et autres tâches mineures comme de tenir à jour la base de données de nouveaux vampires. Les cinq niveaux souterrains, eux, en étaient le cœur. C'était la partie du bâtiment que le public connaissait le moins, celle où nous nous occupions – et punissions – les crimes les plus graves : les non-humains qui violaient, tuaient et saignaient à blanc. Et nous travaillions vingt-quatre heures par jour, même si la majorité des gardiens ne chassaient que la nuit.

Nous n'étions qu'une centaine de personnes dans ce sous-sol, dont soixante-dix gardiens. Les trente autres étaient connus sous le nom d'agents de liaison pour les gardiens. Nous travaillions en trois-huit, et notre mission était des plus simples, sans être pour autant facile – rien n'était facile quand cela concernait les vampires. Nous vérifions et traitions les informations relatives aux crimes les plus sérieux, donnions aux gardiens leurs ordres de mission lorsque le soleil se couchait, réécrivions leurs rapports pour les rendre lisibles à l'aube, et nous occupions de fournir de la nourriture et de la boisson aux gardiens en résidence durant la journée.

Certes, la plupart des humains pensaient que les vampires étaient obligés de dormir pendant la journée, mais c'était une erreur, du genre de celles que les vampires étaient très contents de voir se propager. Et évidemment, la plupart des vampires ne pouvaient sortir au soleil sous peine de se retrouver frits comme une chips, mais cela ne voulait pas non plus dire qu'ils étaient comateux pendant ce temps-là. Les vamps n'avaient pas plus besoin de dormir que de respirer. Quand ils s'assoupissaient, c'était soit pour satisfaire à une habitude acquise lorsqu'ils étaient humains, soit parce qu'ils s'ennuyaient.

J'étais l'une des trois femmes à exercer cette fonction, et les deux autres étaient des vamps. Les gardiens n'étaient pas des personnes toujours très agréables et seuls ceux capables de se défendre pouvaient se retrouver affectés ici.

Jack leva les yeux de son écran en me voyant arriver dans son bureau et me décocha l'un de ses sourires pleins de dents.

— Bonjour, chérie.

— Bonjour, Jack.

J'enlevai ma veste, me laissai tomber sur ma chaise et laissai le scanner de sécurité vérifier mon iris pour confirmer mon identité afin de permettre le démarrage de mon ordinateur.

— Tu as encore travaillé toute la nuit ?

— Qu'est-ce qu'un vieux hibou comme moi pourrait faire d'autre ?

Je souris.

— Je ne sais pas. Vivre, par exemple ?

— J'ai une vie. C'est le Directoire.

— C'est triste. Tu t'en rends compte, n'est-ce pas ?

— Je préfère voir ça comme de la ferveur.

— La ferveur des fous de Dieu, quoi.

Il laissa échapper un sourire.

— J'ai bien reçu ton rapport. Bon boulot.

— Merci. Des nouvelles de Rhoan ?

— Pas encore. (Il jeta un coup d'œil à sa montre.) Mais il n'est pas encore 9 heures, et de toute façon ton colocataire ne rend jamais ses rapports à temps.

J'étais tout à fait consciente de cela et, normalement, cela ne m'inquiétait pas.

— Vas-tu envoyer des gens à sa recherche s'il ne se manifeste pas ?

— Pas tout de suite, non.

— Bon sang, je te dis que *quelque chose* ne va pas !

— Seule notre intuition nous fait penser cela. Et toi-même tu penses que ce n'est pas grave. Pardonne-moi, Riley, mais si ce n'est pas grave, nous n'allons pas bousiller sa couverture.

La colère m'envahit. Je fis voler ma frange d'un souffle excédé.

— Eh bien, il va falloir que je fasse mes propres recherches.

Jack m'examina pendant une minute, ses yeux verts plissés par l'amusement.

— Dis-moi si tu trouves quelque chose.

Je levai le sourcil.

— C'est un ordre ?

— Oui.

— Et est-ce que tu m'en informeras, si tu trouves quelque chose ?

— Riley, Rhoan est un gardien, et la mission sur laquelle il travaille est classée top secret. Je ne peux pas partager certaines informations. (Il eut un instant de réflexion.) À moins, bien sûr, que ce soit avec quelqu'un prêt à repasser l'examen de gardien.

— C'est du chantage.

— Tout à fait.

Je secouai la tête.

— Et moi qui pensais que tu étais un gentil vampire.

— Ce genre de chose n'existe *pas*, répondit-il. Juste certaines nuances de la même couleur. Tu ferais mieux de t'en souvenir, surtout dans le coin.

Il avait tout à fait raison.

— Je ne repasserai pas l'examen.

Je ne m'inquiétais pas *tant que ça* pour Rhoan. Pas encore.

Au lieu de ça, je m'attaquai aux dossiers qui se trouvaient dans ma corbeille « courrier entrant ». La matinée s'étira et la sensation que Rhoan avait des ennuis n'augmenta pas – ni ne diminua. Ce qui était étrange en soi, car s'il était effectivement en danger sans possibilité de s'évader, la sensation de danger devrait logiquement s'intensifier, non ? Que signifiait le fait qu'elle reste à un niveau constant ?

À l'heure du déjeuner, j'achetai un sandwich et un soda au distributeur de l'entrée et me consacrai à certaines recherches concernant le mystérieux mais non moins délicieux Quinn.

Il y avait des tonnes de photos alléchantes : celui qui avait lancé la rumeur que les vampires ne pouvaient pas être photographiés n'avait visiblement pas essayé lui-même de le faire, ou alors c'était un fou. Et il y avait aussi beaucoup d'articles, qui oscillaient entre une ligne le qualifiant de monstre et une autre le saluant comme le sauveur de moult petites entreprises. L'un des articles concernait le cadavre d'un vamp que l'on avait découvert dans l'un des avions de fret de Quinn. Un autre, les plans de développement de son entreprise pharmaceutique de Sydney. Et enfin, un qui annonçait ses fiançailles à une certaine Eryn Jones, avec une photo du couple. C'était une femme mince aux cheveux bruns, absolument ravissante. D'un autre côté, je ne voyais pas Quinn avec un cageot. Je regardai la date de l'article : 9 janvier. Il y avait six mois.

Il devait *vraiment* l'aimer beaucoup, parce que les vampires s'engageaient rarement auprès d'une personne. Kelly m'avait raconté combien il était difficile de voir celui qu'on aimait vieillir et mourir alors qu'on reste, soi, éternellement jeune. La seule autre solution était de transformer son aimé en vampire, mais peu de couples survivaient aux tourments de la transformation. Les vampires avaient tendance à être territoriaux et il était rare que deux d'entre eux puissent vivre en harmonie.

Quelques articles plus tard, je découvris des informations intéressantes sur Eryn, ou plutôt sur sa mystérieuse disparition. Quinn avait visiblement été interrogé par la police, mais il avait ensuite été relâché, et l'enquête « suivait son cours ». Ce qui signifiait que les flics n'avaient pas la moindre idée de ce qui s'était passé.

Était-ce la raison de l'agression de Quinn ? Quelqu'un, quelque part, le soupçonnait-il d'être derrière la disparition d'Eryn ? Si c'était le cas, pourquoi était-il venu voir Rhoan ? Cela avait-il un rapport avec la disparition ou cela concernait-il tout à fait autre chose ?

Comment pouvait-il de toute façon connaître Rhoan, s'il vivait à Sydney ?

Je fronçai les sourcils et lançai une recherche sur sa fiancée, mais ne découvris pas grand-chose en dehors du fait qu'elle travaillait pour un grand laboratoire pharmaceutique. Laboratoire que Quinn avait apparemment acheté avant de le démanteler plusieurs mois après la disparition d'Eryn.

Intéressant, c'est le moins qu'on puisse dire. Même si Dieu seul savait en quoi cela pouvait être relié aux ennuis actuels de Rhoan.

Jack revint de sa pause déjeuner et je me remis au travail. L'après-midi s'éternisa, et malgré mes réguliers coups d'œil à la pendule Rhoan ne donna pas signe de vie. Jack faisait mine d'être totalement absorbé par son ordinateur, mais je savais qu'il gardait l'œil sur moi. Qu'il attendait que je dise quelque chose. Quelque chose à propos de Rhoan, de la nécessité d'envoyer des gens à sa recherche, et bien entendu de ce fichu examen.

Et je me refusais à aborder ce sujet précis, tout au moins tant que j'aurais d'autres options, que j'avais la ferme intention d'explorer aussitôt que je serais rentrée chez moi et que je me serais changée. Sauf, bien entendu, si la sensation de danger augmentait soudain.

Quand 18 heures sonnèrent, je quittai mon poste et m'empressai de sortir de l'immeuble. Comme nous étions samedi soir, la plupart des piétons étaient rentrés chez eux. Il y avait même de la place dans le train.

La nuit tombait lorsque le train arriva à ma gare. Je sortis du wagon et remontai le quai vers la sortie. J'eus soudain l'impression de ne plus être seule et regardai par-dessus mon épaule.

Comme d'habitude, la moitié des ampoules étaient grillées. La clôture était plongée dans l'obscurité, qui s'étendait comme des doigts osseux à certains endroits du quai. Personne n'était descendu en même temps que moi du train, et personne ne se cachait dans l'ombre. Personne que je pouvais sentir ou voir, en tout cas. Je regardai le quai de l'autre côté de la voie ferrée. Personne non plus.

Pourquoi ma peau était-elle parcourue de picotements trahissant ma nervosité ? Une nervosité qui, je le savais, signifiait qu'un vamp se trouvait dans les environs, dissimulé dans l'ombre.

Comment se faisait-il que je ne parvienne pas à le localiser ?

Et pourquoi l'air de la nuit était-il soudain porteur de menace ?

Je fronçai les sourcils en assurant mon sac sur mon épaule et continuai à remonter le quai. En m'approchant de l'escalier qui menait à Sunshine Avenue, l'odeur si reconnaissable de musc, de menthe et de mâle vint me chatouiller les narines.

Pas de vampire, donc, mais un loup. Les mâles de notre espèce tendaient à avoir une odeur un peu plus prégnante que ceux des autres espèces. Ou peut-être était-ce que, en tant que femelle loup-garou, j'y étais plus sensible naturellement.

Je m'arrêtai brutalement. Il se trouvait à gauche de l'escalier, caché entre le mur de la gare et la rampe pour handicapés. Il était totalement immobile, ce qui est extrêmement rare chez les loups. À part lorsque nous dormons, il nous est impossible de rester très longtemps sans bouger. Selon la théorie de Rhoan, c'était l'énergie de la bête que le corps laissait déborder ainsi.

— Je sais que vous êtes là, dis-je tout bas. Qu'est-ce que vous voulez ?

L'obscurité se fendit et laissa échapper le loup. C'était un gars longiligne à l'air pas commode qui ressemblait tellement à Henri Gautier que cela aurait pu être son frère. Sauf qu'à ma connaissance, Gautier n'avait pas de frère.

— Riley Jenson ? demanda-t-il d'une voix si froide et gutturale qu'un frisson me parcourut le dos.

— Qui la demande ?

— J'ai un message pour vous.

Mon cœur manqua un battement. Même si je ne pensais pas que mon frère fréquente ce genre de racaille, il pouvait néanmoins se servir de quelqu'un comme lui en tant que messager.

— Quoi donc ?

— Meurs, monstre.

Sa main bougea si vite que je ne vis qu'un mouvement flou, puis un revolver.

Je me jetai sur le côté aussi vite que possible.

Entendis le coup de feu.

Puis ce fut soudain une explosion de douleur.

Plus rien que la douleur.

Chapitre 3

— Riley ?

La voix qui venait de prononcer mon nom était chaleureuse et familière, mais loin, si loin.

— Riley, dites-moi ce qui ne va pas.

Malgré la douleur qui faisait hurler tout mon corps, la douceur de la question fit palpiter chacune de mes cellules nerveuses. Cela devait être Quinn. Je ne connaissais personne d'autre qui me faisait cet effet. Mais qu'est-ce qu'il fabriquait ici au lieu de hanter les couloirs de mon immeuble ?

Et que voulait-il dire par « ce qui ne va pas » ? *On m'avait tiré dessus, nom d'un chien !* Cela devait être facilement reconnaissable, même par un simple d'esprit.

Bon Dieu que ça faisait mal. Ça brûlait.

— La balle était-elle en argent ?

De l'argent. Une balle en argent. Voilà pourquoi cela faisait si mal.

— L'enlever…

Vite.

Il jura. *Je n'aurais pas pu mieux dire*, pensai-je faiblement. Mes yeux refusaient de s'ouvrir, la paralysie tenait déjà mon bras et s'étendait au reste de mon corps bien trop rapidement à mon goût. Le coup n'avait pas atteint mon cœur mais, pour beaucoup de raisons, cela n'avait pas grande importance. Si Quinn ne m'ôtait pas rapidement la balle de l'épaule, j'étais morte.

Je flottais dans un océan de douleur aussi brûlante que de la lave en fusion, passant de l'éveil à l'inconscience, mon corps comme à vif et dégoulinant de sueur.

Pourtant, sa voix réussit à m'atteindre et à me ramener à la surface.

— Je n'ai pas de couteau. Il va falloir que j'utilise mes dents. Cela va faire mal.

Sans déc', Sherlock? Mais les mots ne réussirent pas à sortir. La paralysie avait atteint mon cou et ma bouche, et il devenait difficile de respirer.

On déchira mon chemisier, puis des lèvres touchèrent ma chair, brève caresse qui fit frémir ma peau. Puis ses dents s'enfoncèrent brutalement, profondément dans mon épaule. Un hurlement monta le long de ma gorge mais se coinça du côté de mes amygdales. Son esprit envahit le mien et, telle une main douce et fraîche, me cajola, soulageant la douleur, étouffant la brûlure.

Il retira ses dents de la blessure pour y mettre les doigts. Là, la douleur était inévitable, même s'il faisait son possible pour m'en protéger. Lorsque ses doigts touchèrent la balle et la firent bouger, je hurlai de nouveau.

Et puis soudain il n'y eut plus de balle, plus de feu, juste une douleur normale, presque tranquille.

Je fis appel à cette petite partie magique à l'intérieur de moi et appelai le loup. La puissance de la métamorphose m'enveloppa, me traversa, atténuant la douleur et guérissant ma blessure. Mais lorsque je revins sous forme humaine, je perdis connaissance.

Je ne la retrouvai qu'à l'aube.

Plusieurs sensations me frappèrent simultanément : ma tête reposait sur quelque chose qui ressemblait à de l'acier recouvert de muscles, mais le reste de mon corps était allongé sur une surface dure et inconfortable. Une forte douleur palpitait dans mon épaule et je ressentais comme une brûlure le long de mon bras. Même lorsqu'il ne réussissait pas à les tuer, l'argent pouvait estropier durablement les loups-garous. La peur glaça mon cœur et je m'empressai de remuer mes doigts. Ils obéirent à l'ordre de mon cerveau et je laissai échapper un soupir de soulagement.

Une brise fraîche soufflait sur moi, pleine de l'odeur d'humains et de gaz d'échappement, se mariant à une senteur merveilleusement proche de santal, de virilité et de boue. De quelque part à ma droite me parvenait le grondement de la circulation automobile et, d'encore plus près, le fracas d'un train s'éloignant d'une gare. Visiblement, nous n'étions pas dans mon appartement. Si j'y entendais bien les trains, ce n'était pas au point où chaque passage faisait trembler le sol, comme là où je me trouvais.

J'ouvris les yeux et regardai autour de moi. C'était une petite pièce miteuse et pleine de papiers gras. Il y avait une fenêtre à ma gauche aux vitres soit cassées, soit condamnées à l'aide d'une planche, et une porte ouverte à ma droite. Des chaises en bois étaient alignées le long des murs ornés de graffitis et le sol était recouvert d'asphalte. Je reconnus enfin l'endroit : c'était cette fichue salle d'attente de la gare.

Je me tournai légèrement pour soulager mon épaule douloureuse et me rendis compte que ma tête reposait sur la cuisse de Quinn. Il portait toujours le manteau que je lui avais prêté le matin même et, si je devais me fier au genou nu qui en dépassait, pas grand-chose d'autre. Avec sa quasi-nudité et le fait que j'étais recouverte de sang, il était surprenant que personne n'ait appelé la police.

Je cherchai des yeux le regard insondable de Quinn. Celui-ci était plein d'inquiétude, mais aussi de fatigue.

— Comment vous sentez-vous ?

Sa voix fit à ma peau l'effet d'une douce caresse et, au plus profond de moi, je sentis l'excitation me serrer le ventre. Si j'avais ce genre de réaction dans une situation comme celle-ci, cela laissait présager du pire pour cette fièvre lunaire.

— Je me sens horriblement mal, répondis-je en saisissant le bord de la chaise pour me redresser… et m'éloigner de lui. Que faisons-nous ici ? Et même, que faites-vous ici ?

Il eut un instant d'hésitation.

— Je vous ai suivie du Directoire à chez vous hier soir.

C'était donc à cause de lui que j'avais eu cette impression bizarre la veille en descendant du train. Évidemment, ce n'était pas la *seule* raison.

— Et pourquoi me suiviez-vous si c'est mon colocataire que vous étiez venu voir ?

Il me regarda fixement de ses yeux soudain inexpressifs.

— Parce que je n'étais pas sûr que vous étiez bien qui vous disiez être.

— Et pourquoi cela ?

— Je me fais agresser, Rhoan disparaît et quand j'arrive chez lui, voilà qu'il y a une coloc' dont je n'ai jamais entendu parler.

— Pas très étonnant, vu que vous ne vous souveniez de rien, hier.

— C'est vrai. (Il hésita de nouveau.) Mais même depuis que la mémoire m'est revenue, je n'ai pas le moindre souvenir de Rhoan disant qu'il partageait cet appartement avec quiconque.

— Et pourquoi en aurait-il parlé ?

Il haussa les épaules.

— Cela fait un moment que nous sommes amis. Je trouve cela étrange, qu'il n'ait jamais mentionné que vous partagiez un appartement.

— Eh bien, il n'a jamais parlé de vous non plus, mon grand, alors la méfiance est tout à fait mutuelle.

Je fis rouler mon épaule puis nouai les pans déchirés de ma chemise pour éviter que mes seins débordent partout. Une nouvelle amende pour exhibitionnisme n'était pas exactement ce dont j'avais besoin à cet instant.

— Dites-moi donc ce que nous faisons ici.

— Je n'avais nul autre endroit où vous emmener. Je suis un vampire, vous vous rappelez ? Mes possibilités sont limitées.

— Vous auriez pu m'emmener à l'hôpital, c'est un lieu public.

Il haussa les sourcils.

— Et moi qui pensais que les loups voulaient autant que possible éviter l'hôpital.

— C'est le cas, mais il y avait plein d'autres endroits où vous auriez pu m'emmener.

Comme le café de l'autre côté de la rue, où on pouvait commander du café au sirop de noisette et des gros sandwichs au steak. C'était exactement ce dont j'avais besoin à cet instant précis. Avec un carré de chocolat pour la digestion, et pourquoi pas un peu de sexe.

Mes yeux suivirent la courbe de son torse et s'arrêtèrent sur ses jambes minces et musclées. OK, plein de sexe, si possible avec ces jambes entourant fermement les miennes...

Je tentai de maîtriser mes hormones en folie. Ce n'était pas le moment pour de telles pensées.

— Un café, cela aurait été trop passant.

Il avait l'air amusé, ses yeux pétillants laissant penser qu'il avait suivi mes pensées, même s'il ne pouvait pas vraiment les lire à livre ouvert.

— Ici, au moins, je pouvais faire en sorte que personne ne s'approche assez pour nous déranger ou pour voir dans quel état vous vous trouviez. Ailleurs, j'aurais fini par attirer l'attention.

Cela signifiait bien évidemment qu'il avait utilisé son contrôle mental pour éloigner les gens de la salle.

— Cette salle d'attente est en général pleine de gens, même le dimanche. C'est un sacré contrôle mental que vous exercez en ce moment.

Même Gautier ne devait pas être capable d'un tel exploit. C'en était presque effrayant.

Il me regarda un moment avant de dire :

— En ce qui vous concerne, à part ce moment où vous aviez mal, je n'ai jamais été capable d'entrer dans votre esprit. Ce qui laisse subodorer une sacrée puissance de votre art aussi.

— Je travaille avec des vampires. Croyez-moi : c'est dans mon intérêt de savoir me défendre contre vos intrusions. (Je repensai à quelque chose.) Si vous me suiviez, pourquoi n'avez-vous pas essayé d'empêcher ce fou de me tirer dessus ?

— Parce que je n'étais pas certain de ce qu'il vous voulait jusqu'à ce qu'il sorte son arme. Malgré la croyance populaire, les vampires ne sont pas plus rapides qu'une balle de revolver.

J'eus un demi-sourire.

— Vous ne pouviez donc pas lire dans ses pensées non plus ?

Il leva un doigt, auquel se balançait un petit fil en acier.

— Il portait un bouclier anti-intrusion psychique.

Le nanofil était la dernière innovation en matière de nanotechnologie dédiée à la défense contre les intrusions psychiques. Je ne savais pas comment cela fonctionnait exactement ; tout ce que je savais, c'est que cela ne fonctionnait que lorsque les deux bouts du fil étaient en contact, et qu'il se rechargeait d'une manière ou d'une autre à la chaleur du corps. L'invention n'était pas encore en vente au public et le Directoire faisait son possible pour que ce ne soit jamais le cas. Nombre de ses informations étaient récoltées par des biais psychiques.

Si ce loup-garou portait un nanofil, cela signifiait qu'il travaillait soit pour le gouvernement, soit pour la pègre, car c'étaient les seuls à avoir mis la main dessus.

— Cela n'a pas dû vous plaire de ne pas pouvoir lire dans ses pensées.

— Pas tellement, non.

Plus que « pas tellement », à en croire son expression. Mon demi-sourire s'épanouit.

— Qu'est-ce que vous avez fait quand il m'a tiré dessus ?

— Qu'est-ce que vous croyez ? Je l'ai tué.

C'était la réponse à tout des vampires : on tuait d'abord et on posait les questions ensuite. C'était une solution plutôt bien adaptée si celui qui posait problème était quelqu'un qui avait suivi le cérémonial pour devenir vampire, mais qui tombait complètement à côté avec le reste du monde. Les vraiment morts ne pouvaient pas répondre aux questions.

— Et qu'avez-vous fait du corps ?

— Malheureusement, votre agresseur est tombé sous un train qui entrait en gare. La circulation a été interrompue le temps que la police puisse mener ses investigations.

— Investigations qui ne les mèneront bien évidemment pas à soupçonner le moindre meurtre, j'imagine ?

— Vous imaginez bien.

Il m'examina de son regard pétillant d'amusement, même si celui-ci n'avait pas totalement fait disparaître l'épuisement.

Il ne me faisait pas entièrement confiance, mais ce n'était pas grave, puisque c'était totalement mutuel. Il était peut-être effectivement la personne qu'il disait être, mais à l'heure qu'il était je n'étais même pas certaine qu'il connaissait vraiment Rhoan.

— Savez-vous pour quelle raison ce loup a essayé de vous tuer ? demanda-t-il.

Je haussai les épaules.

— Ce genre de trucs arrive tout le temps. (Même si je n'avais jamais entendu parler d'un loup-garou tirant sur l'un de ses semblables.) On nous tire dessus presque autant que vous, les vampires.

À vrai dire, les humains nous considéraient même comme inférieurs aux vampires, probablement à cause de tous les films de loups-garous produits par Hollywood des années durant. Pourtant, en règle générale, les loups-garous ne devenaient pas fous et ne chassaient pas les humains à la pleine lune. Ceux qui se comportaient ainsi étaient rapidement pris en charge par la meute. Il était *extrêmement* rare que la victime d'une de ces attaques devienne à son tour loup-garou, ne serait-ce que parce qu'elles y survivaient rarement. Et, pour celles qui survivaient, le changement n'intervenait que si du sang de loup coulait déjà dans ses veines. Mais il semblait que les humains préféraient le mythe cinématographique à la réalité. Ou peut-être était-ce qu'un vampire semblait plus sexy qu'une créature qui se transformait en animal à chaque pleine lune.

— Vous l'aviez déjà vu ? ou reniflé ? demanda Quinn.

Je secouai la tête en signe de dénégation.

— Alors comment savait-il que vous rentreriez chez vous à cette heure-là ? Et pourquoi aurait-il voulu vous tirer dessus ?

— Si vous aviez pris la peine de lui poser ces questions avant de le tuer, peut-être aurions-nous une chance d'avoir certaines réponses.

Il ne réagit pas à mon reproche à peine voilé.

— Mais c'est envisageable qu'on essaie de vous tuer, vous ?

— En tout cas, cela semblait être l'intention de notre ami.

Il fit la grimace.

— Je voulais dire : vous avez rendu quelqu'un furieux, dernièrement ?

Mon sourire s'élargit.

— Je suis un loup-garou.

Il acquiesça d'un air sérieux, mais avec quand même un plissement rieur au coin des yeux.

— En d'autres termes, la réponse est oui.

— Je suis parfaitement capable de me défendre toute seule, vous savez ?

Enfin, sauf quand quelqu'un déciderait de nouveau de me tirer dessus à balles d'argent.

Il se leva et les pans du pardessus voletèrent, laissant apercevoir des cuisses merveilleusement galbées. Une bouffée de chaleur me parcourut, une pointe de désir qui ne ferait que devenir plus cruelle à mesure que l'on se rapprochait de la pleine lune.

— Je ferais mieux de vous ramener chez vous.

J'aimais ce que le « ramener » impliquait, mais restais méfiante à propos de tout cela qui semblait quand même tomber trop à propos.

— Ne vous en faites pas. Je n'ai pas besoin d'escorte.

— Peut-être pas mais, pour le moment, j'ai toujours dans l'idée d'attendre le retour de Rhoan dans votre couloir.

Pourquoi ? C'était la vraie question, celle à laquelle il refusait de répondre.

— Pourquoi n'allez-vous pas à l'hôtel ? Il y en a un juste à côté.

Certes, c'était le genre d'hôtel fréquenté par des prostituées et des junkies, mais je ne pensais pas que ça le dérangerait tant que ça. Il était peut-être riche, mais c'était avant tout un vampire, et à un moment ou à un autre de leur vie ils avaient tous emprunté cette route-là. C'était en tout cas ce que pensait Kelly.

— Au moins, vous pourriez prendre une douche, poursuivis-je.

— S'il ne revient pas bientôt, c'est ce que je ferai.

Il me plaqua la main sur le bas du dos pour me conduire hors de la salle d'attente, et ses doigts me firent l'effet d'un fer chauffé à blanc sur mes reins. Le tout additionné à sa senteur enivrante de santal, était-il étonnant que mon pouls accélère aussi fortement ?

En tant que vampire, il était nécessairement conscient de cela. Comme pour me le confirmer, son regard rencontra le mien, me laissant pantelante face à l'intensité et la faim que ses yeux d'un brun profond laissaient paraître. Pas une faim de sang. Un appétit purement sexuel.

Non seulement je le voyais dans ses yeux, mais je pouvais aussi le sentir. Sur son corps. Et sur le mien.

J'expirai lentement et arrachai mon regard de son visage. La force de l'aura des loups-garous, normalement bien atténuée par nos boucliers mentaux, avait tendance à se mettre en surtension et à « fuir » lors de la semaine précédant la pleine lune, ce qui expliquait pourquoi la plupart des loups n'allaient pas travailler à ce moment-là. Il n'y avait rien de plus désagréable que d'avoir plein d'humains qui vous tripotaient ou vous couraient après quand, le reste du temps, ils refusaient de vous toucher, même avec une grande perche. Cela étant, je doutais que Quinn soit contaminé par mon aura. Cela ressemblait plutôt à un désir sexuel des plus traditionnels.

— Votre suggestion de prendre une chambre d'hôtel signifie-t-elle que vous ne m'inviterez pas une fois rentrée chez vous ?

Sa main glissa le long de mon dos et s'arrêta sur ma hanche, envoyant des étincelles de désir dans tout mon corps.

— Vous devinez bien.

— C'est fort dommage.

Mes hormones étaient assez d'accord. Mais, heureusement pour moi, ce n'étaient pas mes hormones qui commandaient.

Pas encore.

— Et ça le restera, répondis-je. Tout du moins jusqu'à ce que je sache pourquoi vous êtes vraiment ici.

Nous gravîmes les marches de l'escalier menant vers l'extérieur et traversâmes en direction de ma rue. La lumière du soleil lui caressa la peau, mais il ne broncha même pas, ce qui signifiait qu'il était encore plus âgé que je le pensais. En général, les vamps n'acquéraient une bonne immunité au soleil qu'au-delà de cinq cents ans.

— Si je voulais vous tuer, me fit-il remarquer en plongeant ses yeux dans les miens, je pourrais le faire ici et maintenant, et personne ne verrait ni n'entendrait rien. Vous pourriez crier tout votre saoul, ça ne changerait rien.

Il déclara cela avec un calme si impérial, sans cette impression de menace qui sous-tendait les propos de Gautier, que je sus qu'il disait vrai. Et pourtant, peut-être par perversité, mon désir pour lui ne fit que s'accroître. Comme nos cousins animaux, nous étions programmés génétiquement pour choisir le partenaire le plus puissant. C'était certainement le genre de qualificatif qui correspondait à ce vampire.

Mais je ne pouvais me permettre de batifoler avec lui, même si j'en mourais d'envie, tant que je ne saurais pas la vérité à son propos. Et, pour cela, il fallait que je retrouve Rhoan.

Quand nous arrivâmes chez moi, je le laissai dans le couloir et allai prendre une douche – en luttant contre l'envie de l'inviter à venir faire des bêtises sous l'eau… et en m'imaginant rincer la boue de ses cheveux soyeux et de sa peau dorée.

Même l'eau froide ne parvint pas à me calmer ou à mettre mes fantasmes en veilleuse.

Puis je sortis de la douche, m'approchai du miroir et examinai la blessure qu'avait causée la balle. C'était moche : une plaie enflée et rouge qui laisserait certainement une sale cicatrice. Et franchement, je n'avais pas besoin d'une cicatrice supplémentaire. J'en avais déjà bien assez sur les genoux, les mains, le dos, souvenirs de bagarres enfantines ou d'explorations imprudentes.

Mais je ne pouvais pas faire grand-chose à ce propos. Je me séchai le corps avant d'aller m'habiller dans ma chambre. Si je devais aller en club après le bureau, il fallait que je choisisse mes vêtements en conséquence. Les jupes au genou et les hauts confortables que je portais habituellement au travail n'étaient pas le genre de tenues acceptées dans les clubs que Rhoan et moi fréquentions. À vrai dire, la plupart préféraient carrément la tenue d'Ève et d'Adam, mais si l'on devait absolument porter des vêtements, c'était le moins possible. Je parcourus du regard ma petite garde-robe et finis par choisir une microjupe noire et un chemisier transparent en mousseline vert sapin. Je fourrai une paire de culottes de rechange ainsi qu'un haut propre, vu que Talon – le plus imposant de mes deux amants, et pas seulement par la taille de son corps – avait tendance à être un peu brutal avec les habits lors de la phase lunaire. Puis je me mis à quatre pattes et explorai le dessous de mon lit à la recherche de mes chaussures vertes à paillettes dotées de talons aiguilles de quinze centimètres. Je les découvris cachées au milieu des moutons et les mis à leur tour dans mon sac. Puis j'enfilai un manteau en laine épaisse et sortis de l'appartement. Quinn se trouvait toujours au même endroit et il me fallut une force mentale d'airain pour réussir à passer près de lui sans lui sauter dessus.

Jack était toujours devant son ordinateur quand j'arrivai au bureau.

— Des nouvelles ? lui demandai-je en lançant mon sac à terre et en me laissant tomber sur ma chaise.

— Gautier s'est chargé des six salopards qui terrorisaient le quartier de Footscray.

Même pour un vampire, ce mec était vraiment un monstre.

— Je veux dire à propos de Rhoan.

— Je sais.

— Et ?

— Aucune nouvelle.

— Tu as envoyé quelqu'un se renseigner sur ce qui se passait ?

— Oui, et il a bien été vu là où il était censé aller, mais il n'y est visiblement pas resté.

— Et où était-il censé aller ?

Jack m'adressa un sourire digne d'un crocodile.

— Cela signifie-t-il que tu as changé d'avis concernant l'examen de gardien ?

— Non.

— Alors, je crains que ce soit une information confidentielle.

— Salaud.

Il leva un sourcil.

— Pour quelqu'un qui est soi-disant si inquiet, tu fais bien peu de recherches.

— J'avais l'intention d'en faire hier soir, mais un abruti a décidé de me flinguer à la place.

Tout amusement s'évapora aussitôt de son regard.

— Que s'est-il passé ?

— Je venais de descendre du train. Il est sorti de l'ombre et m'a tiré dessus. (Je haussai les épaules.) C'est le genre de choses qui arrivent aux loups.

Je ne sais pas si c'était lui ou moi que j'essayais de rassurer. Après tout, mon agresseur avait été le portrait craché de Gautier, même s'il ne sentait pas pareil.

— Et ton agresseur ?

— Mort. (Je m'interrompis.) Il est tombé sous le train.

— Au moins cela évitera-t-il des paperasses. (Il hésita, puis demanda :) Est-ce que tu vas partir à la recherche de Rhoan, alors ?

— Juste après le déjeuner.

— Ce sera intéressant de voir qui de toi ou Kelly le retrouvera en premier.

Je ne pris pas la peine de cacher mon sourire. Bien sûr, il ne pouvait pas savoir que Kelly avait de toute façon l'intention de m'aider dans mes recherches. Mais le simple fait qu'il ait pris la décision de la mettre sur l'affaire signifiait qu'il prenait la disparition de Rhoan plus au sérieux que je le pensais.

— Tu vas donc l'envoyer enquêter ce soir ?

Il acquiesça, et je me sentis soulagée. Avec deux d'entre nous sur l'affaire, nous réussirions certainement à dénicher des indices sur ce qui était arrivé à mon frère. Parce que quelque chose lui était arrivé, c'était certain, même si mon sentiment de malaise restait toujours à un niveau moyen.

— Parfait, répondis-je avant de m'occuper de traiter certains dossiers.

Mais je ne pouvais que sentir le poids du regard de Jack. Il attendait quelque chose, et je n'avais pas la moindre idée de ce dont il s'agissait.

— Tu vas faire la fête, cet après-midi, pas vrai ? finit-il par demander.

Je levai un regard interrogatif et il désigna mon sac d'appoint.

— La pleine lune est dans cinq jours, me contentai-je de dire en guise d'explication.

Il se laissa aller au fond de son fauteuil, l'air perplexe.

— Comment vous faites pour ne jamais tomber en cloque ? Je veux dire, vous baisez comme des lapins sept jours durant, et rien n'en sort jamais. Et, de ce que j'en sais, vous ne prenez aucune contraception.

— Comment peux-tu qualifier de « rien » toute cette satisfaction des sens ? lui demandai-je d'un air goguenard.

Il eut un geste d'agacement.

— Sérieusement. Je me suis toujours posé la question.

— Et tu n'as jamais pensé à la poser à un loup ? Ou à explorer leurs pensées à la recherche de la réponse ?

— Cela ne m'était jamais venu à l'idée.

— Alors pourquoi maintenant ?

— Parce que je déteste le silence.

— Ouais, c'est ça.

Il détestait autant le silence que moi je haïssais nos danses de la lune. Mais je ne voyais aucun mal à répondre à sa question. Ce n'était d'ailleurs pas la première fois que j'y répondais.

—Nous ne prenons pas de contraception, mais nous avons une puce électronique qui empêche la conception. Ne me demande pas comment cela fonctionne, tout ce que je sais, c'est que c'est efficace. On nous les insère sous la peau à la puberté et on ne peut pas tomber enceinte tant qu'on ne l'enlève pas.

Cela n'avait pas été d'une utilité flagrante pour moi car j'étais, semble-t-il, atteinte d'un déséquilibre hormonal qui empêchait mes ovules d'atteindre mon utérus. Le bon côté de l'histoire, c'est que je n'avais pas de règles. Le mauvais étant évidemment que je ne pourrais pas tomber enceinte sans aide médicale. Et même là, les médecins n'étaient pas certains que je réussirais jamais à mener une grossesse à terme. En fait, il semblait que je sois l'équivalent lycanthrope d'un mulet, avec tout ce qu'il fallait, mais rien qui fonctionnait. Quoiqu'il en soit la loi était la loi et il était impossible d'y échapper même en étant stérile.

—Et que se passe-t-il quand vous voulez avoir un enfant ?

—On donne 500 dollars à un médecin assermenté par l'État qui nous enlève la puce, et on peut tomber enceinte sous vingt-quatre heures.

—Et le gouvernement vous y oblige ?

—Ouaip.

Il renifla d'un air surpris.

—Incroyable. Ils ont vraiment une loi pour les humains, et une autre tout à fait différente pour tout le reste.

—J'imagine qu'ils ne veulent pas que les loups-garous envahissent le monde.

—Il est déjà envahi d'humains, et ils font plus de dégâts que n'importe qui d'entre nous ne le pourrait.

—Ce n'est pas une manière très gentille de parler de ta source d'alimentation principale.

Il haussa les épaules et se désintéressa de la conversation. Bizarre, c'est le moins qu'on puisse dire. Midi finit enfin par arriver et je montai au deuxième sous-sol, où se trouvait la cuisine, afin de voir de quoi était composé le menu pour les gardiens – en général de sang, et pas de la variété synthétique. Je mis tout sur un chariot et poussai celui-ci jusque dans l'ascenseur, avant de descendre au quatrième sous-sol.

Les portes de l'ascenseur s'ouvrirent dans un soupir et je fus accueillie par une obscurité impénétrable. Je marmonnai un juron. Ces salopards voulaient encore jouer au plus malin. Et même si je n'avais pas peur du noir, le fait qu'il y ait vingt vampires dans cette pièce, tous capables de devenir des ombres dans la nuit, avait tendance à me rendre nerveuse. Je ne pouvais tous les surveiller, même avec ma vision de vampire, et les caméras de sécurité ne fonctionnaient pas très bien dans le noir.

— Si vous n'allumez pas la lumière, je repars avec votre bouffe, bande de connards.

La lumière se ralluma et la silhouette bestiale de Gautier s'approcha de moi.

— Alors comme ça on a peur du noir ?

Je ricanai et appuyai sur le bouton du chariot. Celui-ci laissa échapper un gémissement électronique avant de s'éloigner de lui-même en direction de la salle à manger.

— Va donc prendre une douche, Gautier. Tu pues la merde.

Ses lèvres s'étirèrent en un sourire, révélant des dents ensanglantées. Il s'était nourri avant d'arriver, et je me demandais de qui. Était-ce une source officielle ou avait-il commencé à braconner son propre gibier ?

— Ce n'est pas de la merde, c'est du sang, et j'en trouve l'arôme enivrant.

— Tu peux me faire confiance, je sais reconnaître du sang quand j'en renifle, et ça, ça n'en est pas.

Je suivis le chariot jusqu'à la salle à manger. Gautier me suivit telle une ombre intimidante que je pouvais sentir, mais pas entendre.

— Rhoan n'est pas revenu, dit-il. Tu as eu de ses nouvelles ?

Je sentis les poils de ma nuque se dresser. Il était si près que je sentais son haleine nauséabonde sur le pavillon de mon oreille. Mais je fis comme si de rien n'était et continuai à marcher à la même allure, parce que sinon cela lui aurait fait trop plaisir.

— Il est en mission.

— La fièvre de la lune commence à se faire sentir pour vous, les loups, non ?

— Qu'est-ce que ça peut te faire ?

— Eh bien, je me demande juste comment tu vas faire sans ton amant.

Je ricanai.

— J'en trouverai un autre. Les loups-garous ne sont pas vraiment monogames, tu sais ?

En tout cas, pas tant qu'ils n'avaient pas trouvé leur âme sœur et échangé leurs vœux d'amour éternel à la lumière de la lune.

— Tu n'as jamais pensé à prendre un vampire comme amant ?

Il abattit sa main sur mon épaule, ses doigts s'enfonçant dans ma blessure tout juste cicatrisée. Un éclair de douleur s'épanouit dans tout mon corps et je ne pus empêcher mes jambes de faiblir un instant. Je ravalai un peu de bile et me laissai tomber à genoux ; avant qu'il ait le temps de réagir, je tendis le bras vers son entrejambe et lui agrippai les couilles.

Il émit un bruit étranglé et s'immobilisa complètement. Même morts, les vampires étaient des hommes, et en tant que tels très attachés à leurs bijoux de famille.

— Essaie encore de me toucher, et tu retrouveras ces petites choses (je pressai ses couilles un peu plus fort) au fond de ta gorge.

Ses yeux bruns étaient brillants de rage et de douleur. Je pressai encore un peu et j'aurais pu jurer voir des gouttes de sueur perler sur son front. Impossible, étant donné la réputation d'inexorabilité de Gautier. C'était peut-être juste une illusion due au manque de lumière.

— Tu m'as bien comprise ?

Il acquiesça d'une manière à peine perceptible. De derrière nous me parvint le son d'applaudissements.

— Bien joué, Riley, commenta la voix enjôleuse et sensuelle de Kelly, juste derrière moi.

Je me détendis. Si elle était ici pour me défendre, je ne risquais rien.

— Donne encore un petit coup de vis à ces balloches de ma part, ajouta-t-elle. La vision d'un Gautier qui a mal est très rare, mais si douce à mes yeux.

Le regard de Gautier me passa au-dessus de la tête.

— Fais gaffe à toi ce soir, salope. Tu ne sais jamais ce qui peut arriver.

— Oh ! là, là, j'ai tellement peur, répliqua-t-elle d'un ton sec.

Je laissai échapper un sourire et dus résister à la tentation d'obéir au souhait de Kelly, choisissant plutôt de relâcher Gautier. Je n'étais pas folle. Si je lui infligeais des blessures trop sérieuses, je me ferais attraper non seulement par le Directoire, mais surtout par Gautier lui-même. Il n'était pas du genre à rechigner à se venger lui-même et, malgré ma grande gueule, je ne tenais pas particulièrement à me retrouver confrontée à lui.

Je me relevai et lui tournai le dos, ce qui en soi était une insulte particulièrement offensante pour un vampire comme Gautier. Je sentis son regard furieux creuser comme des sillons brûlants dans ma nuque, mais je fis mine de n'avoir rien remarqué et ne me retournai pas. Je poursuivis simplement mon chemin.

Kelly s'appuya contre le cadre de la porte du réfectoire avec un grand sourire qui adoucissait ses traits acérés.

— Pas d'une humeur resplendissante, on dirait ?

Je souris et lui lançai une poche de sang.

— Je suis juste un peu lasse de me faire menacer.

— J'avais cru comprendre. Je n'hésiterai pas à t'emprunter cette prise. Elle a l'air sacrément efficace pour immobiliser une proie mâle.

Mon regard se posa sur Gautier. Le mot « sombre » était bien peu adapté pour qualifier son expression. J'étais peut-être folle, mais ça me faisait extrêmement plaisir.

— Tu as quelque chose de prévu pour mardi ou mercredi soir ? dis-je en arrêtant le chariot et en ouvrant les portes latérales pour permettre aux autres gardiens d'entrer.

Kelly secoua la tête, faisant onduler ses cheveux d'un noir presque bleu dans la lumière vive.

— Rien, pourquoi ?

— La pleine lune est proche, alors si tu veux toujours un peu d'aventure à la loup-garou…, suggérai-je en souriant.

— Oh ! Oui, s'il te plaît ! (Ses yeux gris étincelèrent d'impatience.) Les mâles de ton espèce savent sacrément y faire avec les filles.

C'était le moins qu'on puisse dire.

— Je t'appelle mardi et on se fixera un rendez-vous.

Elle acquiesça et se pencha vers moi.

— Je n'ai rien entendu ici à propos de la mission de Rhoan, au fait. Jack m'envoie à sa recherche cette nuit, cela étant. Si je trouve quoi que ce soit, je t'appelle.

— Merci. Mais fais bien attention à toi.

Elle eut un petit sourire et m'effleura le bras.

— Gautier le magnifique ne me fait pas peur.

Eh bien, moi, il me faisait peur ! Et je n'aimais pas la manière dont il nous observait.

— Je pensais plus aux enlèvements qu'à Gautier. Je ne veux pas que tu fasses partie des rangs des disparus.

— Je n'y tiens pas particulièrement non plus, rassure-toi, répliqua-t-elle sur un ton ironique. Mais je ferai attention.

— Très bien.

Quand le trolley fut vide de tout son sang en sachets, Kelly et moi nous occupâmes de servir le café. Tout du long, j'eus conscience du regard brûlant de Gautier qui ne me quittait pas. Son expression me rappelait celle de l'homme qui m'avait tiré dessus, et je décidai de demander à Jack des détails sur le parcours de Gautier quand je retournerais en haut.

Nous finîmes de servir tout le monde et je rapportai le chariot en cuisine. Jack me décocha un sourire amical quand je revins dans mon bureau.

— Pas mal, ta manière de gérer Gautier.

Je fis la grimace.

— J'espère juste que nos patrons ne m'en voudront pas trop d'avoir chahuté leur gardien vedette.

— Il est nécessaire de montrer aux gardiens que tu es capable de te défendre par toi-même, lorsque tu descends, sinon, c'est la porte ouverte aux problèmes.

J'acquiesçai. Les gardiens semblaient avoir des valeurs totalement différentes du reste de la population. Montrez la moindre faiblesse, et ils se croyaient autorisés à vous traiter de la manière qui leur convenait. Et même si ce comportement n'était pas encouragé par la hiérarchie, il n'était pas rare que certains incidents soient passés sous silence, surtout si les gardiens ne tuaient pas leurs « jouets ».

Je me posais souvent la question de savoir comment réagirait le grand public s'il connaissait les sales petites manies de ceux qui étaient chargés de sa protection. Sans parler du véritable but sous-tendant l'existence des gardiens : tuer sans le moindre recours au procès ou à la justice.

Les gens trouveraient-ils cela révoltant ? Ou l'humanité l'accepterait-elle comme le prix à payer pour assurer sa sécurité ?

En pensant à toutes les peurs irraisonnées, presque instinctives, que déclenchaient les non-humains dans à peu près toutes les communautés, j'imaginais que la seconde hypothèse était la plus probable.

Ou peut-être se contenteraient-ils de réclamer notre mort. Pas de non-humains, pas de problèmes.

Je m'assis sur le coin du bureau de Jack et balançai ma jambe d'un air dégagé.

— Tu as déjà essayé d'en savoir plus sur le passé de Gautier ?

— C'est la première chose que j'ai faite que de rassembler tout ce que je devais savoir sur chaque membre du personnel. Pourquoi poses-tu cette question ?

— Parce que je suis curieuse.

— Comme tous les loups, mais cela n'explique pas ton soudain intérêt pour Gautier et pourquoi tu me poses cette question maintenant.

Je souris.

— Je te le demande parce que tu as accès à d'autres niveaux d'information que moi.

Les lèvres de Jack frémirent d'amusement, mais il y avait quelque chose dans ses yeux qui me laissa penser que non seulement il savait où je voulais en venir, mais qu'il s'était attendu à cette question.

Et je sus à cet instant que c'était la raison pour laquelle il avait tant essayé de me faire parler plus tôt dans la matinée.

Ce que je ne comprenais pas, c'était pourquoi il ne m'avait pas directement posé ses questions.

— Que veux-tu savoir ? demanda-t-il.

— Est-ce que Gautier a un frère ?

— Pas la moindre trace de frère. Toute sa famille est décédée, d'ailleurs.

— Eh bien, le gars qui m'a tiré dessus hier soir était son portrait craché. Sauf que c'était un loup-garou, pas un vampire.

— Simple coïncidence ?

— Tu ne crois pas aux coïncidences.

— C'est vrai. (Il réfléchit.) J'ai réussi à faire rapatrier ce qui restait du corps et demandé à nos légistes de pratiquer une autopsie et une analyse cellulaire. De cette manière, nous saurons s'il fait partie de sa famille, ou si c'est autre chose.

Je levai les sourcils.

— Si tu avais entendu parler de mon agression, pourquoi ne m'en as-tu pas parlé quand je te l'ai racontée ce matin ?

— Parce que je voulais voir si tu allais en parler, et si tu voulais qu'on enquête dessus. (Il sourit.) Les bons gardiens finissent toujours ce qu'ils ont commencé.

— Pareil pour les agents de liaison, répliquai-je en me levant et en embrassant la joue tannée de Jack. Merci d'avoir fait ce qu'il fallait.

À ma grande surprise, il rougit.

— De rien. Tu ferais mieux de t'en aller maintenant. Tu n'avais qu'une demi-journée de travail, et tu sais quelle opinion la direction a des heures supplémentaires.

— Si elles ne sont pas approuvées en amont, elles ne sont pas payées, récitai-je en imitant sa voix.

Il eut un reniflement de dérision.

— Pars donc à la recherche de ton coloc' avant que je trouve une bonne raison pour te faire rester.

Le visage fendu d'un sourire, je sautillai jusqu'à mon bureau. Je me déconnectai du réseau, saisis mon sac, adressai un signe de la main à Jack et pris mon envol.

Il avait beau ne pas être 13 heures, le soleil avait disparu derrière de gros nuages, et l'air était uniformément gris. Je boutonnai mon manteau jusqu'au col, contente de l'avoir choisi lui au détriment de la veste en cuir, plus à la mode, mais aussi plus courte, que j'avais tendance à porter quand je faisais la tournée des clubs.

Je pris le tram jusqu'à Lygon Street et eus un instant d'hésitation en descendant, sentant les arômes alléchants de pain chaud, d'épices et de viande rôtie qui flottaient devant les nombreux restaurants de la rue. Mon estomac rechigna de n'avoir même pas eu droit à un déjeuner, mais je n'y prêtai pas attention et poursuivis mon chemin. J'avais des besoins plus urgents à satisfaire dans l'immédiat.

Le *Blue Moon* se situait dans une rue perpendiculaire à Lygon Street. Même si c'était mon club préféré, son nom me faisait toujours sourire. C'était un nom d'une telle banalité pour un club de loups-garous qu'on en trouvait des centaines – sinon des milliers – dans le monde. Les humains devaient penser que nous manquions d'imagination… mais quiconque était déjà entré dans un club pouvait certifier que si nous manquions de quelque chose, ce n'était *sûrement pas* d'imagination.

Ce *Blue Moon*-là était le plus petit des cinq clubs de loups-garous de Melbourne, et le seul qui était ouvert aux humains… enfin, pas tous les jours, et certainement pas durant la phase de pleine lune. Les autres clubs avaient des consignes strictes : non-humains seulement, ce que ces branleurs du gouvernement semblaient particulièrement désireux de changer. C'était encore plus étonnant quand on savait que vingt ans auparavant, ces clubs n'étaient même pas légaux et subissaient souvent des descentes de police.

La porte s'ouvrit dans un souffle devant moi et je fus accueillie par le sourire à moitié édenté de Jimmy, le gorille mi-homme mi-métamorphe léonin, gros comme une montagne. Il avait perdu ses quenottes lors d'une bagarre, quelques semaines plus tôt et considérait visiblement toujours sa bouche pleine de trous comme une preuve de courage. Quand on savait que lors de son combat il avait triomphé de trois loups, on se disait que le colosse avait des raisons d'être fier.

— Salut, Riley, gronda-t-il. Je ne pensais pas te voir aussi tôt dans la semaine.

— Je cherche Rhoan, lui répondis-je. Tu ne l'as pas vu passer ?

Jimmy secoua sa tête ornée d'une superbe crinière.

— Mais je viens à peine de prendre mon poste. Il a pu arriver plus tôt.

— Et Davern et Liander ?

C'étaient les amants réguliers de mon frère, des hommes qu'il fréquentait depuis plus de deux ans. Il avait aussi des partenaires de passage mais, si quelqu'un devait savoir où il était, c'étaient ces deux garçons.

— Davern est ici depuis ce matin, si l'on en croit les caméras de vidéosurveillance. Liander préfère plutôt le *Rocker*, le dimanche.

— Merci.

Je payai mon entrée et ma clé de vestiaire.

— Il y a quel genre de public, aujourd'hui ?

Il haussa les épaules.

— Comme d'habitude.

Ce qui signifiait qu'il y avait quelques vampires et métamorphes au milieu de la foule des loups-garous. Il me tint la porte ouverte.

— J'espère que tu as l'intention de te changer. Tu connais les règles de la maison.

Je lui tapotai la main.

— Ne t'en fais pas, je vais au vestiaire avant toute autre chose.

Il eut un signe d'approbation et referma la porte derrière moi. Je m'immobilisai en haut des marches et laissai mes yeux s'habituer à la profonde obscurité. Des étoiles holographiques ornaient les plafonds couleur de nuit, leur vive lumière commençant à pâlir comparée à la luminescence croissante de la lune bleue. La piste de danse encombrée était entourée de tables et de fauteuils occupés par des loups soit en plein accouplement, soit occupés à regarder d'autres loups s'accoupler. Au fond de la salle se trouvaient plusieurs alcôves protégées par des rideaux, pour ceux qui n'avaient rien contre un peu plus d'intimité, et elles étaient toutes occupées. Lorsque la fin de la semaine arriverait et que le chant de la lune ferait rugir notre sang, on ferait la queue pour y accéder.

La plupart des gens sur la piste de danse étaient nus, mais certains privilégiaient des tenues plus raffinées. Pour quelques-uns c'était le cuir, avec des habits qui moulaient leur corps comme une seconde peau, pour d'autres des costumes plus exotiques, avec des paillettes qui scintillaient sous le clair de lune holographique.

Le DJ était installé dans un coin isolé et sa playlist consistait en une succession de mélodies sensuelles et érotiques dont l'objectif était de mettre les sens à vif. La salle était emplie de l'arôme du sexe et de la luxure, et de désir ; mon sang se mit à battre plus fort dans mes veines.

Tout ce que je pouvais espérer, c'était de réussir à me maîtriser assez longtemps pour réussir à retrouver Rhoan. Mais, étant donné la violence de cette fièvre, je savais que je ne récupérerais un peu de maîtrise qu'en satisfaisant un minimum mes besoins.

Dommage que Quinn n'ait pas été avec moi.

Je fronçai les sourcils et me forçai à ne plus y penser. Jusqu'à ce que j'en sache bien plus sur le mystérieux Quinn et sur les raisons qui le poussaient à vouloir voir mon frère, je ne pouvais me permettre autre chose que de baver sur lui à distance.

Je descendis quelques marches et entrai dans les vestiaires. Je pris une douche rapide pour me débarrasser de l'odeur de bureau et de vampire, puis enfilai mes vêtements spécial club et me maquillai. Je relevai mes cheveux en une queue-de-cheval haute, fourrai mon sac dans le casier, ma carte de crédit et la clé du casier dans la petite poche de ma jupe, et me lançai dans la foule.

En approchant de la piste de danse, j'entendis le rythme sensuel de la musique céder la place à des grognements de plaisir et aux claquements de peau contre peau. La fièvre qui mettait mon sang en ébullition monta encore de quelques degrés, et le désir qui me rongeait depuis ce matin avec Quinn devint dévorant.

Mais j'avais beau mourir d'envie de me jeter dans cette foule ardente et suante, j'exerçais encore assez de maîtrise sur moi-même pour faire passer les affaires avant le plaisir. Davern se trouvait dans les environs, et il fallait que je le trouve.

Je longeai le bord de la piste en parcourant du regard les tables disposées contre le mur. Davern se trouvait tout au fond, non loin des alcôves. Mais il n'était pas seul et je ne tenais pas à le déranger. Les loups, et plus particulièrement les mâles, avaient tendance à réagir violemment quand on les interrompait en pleine action.

J'attrapai un verre sur le plateau d'un des serveurs. Ceux-ci étaient tous non humains et dotés de protections psychologiques, ce qui garantissait non seulement qu'ils pouvaient se défendre en cas de problème, mais aussi que l'aura des loups-garous en chaleur n'avait aucun effet sur eux. C'étaient néanmoins des hommes et des femmes tout ce qu'il y a de plus ordinaires, et ils ressentaient *eux aussi* de l'excitation sexuelle, mais ils étaient *extrêmement* bien payés pour ne pas tenir compte de leurs hormones. Ce qui explique pourquoi les boulots dans les clubs de loups étaient si attractifs.

J'inspirai profondément, m'emplissant les poumons des senteurs qui tourbillonnaient autour de moi, laissant l'atmosphère riche de plaisir, de laisser-aller et de satisfaction charnelle me pénétrer par tous les pores.

Était-ce réellement étonnant que les humains fassent tout ce qui était en leur pouvoir pour être acceptés dans les clubs de loups-garous ? La liberté sexuelle qui y régnait devait leur donner l'impression d'être des gamins dans une boutique de bonbons, comparée aux valeurs morales des plus rigides qui étaient en faveur au sein de l'espèce humaine ces temps-ci.

Mais la présence d'humains pendant la phase de pleine lune serait bien trop dangereuse : certaines meutes n'aiment le sexe que lorsqu'il est *extrêmement* brutal. Le corps humain n'est pas conçu pour la vision lycanthrope d'une bonne baise bien musclée. C'était la raison pour laquelle tous les clubs d'Australie s'étaient ligués pour la première fois de l'histoire dans l'intention de contrecarrer les plans du gouvernement. La mort d'un humain en pleine folie lunaire était bien la dernière chose dont nous avions besoin, surtout que ce ne serait pas les idiots qui avaient changé les règles mais les loups-garous et les clubs qui en seraient rendus responsables.

Je tournai la tête vers l'escalier et vis en descendre un homme grand et puissamment bâti, aux traits burinés et à l'épaisse chevelure blond foncé. L'énergie sexuelle qui rayonnait de lui était si forte que je pus la sentir de là où je me trouvais. J'avais rencontré – et baisé – de nombreux loups dans les vingt-neuf années de ma vie, mais aucun d'entre eux n'avait une aura aussi puissante, aussi imposante que celle dégagée par celui-ci.

Nos regards se croisèrent. La chaleur qui faisait palpiter l'étrange jaune doré de ses iris fit écho au plus profond de mon être. Talon et moi étions ensemble depuis deux ans, ce qui était presque un record pour deux loups qui n'étaient pas des âmes sœurs. Nous nous connaissions sur le bout des doigts d'un point de vue sexuel, mais nous étions presque des étrangers l'un à l'autre en dehors des clubs.

Il descendit les marches en ôtant sa chemise, qu'il jeta négligemment sur une table inoccupée. Sa peau dorée luisait dans la lumière des étoiles et son pantalon de cuir mettait non seulement en valeur la musculature de ses jambes, mais aussi la taille de son érection.

Son aura le précédait comme une marée entraînant toutes les femmes qui l'approchaient. Nombre d'entre elles le reluquèrent en soupirant, mais il ne s'arrêta pas, poursuivant son chemin vers moi sans jamais me quitter du regard.

Avec ses presque deux mètres, c'était un sacré colosse. Même avec mes quinze centimètres de talons, il m'en manquait encore plus de dix pour être à sa taille. Pourtant, il se déplaçait avec la grâce et la légèreté d'un vampire. L'égoïste en moi espérait vraiment qu'il ne trouverait pas son âme sœur avant moi, parce que tout se passait vraiment bien entre nous. Sa manière de baiser sauvagement était quelque chose dont je voulais encore profiter un petit moment.

Il s'immobilisa alors qu'il restait encore quelques mètres entre nous, parcourant mon corps d'un regard appréciateur avant de planter de nouveau ses yeux dans les miens. Le désir qui surgit entre nous caressa ma peau jusqu'à la faire rayonner.

— Je ne m'attendais pas à te trouver ici aujourd'hui, petite louve.

Sa voix était un sourd grondement, mais pourtant, elle donnait à mes sens l'impression d'une chaude brise estivale.

— Je cherche Rhoan, et je voulais demander à Davern s'il savait où il se trouvait.

Il regarda derrière moi un bref instant.

— Il ne devrait plus en avoir pour très longtemps, on dirait.

— En effet.

J'avais bien remarqué que les bruits et l'aura de plaisir qui s'échappaient de la table de Davern allaient crescendo, mais une partie de moi espérait qu'il prendrait un peu plus son temps. J'avais trop envie de me noyer dans la puissance rayonnante de cet homme-là quelques instants de plus.

Talon s'avança légèrement vers moi et j'en eus le souffle coupé. La brûlure qu'avait causée la balle en argent dans mon épaule n'était rien en comparaison de ce que je ressentis à cet instant précis.

Le bout de ses doigts me caressa la joue, avant de parcourir ma gorge et ma poitrine. C'était un contact aussi léger qu'une plume, mais qui me fit néanmoins l'effet d'un marteau-piqueur. Il déboutonna le premier bouton de mon chemisier, puis s'attaqua au deuxième.

— Tu es brûlante de fièvre, petite louve. Je peux le sentir.

Moi aussi, et cela commençait à être douloureux.

— C'est un besoin qui devra attendre que je parle à Davern.

— Oh ? Vraiment ? (Un autre bouton céda.) Et qu'est-ce qu'il y a de si urgent que tu doives absolument lui parler en cette période de fête ?

— J'ai reçu un appel de la mère de Rhoan. (C'était aussi la mienne, mais Talon n'était pas censé le savoir.) Comme je te l'ai dit, il faut que je le trouve.

Talon fit céder le dernier bouton de mon corsage et en écarta les pans. Du bout des doigts, il effleura mon ventre, envoyant des frissons d'impatience dans toutes les zones de mon corps. Il traça un cercle autour de l'un de mes seins avec une lenteur calculée, ses yeux dans les miens, me noyant dans la vigueur de son désir alors que son doigt traçait une spirale qui se rapprochait de mon téton hypersensible sans jamais le toucher.

La sueur perla sur mon front. Sa caresse douce comme un murmure passa à mon autre sein et, en sentant son index tracer sa courbe concentrique, je me sentis sur le point de hurler de frustration.

— Veux-tu danser avec moi, petite louve ?

— Quand j'en aurai fini avec Davern, tu pourras faire ce que tu veux de moi.

— Une promesse bien imprudente, vu à quel point nous sommes tous les deux chauds bouillants…

J'eus un petit sourire provocateur. Je fis courir mon index le long de son torse lisse et dur avant de tripoter le bouton de son pantalon.

— Et qu'est-ce que tu as l'intention de faire de moi, par curiosité ?

Il se pencha vers moi et je ne pus plus rien sentir d'autre que l'odeur brûlante et musquée de son loup. Il m'embrassa les lèvres et, d'une voix qui ressemblait à un grondement rocailleux, me répondit :

— J'ai bien l'intention de te baiser à en mourir.

Mon cœur faillit sortir de ma poitrine. Que cela soit ses paroles, son aura ou le ton qu'il avait utilisé, il semblait bien que cette lune lui faisait le même effet qu'à moi, et, frère disparu ou pas, j'étais bien contente d'être venue aujourd'hui. Misha, mon autre amant régulier, était doux et affectueux, mais Talon, c'était la férocité, le danger, l'excitation. Quand l'influence de la lune était aussi forte qu'aujourd'hui, c'était lui que je désirais.

J'arquai un sourcil.

— N'est-ce pas ce que tu fais chaque fois ?

Avec un sourire de loup, il m'enlaça la taille d'un de ses bras et m'attira contre lui si fort qu'on aurait dit qu'il essayait de pénétrer en moi.

— Cette fois-ci, je te baiserai jusqu'à ce que tu hurles mon nom à la lune.

Je sentais son souffle sur mes lèvres, la brûlure de son regard planté dans le mien, et c'était comme si le désir consumait la moindre fibre de mon corps.

— Et je continuerai jusqu'à ce que tu me supplies d'arrêter.

— Cela risque de prendre pas mal de temps, ronronnai-je pour le taquiner. Tu es bien sûr d'avoir la forme pour ça ?

— Tu ne désireras aucun autre homme ce soir, petite louve, cela, tu peux en être sûre.

Je posai ma main sur sa nuque et l'attirai vers moi afin de pouvoir l'embrasser.

— Davern a terminé, reprit Talon après quelques instants. Je vais nous réserver une chambre.

Je souris. Le *Blue Moon* était l'un des rares clubs qui louaient des chambres séparées. Il n'y en avait pas beaucoup, quatre en tout, mais elles étaient remplies de petits gadgets dernier cri, du genre de ceux qu'apprécient les esprits les plus aventureux.

Si Talon voulait en réserver une, cela signifiait qu'il était des plus sérieux concernant l'appétit qu'il ressentait et ses intentions, et je sentis l'impatience m'envahir. Normalement, nous baisions aux tables ou sur la piste, et c'était déjà vachement bien. Et même si je ne pouvais pas y consacrer toute la journée, deux ou trois heures de sexe sportif devraient certainement apaiser une bonne partie de mes besoins.

Je déboutonnai la braguette de son pantalon et en descendis la fermeture à glissière. Son sexe en érection en jaillit, réclamant des caresses.

— Laisse ton pantalon sur la poignée, comme ça je saurai dans quelle chambre tu es.

Il me dévora la bouche avec le même appétit qu'il semblait ressentir à l'idée de s'occuper de mon corps. Puis il fit demi-tour et s'éloigna, me laissant tremblante d'impatience de la tête aux pieds. J'inspirai profondément, mais cela ne fit pas grand-chose pour calmer ma faim.

Je nouai les pans de mon chemisier et m'approchai de Davern. Il était seul, un verre à la main. Il leva le regard en me voyant arriver. Cela faisait un moment qu'il devait boire, parce que ses yeux étaient plus rouges que bleus.

— Salut, Riley. Comment vas-tu ?

Je m'assis dans le fauteuil qui lui faisait face. Il sentait le sexe, la sueur et l'alcool, et je fronçai les sourcils.

— Je croyais que tu avais arrêté de boire ?

— Je me suis fait larguer cet après-midi, répondit-il d'un ton lugubre.

Ce n'était visiblement pas une relation très sérieuse étant donné que cela ne l'avait pas empêché d'avoir d'autres partenaires.

— Ah ? Et alors ?

— Alors, c'était un bon coup et il va me manquer.

Je souris et lui tapotai la main en signe de sympathie.

— Si tu continues à boire comme ça, tu vas avoir du mal à trouver des remplaçants, ce soir.

— Oh ! Cela ne me prendra pas plus d'une heure pour évacuer l'alcool, et de toute façon j'ai plutôt envie de me perdre dans la délectation morose, en ce moment. (La lumière holographique donna un reflet bordeaux à ses cheveux noirs.) Que puis-je faire pour toi ?

— Je cherche à savoir où se trouve Rhoan.

Il leva un sourcil.

— Pourquoi donc ?

— Parce que j'ai l'impression qu'il a des ennuis.

L'absence de réaction dans ses yeux injectés de sang m'apprit à quel point le sort de mon frère lui était indifférent, et j'eus soudain la folle envie de lui botter le cul.

— Sérieux, les ennuis ?

Je pris une grande inspiration que je laissai échapper doucement, plus pour m'empêcher de le frapper que quoi que ce soit d'autre.

— Non, je ne pense pas. J'ai juste l'impression qu'il a besoin d'aide. Il s'est probablement mis dans une situation dont il ne réussit pas à se dépêtrer.

Davern eut un reniflement de dérision.

— C'est ce qu'il fait toujours, et il finit toujours par s'en sortir tout seul.

— Oui, mais là, ce n'est pas dans le cadre du sexe.

En le disant, je me rendis compte que ce n'était pas vrai. Il y avait quelque chose de sexuel dans mon impression.

Ce qui était à peu près aussi incompréhensible que de voir Rhoan s'impliquer aussi longtemps dans une relation avec un crétin indifférent tel que Davern. Celui-ci devait être un sacré bon coup parce qu'il ne semblait pas avoir grand-chose d'autre pour lui.

— Quand est-ce que tu l'as vu pour la dernière fois ?

— La semaine dernière. Mais je crois qu'il était chez Liander jusqu'à dimanche.

Je devais donc absolument mettre la main sur Liander.

— J'imagine qu'il n'a pas dit où il devait aller après ?

Son regard injecté de sang me passa dessus comme si j'étais devenue soudain invisible, et je sentis son appétit sexuel se réveiller. Peut-être n'était-il pas aussi saoul qu'il le paraissait.

— Il a vaguement parlé d'une enquête sur Evensong Air.

La compagnie aérienne de Quinn. Génial. Je saisis la main de Davern, le forçant à me prêter attention.

— Il est très important que tu me répètes exactement ce qu'il a dit sur Evensong Air.

Il cligna des yeux.

— Bon sang, c'était il y a plus d'une semaine !

— Je sais bien. Essaie de mettre en branle tes petites cellules grises et de te creuser la cervelle.

Il fronça les sourcils et attrapa son verre de sa main libre.

— Il a parlé de problèmes chez Evensong et qu'il allait probablement devoir enquêter sous couverture. C'est tout. Je te promets.

Je lâchai son poignet et me laissai aller en arrière dans mon siège. Rhoan menait l'enquête sur Evensong, et le vampire à qui appartenait cette compagnie campait dans mon hall d'entrée.

Coïncidence ? C'était fort peu probable.

Et même si je ne pouvais pas interroger directement Quinn sans risquer d'éveiller les soupçons, je pouvais parfaitement me renseigner indirectement. Talon fréquentait les mêmes cercles que Quinn et, s'il y avait quelqu'un en mesure de déterrer des saloperies, c'était bien lui.

Mais avant de lui demander le moindre service, il allait falloir que je passe à la casserole.

Chapitre 4

Le pantalon de Talon pendait à la poignée de la troisième chambre et, rien que de le voir, je sentis l'excitation envahir mon bas-ventre. La porte s'ouvrit devant moi et je le vis dans toute sa gloire, sa peau luisant de reflets dorés, son sexe tendu par le désir.

Un instant plus tard, son aura me frappa et je me sentis comme happée par un brasier de luxure. Il aurait pu me prendre là, dans le couloir, et je n'aurais rien eu à y redire. D'un autre côté, son aura n'avait pas grand-chose à y voir : j'étais une louve, après tout, et l'exhibitionnisme est l'une de nos caractéristiques naturelles.

Il attrapa ma main et en baisa les doigts en me faisait pénétrer dans la pièce. La lumière vacillante des chandelles installées en guise d'appliques faisait courir des reflets dorés sur les draps de satin rouge et les murs noirs. La chambre était presque vide à l'exception de deux bancs de différentes dimensions. Comparée aux autres chambres du club, celle-ci était assez dépouillée, et peut-être était-ce justement pour cela qu'il l'avait choisie. Il avait envie de sexe pur et dur, sans la moindre distraction, juste son corps et le mien.

Il referma la porte derrière moi, puis appuya sur le cadran à gauche du chambranle.

— J'ai actionné le bouclier psychique, dit-il. Personne ne peut plus nous entendre ou nous percevoir. Quand je te ferai hurler à la lune, personne sauf nous ne le saura.

Il fit un pas vers moi. La lumière palpitante fit étinceler la chaîne torsadée en or blanc qu'il portait autour du cou, le seul bijou que je l'avais jamais vu porter et qui mettait en valeur la musculature noueuse de sa nuque et de ses épaules. J'appuyai la main sur sa poitrine solide, résistant un instant à la puissance de son aura. Sa chaleur m'enveloppait, me pénétrait, agaçant ma peau et poussant ma faim dans ses derniers retranchements. Cela suffit à me convaincre de poser mes questions dès maintenant, car je ne savais pas si je serais en état de le faire après plusieurs heures de sexe avec lui.

— J'aimerais que tu répondes à une question avant.

— Désolé, je n'aime pas le sexe avec questions.

Je souris.

— Dommage, parce que c'est tout ce qui est disponible aujourd'hui.

— Vraiment ?

Il me saisit le poignet et, même si j'aurais parfaitement pu résister à sa poussée, je ne le fis pas. Je le désirais autant qu'il me désirait.

Lorsque mes mollets entrèrent en contact avec le plus petit des deux bancs, je grimpai dessus et plongeai mes yeux dans les siens. C'était une erreur, car la force de son aura me frappa comme une déferlante, me laissant humide et totalement prête à l'accueillir en moi. Un instant, je me laissai aller à cette sensation et l'embrassai avec férocité.

Il me fallut une volonté de fer pour m'interrompre et pour poser les questions que je devais poser. Surtout avec ses doigts qui jouaient avec le nœud de mon chemisier, effleurant ma peau et me mettant dans un état d'excitation incontrôlable.

Je respirai profondément et tentai de me concentrer.

— J'ai besoin d'en savoir plus sur Evensong Air.

— Pourquoi ?

Le nœud refusant de céder à ses mains, il se contenta de m'arracher mon chemisier avant de le jeter au sol.

— C'était un nouveau chemisier.

— Envoie-moi la facture, grogna-t-il, mais il traita néanmoins ma jupe et mon string avec un peu plus de délicatesse. Et réponds à ma question.

Mon cerveau patina quelques instants dans le vide avant de se souvenir de quelle question il s'agissait.

— Davern m'a dit que Rhoan enquêtait sur cette compagnie, et j'ai besoin de savoir pourquoi si je veux avoir le moindre espoir de le retrouver.

— Cela doit être un appel extrêmement urgent de sa mère pour que tu en fasses autant pour le retrouver.

Ma réponse affirmative se perdit dans un soupir fiévreux alors qu'il parcourait le haut de mon torse de baisers. Il attrapa l'un de mes tétons entre ses lèvres et le suça, me faisant quasiment défaillir de plaisir. Je ne sais comment je réussis à reprendre pied dans ce tourbillon de désir, mais je réussis néanmoins à articuler :

— Un décès dans la famille.

— Ah.

Ses doigts parcoururent la courbe de mon ventre, jouèrent avec les poils de mon pubis, puis s'enfoncèrent dans les profondeurs humides de mon intimité.

Je ne pus que gémir de plaisir durant de trop nombreuses minutes.

Quand je réussis enfin à mobiliser assez de cellules grises pour retrouver la capacité de parler, j'ajoutai :

— Tu fréquentes les mêmes cercles que Quinn O'Conor. J'ai besoin que tu me déniches le plus d'informations possible à son propos.

Il me mordillait l'épaule, envoyant des éclairs de plaisir dans tout mon corps, et son aura me consumait de chaleur et de désir. Dans d'autres circonstances, j'aurais cédé à la tentation et me serais laissé aller, mais j'avais trop besoin de son aide.

Sa bouche remonta jusqu'à la mienne.

— Si tu me promets de te concentrer sur nos affaires en cours…

Il me mordit cruellement la lèvre inférieure. Mais c'était une douleur agréable, surtout avec le petit coup de langue qu'il ajouta pour adoucir celle-ci.

— … je promets de découvrir tout ce que je peux à propos d'Evensong Air et de son propriétaire.

— C'est urgent…

Mais mes doigts qui parcouraient son dos et l'attiraient contre moi, mes cuisses qui s'écartaient pour lui livrer passage, toutes mes actions venaient contredire mes paroles.

— Cela aussi.

Il se colla contre mon entrejambe, promenant son gland à l'entrée de mon vagin, agaçant celui-ci sans le pénétrer.

— Si c'était urgent, tu arrêterais de m'allumer et tu me baiserais.

Un grondement sortit de sa gorge et, d'une vigoureuse poussée, il s'inséra en moi. Je gémis de plaisir. Talon me remplissait, m'écartelait comme aucun autre loup – et à cet instant je voulais sentir en moi le moindre centimètre de sa dureté. J'entourai son cou de mes bras, ses hanches de mes jambes et m'empalai profondément sur lui. Il saisit mes fesses et pompa, pompa, pompa, jusqu'à ce que j'aie l'impression que son sexe turgescent remplissait chaque parcelle de mon corps.

Il n'y avait rien de tendre dans cet accouplement. Ce n'était pas envisageable, avec la fièvre lunaire qui nous brûlait férocement tous les deux. Je le chevauchai sauvagement, rapidement, brutalement, et Talon fut ravi de me monter avec vigueur. La spirale de plaisir atteignit rapidement son sommet et je jouis en émettant un son étranglé par les spasmes qui parcouraient mon corps. Il éjacula presque simultanément et s'abattit sur moi avec une force telle que mes os et le mur derrière moi en vibrèrent.

Une fois que le calme fut revenu, je souris.

— C'était indéniablement un bon début, mais c'était peut-être un peu trop rapide pour pouvoir prétendre être une baise à mort.

Il m'adressa un sourire carnassier.

— C'était juste un amuse-bouche, de quoi nous mettre en condition. Je t'ai fait une promesse, petite louve, et j'ai bien l'intention de la tenir.

S'il y avait bien une chose que j'admirais plus que son physique, chez Talon, c'était bien sa capacité à tenir ses promesses.

Mais, si talentueux qu'il soit au lit, il ne réussit pas à me faire hurler son nom à la lune. C'était quelque chose que je réservais à l'homme qui serait mon âme sœur, où qu'il se trouve actuellement.

Après deux heures pleines de fureur et de sueur, Talon s'en fut à la recherche d'une nouvelle partenaire, et je pris une longue douche bien chaude. Je me rhabillai, allai récupérer mon sac dans mon casier et remontai les marches qui menaient vers la sortie.

— Voilà une louve qui a l'air bien contente d'elle, observa Jimmy en m'ouvrant la porte.

Je lui décochai un grand sourire.

— C'est parce que tout s'est bien passé pour tout le monde.

Il acquiesça.

— Y a un gars qui te cherchait tout à l'heure.

— Vraiment ? répondis-je, interloquée. Qui ça ?

— Un vamp. Il a fait un tour à l'intérieur puis est remonté pour me demander si je ne t'avais pas vue.

Merde. Cela devait être Quinn. Il avait certainement tenté de lire dans les pensées de Jimmy, mais je savais qu'il ne devait pas y être parvenu : Jimmy était protégé psychiquement, comme les serveurs.

Quelles que fussent les intentions de Quinn, en tout cas, il semblait vouloir garder l'œil sur moi à tout prix.

— C'était quand ?

— Il y a une heure, à peu près.

Le soulagement m'envahit. Le bouclier psychique devait encore fonctionner à ce moment-là. Il n'avait pas pu me détecter.

— Qu'est-ce que tu lui as dit ?

— Que tu étais passée dans l'après-midi, mais que tu étais partie au *Harbor Bar*.

Le *Harbor Bar* se trouvait à l'autre bout de la ville, à une heure de là, ce qui me donnait le temps de m'échapper s'il décidait de revenir. Je me dressai sur la pointe des pieds et embrassai la joue tannée de Jimmy.

— Tu es un amour. Ça te dérange si j'utilise l'entrée de service ?

— Vas-y.

J'enfilai mon manteau et me dirigeai vers l'arrière du bâtiment. J'ouvris la porte de service et fus accueillie par une bouffée d'air glacial qui me fit frissonner, me faisant presque regretter d'être aussi légèrement vêtue. Mais en pleine semaine lunaire, le jean n'était pas des plus pratiques.

J'épaulai mon sac et me dirigeai vers le *Rocker*. J'entendis la musique qui s'échappait du club bien avant d'arriver en vue de celui-ci. Il n'y avait pas beaucoup d'endroits en ville où on jouait encore *Blue Suede Shoes*, le classique d'Elvis Presley, et absolument aucun qui aurait enchaîné sur le *Baby Did a Bad Bad Thing* de Chris Isaak. Je me demandais souvent où les propriétaires du club dénichaient ces pépites musicales, étant donné qu'elles avaient la plupart du temps été éditées sur vinyle ou CD, deux technologies qui avaient depuis été abandonnées.

Contrairement au *Blue Moon*, le *Rocker* était très éclairé, avec des néons partout. La façade vitrée permettait aux passants de jeter un coup d'œil à l'intérieur. On n'y voyait rien d'autre que des gens qui mangeaient, buvaient et dansaient à la manière humaine. Ceux qui voulaient s'accoupler le faisaient dans la salle du premier étage, à l'abri des regards indiscrets.

Je poussai la porte et déposai mon sac et mon manteau au vestiaire, puis me dirigeai vers le bar pour commander un cocktail qui s'avéra être quelque chose de rose et mousseux. Verre dans la main, je me lançai à la recherche de Liander. Je trouvai d'abord Misha : il descendait les escaliers alors que je me préparais à les gravir.

— Hello, jolie dame, me salua-t-il en sortant de l'ombre aussi silencieusement qu'un fantôme. J'adore le corsage dont tu es presque vêtue.

Je souris et embrassai sa joue pâle.

— Tu connais Talon et ses petits tours d'homme des cavernes…

— Je suis jaloux.

Il sourit, ses yeux argentés étincelant presque autant que sa chevelure dans la lumière crue des néons.

— C'est toujours lui qui a le droit de te déchirer tes habits le premier, reprit-il.

— Si tu la joues fine, je te permettrai peut-être de m'arracher la jupe. (Même si, après la séance de sexe furieux et brutal que je venais de me taper, ce ne serait probablement pas dans le futur immédiat.) Tu n'aurais pas vu Liander dans le coin ? J'ai besoin de parler avec lui à propos de Rhoan.

— Pourquoi ? Il a des ennuis ?

Je lui donnai la même excuse qu'à Talon et il m'offrit son bras en faisant demi-tour :

— Je vais t'accompagner là où Liander est actuellement en train de dévorer un hamburger.

Je souris et acceptai le bras offert. Talon avait beau être un amant extraordinaire, c'était avec Misha que je me sentais à l'aise, même en dehors du sexe. J'aimais bien Misha. Je n'étais pas sûre de pouvoir dire la même chose de Talon.

Misha m'escorta jusqu'en haut des escaliers et à travers la pièce aux allures de grange qui tenait lieu de piste de danse privée. Seule la moitié des bancs et des poufs étaient occupés, ce qui était étrange, vu comment le *Blue Moon* était bondé et que la pleine lune approchait. Liander était assis sur un canapé au fond de la pièce, seul – et cela aussi était des plus surprenants.

Je m'assis sur le canapé qui lui faisait face et Misha se glissa à côté de moi. En sentant sa cuisse se presser contre la mienne, je sentis mon pouls s'accélérer et un frisson de désir me parcourir. Cette réaction me confirma que, même si je pensais le contraire, la lune n'en avait pas fini avec moi.

— Charmante boisson, dit Liander en guise de salut.

Je regardai mon cocktail mousseux.

— Je n'ai pas la moindre idée de ce qu'il y a dedans. J'ai demandé un truc sucré, et c'est ce qu'on m'a donné.

— Voilà une excellente leçon : ne jamais commander quelque chose de sucré dans un vieux bar rock'n'roll.

Il se laissa aller contre le dossier du canapé et la lumière joua avec la ligne de ses pommettes sculpturales, leur donnant des reflets de vieil or. Ce qui allait particulièrement bien avec ses cheveux argentés. Je ne pus m'empêcher de sourire. La semaine dernière, il avait les cheveux bleus. C'était une bonne chose qu'il soit l'un des plus grands artistes d'effets spéciaux du pays, parce que sinon je ne voyais pas comment il aurait pu se payer ses changements de look incessants.

Et cela me laissait toujours perplexe d'imaginer comment il avait pu se soumettre dix années durant aux règles de l'armée. Ce n'était pas le genre d'endroit où on encourageait précisément l'individualité, et je n'imaginais pas Liander se conformer à quoi que ce soit. Je lui en avais parlé maintes fois, mais il s'était contenté de hausser les épaules et de changer de sujet. De ce que j'en savais, même Rhoan ne connaissait pas les détails de sa carrière militaire. Ce qui était tout de même bien mystérieux. Et, s'il devait continuer à tenir un rôle aussi important dans la vie de mon frère, je commencerais à me renseigner. Non que je sois tellement fouineuse (enfin, si, je le suis), mais Rhoan était mon jumeau et ma meute. Si quelque chose dans le passé de Liander pouvait porter préjudice à mon frère, alors je tenais à le savoir.

— Que puis-je faire pour toi, Riley ?

— As-tu vu Rhoan, récemment ?

Il fronça les sourcils.

— Pourquoi ? Quelque chose ne va pas ?

J'eus un instant d'hésitation, principalement parce que je savais que Liander était sincèrement amoureux de mon frère, même si ce n'était pas réciproque. Liander méritait la vérité, ou tout au moins une partie de celle-ci. Mais, avec Misha à côté de moi, je dus m'en tenir à ma version de départ.

— Il faut juste que je le contacte. Tu n'as pas une idée d'où il pourrait être ?

— Je le croyais en mission.

— Davern m'a dit qu'il enquêtait sur Evensong Air.

Liander fit la grimace.

— Cet ivrogne ne serait même pas capable de distinguer l'avant de l'arrière d'un chien, ces temps-ci.

Je souris.

— Qu'est-ce que tu veux dire ?

— Je veux dire que c'était à propos du patron d'Evensong Air, Quinn O'Conor, que Rhoan enquêtait, pas de la compagnie elle-même.

Je sentis mon estomac se nouer. C'était tout aussi bien que j'aie fait confiance à mon instinct plutôt qu'à mes hormones.

— J'avais pourtant l'impression qu'ils étaient amis.

— C'est le cas, et c'est pourquoi Rhoan était très contrarié de devoir enquêter sur lui.

Au moins Quinn n'avait-il pas menti à ce propos.

— Tu n'as pas la moindre idée de ce sur quoi il enquêtait ?

Liander secoua négativement la tête.

— Tu sais bien qu'il ne donne jamais ce genre de détails.

Je m'enfonçai dans les coussins en soupirant.

— Tu ne sais donc pas où il a pu aller.

— Je sais qu'il a consulté un plan de la ville avant de partir.

Je levai le sourcil.

— J'imagine que tu ne sais pas quelle adresse il recherchait ?

— Non. Mais j'étais à côté de lui et j'ai vu qu'il était à la page 69.

Je souris.

— Pas étonnant que tu t'en sois souvenu. Tu avais une idée derrière la tête, non ?

Une lueur d'amusement fit briller ses yeux gris.

— Je ne l'ai pas gardée derrière la tête bien longtemps.

— Tu as bien de la chance.

— J'en ai conscience.

— Il y a un plan de Melbourne chez moi, intervint Misha, si tu veux voir ce qu'il y a à cette page.

Je me laissai aller contre lui et embrassai de nouveau sa joue.

— Merci.

Il me regarda en souriant.

— J'ai bien d'autres idées de la manière dont tu pourrais me remercier…

Les braises de la passion se rallumèrent. Ce n'était pas le feu dévorant qui m'avait brûlée un peu plus tôt, mais c'était indéniablement le signe que cette phase lunaire allait être particulièrement difficile. Et, pour la première fois, je me demandai si Talon et Misha suffiraient à satisfaire mes besoins.

Je saluai Liander et me laissai raccompagner par Misha jusqu'au vestiaire où je récupérai mon sac et mon manteau. Une fois dehors, il me plaqua contre le mur en m'embrassant. C'était une possession lente et douce, totalement différente de la manière dont me traitait Talon, mais tout aussi excitante à sa manière. C'est la raison pour laquelle j'aimais passer du temps avec les deux. Entre eux deux, j'avais l'homme idéal.

— Je vais chercher ma voiture, dit-il au bout d'un moment.

— Je t'attends.

Il me décocha un sourire et s'éloigna en sifflotant. Cinq minutes plus tard, nous traversions la ville à la vitesse de la lumière dans sa Ferrari d'un rouge rutilant – qu'il appelait affectueusement son « piège à meufs ». Le fait qu'un loup-garou dont l'aura était assez puissante pour balayer toutes les objections sans effort n'ait nul besoin d'un « piège à nanas » n'était absolument pas pertinent.

Misha vivait dans l'appartement-terrasse d'une tour d'habitation dont il venait de se porter acquéreur. Elle se trouvait non loin du casino et du complexe de loisirs de South Bank et, d'après ce qu'il avait laissé entendre récemment, il se faisait des montagnes de thune rien qu'avec les loyers. Son appartement, comme lui, était dans les tons argentés, mais la froideur de cette nuance était contrebalancée par le panorama époustouflant visible à travers les hautes baies vitrées et par des touches de couleurs vives dispersées un peu partout. Je ne m'approchais jamais trop des fenêtres. Même si j'adorais la vue, j'avais une sorte de vertige bizarre qui ne se faisait sentir qu'à partir du vingtième étage. Quinze était bien trop proche de vingt pour ne pas rester prudent.

Je posai mon sac et mon manteau sur une chaise et regardai autour de moi.

— Où est le plan ?

— Dans la cuisine.

Je levai les sourcils et pris cette direction.

— Drôle d'endroit pour ranger un plan.

Il sourit en passant derrière le banc pour attraper deux tasses dans un placard.

— Pas tant que ça lorsqu'on a un rendez-vous d'affaires, qu'on n'a pas la moindre idée de l'endroit où on doit se rendre et juste le petit déjeuner pour réussir à trouver un indice.

J'ouvris le plan à la page 69. Je n'eus aucune révélation.

— Sais-tu s'il y a quoi que ce soit d'intéressant dans ce coin ? dis-je en faisant glisser le plan sur le banc.

— C'est là que se trouve le centre de recherches Moneisha.

Il désigna du doigt une zone colorée en vert.

Je fronçai les sourcils.

— Pourquoi ce nom me dit-il quelque chose ?

Il eut un petit sourire.

— Ça ne fait rien qu'une semaine qu'il fait la une des journaux.

Ce n'était pas ça. J'avais vu ce nom quelque part ailleurs, récemment, mais impossible de me rappeler où. J'écartai sa suggestion d'un vague mouvement de main.

— Tu sais bien que je ne lis jamais les journaux.

— Ah ? Eh bien, autant te dire que tu rates des trucs intéressants.

Il appuya sur un bouton de la machine à espresso, remplit les deux tasses et m'en donna une avant de s'asseoir en face de moi.

— Moneisha est visiblement spécialisé dans la recherche génétique.

— Et alors ? C'est le cas de la moitié des labos de la planète.

— Ouais, mais il semblerait que Moneisha ait réussi là où les autres ont échoué.

Je plissai le front.

— Comment cela ?

— Ils auraient réussi à déterminer le groupement de gènes qui fait d'un vampire ce qu'il est. On raconte qu'ils veulent mettre de l'ADN de vampire dans les embryons d'autres espèces.

Je le dévisageai, choquée.

— Tu plaisantes ?

Il secoua négativement la tête.

— D'où les manifestations devant le siège de l'entreprise toute la semaine, et leur présence répétée, bien que probablement non désirée, en première page des journaux.

— Mais…

Les mots me manquaient. Je secouai la tête et bus une gorgée de café.

— Pourquoi voudrait-on faire cela ? dit-il, finissant ma phrase. Imagine simplement le supersoldat que tu pourrais obtenir si tu avais toutes les capacités d'un vampire sans ses restrictions comme la soif de sang ou l'impossibilité de se déplacer durant la journée ?

— Je ne crois pas avoir vraiment envie d'imaginer cela, fis-je d'une voix faible.

C'était tout simplement trop effrayant à imaginer. Les vampires étaient déjà des plus dangereux. Alors, des soldats avec tous leurs avantages et aucun de leurs inconvénients ? J'en frissonnais d'avance.

— Est-ce que Moneisha dépend du gouvernement ?

— Non, c'est une entreprise privée.

— À qui appartient-elle ?

Il haussa les épaules.

— La dernière fois que j'en ai entendu parler, cela appartenait à une entreprise nommée Konane.

Là aussi, le nom me semblait familier.

— Que font-ils ?

— C'est un autre laboratoire de recherches. Je peux essayer d'en savoir plus, si cela t'intéresse.

— Cela m'intéresse.

Je ramenai le plan de mon côté et l'examinai avec attention. Je ne savais pas si Moneisha était connecté de quelque manière que ce soit avec Rhoan, ou même s'il s'était effectivement rendu là-bas. Mais rien d'autre sur cette carte ne semblait très intéressant, alors je pouvais toujours essayer. Si je continuais à suivre ses traces, à un moment ou à un autre j'allais forcément trouver des renseignements valables.

Je consultai la carte des trains et remarquai qu'une gare se trouvait non loin des laboratoires Moneisha. Puis je refermai le plan et le rendis à Misha.

— Merci de me l'avoir prêté.

Son sourire fit pétiller ses yeux d'un gris argenté. Il tendit la main par-dessus la table et attrapa la mienne. Il avait les doigts tièdes, et sa peau semblait si pâle comparée à la mienne. Il caressa mon poignet de la pulpe du pouce, envoyant des lianes de désir le long de mon bras.

— Comment prévois-tu de te rendre à Moneisha ?

— En train. Pourquoi ?

— Veux-tu que je te prête l'une de mes voitures ?

Je levai les sourcils. Misha accumulait non seulement les « pièges à meufs » hors de prix mais aussi les voitures de collection. Au dernier comptage, il possédait à peu près cinquante antiquités et cinq « classiques » plus récentes, toutes garées dans le parking privé au sous-sol de la tour.

— Tu me ferais confiance au volant d'une de tes voitures ?

Je ne pus m'empêcher de prendre un ton surpris, et son sourire s'élargit.

— Juste une qui ne risque pas grand-chose. Je t'ai vue conduire, je te rappelle.

— Je sais bien. D'où ma surprise.

— Bien entendu, j'ai une autre idée derrière la tête.

Sa voix avait baissé de plusieurs octaves et j'eus l'impression de nager dans un bain de chocolat chaud. Talon représentait certes l'excitation, mais Misha, c'était sans conteste la passion.

— Et que peut-elle bien être ?

— Il faudra que tu me ramènes la voiture et les clés ici, ce qui signifie que tu passeras la nuit ici et non avec Talon.

Je me penchai par-dessus la table et l'embrassai.

— Une voiture serait infiniment plus pratique que le train, alors je vais probablement être obligée d'accepter ta proposition. (La faim de sexe qui luisait dans ses yeux entra en résonance avec le désir de la lune qui brûlait en moi.) Mais pourquoi ne nous accorderions pas sur une avance dès maintenant ?

— Pourquoi pas, en effet ? approuva-t-il en me plaquant la main sur la nuque et en me dévorant la bouche de baisers.

Il y avait bien pire comme endroit pour faire l'amour qu'un banc de cuisine.

Je vérifiai le plan pour la énième fois afin de vérifier que j'avais bien pris la bonne direction. À pied, j'étais capable de m'y retrouver à peu près n'importe où, mais il suffisait de me poser derrière un volant pour que je devienne capable de me perdre sur un rond-point.

Devant moi, le feu tricolore passa au rouge. Mon téléphone portable choisit cet instant précis pour sonner et j'enfilai le kit mains libres avant de stopper la voiture.

— Ici Riley.

— Comment ça va, petite louve ?

La voix rauque de Talon ne perdait pas le moindre impact lorsqu'elle passait par les voies téléphoniques, et je sentis un doux frisson me parcourir l'échine. Il n'avait même pas besoin de me toucher pour me rendre liquide.

— Je viens de passer quelques heures avec Misha et je vais bien.

Talon garda le silence quelques secondes. Peut-être cela le contrariait-il que je puisse avoir besoin d'un autre amant après qu'il m'ait aussi bien labourée.

— Il ne peut te donner ce que je suis en mesure de te donner.

Le ton de sa voix trahissait sa nervosité et me fit froncer les sourcils. Talon était-il en train de devenir jaloux? Certainement pas.

— Non. Et parfois, c'est une bonne chose.

Le feu passa au vert. Je mis mon clignotant et me garai sur le bas-côté de la route. D'après mon expérience, c'était probablement une mauvaise idée de tenter de conduire tout en parlant à Talon.

Son rire me picota la peau et réveilla mon appétit, même s'il y avait encore une note artificielle dans sa voix qui me mettait mal à l'aise. Le sexe avec Talon était des plus agréables, mais s'il s'imaginait qu'il pouvait y avoir quoi que ce soit de plus, il se trompait amèrement. En tant qu'amant à temps partiel, il était fantastique, mais j'étais parfaitement certaine de ne pas pouvoir le supporter à plein-temps. Et pas seulement sexuellement. L'arrogance, et la certitude inébranlable de sa propre supériorité, c'était bien au lit, mais ailleurs, c'était le genre de chose qui me rendait dingue.

— On peut se revoir quand? demanda-t-il.

— Je passe la nuit avec Misha.

— Alors, viens me voir maintenant.

Il ne chercha même pas à cacher la contrariété dans sa voix cette fois-ci, et cela m'inquiéta.

— Qu'est-ce qui te pose soudain problème dans le fait que je fréquente Misha?

Depuis deux ans que nous étions ensemble, j'avais eu jusqu'à quatre autres partenaires. Ce n'était que récemment que je m'étais contentée de lui et de Misha.

— Rien du tout. Enfin, juste le fait que j'ai envie de toi alors que tu es avec lui, mais ce n'est pas de la jalousie, si c'est ce que tu penses. (Il s'interrompit un instant.) Et si j'avais une bonne raison pour te faire venir ? J'ai les informations que tu m'avais demandées.

— Tu as fait des recherches sur Evensong ?

— Et sur son propriétaire. J'ai trouvé deux-trois trucs intéressants. Tu peux toujours passer chez moi pour y jeter un coup d'œil.

Le rythme de mon cœur s'accéléra. Il ne m'avait jamais invitée chez lui jusqu'ici ; à vrai dire, il ne m'avait jamais parlé de lui non plus, et la curiosité me démangeait.

— Ou et quand ?

Il ricana.

— Qu'est-ce que tu fais, là, maintenant ?

— Je vais rendre une petite visite aux laboratoires Moneisha.

— Tu n'as pas de voiture.

— Misha m'en a prêté une.

— Pas possible. Il t'a déjà vue conduire et il adore ses caisses.

Je souris.

— C'est une Mercedes et il en a plein d'autres. Il prétend qu'il peut se permettre d'en perdre une.

Talon eut un reniflement de dérision.

— Espérons qu'elle est d'une couleur vive, comme ça les autres conducteurs te verront arriver.

— Elle est rouge.

— C'est adapté : le rouge est la couleur du danger.

— Oh ! Je ne suis pas si dangereuse que ça.

— Oh que si, tu l'es. J'espère que tu n'es pas en train de conduire alors que nous discutons ?

— Je suis multitâche.

— Ouais, c'est ça. Tu es dans quel coin ?

Je regardai le plus proche panneau.

— Sur Burwood, au coin d'Oaklands Avenue. Pourquoi ?

— Parce que j'ai bien l'intention d'envoyer un appel d'urgence à toutes les unités leur conseillant d'éviter le quartier.

— Salaud.

Il rigola.

— Pourquoi vas-tu à Moneisha ?

— Ce sera probablement un coup d'épée dans l'eau, mais il semble que cela soit l'endroit où Rhoan devait se rendre.

— Pourquoi serait-il allé là-bas ?

— C'est un gardien, qu'est-ce que j'en sais ? Je vais juste me balader dans le coin et voir si j'arrive à sentir quoi que ce soit.

— Tu es bientôt arrivée là-bas ?

— D'ici une dizaine de minutes, je dirais. Pourquoi me demandes-tu ça ?

— Pour avoir une idée de quand tu seras de retour ici. J'ai un peu faim, petite louve.

Mon pouls passa à la vitesse supérieure, et le désir quasi douloureux que je pensais avoir satisfait avec Misha montra de nouveau ses dents. Seigneur, dans quel état allais-je me retrouver à la veille de la pleine lune ?

— Alors, donne-moi ton adresse, ainsi je pourrai y être aussi vite que possible.

Je ne fus pas surprise d'apprendre qu'il vivait à Toorak, une banlieue chic appréciée par les très riches. Je griffonnai l'adresse dans mon agenda et coupai la communication en promettant d'y être au maximum dans une heure et demie.

Je poursuivis ma route, et malgré toutes ces calomnies sur ma manière de conduire arrivai à Moneisha sans encombre. Je me garai, attrapai mon manteau et me dirigeai tranquillement vers les bâtiments coiffés d'un toit rouge que j'apercevais à travers le portail de l'entrée. Il y avait deux clôtures : l'une en béton peint en blanc haute d'au moins deux mètres cinquante et, au-delà, une autre constituée de fils de fer. Même de l'autre côté de la rue, je percevais le bourdonnement de l'électricité qui les parcourait. Je me doutais que la pelouse qui entourait les bâtiments était, elle aussi, truffée de systèmes de sécurité.

Le garde en uniforme gris se redressa dans sa guérite en me voyant approcher. Je levai mes protections mentales et essayai d'entrer en contact télépathique avec son esprit. J'eus l'impression de m'écraser contre un mur de briques. Soit il était équipé d'un système de protection électronique, soit il était immunisé contre la télépathie. Je lui souris aimablement et poursuivis ma route le long du grand mur blanc. Je n'étais pas vraiment sûre de ce que j'espérais trouver ici, mais il fallait que je cherche.

J'avais quasiment terminé mon tour des bâtiments quand soudain, je ressentis une conscience accrue. La joie m'envahit, et j'eus toutes les peines du monde à m'empêcher de danser de soulagement. Je l'avais trouvé. Et, même si je n'avais pas la moindre idée de la raison pour laquelle il se trouvait ici, j'avais la ferme intention de le découvrir. Je m'immobilisai et entendis le bourdonnement d'une caméra de sécurité qui suivait mes pas.

Je m'obligeai à redémarrer et traversai la route en sortant mon téléphone de mon sac, comme si je répondais à un appel. Je m'appuyai à la haie d'une maison, de l'autre côté de la route, et étudiai discrètement les toits au-delà de la clôture. Il y avait là deux annexes qui ne semblaient pas reliées au bâtiment principal. Elles se trouvaient à moins de deux mètres de la clôture. Il devait être assez facile de sauter de l'une à l'autre sans déclencher les systèmes de sécurité de la pelouse.

Pour la première fois de ma vie, je regrettai de ne pas

pouvoir communiquer par télépathie avec mon frère. C'était le seul talent qu'il n'avait pas reçu en héritage de nos parents d'espèces différentes. Nous avions tous les deux la vision infrarouge et la capacité de détecter les non-humains, mais il était totalement dépourvu de perception mentale. Ce qui était probablement une bonne chose, vu qu'il passait son temps à travailler en compagnie des vampires les plus dangereux de Melbourne.

La caméra était de nouveau braquée sur moi. Il fallait que je me remette en route. Mais j'avais la ferme intention de revenir un peu plus tard dans la soirée, quand il me serait possible d'exploiter l'obscurité en utilisant mon talent vampirique pour me fondre dans l'ombre.

Je retournai à la voiture, mais mon vidéophone sonna avant que je puisse démarrer.

— Ici Riley.

— Riley, ici Jack.

Je souris.

— Salut, patron. Pas besoin d'envoyer Kelly en intervention ce soir, j'ai trouvé notre disparu.

— Vraiment ? dit-il avec un sourire amusé. Et où donc ?

— À Moneisha.

Toute trace d'amusement quitta soudain son expression.

— Et pourquoi diable se trouve-t-il là-bas ?

— Vu que tu refuses de me dire en quoi consistait sa mission, il m'est impossible de répondre à cette question.

Il éclata de rire.

— As-tu besoin de l'aide de Kelly pour le sortir de là ?

— Est-ce que son aide aura un coût pour moi ?

— Bien évidemment.

— Alors non.

— Tu n'arriveras pas à y pénétrer sans l'aide du Directoire. Moneisha possède bien plus que des détecteurs infrarouges et des barbelés pour se protéger des intrusions.

— Pourquoi ? Qu'est-ce qu'ils font ?

— Officiellement, c'est un laboratoire de recherches pharmaceutiques.

— Et officieusement ?

— Je n'en sais pas plus que toi.

— Est-ce la raison pour laquelle Rhoan enquêtait dessus ?

— Il n'avait aucune raison de s'en approcher.

Parce qu'il était censé enquêter sur Quinn. La vraie question était : pourquoi ? Mon regard se dirigea de nouveau vers les murs blancs. S'il y avait autre chose que des détecteurs infrarouges, comment allais-je pouvoir pénétrer à l'intérieur ? Ce n'était pas mon métier. J'étais tout à fait à même de me débrouiller seule, mais je n'avais ni les talents, ni la formation nécessaires pour déjouer des systèmes de sécurité ultra-sophistiqués. Ce qui ne me laissait pas le choix : soit je laissais le Directoire se charger de l'extraction, soit je concluais un marché.

La première option était évidemment la plus raisonnable, mais mon petit doigt me disait qu'à ce moment précis, ce n'était pas la bonne solution. Je ne savais pas pourquoi, mais j'en étais certaine, et j'avais passé ma vie à faire confiance à mon instinct. Et, même si cela m'avait parfois mise dans des situations délicates, je n'étais pas prête à laisser tomber mes bonnes habitudes.

Néanmoins, je tentai encore de me dérober.

— Pourquoi es-tu prêt à me laisser essayer de le sortir de là ?

Ses lèvres s'étendirent en un sourire qui n'atteignit pas ses yeux, ce qui me rappela que, même si j'appréciais beaucoup ce vampire, c'était avant tout un membre du Directoire. Et à cet instant, je devinai sa réponse avant même qu'il ouvre la bouche.

— Je veux que tu deviennes l'un de nos gardiens, Riley. Tu as le potentiel d'être au moins aussi bonne, sinon meilleure, que ton compagnon de meute.

— Cela ne répond pas à ma question.

Mais en fait, si, c'était une réponse des plus claires.

— Vois ça comme un test, un avant-goût, si tu préfères. J'ai connu de nombreux loups dans ma longue vie, et s'il y a bien une chose que j'ai apprise, c'est que vous avez tous un défaut majeur. Même si, pour le Directoire, c'est en quelque sorte un avantage.

— Et de quoi s'agit-il ?

— Vous êtes tous accros à l'adrénaline.

Je reniflai avec dérision.

— Tu te méprends totalement à ce propos.

Mais, en disant cela, l'image de Talon se matérialisa dans mon esprit. N'appréciais-je pas sa compagnie parce qu'il me donnait l'impression de sans cesse me trouver sur le fil d'une lame ? Et qu'il était susceptible à tout moment de laisser cours à sa sauvagerie, jusqu'à en devenir vraiment dangereux ?

— Tout cela est donc un test puisque je refuse de repasser l'examen ?

— Exactement.

— Tu ne peux pas m'obliger à devenir une gardienne.

— Je n'en aurai nul besoin. C'est inévitable, Riley. Toi et Rhoan êtes comme les deux doigts de la main : vous êtes taillés pour ce genre de boulot.

Son choix de mots me fit passer un frisson dans le dos. Ce n'était pas un pur hasard : rien n'était dit par hasard quand il s'agissait de Jack. Il savait que Rhoan et moi étions jumeaux.

— Je ne suis pas une tueuse.

— Tous les loups sont des tueurs. C'est simplement que dans notre société, vous avez appris à contrôler vos instincts.

— C'est comme de dire que tous les vampires sont des tueurs.

— C'est le cas. Certains sont simplement capables de canaliser cet instinct pour l'exploiter autrement.

Comme en devenant gardien et en tuant avec l'autorisation de l'État. Je frissonnai de nouveau.

— En gros, tu me dis que tu as l'intention de me ferrer peu à peu ?

— Voilà.

— Et ton offre d'aide pour ce soir, elle dépend de quoi ?

— De ta promesse de bien vouloir repasser l'examen un de ces jours.

— Un de ces jours ? Tu ne m'imposes aucune limite de temps ?

Il sourit.

— Pas besoin de ça. Tu finiras bien par te rendre à mes arguments.

— Tu ne me connais pas très bien si tu crois ça.

— Je te connais mieux que tu ne te connais toi-même, répondit-il, les yeux brûlants d'une certitude qui me glaça l'âme.

Il sait ce que nous sommes. Je me passai la langue sur les lèvres en espérant me tromper quant à mon intuition soudaine.

— OK. Marché conclu.

— Excellent. Passe quand tu veux au bureau, et je te donnerai tous les détails concernant Moneisha.

— J'ai encore certaines choses à faire. Cela pourrait me prendre quelques heures.

— Je serai encore ici.

— Comme c'est surprenant, marmonnai-je.

Il ricana et raccrocha. Je mis le contact sur la Mercedes et me dirigeai vers la ville, arrivant chez Talon en même temps que le crépuscule se transformait en nuit.

Sa maison – enfin, si l'on considérait que « maison » pouvait décrire une demeure si énorme que plusieurs étages étaient clairement visibles par-dessus les grilles de quatre mètres de haut – avait été bâtie sur un vaste terrain boisé en plein cœur de Toorak. J'arrêtai la voiture devant le portail en fer forgé et m'annonçai à l'interphone. Le portail s'ouvrit sans un bruit.

Le chemin serpenta parmi des ormes imposants, traversa de vastes pelouses parfaitement entretenues avant d'aboutir sur un manoir de style anglais dans toute sa gloire. C'était une magnifique demeure, mais il était difficile de croire qu'elle n'était habitée que par une seule personne. Visiblement, Talon avait de l'argent à ne plus savoir qu'en faire.

Je me garai devant la façade et descendis de voiture en ne me sentant pas vraiment à ma place, avec ma tenue de travail constituée d'une vieille jupe et d'un pull bouloché. La porte s'ouvrit silencieusement devant moi alors que je gravissais les marches du perron, et le rayon rouge d'un détecteur d'armes parcourut mon corps quand je franchis le seuil.

J'entendis le bourdonnement d'une caméra de sécurité qui tournait son objectif vers moi et levai un sourcil.

— Pourquoi tous ces gadgets ? demandai-je à haute voix, certaine que l'entrée devait être truffée de micros.

— En tant que millionnaire, on n'est jamais trop prudent, de nos jours. (La voix rauque de Talon semblait sortir de nulle part.) Monte l'escalier, c'est la première porte à gauche.

Je fis comme on me disait. La porte en question s'ouvrit à mon approche, et j'entrai dans un bureau assez grand pour accueillir un match de football. Les murs étaient d'un bleu mat et les meubles en acier chromé. Talon était assis à une table tout à l'autre bout de la pièce. Il était torse nu, et je devinai qu'il ne portait pas non plus de pantalon. À sa droite étaient posées une bouteille de champagne et deux flûtes.

— Arrête-toi, dit-il doucement.

Son aura m'enveloppa, me coupant le souffle et faisant céder mes genoux. Il ne dégageait que chaleur, besoin et désir, et je n'avais jamais rien ressenti d'aussi fort de toute ma vie. En un instant, je fus prête à l'accueillir, mais le malaise qui m'avait saisie plus tôt dans la voiture s'accrut néanmoins. Ce qu'il dégageait ne pouvait pas être naturel.

— Déshabille-toi, reprit-il du même ton inexpressif.

J'ôtai mes talons et, sous son regard fiévreux qui brûlait ma peau, enlevai mon pull, ma jupe et mes sous-vêtements en ondulant en une petite danse enjôleuse. Quand j'en eus terminé, ce n'était pas seulement son aura qui me torturait, mais aussi mon propre désir.

Il eut une longue inspiration frissonnante puis tendit la main vers le champagne et le versa dans les flûtes.

— Approche du bureau.

Je me dirigeai vers lui en exagérant le roulement de mes hanches de manière provocante. Plus je m'approchais et plus son désir me consumait, au point de me faire tourner la tête, mes sens complètement assommés.

Il fit glisser la flûte sur le bureau et ordonna :

— Cul sec.

— Pas besoin de me saouler pour en arriver à tes fins avec moi.

— Ceci est le meilleur champagne que tu boiras de ta vie, et il sera parfait pour ce que j'ai prévu pour nous ce soir.

Il n'y avait rien de séduisant dans ses paroles : il parlait de cela comme d'un état de fait, quelque chose à propos duquel je n'avais aucune voix au chapitre. Et, même si cela m'excitait encore plus, mon profond malaise augmenta.

— Je dois être au boulot à 21 heures.

— Alors, tu m'appartiens jusqu'à 20 h 30.

Je ne pus m'empêcher de sourire. Avec la chaleur qu'il dégageait, la prochaine heure et demie promettait d'être des plus mouvementées. Je pris la flûte de champagne, la levai à sa santé et avalai son contenu en une gorgée, en même temps que lui. Cela avait beau être le meilleur champagne du monde, il avait autant d'effet qu'une vulgaire piquette et me fit encore plus tourner la tête.

Il me servit aussitôt un autre verre que je refusai d'un signe de tête, sachant que je finirais probablement par vomir si j'en prenais un second.

Il enfonça un petit bouton sur la table. Une niche s'ouvrit devant moi, laissant apparaître un dossier.

— Voici les informations que tu as demandées concernant Evensong et son propriétaire. Mais tu peux attendre avant de lire tout cela. Là, c'est moi qui ai envie de toi. Approche-toi, petite louve.

À cet instant, je me sentis comme un agneau face à un énorme loup affamé et, pour la première fois de ma vie, je ne fus pas certaine d'apprécier cette sensation. Ou de vouloir vraiment me trouver ici, avec lui.

Peut-être était-ce le champagne qui me brouillait l'esprit plus que je ne le pensais ?

Je déglutis pour desserrer ma gorge nouée et titubai derrière le bureau. Son corps doré luisait dans la lumière tamisée, et le désir m'envahit, se mélangeant difficilement avec l'appréhension que je ressentais. Son visage était dépourvu de toute expression, son regard brillant juste de désir, et son érection me semblait particulièrement énorme. Énorme et floue. Je clignai des yeux, mais cela ne fit rien pour m'aider à voir plus clair. Il me prit par la main et me colla contre le bureau. Mes fesses frémirent au contact du métal froid et il écarta mes cuisses, me pénétrant sans autre forme de procès, plus fort et plus profondément que jamais auparavant. Je gémis, partagée entre plaisir et douleur, sous ses coups de boutoir. Sa chaleur, son odeur, tout cela tourbillonnait autour de moi, m'imprégnait, et je sentis mon front se couvrir de sueur. Le champagne me restait sur l'estomac et je sus soudain que s'il ne cessait pas de bouger, j'allais le vomir.

— Arrête, Talon.

Il saisit mes hanches, m'enfonçant les doigts dans la chair pour m'immobiliser alors qu'il continuait à me labourer de coups de reins. Même la louve en moi commençait à peu goûter ces sensations. J'agrippai ses mains en essayant de le repousser, mais je n'avais aucune force et le bourdonnement qui avait envahi mon cerveau m'empêchait de me concentrer. Pis encore, la lumière et la pièce qui m'entourait semblaient disparaître à intervalles réguliers.

Il jouit, et c'est la dernière chose dont j'eus conscience.

Chapitre 5

Je repris graduellement connaissance, comme engluée dans un rêve particulièrement réaliste. J'entendis des voix autour de moi. Une lumière aussi brûlante que le soleil m'éblouit. Quelque chose lacéra mon bras et une douleur aiguë m'envahit. Plus bas, je sentis un contact glacé sur mon ventre, comme un glaçon parcourant ma peau. La douleur de mon bras s'atténua. Puis il n'y eut plus qu'obscurité pendant un long moment.

Quand la conscience me revint de nouveau, je sentis un geyser de plaisir monter en moi. Je me tortillai sur un drap de soie en gémissant et en haletant, la peau en feu, chaque muscle de mon corps tendu par le désir. Des mains me caressèrent. La chaleur m'envahit. Chaque centimètre carré de ma peau tremblait sous les caresses insistantes et je finis pantelante, mon corps suppliant qu'on le soulage de sa tension.

Je me réveillai complètement et découvris que ce n'était pas un rêve. Talon était sur moi, en moi, et j'eus l'étrange sensation d'avoir été trahie de la manière la plus abjecte. Mais cette pensée s'évapora quand mon corps fut saisi de convulsions qui me parcoururent comme une déferlante et me poussèrent jusqu'aux limites du plaisir absolu. Il jouit en même temps, mais continua à me labourer de coups de reins, comme s'il voulait s'assurer que la moindre goutte de sperme s'écoulait en moi.

Il finit enfin par s'effondrer sur mon corps avant de ramper à mon côté.

— Tu es fabuleuse, petite louve.

Je ne me sentais absolument pas fabuleuse. Embrouillée, plutôt. Je regardai autour de moi et vis du rouge au lieu des murs bleus du bureau. Des meubles de chambre, et non de travail. Quand nous étions-nous rendus ici ? Je jetai un coup d'œil au radioréveil sur la table de nuit et vis qu'il était presque 20 h 30. Une heure et demie s'était écoulée et je ne me souvenais de rien.

— On est dans ta chambre ?

Il se tourna sur le flanc et me mit la main sur le ventre.

— On est aussi allés dans le salon, la salle de jeu et on a même essayé la cuisine, parce que tu as dit que tu avais faim.

Je sentis un mal de crâne gronder derrière mes globes oculaires et j'avais un sale goût amer dans la bouche. Je fronçai les sourcils et me massai les tempes.

— Cela va te sembler étrange, mais je ne me souviens de rien.

Il eut un sourire carnassier.

— Je pense que le champagne t'est monté à la tête. Tu t'es sacrément lâchée, cette fois-ci.

Il caressait mon bas-ventre d'un geste plus possessif que sexuel, et pour une raison indéterminée cela me mit mal à l'aise.

Je pris sa main et la repoussai de mon corps ; ce simple petit mouvement me fit mal jusqu'au plus profond de mes muscles. Visiblement, il ne mentait pas quant au nombre de fois où nous avions fait l'amour. Mais il mentait à propos d'autre chose, j'en étais persuadée.

Je rabattis le drap de soie.

— Il faut que je prenne une douche et que j'y aille.

— La salle de bains est juste à droite. (Il s'interrompit le temps que je trouve la bonne porte, puis ajouta :) Reviens me voir après.

Je fis couler l'eau et attendis que la cabine de douche soit envahie de vapeur avant d'y pénétrer.

—Comme je te l'ai dit tout à l'heure, j'ai promis ma soirée à Misha.

—Alors, reviens après ça.

Il était hors de question que je remette les pieds dans cette maison. Elle avait beau être décorée de couleurs chaleureuses, elle me glaçait. Et j'avais l'impression désagréable que quelque chose d'autre que du simple sexe s'était produit ici, quelque chose dont j'aurais *dû* me souvenir.

—J'ai promis de passer la nuit avec lui.

—Alors, j'espère vraiment qu'il aura un empêchement, parce que pour cette phase lunaire, je voudrais que tu sois à moi et rien qu'à moi.

—Exclusivement ? (Cette simple pensée fit se recroqueviller mon corps douloureux.) Je ne pense pas que ce soit une bonne idée.

—Juste pour cette phase, pas pour toujours. J'ai un besoin que toi seule peux satisfaire.

Je ricanai intérieurement en me rinçant.

—Moi et tes sept autres maîtresses, tu veux dire ?

Il entra dans la salle de bains alors que je fermais le robinet. Il me lança une serviette puis croisa les bras sur sa poitrine et s'appuya contre l'encadrement de la porte.

—Les autres n'ont pas cette magnifique couleur de cheveux. Elles ne sont pas aussi puissantes que toi non plus.

—Ce qui explique que tu aies besoin de sept compagnes.

Il sourit.

—Et elles n'ont certainement pas ta générosité. Je veux cette générosité. Je veux…

Il s'interrompit, un sourire absent sur les lèvres.

J'eus l'impression étrange qu'à cet instant précis, il ne se trouvait pas avec moi, qu'il était perdu dans des pensées qui pouvaient avoir des conséquences funestes pour mon bien-être. Ce qui était stupide. Talon était souvent brutal, mais je ne croyais pas qu'il pouvait me faire vraiment mal.

—Ce que je veux, je l'obtiens toujours, petite louve.

Mais il n'allait rien obtenir de plus de moi, ça, c'était certain. Pas ce soir, en tout cas. Je jetai la serviette humide dans le panier à linge et demandai :

— Mes vêtements sont-ils toujours dans ton bureau ?

— Oui.

— Et il se trouve où ?

— Au fond du couloir.

Si son expression était amusée, ses yeux, eux, restaient froidement calculateurs. Je n'appréciai ni l'un ni l'autre, sans vraiment savoir pourquoi. Ce n'était pas le genre d'expression inhabituelle chez lui : Talon était un homme d'affaires impitoyable, et l'arrogance faisait partie intégrante de sa personnalité. Jusqu'à très récemment, cela ne m'avait nullement dérangée.

Il me suivit dans le couloir, sans un bruit, mais je sentais la chaleur de son corps derrière moi. Je trouvai mes vêtements, ainsi que le dossier qui était posé dessus, mais avant que je réussisse à enfiler quoi que ce soit, il se glissa derrière moi et glissa ses mains autour de ma taille pour m'attirer contre lui. Il était de nouveau dur. C'était peut-être un loup, mais son appétit sexuel et sa vitesse de récupération n'étaient décidément pas normaux.

— Lâche-moi, Talon.

— Donne-moi une bonne raison de ne pas rester avec moi.

Je sentis son souffle sur ma nuque, puis ses dents qui me mordillaient le lobe de l'oreille. Mais, cette fois-ci, ce n'est pas de plaisir que mon corps frissonna, plutôt d'agacement.

— Parce que je n'en ai pas envie, répondis-je en lui donnant un grand coup de coude qui le fit grogner de douleur. (Il recula, et je finis d'enfiler mes vêtements.) Et aussi parce que parfois, ça peut être sympa, un peu de préliminaires avant le sexe.

Il croisa ses bras musclés en travers de sa poitrine et me considéra d'un œil mi-amusé, mi-menaçant.

— Je croyais que tu préférais le sexe brutal et rapide.

— Oui. Parfois. Mais parfois aussi, c'est chouette de prendre son temps.

— Alors, reviens prendre le petit déjeuner. Nous nous sustenterons, flirterons, jouerons un peu avant une séance de sexe brutale et passionnée.

J'eus un instant d'hésitation, mais il fallait l'avouer : la lune me tenait en son pouvoir et il était plus simple dans ces cas-là de se fier à des partenaires connus plutôt que de repartir de zéro avec des étrangers. Et même si j'adorais Misha, Talon n'avait pas tort : il ne pouvait pas me faire ce que Talon me faisait. Il ne pouvait pas me satisfaire de la même manière. C'était clairement une addiction, mais le danger que Talon représentait était bien différent de celui auquel voulait me soumettre Jack.

— Je ne sais pas.

— Accordons-nous au moins sur le petit déjeuner, et nous verrons où cela nous mène.

J'hésitai encore, brièvement. Que cela soit ou non une addiction, je ne pouvais quitter Talon. Pas quand la lune avait un tel effet sur moi.

— Où ça ?

— Au *Kingfisher*, dans Collins Street.

Le *Kingfisher* était un hôtel de luxe de Melbourne des plus spectaculaires, d'après ce que j'en avais entendu dire. De plus, il n'était pas trop haut, à peine dix-neuf étages.

— D'accord. Mais je dois aussi aller travailler et je ne sais pas combien de temps cela va me prendre exactement. Je ne peux promettre d'être là à une heure précise.

En fait, ce n'était pas à cause du travail ou de Rhoan. J'avais besoin de me remettre de mes émotions.

— Appelle-moi dès que tu le sauras, alors, dit-il en me raccompagnant à la porte.

Avant que je puisse m'échapper, il me plaqua contre le mur et m'embrassa. Il n'y avait rien de tendre dans son geste :

c'était plus une question de possession, une affirmation de ses droits sur moi, qui me secoua *et* me troubla.

Pourtant, tout ce que je ressentis en sortant de la propriété, ce fut du soulagement. Un soulagement tel que je me promis de ne jamais retourner dans cette demeure. Et peut-être, oui, peut-être était-ce le signe qu'à l'issue de cette phase lunaire, il faudrait me séparer de Talon.

Je regardai ma montre, vis qu'il était près de 21 heures et saisis mon téléphone pour avertir Misha que je devais passer au bureau. Plusieurs messages m'attendaient sur la boîte vocale.

Je les écoutai. Le premier était de Misha, dont la voix chaleureuse emplit l'habitacle :

— Cela m'ennuie vraiment, mais je pense que je ne vais pas pouvoir honorer notre rendez-vous de ce soir. Ma sœur vient d'avoir un accident de voiture et il faut que je rentre dans ma famille. Je risque d'être absent une semaine. Garde la voiture jusqu'à mon retour. Je t'appellerai.

Le message avait été enregistré juste après 19 heures – pas très longtemps après que l'exquis champagne de Talon m'avait fait perdre connaissance. J'espérais que Misha allait bien. Que sa sœur allait bien. Et j'aurais aimé qu'il me laisse un numéro où le contacter.

J'effaçai le message et écoutai le suivant.

— Riley, ici Quinn.

Sa voix sensuelle me donna l'impression d'une véritable caresse. Qu'est-ce qui me faisait cet effet-là chez ce vampire ? Je ne le connaissais même pas, et pourtant j'avais follement envie de lui, même avant que la fièvre lunaire me frappe. Ce qui était très étrange, car je n'avais jamais ressenti une telle attirance pour une autre créature qu'un loup.

— Je ne sais pas pourquoi vous m'évitez, mais je suis *vraiment* un ami de Rhoan, et j'ai de sérieuses raisons de penser que vous êtes tous les deux en danger. Nous devons parler.

Il s'interrompit et j'entendis de la musique en arrière-plan. On aurait dit *A Little Less Conversation* d'Elvis Presley et j'en conclus qu'il devait avoir été au *Rocker* à l'heure de son appel.

— Retrouvez-moi sur les escaliers du casino à 23 heures. (Une nouvelle hésitation, puis il reprit :) C'est plus sérieux que vous ne le pensez. Venez au rendez-vous. Je vous en prie.

Ce message m'intrigua, c'était le moins qu'on pouvait dire. Mais, tant que je n'aurais pas parlé avec Jack, il était hors de question que je m'approche de Quinn.

Je roulai jusqu'au bureau. Jack leva les yeux de l'écran de son ordinateur et me regarda avec inquiétude.

— Chérie, tu as une mine atroce, constata-t-il.

— Merci, patron. C'est toujours agréable à entendre.

Il se leva, m'attrapa par le bras et me fit m'asseoir.

— Non, je suis sérieux. (Il saisit mon visage entre ses deux grandes mains et m'examina.) Tu as des pupilles de la taille d'un ballon de foot. Tu as pris quelque chose ?

— Du champagne qui ne m'a pas réussi.

— Ce n'est pas que cela. (Il saisit le combiné de son téléphone et ordonna qu'on nous envoie illico une équipe médicale.) Je vais leur demander de te faire une prise de sang, parce que je pense que tu as été droguée.

Seule une personne avait été susceptible de me droguer, et je ne voyais pas quel intérêt il aurait eu à le faire. Après tout, il n'avait nul besoin de cela pour obtenir ce qu'il voulait. Mais je me souvins soudain de mon amnésie, et me mis à douter à mon corps défendant.

— C'est juste une sorte d'allergie au champagne, je pense. (Je n'étais pas sûre de qui je voulais convaincre : Jack ou moi-même ?) Cela m'est déjà arrivé.

En fait, c'était la deuxième fois en deux mois, même si la fois précédente cela n'avait pas été aussi brutal. Mais j'avais perdu le souvenir de plusieurs heures, au moins. Il allait falloir que j'arrête de boire le bon champagne de Talon, il ne me convenait décidément pas du tout.

L'équipe médicale fit irruption dans le bureau, préleva ce qui me sembla assez de sang pour nourrir les gardiens pendant plusieurs jours, promit de soumettre l'échantillon à des analyses immédiates et s'en fut aussi rapidement qu'elle était arrivée.

Jack s'assit sur le bord du bureau.

— Ce matin, tu m'as demandé si j'avais déjà essayé de me renseigner à propos de Gautier. Est-ce parce que tu voulais savoir s'il avait un frère, ou y avait-il une autre raison ?

Je me laissai aller contre le dossier de ma chaise et le considérai d'un regard soupçonneux.

— C'est encore l'un de tes appâts, pas vrai ?

Il eut un grand sourire qui confirma mes soupçons.

— Un petit morceau par-ci, un petit morceau par-là et tu seras accro sans savoir ce qui s'est passé.

Je secouai la tête.

— Je refuse. Je ne suis pas une tueuse.

Il se contenta d'arquer un sourcil.

— Tu ne veux donc pas en savoir plus sur Gautier ?

Je soupirai en massant mes tempes douloureuses.

— Bien sûr que si.

— Tu savais qu'il avait rejoint le Directoire il y a huit ans ?

J'acquiesçai. Il était semble-t-il arrivé un an avant Jack et deux ans avant moi.

— Oui, et… ?

— Eh bien ! il semble que jusqu'à il y a neuf ans et demi, Gautier n'ait même pas existé.

Je le regardai d'un air perplexe.

— Impossible. J'ai vu son dossier, avec acte de naissance, passeport, certificat de nationalité et tout ce genre de choses. Tout a été vérifié.

— Des faux, tous autant qu'ils sont.

Son ordinateur émit un « bip ». Il se leva et alla consulter son écran.

— Comment peux-tu en être si certain ? demandai-je.

— Parce que nous utilisons un système extrêmement sophistiqué, ici, et que lorsqu'on a les bonnes autorisations, on peut fouiner à peu près n'importe où.

Et, visiblement, Jack avait les bonnes autorisations. Intéressant. En tant que chef du département des gardiens, il était évident qu'il devait avoir accès à plus de choses que l'employé lambda, mais il laissait penser qu'il avait accès à *tout*. Ce qui signifiait soit qu'il avait trouvé le moyen de contourner certaines protections, soit qu'il avait accès à tout avec la bénédiction de la directrice elle-même.

Ce qui posait une autre question : pourquoi Jack et pas les autres chefs de service ? Parce que les autres n'avaient pas un accès illimité aux données, vu qu'ils venaient toujours voir Jack quand ils avaient besoin de certaines informations concernant le département des gardiens.

Je le regardai sans mot dire pendant presque une minute, puis objectai :

— Mais c'est ce même système qui devrait avoir vérifié l'authenticité de ses références quand il a rejoint le Directoire.

— En fait, non. On a accepté sa candidature à un plus haut niveau, et elle nous a ensuite été imposée.

— Et à quel niveau précisément ?

Il me jeta un regard en coin.

— Alan Brown.

C'était l'adjoint de la directrice Hunter, et un autre vampire que je n'appréciais pas particulièrement.

— Tu penses qu'on l'a forcé à accepter la candidature de Gautier sans questions ?

Le regard de Jack se reporta sur son écran.

— Ils n'ont pas trouvé la moindre trace de drogue dans ton sang, dit-il, avant d'ajouter : je ne sais que penser de tout cela.

Bizarrement, j'en doutais fort. J'étais persuadée qu'il avait eu tout le temps de réfléchir amplement à cette histoire.

Il n'avait juste aucune intention de partager ses conclusions avec moi. Je tapotai son bureau du bout des doigts.

— Qu'est-ce qu'on pourrait avoir à gagner de voir Gautier travailler au Directoire ? C'est un gros enfoiré, mais c'est aussi notre meilleur gardien, et il n'a jamais commis la moindre erreur, professionnellement.

— Tout le monde sait bien que Gautier veut mon poste, et plus tard celui de la directrice. Peut-être est-ce l'objectif ultime de la manœuvre. (Son ordinateur retentit de nouveau.) Pas de médicaments connus non plus.

Bon sang, les laborantins ne plaisantaient pas quand ils juraient qu'ils allaient s'y mettre toutes affaires cessantes. Soit ils avaient mobilisé tous les appareils d'analyse à cette fin, soit ils n'avaient rien de mieux à faire.

— Je t'ai bien dit que ce n'était qu'une allergie au champagne.

— Peut-être, répondit-il d'un air peu convaincu. Ils vont vérifier une liste de drogues expérimentales. Mais cela risque de prendre un certain temps.

Je haussai les épaules et revins à la conversation qui m'intéressait.

— Je doute que Gautier obtienne jamais le poste de la directrice. J'ai l'impression que cette vieille vache a la ferme intention d'occuper son siège pendant encore quelques siècles.

Ses yeux se plissèrent d'amusement.

— Je sais que c'est effectivement le cas. Ce qui laisse mon poste.

— Au bout du compte, tu n'as autorité que sur le département des gardiens. Tu n'es pas celui qui a le vrai pouvoir par ici. Elle si.

— Exact, mais j'ai tout pouvoir concernant les missions des gardiens, et c'est peut-être la seule chose que désire Gautier : le pouvoir de traquer et d'exécuter n'importe qui selon sa fantaisie.

Cette simple pensée me fit dresser les poils sur l'échine.

— Ne t'avise pas de démissionner, Jack.

— Fais-moi confiance, je n'en ai absolument pas l'intention.

— Bien. (J'hésitai de nouveau, me demandant si, en posant d'autres questions, je ne risquais pas de me livrer pieds et poings liés à Jack.) As-tu découvert s'il avait de la famille ?

— Non. Il est censé venir de Perth, mais personne n'a le moindre souvenir de lui, là-bas.

— Et personne au Directoire n'a trouvé ça bizarre ?

— Il semblerait que non.

Mais Jack, si – et il s'était contenté de se taire et de surveiller. Je me demandai soudain qui d'autre il surveillait ainsi.

— Et en ce qui concerne celui qui m'a tiré dessus ?

— Il semble qu'il n'ait aucun passé au-delà des cinq dernières années.

Voilà qui me mit la puce à l'oreille. Je veux dire, quelle est la probabilité pour que deux personnes quasi identiques soient toutes deux dépourvues de passé ?

— Qu'en dit la police ? Ils font toujours des analyses ADN quand les cadavres sont méconnaissables, pas vrai ?

— C'est effectivement le cas, mais ils ne diront rien, tout simplement parce que je leur ai ordonné de garder le silence.

— Pourquoi donc ? OK, il ressemble à Gautier, mais bon sang, les loups-garous passent leur temps à se faire tirer dessus par des cinglés.

— Comme dit auparavant, je ne crois pas aux coïncidences. En particulier lorsque Gautier semble être au courant pour ta blessure. Pourquoi aurait-il ainsi saisi ton épaule, alors que jusqu'ici, il s'est toujours contenté de t'insulter à distance ?

Je clignai des yeux d'un air surpris en me remémorant le regard attentif de Gautier. En effet, il avait cherché quelque chose de précis en faisant cela. Même s'il était un vampire, et donc, capable de sentir le sang aussi facilement que je respirais, le fait de m'être métamorphosée pour accélérer la cicatrisation, puis d'avoir pris une douche signifiait qu'il n'y avait justement plus de sang – frais ou séché – à sentir. Et les blessures qui cicatrisaient n'apparaissaient pas à la vision infrarouge.

— Cela aurait pu être un pur hasard.

— Gautier ne fait jamais rien par hasard. Les questions qui s'imposent maintenant sont donc les suivantes : pourquoi le tueur ressemblait-il à Gautier ? Quel rapport avait-il avec ce dernier ? Et, bien sûr, pourquoi t'a-t-il tiré dessus ?

Je haussai les épaules.

— Peut-être simplement parce qu'il détestait les loups-garous.

Néanmoins, celui-ci m'avait appelée par mon nom. Et, de toute façon, comment savait-il où j'habitais ? Comme Rhoan et moi étions tous deux employés par le Directoire, notre adresse ne figurait dans aucune base de données. Et je ne pensais pas que Gautier lui ait fourni ces informations, car cela n'avait aucun sens. Si Gautier avait voulu ma mort, il se serait fait un plaisir de s'en charger lui-même.

— Cela n'expliquerait pas la ressemblance.

En effet.

— Tu penses qu'ils font partie de la même famille, bien qu'il soit impossible de trouver quelque renseignement que ce soit à leur propos ?

— Pas de la même famille, mais ils ont certainement des liens.

— Quels liens ?

— Je pense à des clones, au moins en ce qui concerne le tireur.

J'ouvris de grands yeux.

— Mais on ne sait pas fabriquer des clones – en tout cas, pas des clones qui survivent jusqu'à l'âge adulte.

— Il est probable que quelqu'un le sache, parce que ton tireur n'est pas le seul cadavre récent qui ressemble comme deux gouttes d'eau à Gautier. Et Gautier lui-même est le portrait craché d'un homme qui est mort il y a plusieurs années. De plus, nous avons trouvé des traces d'accélérateur de croissance dans le cadavre du tueur.

— Et en ce qui concerne l'ADN ?

— Nous ne l'avons pas encore comparé à celui de Gautier.

— Pourquoi pas ?

— Parce que nous ne voulons pas qu'il se méfie. Nous avons l'intention de prélever des échantillons lors de sa prochaine visite médicale.

Qui, si je me souvenais bien, devait avoir lieu dans les tout prochains jours.

— J'en conclus donc que tu ne lui as parlé de rien.

— Non. À ce stade, nous nous contentons de l'observer, en espérant qu'il nous mènera vers les responsables de toute cette histoire.

— C'est un gros risque que vous prenez, non ? Et s'il soupçonnait quelque chose et s'enfuyait ?

Un Gautier sans la moindre limite était bien la dernière chose dont nous avions besoin. Je frissonnai rien que d'y penser.

— S'il s'enfuit, il se fera exécuter.

Pourtant, je ne pensais pas que ce serait aussi simple.

— En quoi la présence d'accélérateur de croissance implique-t-elle un clonage ?

— Cette substance, tout du moins en ce qui concerne les tests sur animaux, est utilisée, comme son nom l'indique, pour accélérer la croissance afin que les chercheurs puissent voir quels problèmes le clone pourrait éprouver à l'âge adulte.

— Où sont les défenseurs des animaux quand on a besoin d'eux ? grommelai-je. Y a-t-il des traces de cet accélérateur dans le sang de Gautier ?

— Aucune. On en aurait trouvé lors des contrôles médicaux semestriels.

Cela signifiait donc qu'il était bien ce qu'il disait être, et les clones, de pures coïncidences, ou alors qu'il était l'original et non une des copies. Parce que si cet homme auquel Gautier était censé ressembler était vraiment mort, pas mort-vivant comme un vampire, alors il ne pouvait pas être la source de Gautier et des autres clones.

— Penses-tu que Moneisha est le labo qui est derrière ces clones ?

— Nous en doutons. Ils n'ont pas l'équipement nécessaire, à notre connaissance.

— Mais Rhoan enquêtait bien dessus, n'est-ce pas ?

— Pas du tout. Il enquêtait sur des disparitions de prostituées dans le quartier de Sainte-Kilda, prostituées qui réapparaissaient quelques jours plus tard, complètement désorientées et n'ayant aucun souvenir de ce qui leur était arrivé.

— Des tapineuses humaines ou non humaines ?

— Non humaines.

— Si quelqu'un s'amuse à faire des expériences de clonage, peut-être a-t-il besoin d'échantillons d'ADN ?

— Très probablement.

Il avait l'expression d'un professeur particulièrement satisfait des progrès d'un élève récalcitrant, et cela m'agaçait terriblement. Mais, au moins jusqu'à ce que je réussisse à sortir Rhoan d'où il était, il allait bien falloir que je le supporte. Et l'on verrait ensuite qui allait remporter la petite bataille qui m'opposait actuellement à Jack.

Néanmoins, je ressentis soudain le besoin irrépressible de l'agacer à mon tour.

— Il y a quelque chose que je devrais peut-être te préciser à propos de mon agression. Ce n'est pas moi qui ai tué le tireur. C'est Quinn O'Conor.

— Je me demandais quand tu allais te décider à me le dire.

Je levai les sourcils.

— Tu étais au courant pour Quinn ?

Il acquiesça.

— J'ai vu les vidéos de surveillance.

— Les vampires camouflés ne sont normalement pas détectables par les caméras de vidéosurveillance.

Il sourit.

— En effet. Mais la compagnie de chemins de fer a récemment fait installer des détecteurs à infrarouges à côté des caméras traditionnelles. Cela a permis l'appréhension de nombreux criminels.

— On a été très discret à ce propos, non ?

— Parfois, le grand public n'a pas besoin de savoir certaines choses.

— Va donc en parler aux défenseurs des libertés civiques.

Je me relevai de ma chaise et allai me chercher un café au distributeur.

— Pourquoi Rhoan enquêtait-il sur Quinn O'Conor ? demandai-je en revenant.

— Oh ! Tu es douée, murmura-t-il avant d'acquiescer. Parce qu'il s'avère que le vampire qu'on a trouvé mort dans l'un de ses avions n'était pas un pur-sang.

Il me regarda avec insistance, et je sus que mon intuition avait été la bonne. Il avait toujours su ce que nous étions vraiment, Rhoan et moi.

— Mais lui a été créé dans un laboratoire, contrairement à toi et à ton jumeau qui êtes issus d'un croisement naturel.

Je tentai de déglutir, mais ma gorge était trop serrée.

— Depuis combien de temps es-tu au courant ?

— Pratiquement depuis votre arrivée.

Et nous qui pensions avoir pris toutes les précautions nécessaires…

Il eut un sourire d'une gentillesse extrême.

— Riley, j'ai plus de huit cents ans et j'en ai vu plus que tu peux l'imaginer. J'ai déjà rencontré des créatures comme vous. Cela porte même un nom, le savais-tu ?

Le seul nom que je nous connaissais était « monstre », et même, avant de l'entendre dans la bouche du tueur, je ne l'avais entendu que murmuré par certains membres de ma meute, persuadés que j'étais trop jeune pour comprendre.

— Dhampire, poursuivit-il. Le fruit d'un viol commis par un vampire fraîchement transformé et à peine sorti de sa tombe sur une femme qui, par miracle, survit à l'attaque – des créatures qui n'ont qu'une chance sur un million de voir le jour.

— Notre mère était un loup-garou.

— Et probablement en proie à la fièvre lunaire, car un jeune vampire n'aurait autrement pas la moindre chance contre un loup-garou.

Elle ne lui avait effectivement pas laissé un quelconque espoir de survie, mais pas avant qu'il ait été trop tard, et que la semence agonisante du vampire ait eu le temps de la féconder.

— Pourquoi n'en as-tu jamais parlé ?

— Parce que je respectais ta vie privée. (Il eut un instant d'hésitation.) Même si je dois bien avouer que ton héritage est justement la raison pour laquelle je veux que tu rejoignes Rhoan dans mon équipe. Je ne pense pas que vous ayez pleinement conscience de vos capacités.

— Sauf que moi, je veux une vie avec une maison, un gentil mari et tout plein de bébés, Jack, pas passer le reste de mes nuits à verser le sang.

— À vrai dire, je désirerais que toi et Rhoan formiez une patrouille de jour. Nous sommes en quelque sorte handicapés par notre impossibilité à travailler autrement que la nuit.

— À l'instant présent, tes désirs, je n'en ai rien à faire.

Je me mis à faire les cent pas en prenant soin de ne pas renverser la tasse de liquide brun que le Directoire avait le culot de nommer café. La lune venait de se lever, et je n'avais pas besoin de la voir pour sentir sa brûlure parcourir mes veines.

— Pourquoi un demi-vampire mort t'a-t-il poussé à vouloir mener l'enquête sur Quinn ? Il n'est pas inhabituel de voir des vampires mourir dans des vols long-courriers, en particulier s'ils se trompent sur les horaires ou préparent mal leurs bagages.

— Celui-ci a été retrouvé étouffé.

Je me retournai, surprise.

— Mais les vampires n'ont nul besoin d'air pour survivre ! Comment s'est-il débrouillé pour s'étouffer ?

— C'était un demi-vampire, rappelle-toi.

— Il était juste trop stupide pour penser à creuser des trous dans son cercueil ?

Le sourire de Jack s'élargit.

— En fait, il avait *trop* d'air.

Je le considérai d'un air ahuri.

— Comment peut-on avoir *trop* d'air ?

— Quand on est à moitié sirène, tout bêtement.

— Un vampire-sirène ? dis-je d'un ton incrédule. Mais qui diable peut avoir une idée aussi saugrenue ?

— Je pense que « diable » est le bon mot. Seul le diable peut inspirer un projet ayant pour but de créer la machine à tuer parfaite.

— Je ne vois pas une sirène se livrer volontairement à ce genre d'expérience.

Celles-ci rechignaient même à aller simplement consulter leur médecin, bon sang.

— Il me semble qu'en effet, le volontariat n'a rien à voir avec toutes ces expériences.

— Mais pourquoi enquêter sur Quinn ?

— Simple routine. Il possède plusieurs laboratoires pharmaceutiques en Australie et aux États-Unis, dont le plus gros se trouve à Sydney. Or c'est là que se rendait notre demi-vampire.

— Cela ne signifie pas qu'il allait au labo de Quinn.

J'avalai une gorgée de café en faisant la grimace à cause de son amertume. Mais avec ma tête toujours douloureuse et mon estomac qui commençait à réclamer bruyamment à manger, un café amer était mieux que rien.

— Il s'est avéré que ce n'était effectivement pas le cas. Mais nous devions vérifier. En particulier parce que la directrice Hunter voulait impliquer Quinn dans notre enquête.

Je me retournai vivement en ouvrant des yeux comme des soucoupes.

— *Pardon ?*

Jack sourit.

— Il n'y a pas tant de vampires anciens que cela. Peut-être une cinquantaine d'entre eux, dans le monde entier, ont réussi à survivre plus de mille ans. Et pour cela, ils ont dû faire preuve soit d'une extrême puissance, soit d'une intelligence supérieure. Quinn possède les deux.

Et, pour un vampire de plus de mille ans, il était sacrément bien conservé.

— Mais pourquoi Hunter veut-elle qu'il participe à nos investigations ?

— Parce qu'il était déjà en train d'enquêter sur ce dhampire artificiel et sur les clones de Gautier, et qu'il est toujours plus prudent de rassembler ses informations et ses ressources.

— Combien de clones y a-t-il, précisément ?

La simple pensée qu'il pût y en avoir davantage que deux était assez effrayante ; je n'avais plus qu'à espérer qu'ils n'avaient pas tous en tête de me truffer de balles d'argent.

— Et pourquoi enquêtait-il à leur propos ? poursuivis-je. C'est un homme d'affaires, pas un flic ou un gardien.

Le sourire de Jack s'élargit.

— En mille ans, il a eu le temps de tout être. Homme d'affaires n'est que sa plus récente incarnation.

— Cela ne répond pas à ma question, Jack.

Il en convint.

— La vérité est que je n'ai aucun moyen de l'obliger à cesser de fouiner, et qu'il est donc plus prudent que nous travaillions tous main dans la main.

Je fronçai les sourcils.

— Ne suffirait-il pas de le jeter dans l'une des cellules, là-haut ?

— Ces cellules ne suffiraient pas à me retenir, et encore moins Quinn. Pas avec les capacités mentales qu'il a.

Un frisson me parcourut l'échine.

— Mais le Directoire bénéficie d'une protection, non ? Personne n'est censé pouvoir se servir de ses capacités mentales à l'intérieur des murs.

— La plupart des gens en sont incapables, et nos cellules sont en mesure de retenir à peu près tout le monde, à quelques exceptions près.

Ces exceptions étant entre autres lui et Quinn, semblait-il. C'était effrayant de penser que les deux vampires avec lesquels je me sentais à l'aise étaient bien plus dangereux que Gautier le serait jamais.

— Pourquoi Quinn enquête-t-il sur les clones ?

— Il en a vu – et neutralisé – un à Sydney, il y a quelque temps. Apparemment, le clone était le portrait craché d'un ami qu'il croyait mort.

Ce qui signifiait que cet ami était le portrait craché de Gautier, s'il s'agissait bien du mort dont Jack avait parlé plus tôt. Une partie peu charitable de moi ne pouvait s'empêcher de se demander si le gars en question ne s'était pas trouvé si laid qu'il avait fini par se suicider de désespoir.

— Un ami vampire, j'imagine ?

Jack acquiesça.

— Quinn est aussi un vieil ami de la directrice Hunter. Il l'a récemment contactée à ce propos, par pure courtoisie, car, ayant entendu parler de Moneisha lors de son enquête, il avait l'intention de venir à Melbourne pour en savoir plus. C'est la raison pour laquelle elle m'a demandé de l'embarquer dans notre enquête.

— Ce n'est pas parce qu'elle a donné son accord qu'il est légal d'impliquer un civil dans une affaire du Directoire.

— Quand il s'agit de sécurité civile, le Directoire a toute latitude pour utiliser toute l'aide jugée nécessaire. Et cela nous permet d'éviter que Quinn commette des actes illégaux.

D'une certaine manière, je doutais que ce dernier ait quelque scrupule que ce soit à enfreindre les lois si nécessaire.

— Il m'a laissé un message. Il veut que nous nous rencontrions ce soir.

Jack acquiesça.

— Il m'a aussi appelé tout de suite après avoir recouvré la mémoire. Pour le moment, je voudrais que tu travailles de concert avec lui.

— Tu penses que c'est une bonne idée ? Je veux dire, s'il est aussi puissant que tu l'affirmes, ne crains-tu pas qu'il utilise ses talents pour te contraindre à sa volonté ?

— La directrice Hunter semble lui accorder sa confiance, alors je dois en faire de même.

— La directrice Hunter n'est pas infaillible : la preuve, elle ne s'est pas doutée une seule seconde que son sous-directeur avait fait entrer Gautier au Directoire sans les contrôles d'usage.

Jack sourit de nouveau. Il souriait beaucoup, ces temps-ci, et cela était dérangeant, d'une certaine manière – notamment parce que je soupçonnais qu'il était très satisfait de mes progrès dans le cadre de ses projets pour moi.

— La méfiance est une excellente habitude pour un gardien, tu sais ?

Et savoir quand sonner l'heure de la retraite en était une aussi, et c'était exactement ce que j'avais l'intention de faire à cet instant. De toute façon, il était presque 23 heures, et il allait falloir que je me bouge si je voulais retrouver Quinn.

— Dis-m'en plus sur Moneisha.

Il tourna le regard vers son écran, dit « Moneisha information portable » et, en quelques secondes, apparut une micropuce scellée dans un emballage de plastique. Il la ramassa et me la tendit.

— Voici toutes les informations que nous avons. Une fois que Quinn et toi les aurez consultées, détruisez la puce.

Je la glissai dans ma poche.

— Pas de problème.

— Tiens-moi au courant.

Je lui fis un signe de tête avant de quitter le bureau. Je remontai dans la voiture, et mon regard tomba sur le dossier que m'avait donné Talon. Je le feuilletai rapidement et ne trouvai rien que je ne sache déjà. Il n'avait même pas essayé de mener des recherches approfondies à propos de Quinn, et cela me contraria. Je ne demandais pas grand-chose à mes compagnons, mais quand c'était le cas j'espérais qu'ils y mettent un peu plus de motivation.

Je secouai la tête, jetai le dossier sur le siège passager et me rendis jusqu'au parking du casino. Il était presque 23 h 30 quand j'arrivai enfin au casino lui-même. Devant l'entrée principale, je parcourus du regard les gens qui traînaient sur l'escalier. Des humains, des loups, des métamorphes et des vampires, mais aucun d'entre eux n'était celui que je cherchais. Je scrutai les alentours.

Et le trouvai sur les marches qui menaient au quai. Je le rejoignis et m'assis à son côté, assez près pour pouvoir sentir la chaleur de sa peau, mais pas assez pour le toucher.

— J'ai cru que vous ne viendriez pas, dit-il sur le ton de la conversation.

Il avait pris une douche et enfilé des vêtements depuis la dernière fois que je l'avais vu. Il avait effectivement les cheveux noirs, et ils étaient si épais et soyeux que cela démangeait mes doigts de les parcourir. Le manteau que je lui avais donné avait disparu, remplacé par un pull bordeaux qui moulait son torse élancé et mettait en valeur ses traits délicats, et par un jean noir qui laissait entrevoir la puissance des muscles de ses cuisses. Il était déjà sexy quand il était couvert de boue, alors la version habillée… waouh !

— Qu'avez-vous fait de mon manteau ?

Quelle question idiote ! Mon cerveau était visiblement trop occupé à dompter mes hormones bouillonnantes pour être parfaitement fonctionnel.

Il me jeta un regard encore plus sombre que la nuit et totalement impénétrable.

— Je l'ai laissé à nettoyer chez moi. Il y avait des taches de sang à cause de votre blessure.

Je levai les sourcils :

— Vous avez un pied-à-terre dans le coin ?

Il acquiesça :

— À Brighton.

Ce qui était des plus logiques. Toorak était un quartier pour les millionnaires qui, comme Talon, rêvaient de devenir milliardaires et de déménager à Brighton.

— J'ai eu une petite discussion avec Jack avant de venir.

— Alors, vous savez que je ne vous veux aucun mal.

— Pas vraiment. Tout ce que je sais, c'est que vous prêtez main-forte au Directoire dans le cadre de son enquête, mais je pense sincèrement que vous en ferez à votre guise si cela devient nécessaire à vos yeux.

Il eut un petit sourire séducteur, et mes hormones se remirent à faire des cabrioles.

— Vous avez un vrai talent pour lire dans l'esprit des gens.

— Ce qui signifie évidemment que j'ai raison de ne pas vous faire entièrement confiance.

— Je n'ai pas dit cela.

Mais il ne l'avait pas nié.

— Jack veut que nous travaillions ensemble cette nuit.

— Cela signifie-t-il que vous avez trouvé Rhoan ?

— Il se trouve à Moneisha.

— Moneisha ? Voilà qui est surprenant.

Je boutonnai ma veste. L'air frais venant de la rivière commençait à me glacer jusqu'aux os, et la chaleur de Quinn ne suffisait pas à me réchauffer. J'avais tellement la chair de poule que c'en était douloureux.

— Pourquoi surprenant ? Je croyais que vous enquêtiez justement à leur propos.

Il planta ses yeux dans les miens.

— Jack vous en a parlé ?

— Oui. Et cela m'agace prodigieusement que vous ne m'ayez pas tout simplement dit que vous travailliez avec le Directoire. Rhoan serait déjà dehors à l'heure qu'il est si vous l'aviez fait.

— Je ne me rappelais que de fragments de la vérité, en fait, et au moment où la mémoire m'est revenue vous étiez déjà partie.

— Il faut bien comprendre qu'un vampire nu qui m'attend devant ma porte et me suit partout où je vais, ce n'est pas des plus rassurant.

— Il fallait que je m'assure que vous étiez bien qui vous prétendiez être. Comme je vous l'ai dit, Rhoan ne m'avait jamais parlé de vous. (Son regard soudain curieux se posa sur mon visage.) Vous n'êtes certainement pas amants.

— Non, certainement pas.

Je n'ajoutai rien : il n'avait nul besoin de savoir que nous étions jumeaux. Cela étant, si Jack l'avait deviné, Quinn, qui était apparemment beaucoup plus vieux, finirait par en faire de même.

— Que savez-vous sur Moneisha ?

J'avais la puce que m'avait donnée Jack, mais cela m'intéressait de savoir si Quinn était prêt à partager ses informations à lui. Jack faisait peut-être confiance implicitement, mais je préférais être prudente.

— Mon enquête m'a permis de deviner qu'il y a deux types de recherches menées dans cette affaire : le clonage et les hybridations. À la surface, elles ne semblent reliées en rien. Et même si je suis convaincu que Moneisha n'a rien à voir avec ces deux types de recherches, le laboratoire semble faire partie de la chaîne. En tout cas, il se passe beaucoup plus de choses derrière ces murs qu'ils ne veulent l'admettre.

— J'ai l'intention d'y pénétrer et d'en sortir Rhoan cette nuit.

Il arqua un sourcil.

— Seule ?

— Jack m'a suggéré de vous emmener.

— Il est toujours prudent d'avoir quelqu'un pour assurer ses arrières.

Néanmoins, compter sur *ce* vampire pour couvrir *mes* arrières ne me semblait pas une si bonne idée. Pas avec l'influence qu'avait cette pleine lune sur ma libido. Jetant un coup d'œil à ma montre, je vis qu'il était presque minuit.

— Dites, ça vous dérangerait qu'on continue cette conversation à l'abri ?

— Vous avez froid ?

— Plus faim que froid, en fait. Je n'ai rien mangé depuis mon petit déjeuner.

Il se leva et me tendit la main pour m'aider à me lever à mon tour. Il avait les doigts chauds, une poigne ferme mais douce. Il ne m'était que trop facile d'imaginer ces mains parcourant mon corps nu de caresses.

Malgré son air inexpressif, je sentis son désir m'envelopper comme une pluie d'été. Il avait beau avoir relevé au maximum ses protections pour éviter de se retrouver embarqué par mon aura, cela n'empêchait pas la présence de sacrées étincelles entre nous.

— De quoi auriez-vous envie ? demanda-t-il doucement.

De vous. Je m'éclaircis la voix et m'éloignai légèrement de lui. Il faisait vraiment froid sans son contact réconfortant.

— Un hamburger, ce serait parfait.

Il acquiesça et, réduisant la distance que je venais de mettre entre nous, posa sa main sur mes reins et m'accompagna jusqu'en haut des marches. Chacun de ses doigts sur ma peau faisait comme une minuscule fournaise dont la chaleur irradiait dans tout mon corps.

— Il y a un bon restaurant au bout de Swanston Street, déclara-t-il d'une voix aussi douce qu'une mélodie qui me donnait envie de soupirer.

— Et on trouve des hamburgers avec frites dans les bons restaurants ?

— Dans celui-là, oui. Parlez-moi de ce que vous avez découvert sur Moneisha.

— Les lieux sont étroitement surveillés, et il semble qu'il y ait des caméras à infrarouges.

— Voilà qui est ennuyeux.

Je sortis la micropuce de ma poche.

— Toutes les informations ainsi que les plans des bâtiments se trouvent là.

Il eut un sourire entendu.

— Peut-être vaut-il mieux que nous prenions des sandwichs à emporter et que nous allions à mon bureau, alors.

— Vous avez un bureau dans le coin ?

Il tendit le doigt vers le gratte-ciel blanc qui dominait tous ses voisins à quelques centaines de mètres de là où nous nous trouvions.

— Mes locaux se trouvent au dernier étage.

Je levai les yeux. Et dus encore les lever un peu pour arriver au sommet.

— Et… heu… vous n'avez pas le vertige ?

C'était mon cas, mais cela n'avait rien à voir avec mes doubles origines. C'était une séquelle due au fait que l'on m'avait jetée du haut d'une falaise lorsque j'étais encore un louveteau. Pourquoi cette peur ne se manifestait-elle qu'en haut des immeubles, je l'ignorais, surtout étant donné que je pouvais toujours parfaitement escalader des montagnes sans la moindre difficulté, tant que je n'avais pas à approcher du bord d'une falaise.

Il eut l'air surpris.

— Pourquoi, vous, oui ?

— Cela m'arrive.

— Alors, on va rester dans les étages inférieurs.

— À moins que vous ayez envie de me voir vomir sur votre luxueuse moquette, c'est effectivement une bonne idée.

Il acquiesça d'un signe de tête. Nous arrivâmes au restaurant et il m'offrit un hamburger, des frites et un Coca, refusant de me laisser payer. Je sirotai mon soda sur la route du gratte-ciel. Il fut autorisé à entrer après un scan de la rétine et nous prîmes l'ascenseur jusqu'au dixième étage. Encore un scan rétinien et nous nous retrouvâmes dans une vaste pièce remplie de rangées successives de bureaux qu'il me fit traverser jusqu'à une porte, tout au fond.

— Puce ?

Je faillis lui répondre de se gratter, mais je me dis qu'il ne trouverait probablement pas ça très drôle. Je lui tendis donc la micropuce et m'assis sur le bord du bureau en balançant ma jambe et en terminant mon repas. L'écran s'alluma après un nouveau contrôle d'identité. Il inséra la puce dans une fente du bureau. En une seconde, des plans apparurent.

— Dans quelle zone avez-vous senti Rhoan ?

Je tendis un doigt luisant de graisse vers le mur en question, laissant une marque chatoyante sur l'écran.

— Il y a un peu moins de deux mètres entre le mur et le toit, mais une caméra est située dans le coin et j'imagine qu'elle doit être à infrarouges.

— Il y a une autre entrée ici, remarqua-t-il en montrant un endroit proche de là où j'avais détecté la présence de Rhoan. Avec une petite guérite.

— C'est peut-être un bon point d'entrée, si on réussit à distraire les vigiles.

Il acquiesça.

— Il y a des détecteurs à laser ici et là, ajouta-t-il en indiquant deux autres points. Et il semble bien qu'il y en ait d'autres une trentaine de centimètres au-dessus du mur extérieur.

— Merde.

— Pas très classe, mais oui, c'est le mot. (Il eut un sourire amusé et se laissa aller contre le dossier du fauteuil en continuant à examiner le plan.) Cela étant, il est tout à fait possible de se glisser en dessous si on sait qu'ils se trouvent là. Si Rhoan se trouve toujours à l'intérieur, il va de toute façon falloir préparer soigneusement son extraction en amont.

— Comment ça, « si » ?

— Ils ont des caméras qui vous ont probablement filmée en train de traîner dans les environs.

— Et alors ? Comment sauraient-ils qui je suis ?

— Si Moneisha est impliqué dans les clonages ou les hybridations, ils le savent peut-être parfaitement.

Il m'examina un long moment d'un regard inexpressif et bizarrement glaçant, puis sortit quelque chose de la poche de son jean.

— J'ai trouvé cela sur le loup-garou qui vous a tiré dessus.

Il laissa tomber ce qui ressemblait à un petit badge dans ma main. Je le contemplai, ne sachant que penser. Ma confusion devait être visible, car il reprit la parole :

— C'est une caméra. Une caméra expérimentale très puissante.

— On m'a regardée me faire tirer dessus ? m'exclamai-je d'un ton incrédule.

Je n'arrivais pas à croire que l'on puisse être... Je m'interrompis dans mes pensées. Je travaillais avec des gardiens : bien entendu que je savais qu'on pouvait être assez sadique pour apprécier un tel spectacle.

— Il n'a jamais eu l'intention de viser le cœur. Son but était de vous neutraliser, pas de vous tuer.

Je pris une grande gorgée de Coca et le regrettai dès qu'elle arriva dans mon estomac noué.

— Mais ils ne pouvaient pas savoir que vous vous trouviez là-bas, et sans votre aide je serais morte.

— En effet. Mais il avait aussi une petite trousse médicale sur lui, ce qui signifie peut-être qu'il avait l'intention d'extraire la balle lui-même.

— Mais pourquoi me tirer dessus, puis me porter secours ? À quoi cela rime-t-il ?

— Peut-être pour observer votre réaction.

Le froid m'envahit.

— Mais cela signifierait donc...

— S'ils ont capturé Rhoan en raison de sa nature, continua-t-il gentiment, alors ils savent sans aucun doute ce que vous êtes aussi.

— Mais personne...

Je m'interrompis. Si Jack avait pu deviner, peut-être était-ce aussi le cas pour d'autres.

— Il n'y a rien sur nos actes de naissance, et nous n'en avons jamais parlé à quiconque. (Je le regardai fixement.) Je n'arrive pas à croire que Rhoan l'ait fait.

— Il ne l'a pas fait. J'ai juste deviné. Les loups-garous ne font généralement pas de bons gardiens, vu qu'ils ne savent pas détecter les morts. Mais lui avait des sens aussi développés que les miens. (Il s'interrompit un instant.) Quant à vous, vous avez essayé de vous camoufler pour éviter la balle, et ça non plus, c'est une chose que les loups-garous ne savent pas faire.

Je me levai du bureau et commençai à faire les cent pas.

— Ce que je ne comprends pas, c'est pourquoi. Ils créent leurs propres monstres. Pourquoi auraient-ils besoin de Rhoan ou de moi ?

Il attrapa ma main au passage et me força à interrompre mes allers-retours.

— Vous n'êtes pas un monstre.

Il y avait de la colère dans son regard et dans sa voix, comme si la simple idée que je puisse penser cela le rendait furieux. Je me surpris à sourire.

— Facile à dire pour vous. Vous êtes un vieux vampire des plus banals.

— Et vous, un miracle de la vie. Ne croyez jamais le contraire.

Mon sourire s'élargit.

— Vous savez, je pourrais bien commencer à vous apprécier vraiment.

Son sourire à lui devint soudain plus que malicieux.

— Cela signifie-t-il que j'ai une chance d'avoir une petite danse avec vous ?

— Peut-être bien.

Une fois que Rhoan serait en sécurité. Et que je serais bien certaine que Quinn ne jouait pas sur plusieurs tableaux.

— Excellent, répondit-il en tournant le regard vers l'écran. J'ai mon idée concernant les deux raisons pour lesquelles ils pourraient vouloir mettre la main sur Rhoan et vous. Déjà parce que vous semblez tous les deux bien avoir intégré vos doubles origines.

Je me remis à aller et venir dans le bureau. C'était plus facile que de rester tranquille. Ou trop près d'une friandise qu'il m'était encore impossible de goûter.

— Et quelle est la seconde ?

— Le fait que vous vous ressemblez comme deux gouttes d'eau.

Cela m'interrompit dans mon élan.

— Pardon ?

— Tous les clones dont on a eu vent jusqu'à présent ressemblaient au gardien nommé Henri Gautier.

— Apparemment, oui.

— Ce qui signifie qu'ils sont tout issus des mêmes cellules.

— Celles de cet ami que vous croyiez mort.

Il acquiesça.

— Mais le dhampire que l'on a retrouvé mort dans l'un de mes avions ne ressemblait aucunement à Gautier, ce qui signifie qu'il était issu d'une autre souche.

— Et alors ?

— Et s'ils ignoraient, ou pensaient impossible, que des dhampires puissent être créés naturellement ? S'ils pensaient que Rhoan et vous êtes le résultat de manipulations génétiques ? Des manipulations *réussies* effectuées par *quelqu'un d'autre* qu'eux ?

Je le contemplai bouche bée en comprenant ce que cela impliquait.

Si c'était le cas, mon frère et moi étions dans la merde jusqu'au cou.

Chapitre 6

— C'est à peu près aussi cohérent que de vouloir cloner le même mec affreux à l'infini.

Je fermai ma grande bouche en me souvenant soudain que ce fameux mec affreux était le portrait craché de son ami. En considérant évidemment que cet ami n'était pas lui-même un clone. Pour couvrir ma gaffe, je m'empressai de changer de sujet.

— Et si c'étaient bien les mêmes personnes qui m'ont agressée et qui ont enlevé Rhoan, je suis certaine que mon sentiment de danger à propos de ce dernier serait nettement plus fort.

— Pas nécessairement. Pas si Moneisha est un simple laboratoire de prélèvements. Peut-être que les responsables de ce labo se contentent de prélever des échantillons et ne savent pas encore ce qu'ils ont entre les mains.

Je le considérai d'un regard pensif.

— Vous étiez donc au courant que Rhoan enquêtait sur des disparitions de prostituées dans le quartier de Sainte-Kilda ?

Il acquiesça.

— J'avais passé le plus clair de la nuit en sa compagnie.

— Pourquoi vous êtes-vous quittés ? Ce n'est pas comme si vous craigniez le soleil levant.

Il fit une grimace :

— Non, mais la faim, si.

Je levai les sourcils :

— N'auriez-vous pas pu prélever du sang sur une prostituée ?

— J'aurais pu, mais je ne préfère pas. (Son sourire fit étinceler ses yeux et je sentis mes jambes se transformer en coton.) Je ne mords que mes partenaires sexuelles, et je ne suis pas très fan des professionnelles.

Le simple fait de l'imaginer en train de mordre mon cou tout en me pénétrant profondément me donna la chair de poule tout en me faisant avoir une bouffée de chaleur. Bon sang, il allait vraiment falloir que je me tape ce vampire avant qu'il disparaisse de ma vie.

— Rhoan a donc disparu après votre départ ?

Il acquiesça.

— Rhoan était déguisé en prostitué pour ne pas sembler suspect lorsqu'il posait ses questions. Moi, j'étais camouflé dans l'ombre pour le surveiller et lire dans les esprits.

Ce qui signifiait qu'ils savaient vraisemblablement que Rhoan avait un garde du corps, puisqu'ils ne l'avaient enlevé qu'une fois Quinn parti. Ou bien ils avaient pensé que Quinn était un maquereau particulièrement attentif. Je marchai jusqu'aux baies vitrées et regardai le paysage. Nous n'étions qu'au dixième étage et il n'y avait donc pas grand-chose à voir que d'autres immeubles. Je tournai le regard en direction du sud-est. La raison pour laquelle Rhoan avait été enlevé n'était pas vraiment importante. Ce qui l'était, c'était de le sortir de là avant qu'ils se rendent compte qu'il n'était pas *seulement* un loup.

Je me tournai vivement.

— Il faut qu'on y aille.

Quinn ne chercha pas à m'en dissuader, ce qui était tout aussi bien, parce que s'il l'avait fait j'aurais probablement essayé de l'assommer. Je dis bien « essayé » car je me doutais que c'était un vampire contre lequel je n'avais pas la moindre chance. Il y avait quelque chose en lui, sous cette apparence calme et sexy, qui laissait présager une puissance immense, bien plus grande que celle de tous les vampires que je connaissais. Y compris Jack.

Et si Jack se méfiait de ce vampire, c'est qu'il y avait toutes les raisons du monde pour que je m'en méfie moi aussi.

Tout ce que Quinn dit, ce fut :

— Nous devons nous préparer.

— Je peux me camoufler. Ils ne me verront pas.

— Ils ont des capteurs à infrarouges, selon vous.

Je m'arrêtai devant la porte et pris une grande inspiration. Il avait raison. Mais cela ne fit rien pour soulager la tension qui me nouait les muscles.

Je regardai par-dessus mon épaule.

— Que proposez-vous ?

Il récupéra la puce, se leva et vint me rejoindre, tout de grâce et de beauté dans un emballage merveilleusement élancé et puissant.

— Un petit bal masqué.

Il y avait plein de danses que je me voyais parfaitement accorder à ce vampire, et pourquoi pas avec des déguisements, en effet. Mais je doutais fortement qu'il parle du genre de costumes auxquels je pensais... ce qui était bien dommage.

— Comment cela ?

— Si Moneisha cherche à enlever des prostituées, pourquoi ne pas leur en livrer une sur le pas de leur porte ?

— Ne se méfieraient-ils pas en voyant soudain une prostituée faire le trottoir dans une petite rue de banlieue ?

Il me redonna la puce, puis me raccompagna en direction des ascenseurs, la main fermement posée sur mes reins.

— Pas nécessairement. Il y a justement un bordel dans l'une des rues adjacentes. Avec un peu de chance, ils penseront que vous allez travailler.

Je lui décochai un regard en coin.

— Et comment savez-vous qu'il y a un bordel dans ce coin-là ?

— Un bon détective doit toujours faire ses repérages.

— Mais vous venez de me dire que vous préfériez éviter les prostituées.

— C'est le cas. (Il me décocha un nouveau sourire éblouissant.) Je suis milliardaire. Les femmes ont une certaine tendance à se jeter à mes pieds. Je n'ai pas besoin de payer pour cela.

Ce qui ne répondait pas exactement à ma question.

— Et cela vous arrive souvent de « ne pas payer pour cela » ?

— Assez souvent. J'ai de gros besoins, comme beaucoup d'hommes.

J'espérais sérieusement qu'il finirait par satisfaire ces gros besoins avec moi. Par exemple aussitôt qu'on aurait sorti Rhoan de sa prison.

Les portes de l'ascenseur se refermèrent sur nous et la cabine descendit brutalement. Je sentis le contenu de mon estomac remonter dans ma gorge avant de gentiment redescendre.

— Où allons-nous, alors ?

— Acheter de quoi vous camoufler. (Il me déshabilla d'un regard critique.) C'est une très jolie jupe, mais pas vraiment le genre que portent les professionnelles.

Certes, mais il suffisait que j'ôte mon pull et ma chemise déchirée ferait assez bon effet dans le genre « prenez-moi, là, maintenant ».

— Il est presque minuit. Les magasins sont fermés.

— Quand on a assez d'argent, les magasins sont toujours ouverts.

Les portes de verre de l'entrée principale s'ouvrirent dans un soupir et une bouffée d'air frais pénétra dans le hall. J'y détectai l'odeur des pots d'échappement et des humains alentour, mais aussi autre chose : une odeur de musc, de menthe et d'homme. La même que celle du loup qui m'avait tiré dessus.

Je m'arrêtai et entendis comme un sifflement imperceptible, celui d'un projectile fatal qui nous fonçait dessus à toute vitesse.

Je me jetai à terre en entraînant Quinn avec moi. Il jura en m'entourant instinctivement de ses bras pour me protéger de son corps contre le contact brutal du sol. Il heurta le bitume avec un grognement et je vis ses yeux s'élargir comme des soucoupes. J'entendis de nouveau le sifflement et me tournai pour voir d'où il venait. Quelque chose passa au-dessus de nos têtes, quelque chose en bois, et non en métal, à l'extrémité pointue.

Une flèche.

Le fait qu'elle soit en bois laissait penser que c'était Quinn et non moi qui était visé, mais en vérité une flèche en plein cœur n'aurait fait le plus grand bien à aucun de nous.

Elle frappa le panneau de verre et ricocha, soudain inoffensive. J'entendis un bruit de pas pressés qui s'éloignait. Notre agresseur, certainement. Je m'arrachai de l'étreinte de Quinn, fis valser mon sac, ma veste, mon pull, et me transformai. Puis je me lançai à la poursuite de ce salopard sous ma forme de loup.

— Riley, attendez !

C'était très manifestement un ordre, que je fis mine de ne pas entendre. Celui qui avait voulu nous assassiner courait en direction de South Bank, espérant peut-être me semer dans la foule qui s'amassait autour du casino. Ce qui pouvait vouloir dire deux choses : soit il ne savait pas que j'étais un loup-garou, soit il n'avait pas la moindre idée d'à quel point mon instinct de chasse était aiguisé.

Il continua à courir en jetant parfois un regard par-dessus son épaule, fonçant dans les autres promeneurs et les éjectant de son chemin avec brutalité. Je le poursuivis en évitant de justesse ces idiots d'humains qui restaient plantés là à brailler ou se mettaient en travers de mon chemin. L'homme était encore une copie conforme de Gautier, jusqu'au long catogan graisseux. Il avait visiblement conscience d'être poursuivi, mais regardait par-dessus la mauvaise épaule, et je me rapprochais peu à peu de ma proie. Son odeur était écœurante, la menthe réussissant à peine à couvrir le fumet de mort et de décomposition sous-jacent. Je fronçai le nez en essayant de résister à l'envie d'éternuer.

Contrairement à ce que je pensais, il ne se dirigea pas vers le pont, mais fonça dans la salle de machines à sous nommée *Clocks*. Je repris forme humaine, renouai ma chemise et le suivis à l'intérieur.

Il se faufila entre les machines en trottant. Je restai en arrière, hors de vue. Son odeur flottait derrière lui, telle une piste que j'aurais pu suivre n'importe où, même dans cet endroit bourré de différentes senteurs.

Un nouvel arôme vint s'ajouter au cocktail : le bois de santal. Je souris et jetai un regard par-dessus mon épaule. Quinn se trouvait à un mètre derrière moi, mon sac pendant négligemment de son épaule.

Son regard furieux se planta dans le mien.

— Vous auriez pu avoir des problèmes à partir ainsi comme une fusée.

Il me tendit mon pull, que j'enfilai aussitôt.

— Cela aurait pu être un piège, ajouta-t-il.

C'était toujours possible. Qui savait où le double de Gautier allait me mener ?

— Cette flèche vous était destinée, je n'étais pas la cible.

— Et sans toi elle m'aurait transpercé.

J'imagine que quand on sauvait la vie de quelqu'un, on pouvait se dire « tu ». Il tendit la main pour attraper la mienne et la porta à ses lèvres en marchant à côté de moi. La brève caresse de sa bouche sur mes doigts me fit un effet inédit : douce, mais en même temps érotique.

— Merci, déclara-t-il doucement.

Je pris une profonde inspiration en essayant de dompter mon pouls qui s'affolait.

Loin devant, notre quasi-assassin disparut par une porte. Je regardai la pancarte qui la surplombait et sourit : il était allé aux toilettes. Parfait.

— Surveille la porte, ordonna Quinn en me tendant ma veste et mon sac. Je vais avoir une petite conversation avec notre ami.

— Il y a quelqu'un d'autre, là-dedans ?

Je le vis plisser les yeux et devinai qu'il passait le local à la vision infrarouge.

— Non.

— Parfait.

Je le suivis à l'intérieur, mais m'arrêtai juste après la porte, m'appuyant contre elle pour l'empêcher de s'ouvrir. Il fallait bien l'avouer, l'odeur des toilettes pour hommes me levait toujours le cœur, quelle que soit la quantité de désodorisant utilisée. Non pas que j'en aie fréquenté tant que cela, mais parfois, il faut savoir prendre son courage à deux mains pour éviter les files d'attente aux toilettes féminines lors de l'entracte au théâtre ou au concert.

Les urinoirs n'étaient pas occupés, mais l'un des box l'était. Je me demandai pourquoi il avait cru qu'il serait en sécurité derrière une porte fermée. Peut-être ne fréquentait-il pas des masses de loups-garous ou de vampires.

Quinn enfonça la porte d'un coup de pied puis se camoufla si vite que j'eus l'impression qu'il avait disparu en une seconde. J'entendis plusieurs sons successifs, d'abord le bruit de la chair claquant la chair, puis un petit couinement, de douleur plus que de peur. Ce n'était pas la voix de Quinn.

Puis ce fut le silence. Pas de conversation, rien. Mais je savais ce que Quinn était en train de faire : il explorait l'esprit de son adversaire.

La porte derrière moi tenta de s'ouvrir, puis quelqu'un frappa.

— Désolée, fermé pour nettoyage. Quelqu'un a vomi partout.

J'entendis l'homme de l'autre côté pousser un juron et s'éloigner.

— Dépêche-toi, Quinn. Les vigiles nous ont probablement vus entrer. Nous n'avons sûrement pas beaucoup de temps devant nous.

Il sortit cinq secondes plus tard, referma la porte derrière lui et alla se laver les mains dans un lavabo. Je le contemplai un moment, avant de jeter un coup d'œil au box et de sentir un frisson me parcourir.

— Il est mort, n'est-ce pas ?

— Oui.

Il ne m'adressa aucun regard, se contentant de se rincer les mains avant de les essuyer avec des serviettes en papier.

— Comment ?

Je n'avais pas entendu le bruit si reconnaissable des vertèbres qui se brisent, ce n'était donc pas de cette manière-là qu'il l'avait tué, cette fois-ci.

— Crise cardiaque. (Il tourna son regard vers moi et la froideur de celui-ci fit redoubler mes frissons.) Très facile quand on lit dans l'esprit des gens et qu'on connaît ainsi leurs peurs les plus profondes, surtout lorsqu'en plus on a assez de capacités d'empathie pour leur faire croire que ce qui les terrifie leur arrive vraiment.

Il était donc empathe en plus d'être télépathe. Cela expliquait pourquoi il était si sensible à mon aura alors que nos protections respectives étaient à leur maximum.

— Il est mort de peur ?

— Je le crains.

Il jeta la serviette froissée dans la poubelle puis revint vers moi. J'aurais eu un mouvement de recul si je n'avais pas eu une porte derrière mon dos. Et même si je savais que c'était ridicule, je ne pouvais maîtriser ma réaction. J'avais beau être persuadée de savoir me défendre, quelque chose me disait que, contre ce vampire-là, il n'y avait rien à faire.

— Nous ferions mieux de sortir d'ici, reprit-il du même ton inexpressif. La sécurité ne va pas tarder à intervenir.

J'ouvris la porte et sortis des toilettes. Effectivement, deux hommes en uniforme noir s'approchaient de nous. Ils ne nous jetèrent pas le moindre regard, semblant ne pas nous voir, et je devinai que Quinn devait leur avoir tripatouillé l'esprit, détournant leur attention de nous.

Je sentis de nouveau ses doigts contre mes reins, mais cette fois-ci j'évitai son contact tiède, me hâtant de sortir de la salle et de retrouver l'air extérieur. Je m'arrêtai au bord du trottoir en croisant les bras et en prenant une grande inspiration de l'air frais et truffé d'odeurs.

Il s'arrêta à quelques pas derrière moi, ce que je devinai plus par la chaleur qu'il dégageait que par le bruit de ses pas.

— Je t'ai fait peur.

— Oui.

— Pourquoi ? Tu travailles avec des gardiens. Ils font bien pire que moi.

— Je sais bien. Mais cela ne me surprend pas d'eux. De toi, oui.

— Je suis un vampire. C'est dans ma nature.

— Ouais, mais pour je ne sais quelle raison, j'avais cru que tu étais différent.

Que son apparence si flatteuse était la vérité, pas seulement un masque. Mais c'était mon problème, pas le sien. Bon sang, ce n'est pas comme s'il m'avait caché qu'il pouvait aussi facilement tuer que boire du sang. Et, pour être honnête, sa petite démonstration n'avait pas annihilé tout le désir que je ressentais pour lui.

— As-tu découvert quelque chose d'utile ? lui demandai-je.

Il resta silencieux un instant, puis répondit :

— Il était partiellement bloqué. Mais j'ai pu apercevoir quelques images. Ces choses ne viennent pas de Moneisha.

Je le contemplai par-dessus mon épaule. Il ne me regardait même pas ; son regard était tourné vers le ciel couvert et il avait l'air pensif.

—Quel genre d'images ?

—Cela se trouve sous terre. Beaucoup de béton, des lumières vives, des murs blancs, ce genre de choses.

—Rien de reconnaissable ?

Il secoua négativement la tête et tourna enfin son regard vers moi. Il avait les yeux fermés.

—Cela pourrait être n'importe où. Même dans un autre pays.

Super.

—Bon, alors, allons porter secours à Rhoan.

—D'abord les déguisements.

—Où donc ? Il est minuit, tout est fermé.

Tout, à part les restaurants, les night-clubs et le casino, en fait.

—Comme je te l'ai déjà dit, cela n'a pas grande importance quand on a de l'argent.

Il me prouva que c'était la pure vérité en téléphonant au plus grand magasin de la ville pour lui faire ouvrir ses portes à notre intention exclusive.

—Ça ne te dérange pas de t'habiller vulgairement ? me demanda-t-il en m'accompagnant dans l'ascenseur qui menait à l'étage du prêt-à-porter féminin.

Je souris, amusée.

—Je suis un loup-garou. Je peux m'habiller plus vulgairement que n'importe quelle pute.

Il sourit et cela réussit enfin à rendre ses yeux un peu plus chaleureux.

—Oui, je m'en suis déjà rendu compte. Je te laisse t'occuper de tes achats pendant que je vais faire quelques emplettes de mon côté. (Il tourna la tête vers la vendeuse.) Donnez-lui tout ce qu'elle veut et mettez-le sur ma note. (Son regard se posa de nouveau sur moi.) Rendez-vous dans une demi-heure en bas des escaliers mécaniques.

Une demi-heure, cela semblait bien court lorsqu'on avait un crédit illimité, mais je n'allais pas non plus me plaindre.

Je perdis dix minutes à parcourir les rayons et me décidai pour des cuissardes en python argenté, tout simplement parce que j'en avais toujours eu envie. Mais je choisis des talons de dix centimètres au lieu de quinze, juste au cas où j'aurais à courir. Je les mariai à une jupe en résille bleue tout juste décente, trop courte pour pouvoir être qualifiée de microjupe, et à un débardeur argenté avec des trous au bout des seins. Pour parfaire mon look, je choisis une perruque bleue et du maquillage dans les mêmes tons. Puis je me rendis dans les cabines d'essayage pour opérer ma transformation.

En me regardant dans le miroir, je me donnai dix sur dix en matière de fringues de traînée. La perruque et le maquillage azur faisaient ressortir mes yeux couleur de fumée, les faisant paraître presque turquoise, et mes vêtements en révélaient énormément tout en étant juste assez décents pour m'empêcher de me faire embarquer par les flics pour racolage. Je remis ma veste, embarquai mes vieux vêtements, et allai rejoindre Quinn au rez-de-chaussée.

Il m'attendait avec plusieurs sacs à ses pieds. Son regard parcourut ma chevelure, puis mon visage, et je vis la surprise le disputer à la luxure dans ses yeux. L'éruption de désir qui en résulta me donna l'impression d'une brûlure.

— T'aimes bien le bleu, pas vrai ? le taquinai-je.

Il ne chercha pas à protester. Cela n'aurait de toute façon pas été très convaincant puisque je sentais si aisément l'odeur de ses hormones en ébullition.

— Ne puis-je pas avoir une petite avant-première du reste ?

Je souris joyeusement.

— Cela gâcherait la surprise.

Ses yeux descendirent jusqu'à mes chevilles enserrées dans le python brillant.

— J'ai comme l'impression que c'est le genre de surprise qui peut causer une crise cardiaque.

— N'est-ce pas l'effet recherché ?

— Tout à fait.

Il se pencha pour ramasser les sacs, dans lesquels j'aperçus des pistolets laser et une sorte de détecteur électronique. Je n'étais même pas au courant qu'on pouvait trouver ce genre de choses dans ce magasin, et pourtant, j'y faisais régulièrement mes achats. Mais peut-être avaient-ils un rayon spécial milliardaires.

Il donna un énorme pourboire au directeur puis nous sortîmes ensemble du magasin.

— Tu es venue en voiture ?

J'acquiesçai.

— Elle est au parking du casino.

— On va la laisser là-bas et prendre la mienne. Il est possible qu'ils aient repéré la tienne.

Nous retournâmes vers son immeuble. Mes talons claquaient sur le bitume à un rythme aussi fort que le désir qui battait dans mes veines. Je me sentais bien dans ces vêtements azur, sexy plus que vulgaires. Non pas que la vulgarité me dérangeât à l'occasion, si elle était nécessaire. Et, si ma priorité n'avait pas été de libérer mon frère ce soir-là, j'aurais certainement proposé à Quinn un rapide essai de nos fonctionnalités respectives.

Sa voiture se révéla être une Ferrari noire, élégante, sportive et pour tout dire excitante. Un peu comme son conducteur, quoi. Il m'ouvrit la portière pour me laisser monter.

— Bon, quel est le programme ? lui demandai-je une fois que nous eûmes démarré.

— Si, sous ce manteau, tu es aussi belle que je le subodore, nous n'aurons pas besoin de faire grand-chose : toutes les caméras des environs se braqueront sur toi.

Je souris, ravie.

— Et ensuite ?

— Trouve un moyen de faire en sorte qu'elles restent sur toi pendant que j'essaierai soit de passer par-dessus le mur, soit d'emprunter cette entrée secondaire, et que je tenterai de déterminer comment je vais sortir Rhoan de là.

J'arquai un sourcil.

—Mais il va bien falloir que nous soyons deux pour l'en sortir, non ?

Il haussa les épaules.

—Peut-être. Mais d'abord, il va falloir que nous déterminions s'il se trouve effectivement à l'intérieur, et ensuite, de quelle façon il est surveillé. Il sera peut-être impossible de tout faire cette nuit.

Ça, c'est ce qu'il pensait. Moi, de mon côté, j'étais absolument persuadée que, d'une manière ou d'une autre, Rhoan serait libre avant demain.

—Si tu fais un petit repérage en voiture avant de me laisser descendre, je serai peut-être à même de t'apprendre s'il est encore à l'intérieur.

Il acquiesça d'un signe de tête. Nous roulions à une vitesse qui, à en juger par la rapidité avec laquelle passaient les lumières de l'extérieur, était probablement bien au-dessus de celle autorisée. J'imaginais que lorsqu'on était multimilliardaire, une ou deux amendes pour vitesse excessive ne constituaient pas un gros trou dans le budget.

Nous atteignîmes Moneisha en un temps record, et il revint à une vitesse raisonnable. J'examinai les murs blancs, mais ne sentis rien. J'en fis part à Quinn.

—C'est peut-être parce que tu te trouves dans la voiture et qu'il te faut être assez près pour pouvoir le sentir.

Peut-être. Ou alors, c'était parce qu'il était déjà parti. Je tentai de ne pas prêter attention à la boule d'anxiété qui s'était formée au creux de mon estomac et dis :

—Je vais faire un petit tour de repérage.

Quinn prit une rue perpendiculaire et se gara hors de portée des caméras.

—Dans cinq minutes, je vais te dépasser en voiture et m'arrêter. Tu pourras faire semblant de venir me parler comme à un client potentiel. Comme ça, s'il n'est pas ici, nous n'aurons qu'à repartir.

Je levai un sourcil.

— Pourquoi ne nous contentons-nous pas de baisser un peu nos protections mentales et de communiquer par télépathie ?

Il me décocha un regard que je ne sus déchiffrer.

— Ce n'est pas une bonne idée.

— Pourquoi ?

— Parce que tu es une louve en chaleur lunaire et que ton aura est si forte que je la ressens même avec mes protections au maximum.

— Et en quoi est-ce une mauvaise chose ?

— Parce que quand je fais l'amour à quelqu'un, je tiens à mon confort, et les sièges de cette voiture ne conviennent pas à mes exigences en la matière.

J'étirai mes lèvres en un sourire taquin.

— Je n'ai jamais fait ça sur le siège d'une Ferrari. Ça pourrait être marrant.

— Ça pourrait être dangereux, surtout.

Je ne pus m'empêcher d'éclater de rire.

— Tu sais, pour un homme qui a plus d'un millier d'années d'expérience derrière lui, je trouve que tu as des idées très arrêtées.

— Et toi, tu es un louveteau qui n'a pas encore eu le temps d'apprécier les bonnes choses de la vie, comme de faire l'amour dans un environnement luxueux.

— Eh ! Je baise des millionnaires, alors je sais ce que c'est. Le danger et l'inconfort peuvent être tout aussi stimulants, tu peux me croire.

Il secoua la tête.

— Il va vraiment falloir que je m'occupe de ton éducation.

Mon sourire s'élargit.

— Ou alors, c'est moi qui vais devoir te décoincer un peu.

— Dans mes mille deux cents années de vie, j'ai tout essayé, crois-moi. Je sais ce qui est le mieux.

— Mais dans toutes ces années, je parie que tu n'as jamais rencontré quelqu'un comme moi. (Je lui décochai un sourire provocant.) Je vais changer ta vision du monde, vampire.

Son sourire à lui me consuma quasiment sur place.

— Tu peux toujours essayer.

Mes hormones me hurlaient qu'ici et maintenant étaient justement parfaits pour essayer, mais j'avais un frère à secourir avant. J'ouvris la porte et allai descendre quand la main de Quinn se posa sur mon genou, le python de ma botte ne faisant rien pour atténuer la brûlure de son contact, qui me pénétra jusqu'à la moelle.

— Il y a quelque chose sur lequel nous devons nous mettre d'accord, cela étant, dit-il d'un ton d'avertissement.

Je le regardai avec curiosité.

— Quoi donc ?

— Cela ne sera jamais plus qu'un coup en passant pour nous deux. Je n'ai aucune intention de me retrouver embringué dans une relation sentimentale avec un autre loup-garou.

Je levai les sourcils.

— Qu'est-ce qui te fait croire que je veux davantage ? Je suis une louve, et comme toutes les louves je suis à la recherche de mon âme sœur, celle qui pourra me donner des enfants. Ce n'est pas le genre de choses que tu es en mesure de m'offrir.

— Je t'avertis, c'est tout.

— Eh bien, considère-moi comme avertie.

Je me glissai hors de la voiture et enlevai mon manteau avant de le jeter sur le siège passager. Je l'entendis inspirer vivement, et cela me fit sourire encore plus.

— Cette tenue, c'est *mon* avertissement, mon cher vampire.

Je lui soufflai un baiser et claquai la portière avant qu'il puisse me répondre. Toujours souriante, je remontai Acacia Street, traversai la rue et me mis à avancer d'une démarche exagérément provocante assez loin des murs pour que les caméras puissent me détecter aussi rapidement que possible. J'entendis un bourdonnement dans la nuit alors qu'elles se braquaient, l'une après l'autre, sur moi.

Je sentis Rhoan presque immédiatement. Il se trouvait toujours là-dedans, dans ces pièces où je l'avais détecté un peu plus tôt. J'eus un soupir de soulagement. Nous n'avions plus qu'à le sortir de là.

Des phares déchirèrent l'obscurité derrière moi. Je continuai à marcher en entendant le ronronnement d'un moteur, sachant que c'était Quinn parce que je le sentais aussi nettement que je sentais actuellement Rhoan.

Il s'arrêta à ma hauteur et descendit la vitre. Je me dirigeai vers la voiture et me penchai par la fenêtre en offrant aux caméras une vue imprenable sur mon cul.

— Il est là.

— Je dois avouer qu'à ce moment précis, avec ce que je vois de toi, je me fous totalement de savoir s'il est là ou non.

— Les sièges de la Ferrari ne te semblent plus si inconfortables, hein ? le taquinai-je.

Mon téléphone sonna avant qu'il puisse répondre. Il glissa la main dans mon sac, en sortit l'appareil avant d'appuyer sur le bouton « vidéo » qui clignotait et de l'orienter vers mon visage pour que je puisse répondre sans risquer de nous faire repérer.

Jack apparut sur l'écran, l'air contrarié.

— Riley, où es-tu ?

— Pas loin de Moneisha. Pourquoi ?

— D'accord. Quand tu mettras la main sur Rhoan, ne le ramène surtout pas au Directoire. Il y a un problème.

— Quel genre de problème ?

— Quelqu'un vient d'essayer de me tuer.

— Quelqu'un d'un peu stupide, si je puis me permettre.

Jack eut un sourire en coin.

— En effet, vu qu'il a raté sa cible et a été capturé. Malheureusement pour nous, il s'est suicidé avant que nous puissions lui poser trop de questions.

Je fronçai les sourcils.

— Où cela s'est-il passé ?

Je n'arrivais pas à croire qu'un tireur ait pu entrer dans le Directoire par la porte principale, et encore moins arriver à l'étage des gardiens.

— Je retournais chez moi.

— Je croyais que tu vivais au Directoire.

— La plupart du temps, mais pas toujours.

— Celui qui a commandité ton agression devait donc en savoir long sur tes habitudes.

— Exactement. Et avec la disparition de Rhoan et ta propre agression, je me dis qu'il vaut mieux que nous soyons excessivement prudents. Une fois que tu auras récupéré Rhoan, ne retourne pas chez toi ou au Directoire. C'est là où ils s'attendront que tu ailles, alors va ailleurs et appelle-moi une fois tout le monde en sécurité.

— C'est noté.

Il coupa la communication. Quinn remit le téléphone dans mon sac et demanda :

— Où as-tu l'intention de l'amener, alors ?

— Je m'en inquiéterai une fois qu'on l'aura sorti de là.

Il m'examina un bon moment, sans plus aucune trace du désir qui animait son regard quelques minutes auparavant.

— Je pourrai le mettre dans un avion pour Sydney et le faire examiner là-bas. Ils ne s'y attendraient certainement pas.

En effet. Mais il était hors de question que je livre mon frère à Quinn, pas tant que je ne faisais pas à ce dernier une confiance absolue. Pas alors que je m'étais fait tirer dessus, et Jack aussi. Certes, Quinn avait lui-même été victime d'un attentat à la flèche, mais c'était peut-être justement un peu trop facile. Ce n'était pas parce que Jack lui faisait confiance que j'y étais obligée. Bon sang, étais-je même vraiment sûre que Quinn avait trouvé cette caméra sur mon agresseur ? Et si c'était juste une manière de forcer ma confiance ?

Cela étant, quel aurait été l'intérêt de toutes ces manœuvres, vu que, comme il me l'avait très bien dit lui-même, s'il m'avait voulu du mal, il aurait pu aisément m'en faire à plusieurs reprises.

Je me mordillai la lèvre inférieure quelques instants, puis répondis :

— Je ne sais pas si c'est vraiment une bonne idée. Après tout, ceux qui sont derrière tout cela ont essayé de te tuer, toi aussi.

— Nous ne sommes pas sûrs que cela ait le moindre rapport.

J'eus un ricanement de dérision.

— Et c'est pure coïncidence si ton agresseur et le mien étaient tous deux des clones produits en labo ? Ne me prends pas pour une idiote, non plus.

Il fit la grimace.

— Désolé. Mais Rhoan aura certainement besoin d'examens médicaux. Cela ne pourra pas se faire dans les hôpitaux du coin, parce qu'on ne sait pas jusqu'où s'exerce l'influence de ceux qui sont derrière tout cela. Tu ne peux pas non plus le ramener au Directoire pour les mêmes raisons. La meilleure solution serait donc effectivement de l'emmener en avion jusqu'à l'un de mes labos à Sydney et de le faire examiner là-bas. De plus, Melbourne n'est plus un endroit sûr pour toi s'ils essaient de se débarrasser de toutes les personnes impliquées dans cette affaire.

— Je n'ai rien à voir avec tout ça. Je veux juste aider Rhoan.

— Le simple fait que tu te sois fait tirer dessus laisse penser le contraire, que tu le veuilles ou non.

Un portail à notre droite s'ouvrit en grinçant, et je tournai la tête dans sa direction pour en voir sortir un homme à la peau brune dont l'appétit sexuel était sensible à plusieurs mètres. Un garou quelconque, mais pas un loup.

— Ce gars porte un uniforme de vigile, murmurai-je en regardant Quinn. C'est peut-être l'occasion que nous attendions.

— Peut-être.

Il ouvrit la boîte à gants et en sortit un rouleau d'épais ruban adhésif. Il en coupa deux morceaux et me les tendit.

— Tu penses être capable de l'attirer à l'intérieur et de détourner son attention assez longtemps pour que je puisse entrer ?

Je collai les morceaux de ruban adhésif sur la paume de ma main.

— Je vais essayer. Éloigne-toi comme un client qui n'aurait pas réussi à avoir ce qu'il voulait.

Il acquiesça d'un signe de tête.

— Dès qu'on aura récupéré Rhoan, je propose que nous nous rendions illico à l'aéroport d'Essendon. Je peux avoir un avion prêt en moins d'une heure.

Il semblait décidément bien déterminé à emmener Rhoan à Sydney, et cela ne fit que me convaincre encore plus que c'était la chose à ne pas faire. Je ne répondis rien et me relevai de la vitre de la voiture. Quinn donna un grand coup d'accélérateur et s'éloigna dans un crissement de pneus.

Je m'approchai du vigile d'un air dégagé. Il était grand, large d'épaules et très musclé. Très attirant, si on ne tenait pas compte de ses yeux. Ceux-ci étaient bruns et dépourvus de toute expression humaine, à part l'appétit de sexe et de mort.

Son aura brûlante me frappa soudain en pleine face. La chaleur de la lune me fit aussitôt réagir en retour, me laissant pantelante et franchement mal à l'aise. Il y avait une brutalité dans le désir de cet homme qui me laissait penser que le sexe avec lui ne devait pas être une partie de plaisir, et même quelque chose auquel on ne survivait pas.

— Es-tu un garou ? murmura le vigile d'une voix tendue par une excitation qui faisait vibrer tout son corps.

— Ma mère était une louve.

Son regard descendit le long de mon corps, s'arrêtant abruptement au niveau de mes tétons qui pointaient hors de mon haut.

— Cela explique la chaleur que je ressens en toi.

Je haussai les épaules.

— Si tu as faim, cela a un prix.

Il eut un rictus.

— Et si on faisait un marché ?

J'arquai un sourcil.

— Quel genre de marché ?

— Je ne te dénonce pas aux flics, et en échange, moi et mon pote, on peut te baiser.

Seigneur Dieu, il y en avait deux ? C'était exactement ce dont j'avais besoin avec la lune enflée qui brillait dans le ciel nocturne.

Je fis la moue en prétendant réfléchir à la question. Au bout d'un moment, je fis mine d'arriver à une décision.

— Pas ici. N'y a-t-il pas un endroit plus… intime où nous pourrions sceller notre marché ?

Son visage se fendit d'un sourire et il tendit le pouce à la caméra, puis il me fit signe de le suivre. En passant le premier portail, je collai une bande de papier adhésif sur la serrure magnétique. J'eus à peine le temps de retirer ma main qu'il m'attirait brutalement contre lui. Mon cœur se mit à battre la chamade et je résistai à grand-peine à la tentation de lui en coller une, uniquement parce que j'avais deviné à l'éruption de phéromones que son mouvement était mû par le désir et non par la suspicion.

Il me serra contre lui. Son corps me semblait brûlant et, comme les clones de Gautier, il sentait faiblement la menthe, le musc et la terre fraîchement retournée. Cela signifiait-il que lui aussi était un clone ? Ou quelque chose de complètement différent ? Peut-être l'un de ces hybrides de laboratoire ?

Les vagues de son désir m'engloutirent, me faisant pointer les tétons à un point presque douloureux et accélérant mon pouls, signes physiques d'une réaction qui n'avait pas la moindre répercussion dans mon esprit. Mais je ne pouvais laisser deviner ma réticence. Je devais lui faire croire que j'étais aussi excitée que lui, ou sinon j'aurais des problèmes.

Il me caressa brutalement l'échine d'une main brûlante, mais qui néanmoins m'envoyait des frissons dans tout le corps. Sa respiration était haletante et je sentis son haleine fétide sur ma joue.

— Tu es bonne, petite louve.

Je me forçai à sourire et plaquai mon bas-ventre contre son gros pénis en érection.

— Toi aussi, ronronnai-je.

Je ne mentais pas. J'étais une louve, la lune était montante et le besoin de m'accoupler était de plus en plus urgent. La chaleur de son sexe pressé contre le mien me faisait tourner la tête, même si le reste de sa personne me donnait plutôt envie de vomir.

Il me dévora la bouche et j'eus l'impression d'embrasser la mort elle-même. Il glissa la main sous ma jupe et commença à me malaxer la fesse. Je frissonnai, moitié de plaisir, moitié de douleur. Son contact m'excitait tout en me faisant mal.

Quand il essaya de glisser ses gros doigts graisseux en moi, je m'éloignai en le gardant à distance d'une main posée sur sa poitrine.

— Pas ici. À l'intérieur, il fait trop froid dehors.

Il eut un sourire plein d'anticipation. Il me saisit le bras et m'attira brutalement à travers le second portail. J'eus à peine le temps de coller l'autre bout de ruban adhésif sur la serrure et espérai que j'avais réussi à la neutraliser. Je pouvais me débarrasser sans problème d'un seul homme, mais il me serait probablement impossible de résister longtemps à la puissance de deux auras.

Celle du second garou m'atteignit à son tour alors que nous approchions de la guérite. Ce fut comme si je me noyais dans un océan de luxure, même si ma raison hurlait de dégoût à l'idée de m'accoupler avec ces deux pervers.

Non que j'eusse l'intention d'aller aussi loin que cela. Contrairement à mon frère, j'étais télépathe, et cela m'était aussi utile que mes poings pour me protéger. Bien plus utile, même, dans ce genre de situations.

Le premier vigile ouvrit la porte et me poussa à l'intérieur. C'était une petite pièce qui ne contenait rien de plus que des écrans, des chaises et un téléphone. Le second vigile était la copie conforme du premier : très brun et très vicieux. Et comme son compagnon, il y avait quelque chose de fondamentalement malsain, de corrompu dans l'énergie qu'il projetait.

Il se leva en débouclant sa ceinture et en me déshabillant d'un regard plein d'impatience. J'eus l'air de le satisfaire, car je sentis son désir s'accroître encore.

Le premier vigile tendit la main vers moi et je me dégageai rapidement, camouflant mon réflexe en collant sa main sur mon sein. Il titilla mon téton avant de le pincer cruellement.

Je fis mine de ne pas sentir la douleur et me forçai à sourire.

— Ne vaudrait-il mieux pas que vous vous assuriez de ne pas être dérangés ?

Le second vigile tendit la main vers le téléphone. Je repoussai l'autre en lui ordonnant :

— Déshabille-toi.

Il eut un sourire vicieux et s'exécuta. Je baissai les yeux et sentis le sang refluer de mon visage. Il avait non seulement un sexe énorme, mais il était aussi recouvert de pointes, comme celui d'un chat. Il me déchiquetterait les entrailles s'il me pénétrait.

Il s'approcha de moi et je le gardai de nouveau à distance d'une main sur sa poitrine.

— Attendons ton ami, ronronnai-je. C'est plus amusant à trois.

L'autre homme fit un drôle de bruit et s'empressa de finir sa conversation téléphonique, assurant à son interlocuteur, quel qu'il soit, qu'ils partaient tous deux en patrouille et en auraient au moins pour une heure.

Quand il eut raccroché, je lui ordonnai de se déshabiller à son tour et baissai légèrement mon bouclier psychique.

Leurs auras me frappèrent de toute leur force et je me retrouvai à devoir affronter un désir plus fort que jamais. Mais derrière leur excitation, je devinai le bourdonnement de leurs pensées. Ceux-là n'avaient pas de dispositif de protection, n'avaient même aucun pouvoir psychique, c'étaient des proies faciles. Je pris une profonde inspiration et baissai totalement mes barrières avant de pénétrer leurs esprits. Je leur fis croire à chacun que l'autre, en face, était moi.

Ils tombèrent dans les bras l'un de l'autre et se mirent à s'accoupler. Je fermai les yeux pour éviter de voir ce que je les forçais à faire, me sentant coupable même si j'avais conscience que c'était une bien meilleure solution que de laisser l'un d'entre eux me toucher.

La porte derrière moi s'ouvrit à la volée. Je me retournai vivement, les poings serrés, prête à affronter n'importe quel adversaire. Mais ce n'était que Quinn. Je croisai son regard, et le soulagement que j'y lus me fit plus d'effet que je ne l'aurais cru possible. Puis il tourna les yeux vers les deux hommes par terre.

— Intéressante manière de gérer la situation, apprécia-t-il d'un ton calme – mais je vis un muscle tressauter dans sa mâchoire, comme s'il se forçait à ne pas rire.

— Bien mieux que de les laisser me toucher. Ils ont des pénis épineux.

— Des chats-garous, j'imagine.

J'acquiesçai.

— À en croire leur odeur, ces deux-là ont été conçus en laboratoire, pas naturellement.

Je croisai les bras sur ma poitrine et essayai de ne pas entendre les bruits de leur accouplement. Le désir qui avait envahi mon corps devenait de plus en plus aigu et je me demandais combien de temps j'allais pouvoir tenir sans satisfaire mes besoins.

— Va chercher Rhoan, ordonnai-je d'un ton vif.

J'avais beau vouloir le trouver moi-même, j'avais bien conscience que Quinn avait beaucoup plus d'expérience que moi pour rôder furtivement. Après tout, c'était un vampire âgé de plus de mille ans.

— Moi, je reste ici avec eux.

Il eut un instant d'hésitation.

— Ça ira?

Je fis mine de ne pas entendre la note d'inquiétude dans sa voix et répondis:

— Ne t'en fais pas. Vas-y.

Il s'exécuta. Je m'appuyai contre le mur en tentant de faire abstraction des bruits de chair claquée contre la chair et des grognements de plaisir qui résonnaient dans la pièce en un crescendo qui me mettait les nerfs à vif. Quand ils en eurent enfin terminé, je les obligeai mentalement à se relever, à s'habiller et à s'asseoir sur une chaise.

À ce moment-là, j'avais le front recouvert de sueur et une migraine commençait à se faire sentir. Je n'avais jamais autant utilisé mes capacités psychiques jusqu'à présent et ne m'étais pas rendu compte à quel point c'était consommateur en énergie. Encore plus épuisant que huit heures en compagnie de Talon.

Je regardai ma montre. Quinn était parti depuis un quart d'heure. Nous avions peut-être encore autant de temps avant que quelqu'un s'inquiète du sort des deux vigiles.

Enfin, ça, c'était si nous avions eu de la chance.

Une sonnerie d'alarme retentit, son cri perçant déchirant la nuit. Une seconde plus tard, la porte s'ouvrit dans un grand fracas et Quinn fit irruption, Rhoan sur son épaule, un pistolet laser à la main.

—Vite! se contenta-t-il de dire, ce qui suffisait amplement.

Je tournai le regard vers les deux vigiles et effaçai tout souvenir de ce qui venait de se passer de leurs esprits, avant de courir hors de la guérite. J'ôtai le ruban adhésif des serrures, refermai les deux portails derrière moi et suivis Quinn à toute allure.

Nous courûmes plusieurs centaines de mètres avant d'atteindre sa voiture. Quinn lâcha le pistolet laser et saisit ses clés de voiture avant d'ouvrir les portières.

—Je vais directement l'emmener à l'aéroport, annonça-t-il en disposant Rhoan sur le siège passager. Je vais passer un coup de fil, ainsi l'avion sera prêt lorsque nous arriverons.

C'est ça, ouais. Même s'il m'arrivait d'être parfois imprudente lorsqu'il s'agissait de ma propre sécurité, je n'étais pas prête à risquer celle de mon frère plus que nécessaire. Ce n'était pas seulement mon jumeau: il était tout ce qui me restait de ma meute. Nous étions obligés de nous protéger mutuellement, tout simplement parce que nous étions tout l'un pour l'autre depuis que la meute de ma mère nous avait exilés. Et tant que je n'aurais pas parlé avec Rhoan et entendu sa version de l'histoire, Quinn restait sur la liste des gens auxquels je ne faisais pas entièrement confiance.

Ce qui signifiait qu'une fois encore, j'allais devoir semer ce délicieux spécimen de virilité. Je ne pouvais qu'espérer que, s'il était effectivement innocent, il me pardonnerait.

Lorsqu'il se redressa, je posai la main sur l'arrière de son crâne et l'envoyai frapper le toit de la voiture de toutes mes forces. Et toutes mes forces, ce n'était pas rien.

Il n'avait pas eu la moindre chance, ce qui prouvait que même un vampire millénaire pouvait être pris par surprise. Je le rattrapai dans sa chute et grognai légèrement en amortissant son poids, puis je le tirai par-dessus la clôture d'une maison voisine avant de le camoufler à l'ombre d'une haie bien touffue, un endroit où, je l'espérais, il resterait à l'abri des regards.

Puis je revins en courant à la voiture, me glissai dans le siège conducteur et m'éloignai aussi vite que je l'osai.

Chapitre 7

Il me fallut dix minutes pour cesser de regarder dans le rétroviseur à la recherche de signes de poursuite et me détendre un peu. Je jetai un coup d'œil à mon frère toujours effondré dans le siège passager et tendis la main vers sa gorge. Son pouls était stable et sa respiration régulière. Cela ne me rassura que peu. Tant qu'il ne serait pas réveillé et que je ne serais pas certaine qu'il allait bien, je ne pouvais me sentir complètement rassurée.

La question de savoir où l'emmener pour se remettre restait entière. Si je ne pouvais me rendre ni à la maison, ni au Directoire, il ne me restait qu'une seule possibilité.

Liander.

Il protégerait mon frère autant que j'étais susceptible de le faire, tout simplement parce qu'il l'aimait. Je saisis mon téléphone et composai rapidement son numéro de portable. Il ne serait certainement pas chez lui, pas avec la lune en pleine éclosion.

Il répondit à la troisième sonnerie.

— Riley, dit-il d'un air surpris, que se passe-t-il ?

— J'ai trouvé Rhoan.

— Il va bien ? demanda-t-il sur un ton inquiet, ce qui me rassura paradoxalement.

— Il est inconscient, donc je ne sais pas vraiment. Nous avons besoin d'un refuge sûr.

— Mon bureau, proposa-t-il immédiatement. Il est très bien protégé et il y a même un appartement où il pourra se reposer.

Je regardai l'heure et vis qu'il était presque 3 heures.

— J'y serai dans vingt minutes.

— On se retrouve devant l'entrée.

Cela ne me prit qu'un quart d'heure, mais Liander était déjà arrivé.

— Doux Jésus, souffla-t-il en le tirant du siège passager et en le hissant sur son épaule. On dirait qu'il a couru le marathon.

— Dans un certain sens, c'est ce qu'il lui est arrivé. (Sauf qu'à mon avis, c'était plutôt un marathon de traite intensive.) Rentrons-le, je t'expliquerai ensuite.

Il acquiesça. Il passa ses yeux et ses empreintes digitales au scanner et l'énorme porte de métal rouge qui dominait le banal bâtiment de briques brunes s'ouvrit sur l'atelier de Liander, plongé dans une douce lumière dorée. Je pénétrai dans la pièce en laissant mon regard se promener sur les innombrables masques de latex qui représentaient aussi bien des humains que des monstres.

— Tu as un nouveau contrat pour un film ? lui demandai-je en désignant une rangée d'ogres, de trolls et de sorcières au nez orné de verrues.

Il acquiesça en refermant la porte derrière lui.

— Oui, un film fantastique. J'ai même dû embaucher deux apprentis.

— Excellent.

— Je ne te le fais pas dire. (Il grimpa les marches deux par deux, comme si Rhoan ne pesait pas plus lourd qu'un enfant.) Que lui est-il arrivé ?

Je n'hésitai pas longtemps. Liander avait fait partie de l'armée et savait garder un secret. Jack aurait peut-être émis une objection à ce que je dévoile les secrets du Directoire à quelqu'un qui n'en faisait pas partie, mais je doutais que ce fût le cas de Rhoan. Pas dans la situation dans laquelle nous nous trouvions. Et c'était vraiment la seule personne dont l'opinion comptait à mes yeux.

—Il enquêtait à Sainte-Kilda sur des enlèvements de prostituées et s'est lui-même fait enlever.

Liander posa délicatement Rhoan sur le lit et vérifia son pouls en posant ses doigts sur sa jugulaire avant de commencer à le déshabiller.

—Et où l'as-tu retrouvé ?

—Au centre de recherches Moneisha. Nous pensons qu'il s'agit d'un lieu de collecte de sperme et d'ovules non humains.

Il me décocha un regard étonné.

—Sérieusement ?

—Sérieusement.

J'allai dans le coin de toilette, saisis une petite serviette et une cuvette, puis ouvris le robinet, attendant que l'eau chaude se mette à couler.

—Cela explique pourquoi ses organes génitaux sont pleins d'ecchymoses et si enflés. (Il secoua la tête.) Voilà un jeune loup qui va être incapable de danser avec la lune ce mois-ci.

—Ça risque de le foutre sacrément en rogne.

Le visage de Liander se fendit d'un sourire.

—Certainement, répondit-il en parcourant mon corps du regard. Puis-je te dire que tu as l'air particulièrement salope, pour changer ?

—Merci, dis-je en rajoutant un peu de savon dans la cuvette et en tendant celle-ci à Liander. Il n'a pas l'air blessé.

Plus qu'une affirmation, c'était une manière de demander un peu de réconfort, et Liander le comprit bien, me passant le bras autour des épaules et me serrant contre lui.

—Je dirais qu'il est simplement déshydraté, et épuisé. Il ne semble pas y avoir d'autres blessures que ses ecchymoses, mais je demanderai à une amie médecin de vérifier.

—Bonne idée.

Liander me prit la cuvette et la serviette des mains et se mit à laver délicatement Rhoan. Je restai un moment à piétiner, puis me dirigeai vers une petite fenêtre et contemplai le clair de lune. La vague de chaleur qui me parcourut le corps me laissa deviner qu'il valait mieux que je me rende incessamment dans un club.

— Vas-y, dit Liander en sentant le bouillonnement de mes hormones plutôt que le contenu de mes pensées. Il est en sécurité avec moi.

Je me tournai vers lui.

— Tu m'appelles dès qu'il se réveille ?

— Bien entendu.

Je revins vers lui et lui plaquai un baiser sur la joue.

— Merci.

— Je t'ouvre la porte quand tu seras arrivée en bas.

Je quittai l'atelier et, une fois dans la rue, saisit mon téléphone pour appeler Jack.

Il répondit à la première sonnerie :

— Tu es en sécurité ?

— Oui, complètement. Mais Rhoan est toujours inconscient, je n'ai donc pas pu lui poser la moindre question.

— Mais peut-être accepteras-tu de répondre à celle-ci : pourquoi as-tu assommé Quinn ?

— Eh bien, il insistait pour emmener Rhoan à Sydney. Et, je suis désolée, mais je n'ai nulle intention de lui faire complètement confiance, malgré tout ce que tu diras, tant que Rhoan n'aura pas repris connaissance.

Il éclata de rire.

— Ma chérie, tu vas faire un excellent gardien.

— Peut-être dans une autre vie, ouais. (J'eus un moment d'hésitation.) Comment va Quinn ?

— Il a un peu mal au crâne, ce qui lui apprendra à tourner le dos à quelqu'un qu'il connaît à peine.

— Il est avec toi ? (Puis, après un silence :) D'ailleurs, où es-tu ?

— De retour au Directoire pour le moment. Quinn a pris une chambre dans un hôtel pour vampires le temps que sa migraine s'estompe.

Au moins y serait-il en sécurité, ce genre d'établissements garantissant la sécurité de ses clients.

— Lequel ? Je dois lui rendre sa voiture.

Je ne voulais pas la laisser devant chez Liander, craignant que ceux qui se trouvaient derrière Moneisha l'aient repérée et soient actuellement à sa recherche. Pour la même raison, je ne tenais pas à la conduire. Sans compter mon passif peu glorieux en la matière, qui me faisait penser que ce n'était pas nécessairement des plus intelligent de risquer d'abîmer une voiture dont je n'avais pas les moyens d'assurer la réparation.

— Il est au *Gatehouse*, répondit Jack.

Qui se trouvait dans Little Collins Street, non loin du *Kingfisher*. Je me demandai si Talon y serait déjà.

— Je dirai à Rhoan de t'appeler dès son réveil.

— Parfait. Et… Riley ? Fais attention à toi. Rhoan est peut-être hors de danger, mais je ne pense pas que ce soit le cas pour nous.

— Pas de problème.

Je raccrochai et contemplai la voiture en me demandant ce qui était le mieux : appeler Talon ou me rendre directement au club. Talon avait peut-être une idée derrière la tête, mais je doutais qu'il ait l'intention de me faire le moindre mal. Ce qui n'était pas certain si j'allais m'accoupler avec de parfaits inconnus.

Ce fut cette pensée qui me fit prendre ma décision. Talon était le seul avec qui je pouvais actuellement me considérer en relative sécurité. Je repris mon téléphone et composai son numéro.

— Petite louve, me salua-t-il de sa voix de gorge. Quelle agréable surprise !

— Peux-tu me retrouver au *Kingfisher* dans une vingtaine de minutes ?

Il ricana.

— Si je dois en croire le ton de ta voix, la lune te chevauche rudement fort.

— Tu n'as pas idée, marmonnai-je. Laissons tomber le petit déjeuner.

— Bien. Ce genre de subtilités ne m'a jamais vraiment convenu, de toute façon.

C'est justement la raison pour laquelle je l'aurais forcément appelé, lui, et non Misha, même si celui-ci avait été disponible. À cet instant, la subtilité n'était pas ce que je recherchais. J'avais juste besoin que mon appétit soit satisfait aussi vite que possible, et c'était typiquement le genre de chose pour laquelle je pouvais compter sur Talon.

— J'ai déjà réservé la suite du dernier étage. Je t'attendrai à l'entrée de l'hôtel.

Je coupai la communication, sautai derrière le volant et fonçai à travers la ville. Je laissai les clés de la voiture ainsi que quelques instructions à l'employé du parking du *Gatehouse* pour que Quinn soit informé que sa voiture s'y trouvait, puis me dirigeai vers le *Kingfisher*. Talon m'attendait effectivement en haut des marches qui menaient au hall de l'hôtel.

Je déboutonnai mon manteau, m'avançai vers lui et je sentis son désir me saisir dans ses griffes, brûlant, fort et exigeant. J'accueillis avec plaisir sa chaleur, m'emplissant les poumons de l'afflux d'hormones qui battait au même rythme que le désir dans mes propres veines. Mon front se couvrit de sueur et je dus me maîtriser pour ne pas lui sauter dessus ici et maintenant, sur les marches de l'hôtel.

— J'aime tes bottes, gronda-t-il. Et si tu les gardais encore un petit moment ?

Il prit ma main et nous courûmes presque à travers le hall, dépassant les ascenseurs et débouchant dans une zone protégée.

— Ascenseur privé, articula-t-il en insérant une carte magnétique dans un lecteur qui se trouvait à côté des portes. Il nous amènera directement à notre suite.

Mais la suite semblait bien trop lointaine. Mon sang était en ébullition, mon cœur battait avec la puissance d'une locomotive à vapeur et la douleur me consumait entièrement. Je voulais du sexe, et je le voulais *maintenant*.

Les portes s'ouvrirent. Sans attendre qu'il prenne les choses en main, je le poussai à l'intérieur, le plaquai contre la paroi de la cabine et d'une main sur sa nuque, le forçai à se baisser pour pouvoir lui dévorer la bouche de baisers. De ma main libre, je défis sa ceinture.

Il émit un grognement du fond de la gorge et me souleva. J'enroulai mes jambes autour de ses hanches et m'empalai sur son membre en poussant un gémissement en le sentant écarteler mes chairs.

— Tu es merveilleusement étroite, petite louve. Cela me laisse penser que tu n'as eu aucun amant cette nuit. Et que je suis ton premier de la journée.

— Ta gueule, lui répondis-je dans un souffle, et baise-moi.

Il ricana doucement et s'exécuta. L'ascenseur entama sa montée dans un bruit de machinerie qui s'entrelaçait avec le son de nos halètements, de la peau qui claquait sur la peau et des grognements de plaisir. L'influence de la lune était chaude comme la braise, et moi aussi. Je le chevauchai brutalement, voulant sentir chaque centimètre de son érection brûlante au plus profond de moi. Je sentis le plaisir nouer le bas de mon ventre, irradiant en de lentes vagues délicieuses dans tout mon corps. L'air était si saturé de notre accouplement que j'arrivais à peine à respirer. Enfin, il trouva le point sensible au fond de moi et le titilla encore et encore et encore. Les lentes vagues se transformèrent en véritables coulées de lave en fusion qui brûlèrent ma peau, me faisant trembler, tressauter, des mots incompréhensibles s'échappant d'entre mes lèvres.

Et je continuai à le chevaucher, menant sa queue au plus profond de moi, et son souffle devint saccadé, son rythme de plus en plus violent. Je me retrouvai dans un endroit où seules les sensations avaient une quelconque importance, puis encore au-delà de cet endroit.

Il jouit en même temps que moi et je sentis la chaleur de sa semence m'envahir et son corps se raidir contre le mien.

L'ascenseur s'arrêta. Nous restâmes un long moment immobiles. Je sentais son souffle contre ma joue, en harmonie avec ma propre respiration hachée. Il était encore dur en moi, et je devinai que le désir incandescent et brutal qui parcourait ses veines n'avait pas encore été satisfait. Je le sus, aussi, puisque c'était la même chose pour moi.

Les portes s'ouvrirent. Il me posa à terre, remonta la fermeture de son pantalon et m'entraîna dans le couloir. À peine fûmes-nous arrivés dans la chambre qu'il me reprit à même le sol.

Le reste de la journée se déroula selon ce rythme : du sexe rapide et brutal, partout, n'importe où.

Il fallut attendre le début de l'après-midi pour que notre fièvre baisse enfin et que nous réussissions à nous reposer un peu. Nous nous trouvions alors dans un de ces bassins de natation qui me semblait plus vaste que ma propre chambre. Il était entouré de deux grandes baies vitrées qui auraient pu nous offrir une vue magnifique sur la ville si la pluie ne s'était pas mise à tomber, noyant le reste du monde dans une brume grisâtre.

Je me laissai flotter dans les bulles, jouant du bout de mes orteils avec l'eau parfumée d'essences de citron et de citron vert, admirant les gouttelettes argentées qui étincelaient dans la lumière glaciale de cet après-midi.

— Tu as l'air pensif, petite louve.

Je tournai le regard vers lui, assis sur le siège moulé à l'autre bout du bassin, ses bras dorés étendus de chaque côté de son corps aux muscles soulignés par la vapeur d'eau.

— Je m'inquiète juste pour Rhoan.

Liander n'avait toujours pas appelé, et ce n'était pas bon signe. Je décidai de lui laisser encore une demi-heure avant de prendre des nouvelles.

— Tu l'as retrouvé.

Ce n'était pas une question, mais une affirmation, ce qui me sembla étrange. J'acquiesçai.

— Il n'allait pas très bien, alors je l'ai laissé chez nous, sous la surveillance d'un ami.

Si je faisais confiance à Talon concernant ma propre sécurité physique, il était hors de question que j'en fasse de même concernant celle de mon frère jumeau.

— C'est un loup. Nous sommes des créatures solides. Il s'en remettra.

J'acquiesçai de nouveau. Je savais très bien qu'il avait raison, mais la question était : qu'est-ce que Moneisha lui avait fait subir ? Même s'il n'y avait aucune blessure visible, qui me disait qu'il n'avait aucune séquelle interne ?

— Champagne ? demanda Talon en tendant la main vers la bouteille à demi vide à côté de lui.

Je secouai la tête en signe de dénégation.

— Non. On dirait que ça ne me réussit pas vraiment.

Il se versa une flûte, qu'il avala cul sec. Il semblait aimer les boissons à bulles comme il aimait le sexe. Et, même si cela me satisfaisait physiquement, une partie de moi commençait à vouloir quelque chose de plus. Sans vraiment savoir ce que « quelque chose » était. Je laissai mon regard dériver de nouveau vers le ciel gris. Comment cela serait-il de faire l'amour avec Quinn ? Ce serait probablement très bon : après tout, avec un millénaire d'expérience, il devait avoir eu tout le temps nécessaire d'affiner sa technique. Et ça, c'était une chose que Talon ne serait probablement jamais en mesure de faire.

— Penses-tu parfois à l'avenir, petite louve ? demanda Talon en se servant de nouveau du champagne avant de se laisser aller contre la paroi du bassin.

Je lui coulai un regard suspicieux, me demandant où il voulait en venir avec cette question.

— Non, pas vraiment. Pourquoi ?

— Tu n'as vraiment aucune idée de ce que tu veux faire d'ici dix ou vingt ans ?

— Non.

Principalement parce que personne n'était capable de me dire exactement *combien* de temps j'avais devant moi. Les loups-garous avaient en général une espérance de vie de cent cinquante à deux cents ans. Mais les vampires étaient immortels, en tout cas tant qu'on ne les tuait pas. Personne ne savait de quel côté j'allais tenir. Jusqu'à présent, ma croissance avait été plus lente que celle du loup moyen ; mais, d'un autre côté, je n'avais pas tant de retard que cela en matière de développement.

J'avais tendance à considérer ce problème de longévité de la même manière que celui qui concernait ma fertilité : en faisant mon possible pour penser à autre chose. Quand cela se révélerait être un problème, j'aurais tout loisir de m'en inquiéter.

— Tu n'as donc pas envie d'avoir des enfants, de te marier, ce genre de choses ? demanda-t-il.

— Bien sûr que si. Mais ce n'est pas encore le moment d'y penser.

Il tendit la main vers moi alors que je dérivais dans l'eau, me saisit le poignet et me tira vers lui. Je m'assis sur ses genoux, et il dit :

— Et si c'était le moment ?

— Alors oui, les enfants, le mariage, ça fait partie de mes projets.

Je sentis monter son érection, mais il n'essaya pas de me pénétrer.

— Et toi, alors ? Toutes ces questions, les poses-tu parce que le loup solitaire en toi ressent le besoin de se poser dans un futur proche ?

Il éclata de rire.

— Oh ! Non. Mais je veux un fils. Je tiens à ce que mon nom soit transmis à la prochaine génération.

Je lui décochai un sourire taquin.

— Tous les mâles veulent des fils, mais se retrouvent parfois avec des filles.

— Il y a des moyens de s'assurer du sexe d'un enfant.

— Je préfère me fier à la nature.

Cela étant, si je me fiais à la nature, je n'aurais jamais d'enfants.

— Donc, tu veux avoir des enfants, un jour ou l'autre ?

Je fronçai les sourcils. Ne venais-je pas de répondre à sa question ?

— Comme je te l'ai dit, oui. Si je rencontre l'homme qu'il me faut.

— Et si ce n'est pas le cas ?

— Je ne sais pas. Je me poserai la question le temps venu.

Ses mains glissèrent jusqu'à mes hanches, me soulevant, puis m'immobilisant alors qu'il insérait sa queue en moi. Et même si la chaleur de la lune faisait en sorte que j'étais déjà à moitié prête à l'accueillir, sa manière d'éviter toute sorte de préliminaires commençait sérieusement à m'agacer.

Je le lui dis en ces termes.

Il se contenta de sourire bêtement.

— Quand la lune est montante, c'est le sexe qui est important, pas les préliminaires.

— Peut-être pour toi, mais pas pour moi, dis-je en ôtant ses mains de mes hanches et en me dégageant de son étreinte, éclaboussant son visage en nageant vers le milieu du bassin.

Une lueur de surprise fit étinceler ses yeux dorés. Il n'avait pas cru que je pouvais être aussi forte.

— Tu n'avais pas l'air si intéressée par les préliminaires, ce matin, petite louve.

— C'était ce matin. Là, on parle de maintenant.

— Bon sang ! C'est impossible de vous satisfaire, vous, les femelles ! Quoi qu'on fasse, on se trompe.

Même s'il parlait sur le ton de la plaisanterie, je vis une étincelle de colère dans son regard. Il détestait qu'on lui refuse quoi que ce soit, même simplement du sexe.

— Qu'est-ce qu'un peu de préliminaires peut te coûter ? Dix, quinze minutes ? Cela n'est pas non plus un énorme sacrifice !

— Est-ce que je te satisfais, petite louve ?

— La plupart du temps.

— Alors, quel est le problème ?

Je secouai la tête. Nous avions déjà eu cette discussion maintes fois, et je savais qu'elle ne servait à rien. Ce n'était pas dans la nature de Talon, voilà tout : soit je m'y pliais, soit je le quittais.

Mais pourtant…

— Le problème, c'est que tu te contentes de ce que tu crois. Cela ne te vient jamais à l'idée de demander mon avis.

Il me considéra un long moment d'un regard pensif. J'avais le pénible sentiment que notre relation était sur le point de prendre un virage définitif.

— Alors, laisse-moi te poser une question, petite louve.

Malgré la désagréable sensation qui m'avait envahie, je ne pus m'empêcher de sourire faiblement.

— La réponse est non, je ne veux pas baiser avec toi tout de suite. Je suis trop bien, là, à flotter au milieu des bulles.

— Ce n'est pas cette question que je voulais te poser.

Comme si je ne m'en doutais pas.

— Alors quelle est-elle ?

— Acceptes-tu de porter mon enfant ?

Ma surprise fut telle que j'eus l'impression d'avoir reçu un coup sur la tête. Je réussis à articuler un vague :

— *Hein ?*

— Je veux que tu portes mon enfant.

— Mais…, balbutiai-je.

Était-il complètement fou ? La chaleur du bassin devait lui avoir fait péter un plomb. Il devait certainement avoir conscience que je n'avais pas la moindre envie d'avoir un enfant avec un homme dont je n'étais pas amoureuse…

— Nous ne sommes pas des âmes sœurs…

— Et alors ? Je n'ai pas l'intention de te jurer un amour éternel à la face de la lune, petite louve. Je veux juste un fils.

— Alors, attends ton âme sœur.

— Je ne veux pas trouver mon âme sœur. Je veux pouvoir aller chercher mon plaisir où et quand je le désire. Mais je veux aussi transmettre mon nom et mon empire à un fils.

Son *empire* ? Bon sang, ses différentes affaires n'étaient pas si énormes que cela… n'est-ce pas ? Je secouai la tête, incapable de le prendre au sérieux.

— Mais pourquoi avec moi ?

— Parce que tu es différente de toutes les femelles que j'ai rencontrées, et que notre fils serait fort.

— C'est de la folie, Talon. Je ne veux pas d'enfant maintenant, que ce soit avec toi ou qui que ce soit d'autre. Et, juste au cas où je ne l'aurais pas mentionné, ma famille est réputée pour ses problèmes de stérilité. C'est la raison pour laquelle il y a si peu de loups-garous roux.

Ce n'était pas un mensonge. C'était précisément la raison pour laquelle nous étions si peu nombreux. Et celle pour laquelle les médecins auxquels j'avais fait appel jusqu'à une période récente n'avaient pas cherché plus loin en ce qui concernait mes propres problèmes de fertilité. Ils étaient tous partis du principe que j'avais hérité de la stérilité si répandue dans la meute et ne m'avaient fait subir aucun autre examen.

— Nous avons consulté ton dossier médical…

— Nous ? l'interrompis-je avec un agacement croissant. Qu'est-ce que ça signifie, « nous » ? Et comment diable t'es-tu procuré mon dossier médical ?

— Tout s'achète quand on a assez d'argent. Et je parle bien évidemment des spécialistes que j'ai consultés. Ils pensent qu'une série de piqûres pourrait t'aider à ovuler.

Si ses experts et lui-même pensaient que cela pouvait suffire à régler mes problèmes, alors ils avaient visiblement mis la main sur des dossiers anciens, et non sur celui de mon médecin agréé par le Directoire et, de ce fait, particulièrement surveillé. Nul ne pouvait consulter ce dossier-là sans que l'alarme soit déclenchée. Ce n'était néanmoins pas la procédure habituelle et, même si cela m'avait un peu rassurée quant au fait de mettre ma santé entre les mains d'un médecin agréé par le Directoire, je me demandais toujours si ce n'était pas Jack qui avait demandé que la procédure en question soit mise en place. Évidemment, ses raisons me semblaient à présent plus claires. Il avait deviné dès le début ma nature et protégeait mes secrets, tout en gardant l'œil sur mon fonctionnement physique.

Ce dossier secret était le seul à mentionner ma nature hybride comme étant la raison principale de mon infertilité. Et, de ce qu'on m'en avait dit, il n'existait actuellement sur le marché aucun traitement susceptible de déclencher une ovulation chez moi.

Même en sachant ça, le petit sourire satisfait de Talon me fit serrer les poings, et je dus me maîtriser pour ne pas lui envoyer un direct en pleine figure.

— Talon, si je devais avoir un enfant avec toi, cela signifierait que je me lierais à toi pour dix ans, au moins. Peu de louves accepteraient d'élever le louveteau d'une autre.

— Ce serait de toute façon hors de question : ce qui est à moi est à moi.

— Il est impensable que je me lie à toi pendant une telle période. J'apprécie la relation que nous avons, mais je refuse qu'elle devienne permanente.

— Alors, c'est moi qui élèverai l'enfant.

Je secouai la tête.

— Si tu penses que je vais accepter de suivre toute la procédure pour essayer d'enfanter avec la perspective de devoir donner mon bébé à quelqu'un d'autre, au bout du compte, tu es vraiment complètement fou.

— Je ne suis pas fou. Je suis sérieux. Je veux que tu portes mon enfant.

Comment pouvait-il croire que j'allais accepter une telle proposition ? Depuis le temps que nous nous fréquentions, il devait bien avoir appris deux ou trois choses à mon propos. Mais, en le regardant avec plus d'attention, je me rendis compte que ce n'était pas le cas. Talon ne me voyait pas comme une personne, seulement comme une partenaire sexuelle consentante avec laquelle il s'était mis en tête de faire des enfants.

— La réponse est non.

— Réfléchis-y, au moins.

— Non, répondis-je en sortant du bassin.

Il m'observa avec ses yeux dorés emplis d'une froide détermination.

— J'obtiens toujours ce que je désire, petite louve. Au bout du compte, tu obéiras.

— Certainement pas.

Il eut un sourire languissant qui déclencha tous les signaux d'alarme en moi. Je n'aimais pas ce sourire, pas plus que l'exultation qu'il laissait transparaître.

— Tu n'auras peut-être pas le choix.

Je saisis une serviette sur le dos d'une chaise et commençai à me sécher.

— Qu'est-ce que ça veut dire ?

Son sourire plein de certitude s'épanouit, me rendant encore plus méfiante. Il avait une idée derrière la tête, quelque chose d'encore plus sérieux que ce qu'il avait bien voulu me révéler.

— Ce que je veux dire, c'est que j'ai officiellement annoncé que toi et moi avions signé un accord d'exclusivité pour les prochains mois. Tu ne pourras te tourner vers personne d'autre pendant les chaleurs lunaires, à présent, et je ne te donnerai pas ce dont tu as besoin tant que tu n'auras pas souscrit à ma volonté.

La colère m'envahit et je fis tout ce qui était en mon pouvoir pour ne pas me jeter sur lui et effacer de ses lèvres son sourire de froide satisfaction à coups de poing.

— Misha sera bientôt de retour, et tu peux être certain que je lui dirai la vérité.

— Misha ne voudra jamais se battre contre moi, répliqua-t-il en arquant le sourcil.

La certitude qui transparaissait de ses propos me donna le frisson, ne serait-ce que parce qu'elle avait l'air de dire qu'il connaissait Misha bien mieux que je ne le connaissais moi-même. Ce qui était stupide. De ce que j'en savais, ils ne s'étaient pas rencontrés plus de cinq ou six fois. Pas assez pour devenir amis de quelque manière que ce soit.

Je jetai la serviette sur la chaise.

— Écoute : la relation que nous avons me satisfait, mais je peux parfaitement vivre sans. Si tu n'abandonnes pas ce projet débile, je m'en irai pour de bon.

— J'y ai beaucoup réfléchi, petite louve. Beaucoup et longtemps. Je n'ai nulle intention d'abandonner sans obtenir ce que je veux.

— La réponse est et restera non.

Je lui tournai le dos et revins vers la porte pour ramasser mes vêtements, suivie par son ricanement, qui me fit l'effet d'un glaçon sur la peau.

— On verra, petite louve. On verra.

Je ne pris pas la peine de répondre et me contentai de rapidement enfiler ma microjupe et mon top transparent. Mais j'avais dans l'idée que je n'étais pas au bout de mes surprises avec Talon.

Mon téléphone sonna alors même que je sortais de l'hôtel. Je fouillai mon sac à sa recherche et fus soulagée de voir qu'il s'agissait de Liander. J'appuyai sur le bouton me permettant de décrocher et demandai :

— Il va bien ?

— Je vais bien, frangine.

Le soulagement m'envahit et les larmes me montèrent aux yeux. Je clignai rapidement des paupières pour les ravaler et demandai :

— Vraiment ?

— Eh bien, je ne risque pas de danser beaucoup dans les jours à venir, mais à part ça, oui, je vais bien.

— Alors, ils se sont juste contentés de te traire, rien de plus ?

— À ma connaissance, oui. Ils m'avaient attaché avec des chaînes en argent, c'est pourquoi je n'ai pas pu m'évader.

— Est-ce que l'amie médecin de Liander a pu t'examiner ?

— Oui. Je vais parfaitement bien, je t'assure, j'ai seulement mal partout comme un homme qui viendrait de passer deux jours à chevaucher sans interruption.

Je souris :

— Rien de bien exceptionnel, donc.

Il eut un ricanement de dérision.

— Cela m'ennuierait nettement moins si je me l'étais infligé à moi-même.

— Il ne nous reste plus qu'à découvrir pour quelle raison Moneisha s'est lancé dans la collecte de sperme à grande échelle.

— Pour cela, il va probablement falloir que nous y pénétrions de nouveau, et cela risque de ne pas être simple.

J'entendis le tintement d'une cloche et tournai la tête juste à temps pour voir un tram au revêtement lisse et argenté s'approcher de l'arrêt qui faisait face à l'hôtel. Je me hâtai de traverser la rue.

— Tu as déjà pu parler à Jack ?

— Oui. Il m'a ordonné de rester là où j'étais. Il va nous rejoindre.

— Il t'a dit qu'on avait essayé de le tuer ?

— Oui. (Il eut un instant d'hésitation.) Il m'a aussi appris que Kelly avait disparu.

Je sentis le froid m'envahir.

— Mais… mais elle n'était pas censée être partie à ta recherche. Je croyais qu'elle enquêtait sur quelque chose de complètement différent.

— C'est le cas. Jack a envoyé des gens à sa recherche. Ils vont la retrouver.

Il essayait évidemment de me rassurer, mais tout ce que je voyais, c'était le nombre de gardiens qui avaient disparu dans les semaines précédentes. Je refusais que cela soit arrivé à Kelly. Je refusais que cela arrive à quiconque que j'appréciais, et même à quiconque que je haïssais.

À une exception près.

— Gautier a menacé Kelly, hier soir. Jack l'a-t-il interrogé à propos de sa disparition ?

— Oui. On peut reprocher à Gautier bien des choses, frangine, mais ce n'est pas un imbécile. Je ne le vois pas agresser un autre gardien.

— Gautier serait capable de tuer toute personne se dressant en travers de son chemin.

Surtout s'il pensait pouvoir s'en sortir sans encombre.

— Kel est une dure. Elle va s'en sortir.

C'était peut-être une dure, mais si Gautier avait décidé de s'en prendre à elle, elle était morte. Même si je devinais qu'elle avait plus de chances contre lui que contre ceux qui se cachaient derrière les mutilations des autres gardiens.

— S'il lui a fait le moindre mal… (Je ne pouvais me résoudre à l'idée qu'il ait pu la tuer. Je ne voulais même pas y penser.) Alors, je le tuerai.

Je lui ferai éclater le crâne avant d'enfoncer un pieu dans son cœur pourri.

— S'il lui a effectivement fait le moindre mal, tu n'auras pas à le faire. Jack s'en chargera.

Peut-être que oui, peut-être que non. Après tout, Gautier était l'un de ses meilleurs éléments. Je soufflai pour me calmer et changeai de sujet.

— Jack est au courant, pour nous.

— Cela fait longtemps. Tu peux lui faire confiance, frangine.

J'avais cru pouvoir faire confiance à Talon aussi, mais, après la petite discussion que nous venions d'avoir, je n'en étais plus certaine du tout.

— Où es-tu actuellement ? demanda Rhoan. Ou plutôt, combien de temps cela te prendra-t-il pour revenir ?

— J'étais en compagnie de Talon au *Kingfisher*. (Je jetai un coup d'œil à ma montre.) Cela devrait me prendre à peu près une demi-heure pour revenir, parce que je dois aller chercher la voiture de Misha au parking du casino.

— Misha t'a prêté une de ses voitures ? souffla-t-il d'un air visiblement surpris.

— Je ne suis pas une si mauvaise conductrice que ça…

— Me dit la femme qui a détruit combien de voitures dans les dix dernières années ?

— Huit, grommelai-je. Mais seulement deux par ma faute.

— Le jury délibère toujours à propos des six autres.

— Hey, je viens de sortir ton petit cul de prison, frangin, alors tu vas me faire le plaisir d'être gentil, un peu.

Il gloussa doucement.

— Si tu insistes.

— J'insiste. (J'eus un moment d'hésitation puis repris la parole :) Jack va essayer de m'impliquer encore plus dans cette enquête et je ne tiens pas à ce qu'il y parvienne, Rhoan. Je ne veux pas être une gardienne.

— Je sais. (Sa voix était soudain dépourvue du moindre humour.) Et je vais faire ce qui est en mon pouvoir pour te protéger. Mais, pour être honnête, je ne crois pas que dans l'affaire qui nous concerne tu aies le moindre choix.

Ce n'était pas vraiment ce que j'avais envie d'entendre.

Il hésita un moment avant d'ajouter :

— Il faudrait peut-être que tu passes un coup de fil à Talon et Misha pour les avertir que ton travail pourrait avoir des conséquences sur ta vie privée et leur dire de faire attention à eux.

— Misha est retourné passer quelques jours dans sa meute, et je n'ai pas l'intention d'adresser la parole à Talon dans les jours à venir. Il joue au con, en ce moment.

— Ça a toujours été un con. Tu étais juste aveuglée par le désir sexuel.

— Pas faux. Il faut dire que le sexe avec lui était sacrément bon.

Ou l'avait été jusqu'à récemment. Quant à ce qui avait changé, je ne le savais pas. Certainement pas Talon, en tout cas.

— Fais attention à toi, Riley.

Comme si j'avais besoin qu'on me le dise.

— À tout de suite, frangin.

Je coupai la communication et grimpai dans le tram en direction du casino. Si je ne me dépêchais pas de sortir la voiture de Misha du parking, cela allait me coûter encore plus cher que le prix de la vieille Mercedes. Je pris l'ascenseur jusqu'au troisième sous-sol et traversai l'étendue de béton qui me séparait du véhicule. De l'eau gouttait quelque part et, au loin, les lumières se mirent à clignoter, envoyant valser des ombres inquiétantes le long des murs.

J'entendis un bruit étrange : comme des pas légers, suivis d'un souffle de menthe qui flottait dans l'air. Je m'arrêtai soudain, les muscles tendus, examinant les alentours. Il n'y avait personne… mais pourtant je sentais une présence. Mon regard se posa sur un coin sombre à quelques mètres de là. Il y avait un vampire là-bas, mais ce n'était pas lui que je sentais. Il y avait quelque chose d'autre. Quelque chose d'étrange.

Je reniflai l'air saturé d'humidité et de gaz d'échappement et décelai une odeur ancienne. Une odeur de pourriture.

Celle d'une chose quasiment morte.

Mon estomac se noua. Je serrai les poings et me forçai à avancer. La voiture se trouvait à peine à deux rangées de là, plus près de moi que l'ascenseur. Enfin, de toute façon, je n'aurais pas pu fuir dans cette direction, puisque ce qui dégageait cette odeur atroce se trouvait entre moi et l'ascenseur.

Je sentis un courant d'air sur ma joue. Le vampire attaquait. Je sortis les clés de mon sac et déverrouillai les portes de la voiture à distance. Les feux arrière clignotèrent en réponse à la télécommande, illuminant les alentours d'un jaune très gai.

J'ouvris la portière et jetai mon sac à l'intérieur. Je sentis comme un picotement dans ma nuque et me retournai d'un bond. Quelque chose étincela dans l'obscurité : une flèche en argent qui fonçait vers moi.

Je poussai un juron et tentai de l'éviter, mais elle était trop proche et trop rapide. Elle traversa mon manteau et se planta profondément dans la chair de mon bras. La douleur me fit tituber et une sensation de froid m'envahit. Ce fut comme si des doigts glacés s'étendaient tout autour de ma blessure, vers ma main et vers mon épaule. J'arrachai la flèche et eus l'impression que la moitié de la chair de mon bras partait avec. Je ne pus m'empêcher de crier de douleur.

En examinant l'objet, je constatai que sa pointe était couverte de barbelés, sur lesquels tremblotaient des morceaux de peau et de chair.

Un liquide tiède coula le long de mon bras et je sentis du plus profond des ténèbres une poussée de soif de sang si puissante que je faillis m'effondrer. Mon front se couvrit de sueur, et pourtant le froid continuait à m'envahir, me faisant grelotter.

Il y eut un sifflement perçant. Je passai en vision de vampire infrarouge et vis une forme floue fondre sur moi. Je me jetai sur le côté, frappant le vampire aussi fort que je le pouvais. Mais j'avais l'impression de bouger au ralenti et il évita facilement mon coup.

Il envoya son poing vers moi. Je me penchai, sentant l'air déplacé par le coup frôler mon cuir chevelu, puis je me redressai brutalement, le poing tendu en un uppercut fatal qui atteignit la pointe de son menton et le fit basculer en arrière. Les doigts engourdis par la force du contact, je secouai la main, essayant de faire circuler le sang.

La sueur me coulait dans les yeux et obscurcissait ma vision. Je clignai des yeux, mais cela ne sembla pas avoir le moindre effet. Le vampire n'était plus qu'une traînée de rouge qui se releva et me fondit de nouveau-dessus.

Il tenta encore de me frapper. J'essayai de l'éviter en me camouflant, mais j'avais l'impression que mes pieds étaient collés au sol. Le poing du vampire entra en contact avec mon menton et m'envoya valdinguer en arrière. Je m'écrasai contre la portière de la voiture et tombai sur le flanc avec un grognement, en expulsant tout l'air de mes poumons. Je voyais trente-six chandelles, ne sachant pas si cela était dû au manque d'oxygène ou à autre chose de plus grave.

Le vampire se jeta sur moi, m'écrasant de tout son poids, son corps chaud et lourd comme du métal. Je luttai pour reprendre ma respiration et garder mes esprits, mais j'entendis néanmoins son grondement. L'ombre qui l'entourait commençait à se dissiper, révélant les traits émaciés et les yeux d'un brun inexpressif de Gautier. Ses canines s'allongèrent, dégoulinant de la salive de celui qui n'attendait que de se nourrir.

Je levai les mains et tentai de le repousser. C'était comme si j'avais essayé de déplacer une montagne. Toute ma force était en train de m'abandonner et les ténèbres menaçaient, pendant que non loin la chose morte observait, attendait.

J'ignorais ce que c'était et je m'en fichais. Tout ce que je savais, c'est que je refusais qu'elle m'attrape.

Les crocs du vampire pénétrèrent dans ma chair et une douleur brûlante comme du fer chauffé à blanc se répandit dans tout mon corps. Le bruit de succion remplit mes oreilles, et je savais que si je ne faisais rien, ce serait le dernier son que j'entendrais de mon vivant.

Je pris une grande inspiration et rassemblai mes dernières forces. Un éclair d'énergie parcourut mes membres. Je saisis la tête du vampire, l'arrachai de ma gorge et la tournai brusquement, faisant craquer ses vertèbres. Le fait de lui briser le cou n'allait pas le tuer, mais au moins cela l'immobiliserait-il un moment, le temps pour moi de m'échapper.

Je me dégageai de sous son corps mou et me hissai à l'aide de la portière. Le parking se mit à tourner autour de moi et, pendant plusieurs secondes, je restai simplement là, debout, à essayer de retrouver mon souffle, la sueur me coulant dans les yeux et le sang le long de ma gorge et de mon bras. J'avais un goût amer dans la bouche, la gorge plus sèche que le Sahara et mon cœur battait si fort que je m'attendais à chaque instant qu'il sorte de ma poitrine.

Il y avait quelque chose sur la pointe de cette flèche. Quelque chose qui était censé m'endormir.

À quelques mètres en avant, une créature froide et bleue s'approcha de moi. On aurait dit qu'elle coulait plutôt qu'elle ne marchait, étincelant à un moment, disparaissant de ma vision à celui d'après.

Je clignai des paupières, incertaine de ce que je voyais. Ou si je voyais bien ce que je croyais voir.

Puis l'odeur m'enveloppa. C'était la chose morte. La chose que je ne pouvais en aucun cas laisser m'attraper.

J'essayai de grimper dans la voiture, mais c'était comme si mes jambes s'étaient transformées en blocs de glace, et je perdis de nouveau l'équilibre. Je heurtai le sol avec un grognement, tentant de retrouver mon souffle, mais les ténèbres gagnèrent du terrain.

La dernière chose dont je me souvins, c'étaient de deux mains qui se tendaient vers moi.

Des mains bleues et aux doigts ornés de ventouses, comme ceux d'un gecko.

Chapitre 8

Je repris lentement connaissance. Celle-ci me revint sous la forme d'une douleur : douleur pulsatile qui irradiait de points brûlants sur mon bras et mon cou, avec des foyers secondaires autour de mes chevilles et de mes poignets.

Il y avait plein de bruit autour de moi. Le battement de mon cœur, d'abord, rapide et en harmonie avec les pulsations de ma douleur. Juste au-dessus, comme le rythme d'une basse, qui semblait faire vibrer le métal sur lequel je reposais et qui se mêlait au son rauque et profond d'un moteur.

J'entendis aussi un rire – celui, profond et puissant, d'un homme – qui s'entrelaça à un bouquet d'odeurs – musc, menthe et pourriture, avec une pointe de la senteur métallique du sang. Le sang qui raidissait la manche de mon manteau, plus précisément.

J'entrouvris les paupières. Il n'y avait rien à voir que les ténèbres. Je clignai des yeux et m'aperçus que c'était une sorte de couverture qui me plongeait dans l'obscurité. J'apercevais des pointes de lumière à travers le tissu, m'indiquant qu'il faisait jour. Je me demandai s'il s'agissait de la même journée ou si plus de temps avait passé.

Le rire se fit de nouveau entendre au milieu des bruits de mécanique, et, à travers la puanteur musquée de la couverture, je sentis des vapeurs d'alcool. J'espérai que cela signifiait que mes ravisseurs étaient en train de se saouler, et non que ce n'était qu'une des odeurs qui saturaient le tissu qui recouvrait mon visage. Mes chances d'évasion augmenteraient de manière significative si ceux qui m'entouraient buvaient de l'alcool.

Je remuai un peu pour tenter de soulager la douleur de mon bras. Des chaînes s'entrechoquèrent, raclant bruyamment le sol en dessous de moi. Le bruit environnant s'interrompit et je m'immobilisai.

— Elle est réveillée ? demanda une voix gutturale et basse.

Il y eut quelques secondes de silence, puis :

— Non, j'te dis, ils lui ont injecté assez de saloperies pour assommer un éléphant. Elle ne se réveillera certainement pas avant au moins vingt-quatre heures.

Cette deuxième voix était exactement la même que la première.

Puis ce fut de nouveau le silence. Bercée par les bruits de pneus sur la route, je me rendormis au bout d'un moment. Le claquement d'une portière de voiture me réveilla un peu plus tard.

Les bruits de circulation avaient cessé, ainsi que le son rauque du moteur. L'odeur agressive des deux hommes s'était quasiment évaporée et je ne pouvais plus entendre qu'une seule respiration.

C'était peut-être la seule chance que j'avais de m'évader. Je baissai légèrement mes protections psychiques et examinai à tâtons l'esprit de l'homme qui se trouvait toujours dans la camionnette. Contrairement aux vigiles de Moneisha, celui-ci bénéficiait d'un système anti-intrusions mentales.

Je jurai à mi-voix. La seule chance qui me restait, c'était d'attirer d'une manière ou d'une autre son attention et de le faire me rejoindre à l'arrière du véhicule.

Et quelle était la meilleure manière d'attirer l'attention d'un homme ? Lui montrer mes seins, évidemment.

Je bougeai la main et un raclement métallique se fit de nouveau entendre. J'étais visiblement enchaînée et, si je devais me fier à la brûlure que je ressentais au niveau des poignets et des chevilles, c'étaient des chaînes en argent. Il me serait impossible de me métamorphoser tant qu'elles m'entraveraient.

Je sentis l'homme bouger à l'avant de la camionnette. Je restai immobile, en attente, jusqu'à ce que les couinements du siège indiquent qu'il était retourné à la tâche qui l'occupait auparavant. Doucement, avec mille précautions, je déboutonnai mon manteau et soulevai mon pull. Une fois mes seins en liberté, je repoussai la couverture puante et me mis sur le dos. Les yeux fermés, la respiration lente et régulière, je prétendis toujours être inconsciente.

Le siège couina de nouveau et j'entendis mon garde prendre une brusque inspiration. Une vague de désir me frappa, aussi forte que celle d'un loup.

Rien ne se passa pendant plusieurs secondes. Puis la camionnette tangua quand l'homme passa à l'arrière. L'odeur de menthe et de mort devint si forte que mon nez me chatouilla. Mais il n'y avait pas que l'odeur : quelque chose clochait chez lui. Ce n'était ni un humain, ni un loup, ni même un métamorphe ou un vampire. C'était quelque chose d'autre, quelque chose que je n'avais jamais rencontré auparavant.

Et, quoi qu'il soit, il était en train de mourir.

Sa chaleur me caressa la peau. Il avait la respiration hachée et bruyante, et l'intensité de son désir réveilla la fièvre lunaire en moi.

Il s'immobilisa. J'entrouvris un œil, l'observant alors qu'il tendait la main vers moi. Ses yeux d'un brun boueux étaient emplis d'un appétit irrésistible. Il portait un fil autour du cou : le bouclier psychique. Il me suffisait de le lui arracher pour que son esprit soit mien.

Ses doigts parcoururent mes seins, contact brûlant et vaguement répugnant. J'eus une montée de bile dans la gorge, mais résistai au besoin de me soustraire à ses mains. Il sourit en révélant des crocs aussi pointus que ceux d'un vampire, mais tachés de brun et pourris.

Il me fallut quelques secondes pour m'apercevoir que ces crocs s'allongeaient. Il avait l'intention de se nourrir… en me suçant les seins.

Je me levai brusquement en lançant le tranchant de ma main contre son larynx aussi fort que je le pouvais. Il émit un gargouillement et, les yeux exorbités, tenta de reprendre son souffle.

Je ne lui laissai pas le temps de réfléchir ou de réagir et arrachai le fil métallique de sa gorge, le garrottant quasiment par la même occasion. Dès que le fil céda, je baissai mes protections psychiques et fondis à l'intérieur de son esprit, en prenant immédiatement le contrôle.

Je repoussai l'homme contre la paroi de la camionnette. La douleur se fit brûlante dans mon bras et mon front se couvrit de sueur. Ma poigne n'étant pas des plus fermes, je dus changer de main. Les chaînes tintèrent, couvrant les bruits de respiration de l'étranger.

De ma main libre, je tournai son visage vers moi en essayant de ne pas tenir compte de la douleur qui lançait des éclairs dans tout mon bras.

— Où est passé l'autre homme ?

D'une voix aussi inexpressive que son regard, il répondit :

— Parti chier.

J'avais donc au mieux cinq minutes devant moi.

— Où est la clé des chaînes ?

— C'est lui qui l'a.

Je murmurai un juron.

— Où nous trouvons-nous ?

— Sur une aire de repos pas loin de Seymour.

Soit à peine à une soixantaine de kilomètres de Melbourne. Visiblement, la dose d'éléphant n'avait pas eu l'effet escompté, vu que je n'avais été endormie qu'une petite heure.

— Où sont les clés de la camionnette ?

— Sur le contact.

— Mets-toi sur le siège côté passager.

Il s'exécuta. J'essuyai la transpiration qui coulait dans mes yeux et devinai à la pulsation qui se faisait ressentir dans mes tempes que je n'allais pas pouvoir exercer un tel contrôle très longtemps.

Je rabattis le reste de la couverture et examinai mes chaînes. Elles étaient effectivement en argent, et non en métal, mais heureusement, elles n'étaient pas reliées aux parois de la camionnette. Ils avaient voulu m'immobiliser, mais ne s'attendaient pas que je me réveille avant que nous arrivions à destination. Je baissai mon pull, escaladai le dossier de la banquette et mis le contact.

— Où aviez-vous l'intention de m'emmener ?

— À Genoveve, puis à Libraska.

Le premier nom me rappela vaguement quelque chose. Je l'avais déjà entendu je ne savais où. Mais, à cet instant, je n'avais pas le loisir d'y réfléchir. Il fallait que je m'échappe avant le retour du deuxième homme, car je doutais d'avoir la force nécessaire pour les combattre tous les deux.

— Si tu as un téléphone, donne-le-moi.

Il obéit.

— Ton copain aux toilettes en a-t-il un lui aussi ?

Il acquiesça. Je poussai un nouveau juron. Dès l'instant où je m'échapperais au volant de la camionnette, ils avertiraient leurs supérieurs, et je ne pouvais rien faire pour les en empêcher. Mon contrôle mental avait ses limites et il était hors de question que je traîne dans les environs juste pour détruire cet autre téléphone. Cela ne valait pas le coup de prendre le risque.

— Descends et va aux toilettes.

Il fit comme je lui ordonnais. Je me penchai vers la portière de son côté, la verrouillai et passai la marche arrière. Les pneus crissèrent sur le bitume et, du coin de l'œil, je vis quelqu'un sortir des toilettes pour hommes en courant, le pantalon autour des genoux.

Avec un sourire sinistre, je passai la première et fonçai hors de portée. Le contrôle que j'exerçais sur le premier homme céda soudain, rebondissant à travers moi avec l'acuité d'un éclat de verre. Je jetai un regard dans le rétroviseur et, à travers un torrent de larmes, distinguai le second homme qui s'élançait à ma poursuite. Il était rapide. Rapide comme un vampire.

J'appuyai à fond sur la pédale d'accélérateur. La vieille camionnette fut parcourue d'un tremblement et commença à prendre de la vitesse, ne laissant derrière elle que de la fumée alors que je quittais l'aire de repos et m'insérais dans la circulation fluide de la voie rapide en direction de Hume.

Un rapide regard dans le rétroviseur m'apprit que le second garde était presque assez proche pour pouvoir ouvrir les portes arrière de la camionnette. Je ne pensais pas pouvoir encore accélérer, alors je décidai de déboîter sur la voie de gauche juste devant une autre voiture. J'entendis un crissement de pneus et vis la Ford qui me suivait s'approcher dangereusement puis percuter l'arrière de la camionnette. Je m'efforçai de maintenir ma trajectoire, mais la Ford partit en dérapage incontrôlé, envoyant valser le garde par-dessus son capot. Il atterrit sur la bande de terre qui séparait la voie d'accès de celle de gauche et resta immobile.

Je continuai à accélérer. J'avais réussi à m'échapper. Maintenant, il ne me restait plus qu'à rejoindre mon frère. Une chose était sûre: je ne pouvais pas faire cela avec cette camionnette. C'était trop risqué, d'une part à cause de l'accident, de l'autre parce que mon évasion était probablement rapportée en ce moment même à ceux qui avaient commandité mon enlèvement.

Je pris la sortie vers Seymour et levai le pied. La dernière chose dont j'avais besoin, c'était de me faire arrêter par la police. Je traversai la ville et pris une route transversale à la sortie de celle-ci, route que je suivis jusqu'à un croisement. Je regardai de chaque côté et décidai de tourner à droite, tout simplement parce qu'il s'agissait d'un chemin de terre qui menait à une forêt.

Une fois à l'abri sous les arbres, je m'arrêtai sur le bas-côté. C'est alors que je ressentis le contrecoup de toutes ces émotions. Pendant plusieurs minutes, je fus incapable de bouger et restai assise, haletante, luttant contre des montées de bile et tremblant de tous mes membres.

Je finis enfin par trouver le courage de bouger. Je saisis le téléphone et ouvris la portière. Les chaînes qui m'entravaient n'étaient pas très longues et je dus sauter de mon siège plutôt que de descendre normalement.

Le soleil se rapprochait de l'horizon, teintant de rouge les morceaux de ciel visibles au travers des branches de gommier. L'air était frais, empli de senteurs d'herbe coupée et d'eucalyptus. J'entendis le meuglement de vaches à distance et, plus loin, le murmure d'un cours d'eau.

Je fourrai le téléphone dans ma poche et pris cette direction. J'avais terriblement soif et, de toute façon, il fallait que je m'éloigne de cette camionnette.

Mais il n'est pas aisé de crapahuter dans l'herbe haute, en particulier quand on a les jambes enchaînées. Ma gorge était totalement sèche quand j'arrivai enfin à la rivière, sans compter la migraine qui s'était bien installée et mes muscles qui renâclaient au moindre effort. J'avais l'impression que les arbres tournoyaient autour de moi.

Je me laissai tomber à genoux sur la rive boueuse et m'empressai d'avaler goulûment quelques gorgées d'eau. Elle avait le goût de terre, mais elle était fraîche et désaltérante, et c'était tout ce qui m'importait. Je m'éclaboussai le visage et la nuque, puis entrepris de nettoyer ma main gauche du sang qui la recouvrait.

J'entendis le rire d'un kookaburra au loin. Je l'aurais bien rejoint dans son hilarité si j'en avais eu la force. Quel bordel… Voilà qui contredisait la conviction de Jack que je pourrais faire un excellent gardien.

Avec un soupir, j'ôtai mon manteau et arrachai la manche de mon pull pour exposer ma blessure. C'était aussi un beau bordel : c'était rouge, enflé, avec un trou de la taille de mon poing. Cela avait déjà commencé à cicatriser et le sang ne coulait plus, mais c'était franchement moche. Il fallait absolument que je prenne ma forme de loup afin d'accélérer la cicatrisation, sauf qu'avec ces chaînes j'étais coincée dans mon corps d'humaine.

Je trempai ma manche dans l'eau et l'utilisai pour nettoyer et bander mon bras. Ce n'était pas le plus hygiénique des pansements, mais je n'avais pas vraiment le choix. Le contact du tissu frais et humide était agréable sur ma peau brûlante de fièvre. Je remis mon manteau, me redressai et examinai les environs.

Où aller, à présent ?

Je massai mes tempes douloureuses et contemplai d'un regard quasiment aveugle les arbres de l'autre côté de la rivière. Je ne pouvais retourner en ville avec ces chaînes qui m'entravaient, ni me rapprocher de la voie rapide. J'avais besoin d'aide, et rapidement, car quelque chose me laissait croire que l'état de mon bras allait se détériorer. J'avais le téléphone, mais allais-je oser l'utiliser ? La triangulation satellite était tellement précise de nos jours qu'ils étaient capables de localiser au millimètre près tout objet possédant une puce – ce qui était sans aucun doute le cas de ce téléphone.

Cette pensée me fit le sortir de ma poche. Certes, il était éteint, mais est-ce que cela signifiait quoi que ce soit ? Je ne savais pas. Je n'arrivais pas à réfléchir. Je le contemplai quelques secondes, puis le laissai tomber au sol avant de l'écrabouiller de mon pied et de jeter les morceaux à la rivière. Deux précautions valaient mieux qu'une.

Je restai un bon moment à osciller, le regard rivé sur l'horizon, en me demandant ce qu'il fallait faire à présent. Puis je me décidai à entrer dans l'eau et à traverser la rivière. Les chaînes ne cessaient de se coincer dans les rochers qui recouvraient le fond du cours d'eau et il me fallut lutter une bonne centaine de fois avant de me rendre compte qu'il me suffisait de les soulever pour éviter qu'elles s'accrochent.

J'atteignis finalement l'autre rive et me laissai tomber sur une petite plage. À travers mon esprit complètement embrumé, une seule pensée m'obsédait : il fallait que je mette le plus de distance possible entre la camionnette et moi.

Les dernières oriflammes du crépuscule se fondirent dans la nuit. Le tintement des chaînes se mêlait au pépiement des criquets et, parmi les hautes herbes qui m'entouraient, j'entendais le bruissement de petites créatures. Au-dessus de moi se levait la lune, présence que je ressentais plus que je la voyais. Je continuai ma course. Mon corps était baigné de sueur et mes muscles tressautaient. Chaque inspiration me déchirait les poumons, mais ce n'était rien comparé à la douleur qui me transperçait le bras. On aurait dit que quelqu'un marquait ma peau au fer chauffé à blanc, appuyant encore et encore.

Je débouchai en titubant sur la route, ne m'apercevant de sa présence que grâce au changement de revêtement sous mes pieds. Je chancelai un instant, la poitrine se soulevant sous mes efforts pour aspirer un peu de l'air que mon corps réclamait désespérément. Une pancarte dansa sous mes yeux incapables de faire le point. Je clignai des paupières, mais cela ne sembla pas arranger grand-chose. D'une main tremblante, j'essuyai la sueur qui m'aveuglait et me concentrai sur ce qui était écrit. Baker's Road. Je ne savais où. Je regardai à droite, puis à gauche, mais l'étendue poussiéreuse était dépourvue de tout signe de civilisation. Je reniflai l'atmosphère : un doux parfum de printemps emplissait l'air nocturne, du jasmin. Ce n'était pas le genre de plante que l'on trouvait en plein milieu de la brousse. Il devait y avoir une maison dans les environs.

Je revins jusqu'aux arbres et remontai parallèlement à la route. J'entendis des vaches meugler et revins sur la chaussée. J'aperçus un bâtiment. Cela ne ressemblait pas à une maison, plutôt à un hangar à deux niveaux avec des lignes électriques qui couraient jusqu'à l'un de ses coins. Peut-être une cabane de vacances qui, avec un peu de chance, serait inoccupée.

Je m'immobilisai et passai en vision vampirique infrarouge. Aucune tache rouge ne laissait deviner la présence d'êtres vivants… si l'on négligeait les vaches, bien entendu.

Une vague de soulagement m'envahit, me laissant encore plus faible et tremblante que je l'étais déjà. Je forçai mes pieds à avancer encore un peu en gardant l'oreille tendue. Il n'y avait rien d'autre que le chant des criquets et le doux meuglement des vaches. L'odeur de jasmin devint soudain plus forte et me fit éternuer. Une bonne moitié de l'abri en était recouverte. Visiblement, ses propriétaires ne souffraient pas du rhume des foins.

La porte était fermée à clé. Je l'enfonçai d'un coup de pied et faillis m'effondrer dans l'élan. La porte s'ouvrit à la volée et la vache qui se trouvait juste à côté poussa un grognement avant de s'enfuir au trot.

Un nuage de vanille, d'eucalyptus et de renfermé s'échappa de l'ouverture, mais se fondit aussitôt dans l'odeur entêtante du jasmin. Je pénétrai dans l'abri et refermai la porte derrière moi. Malgré l'obscurité totale, ma vision vampirique me permit de constater que la pièce rassemblait un espace cuisine, une salle à manger et un séjour sans cloisons de séparation. Il y avait ce qui ressemblait à un escalier au fond, qui menait probablement à une chambre. Et à côté de cet escalier, je vis un téléphone.

Le soulagement m'envahit et je titubai jusqu'à celui-ci. Je me laissai tomber sur une marche, tendis le bras et soulevai le combiné. Il y avait une tonalité. Si j'en avais eu la force, je me serais mise à danser la gigue.

Il m'était impossible de distinguer les chiffres du cadran, alors je composai le numéro au toucher plus qu'à la vue.

J'appelai Jack plutôt que Rhoan, tout simplement parce que je savais que ce dernier, en devinant ma détresse, s'empresserait de partir à ma recherche quel que soit son état physique. Et, de toute façon, j'étais incapable de me souvenir du numéro de Liander. La sonnerie retentit à l'autre bout du fil et je me laissai aller contre la rampe de l'escalier en essayant d'oublier la douleur qui palpitait dans mon cerveau, dans mon bras, et l'impression diffuse que les murs se refermaient sur moi.

— Ici Parnell.

Je fermai les yeux de soulagement. Jamais je n'avais été aussi heureuse d'entendre la voix bourrue de mon patron.

— Jack, c'est Riley.

— Doux Jésus, où es-tu, ma petite ? On a retrouvé ta voiture…

La tête me tournait et j'eus la sensation que l'obscurité devenait de plus en plus profonde. Je n'avais pas beaucoup de temps devant moi. J'étais sur le point de perdre connaissance, je le sentais. Je lui coupai la parole.

— Je me trouve au milieu de nulle part, pas loin de Seymour. Dans un abri en tôle, sur une route nommée Baker's Road. Il y a des vaches… et du jasmin.

— Riley ? Ne raccroche pas. Nous allons te localiser.

— Ils me poursuivent, continuai-je. Dépêchez-vous…

Ma voix se perdit dans les ténèbres qui m'englobèrent soudain.

Je repris de nouveau connaissance avec une sensation de douleur. Dans mon bras, dans mes poignets, dans mes chevilles. Une douleur atroce, incandescente.

Je remuai mes membres en gémissant doucement et en essayant d'échapper à la brûlure, sans résultat. Le contact du coton propre sur ma peau me fit prendre conscience que je ne me trouvais plus sur les marches de l'escalier, mais dans un cocon doux et chaud. Je sentis de l'eau glacée sur mon front brûlant de fièvre.

— Tout va bien, murmura une voix douce comme le velours. Tu vas bien.

Comment ça, j'allais bien ? J'avais l'impression d'être installée en plein milieu d'un four !

— Quinn ?

— Oui. Tu es en sécurité, Riley.

Je passai la langue sur mes lèvres craquelées et me forçai à ouvrir les yeux. Son visage flottait au-dessus de moi, ses traits angéliques totalement détendus, mais avec une étincelle de colère au fond des yeux.

— Je suis désolée, croassai-je. Je ne pouvais pas te laisser emmener Rhoan à Sydney tant que je n'avais pas pu parler avec lui.

— Ne t'en fais pas.

— Où sommes-nous ?

— Toujours à la ferme.

Je marmonnai un juron et tentai de m'asseoir, mais mes muscles étaient comme liquides. Il me contraignit sans peine à rester allongée.

— Ils vont nous trouver, gémis-je en guise de protestation.

— Si on nous trouve ici, je me chargerai de tout. (Même si sa voix ne trahissait aucune émotion, je n'eus aucun doute à propos de la manière dont il le ferait.) Pour le moment, tu as seulement besoin de repos.

— Je ne peux pas, dis-je d'une voix d'enfant capricieux, ce qui correspondait bien à l'état dans lequel je me sentais. J'ai l'impression d'être en feu.

— Je sais, répondit-il d'un ton sinistre. Rhoan va bientôt revenir.

— Revenir d'où ? Pourquoi n'est-il pas ici ?

— Chut ! dit-il avec douceur. Repose-toi et garde tes forces.

Mon corps sembla obéir volontiers à ses ordres. Je fermai les yeux, mais il m'était impossible de dormir à cause de la brûlure. Je bougeai le bras en tentant de trouver une position plus confortable et entendis le tintement d'une chaîne.

— Pourquoi suis-je toujours enchaînée ?

— Parce qu'il n'y a rien ici d'assez puissant pour pouvoir les couper.

Je sentis son esprit entrer dans le mien, vague de puissance et de fraîcheur à laquelle il était impossible de résister. *Dors, Riley.*

Et, malgré les protestations de mon instinct et de ma volonté, c'est ce que je fis.

Quand je me réveillai de nouveau, la douleur s'était enfin atténuée. Je restai allongée dans l'obscurité et appréciai le fait de ne plus avoir l'impression d'être sous le gril d'un four. La douleur de mon bras s'était tue, ainsi que celle qui brûlait mes poignets et mes chevilles. Je me tournai et fus soulagée de n'entendre que le froissement des draps. J'étais enfin débarrassée de ces maudites chaînes.

J'ouvris les yeux et vis des ombres danser dans les toiles d'araignée qui ornaient le plafond. Je clignai des yeux et fis le point sur le fer rouillé de celui-ci, me rendant compte que j'étais toujours à l'intérieur de l'abri où j'avais trouvé refuge. L'air poussiéreux était saturé de l'odeur du bois, de la fumée et de la vanille. Mais d'autres arômes dominaient ceux-ci : cuir et épices, un mariage que j'aurais reconnu entre tous. Je tournai la tête vers la gauche en souriant.

Rhoan était assis à mon chevet, ses courts cheveux roux partant dans tous les sens, les pieds posés sur la commode, les jambes légèrement écartées. Il ne portait pas de jean, seulement un caleçon noir, mais son torse était tout de même revêtu d'un pull. Celui-ci aussi était noir. Ce qui était assez étonnant quand on connaissait son goût pour les couleurs vives.

Son regard couleur de fumée croisa le mien et trahit son soulagement.

— Je commençais à me demander si tu allais jamais te réveiller.

La fatigue était manifeste dans sa voix, et je le regardai d'un air critique.

— Visiblement, ma blessure était plus grave que je ne le pensais.

Il ôta les pieds de la commode et s'approcha du lit. Les ressorts du matelas grincèrent quand il s'assit à mon côté.

— Plus grave, c'est un euphémisme.

Il prit ma main et la posa sur sa poitrine, au niveau de son cœur. Le battement de celui-ci résonna dans mes doigts et je sus, sans qu'un seul mot soit prononcé, combien j'avais été proche de ne jamais plus me réveiller.

— Ne t'avise pas d'essayer encore de me claquer entre les doigts, tu entends ? Je ne te le permets pas. Jamais.

Les larmes me montèrent aux yeux et je battis des paupières pour essayer de les ravaler.

— Mais c'était juste une flèche…

— Une flèche en argent, m'interrompit-il, avec une pointe recouverte de barbelés conçus pour se détacher et pénétrer dans ta chair. On t'a tout simplement empoisonnée.

Un sentiment d'horreur m'envahit. Pas étonnant que j'aie eu l'impression de me consumer. Je déglutis, mais ne réussis pas à soulager la sécheresse de ma gorge.

— Mais pourquoi faire cela, s'ils voulaient obtenir de moi la même chose que de toi ?

Il haussa les épaules.

— Selon la théorie de Jack, chaque femme naît avec en elle tous les ovules qu'elle produira dans sa vie, contrairement aux hommes qui produisent leur semence en continu. Peut-être ces ovules étaient-ils tout ce qu'ils voulaient.

C'étaient de vrais salopards. Qui qu'ils soient, c'étaient des sacrés enfoirés. Et complètement dingues, en plus.

— Comment avez-vous réussi à extraire tous les barbelés ?

— À l'aide d'un scanner médical expérimental que Jack a emprunté au Directoire. L'un d'entre eux avait atteint ton épaule, les deux autres étaient descendus vers ta main. (Il eut un instant d'hésitation.) Cela n'a pas été simple. Tu délirais complètement.

Je devinai au ton de sa voix que quelque chose d'autre s'était passé, et il n'était pas difficile de savoir quoi. Une fois les bouts d'argent retirés, ma nature profonde devait s'être manifestée avec force, et mon délire n'avait pas dû aider. Je pris une profonde inspiration, que je relâchai aussi lentement que possible.

—Qui ai-je attaqué ?

Il fit une grimace.

—Quinn. Tu lui as bien abîmé le bras avant qu'on réussisse à te maîtriser.

Agresser l'homme que je désirais séduire n'était pas la chose la plus intelligente à faire.

—Est-ce qu'il a du sang garou ?

—Non.

C'était une bonne chose : au moins n'aurions-nous pas à le placer en observation le soir de la pleine lune.

—Combien de temps suis-je restée inconsciente ?

—Vingt-quatre heures. Nous sommes mardi, et il est 16 heures.

—J'espère que tu as prévenu Jack que je ne pourrais pas venir travailler aujourd'hui.

Il sourit d'un air amusé.

—Il est au courant. Il est en bas.

Je bâillai et demandai :

—Pourquoi ?

—Parce qu'on a encore essayé d'attenter à sa vie. Jusqu'à ce que nous sachions ce qui se passe, cet abri est provisoirement notre quartier général.

—Je suis sûre que les propriétaires en seront ravis.

—Ils se trouvent actuellement à l'étranger et ne devraient pas être de retour avant quinze jours. Nous sommes autant en sécurité ici qu'ailleurs.

—Le seul problème, c'est que nous sommes au milieu de nulle part.

— Ce qui ne signifie pas grand-chose à notre époque. (Il embrassa le bout de mes doigts en souriant et se leva.) Tu te sens à même de grignoter quelque chose ?

— Je pense. (J'eus un moment d'hésitation.) Et en ce qui concerne la lune ? Nous ne pouvons pas lutter contre l'effet qu'elle a sur nous, et ça risque de poser un problème dans un endroit isolé comme celui-ci.

Son sourire s'effaça et il passa la main dans ses cheveux d'un air ennuyé.

— Je sais. Liander est ici, mais vu ce que tu m'as appris au téléphone, je me suis dit que ce n'était pas une bonne idée d'emmener Talon.

— En effet.

— Alors Quinn est éventuellement une solution qui pourrait convenir. Vu la manière dont il s'est comporté ces vingt-quatre dernières heures, il semble certainement intéressé.

Je lui décochai un sourire rayonnant.

— Je suis bien placée pour savoir qu'en effet, il ne cracherait pas sur un peu d'action lycanthrope.

Rhoan eut un léger sourire, mais je vis une pointe d'inquiétude dans ses yeux.

— Fais attention avec lui, sœurette.

Ma méfiance envers Quinn se réveilla de nouveau.

— Vous êtes vraiment amis, tous les deux ?

— Oui, et c'est la raison pour laquelle je préfère te prévenir. Je pense que c'est le genre d'homme dont tu pourrais tomber amoureuse. Je t'en prie, évite.

— Ce n'est même pas un loup, il ne rentre donc pas dans la catégorie des hommes dont je suis susceptible de tomber amoureuse. (Je réfléchis un instant, puis lui demandai :) Alors pourquoi me préviens-tu ?

— Parce qu'une louve a presque réussi à le détruire, et qu'il a juré de ne plus jamais en aimer une autre.

— Il m'en a déjà parlé. Qu'est-ce qu'elle a fait de si grave, cette louve ?

— Je ne connais pas l'histoire en détail. Tout ce que je sais, c'est qu'il ne fera plus jamais confiance à l'un d'entre nous.

— Il te fait confiance, à toi, non ?

— Jusqu'à un certain point. (Il haussa les épaules, comme si ça n'avait pas la moindre importance, mais je savais que c'était faux. Rhoan, comme moi, n'avait pas tant d'amis que cela.) Contente-toi du sexe s'il te le propose et ne cherche pas plus loin. Crois-moi, c'est tout ce que tu auras, au bout du compte.

— C'est tout ce que je veux, ça tombe bien.

Il m'examina un instant, puis se pencha et m'embrassa le front.

— Je vais te chercher de quoi manger. Reste ici et repose-toi.

Je saisis son bras avant qu'il puisse s'en aller.

— Des nouvelles de Kelly ?

Il eut un instant d'hésitation et secoua la tête.

— Mais ils sont toujours à sa recherche.

Je fermai les yeux, mais, malgré tous mes efforts, la peur m'envahit de nouveau. Cela étant, pas de nouvelles, bonnes nouvelles, dans le sens où cela nous permettait encore d'espérer. Il fallait que je me raccroche à cet espoir. Absolument.

Il mit la main sur la mienne et la pressa légèrement.

— Elle va s'en sortir, frangine. Ne t'en fais pas.

Je hochai la tête et lâchai son bras. Il s'éloigna de sa démarche de cow-boy qui aurait passé trop de temps en selle. J'inspirai une bouffée d'air avant de l'exhaler lentement, puis soulevai le drap qui me recouvrait pour évaluer les dégâts. Mon bras gauche était entouré de bandages de l'épaule au bout des doigts, ainsi que mon poignet droit et mes deux chevilles. J'arrivais à bouger mes doigts bandés, même si c'était douloureux. Une fois encore, j'avais eu de la chance. Mais jusqu'à quand cela durerait-il ? Tôt ou tard, ces salopards mettraient la main sur moi… sauf si on les prenait de vitesse.

Bien sûr, pour cela, il fallait que j'intègre l'équipe de Jack. Encore une étape en direction de son but ultime : que je devienne une gardienne.

— Tu as encore tous tes membres, si c'est ce qui t'inquiète.

La voix de Quinn était pleine d'un chaleureux amusement, et je levai les yeux vers lui en souriant.

— C'est le genre de choses qu'une fille aime vérifier par elle-même.

Le sourire qui étirait ses lèvres sensuelles se refléta dans ses yeux d'un brun profond, et tout cela eut un effet bœuf sur mon pouls. La lune avait beau ne pas être encore levée, la fièvre commençait déjà à brûler dans mes veines de par sa présence.

Il attrapa la chaise que Rhoan venait de libérer et l'approcha du lit.

— Comment te sens-tu ?

— Ça va, répondis-je poliment. Et toi ?

Son sourire s'élargit. Il passa un doigt sur ma joue, s'attardant sur le coin de mes lèvres.

— Au moins, ta peau n'est plus brûlante.

Ça se voyait qu'il ne s'y trouvait pas, dans ma peau.

— Comment va ton bras ?

La bosse qui déformait la manche de son pull laissait deviner que j'avais fait de sacrés dégâts : son bras semblait aussi entouré de bandages que le mien.

Il haussa les épaules.

— Les vampires cicatrisent presque aussi vite que les loups. D'ici un jour ou deux, il n'y paraîtra plus.

— Je suis désolée de t'avoir agressé. (Je souris.) Deux fois.

Ses doigts se promenèrent le long de ma gorge, laissant derrière eux comme une piste incandescente. Il avait l'air absent, non pas comme un vampire en proie à la soif de sang, mais comme un homme qui faisait face à une femme nue.

— Tu n'as fait qu'obéir à ton instinct. Tu es tout excusée.

Du bout des doigts, il effleura mon épaule, mon bandage, et j'en eus la chair de poule, sans que cela ait le moindre rapport avec une sensation de douleur ou de peur.

— Mais il faut que je te dise quelque chose.

Son regard se planta dans le mien, et je vis un véritable brasier au fond de ses iris, un brasier dont je sentais la chaleur jusque dans la moindre de mes fibres.

— J'ai envie de toi.

Il semblait donc que les loups-garous n'étaient pas les seuls à être directs en matière de sexe.

— Génial.

Ses doigts se promenèrent sur le renflement de mes seins, et mes tétons pointèrent de manière quasiment douloureuse. Mon esprit avait beau me conseiller la méfiance, mon corps, lui, hurlait « oui, oui, oui ! »

— Quand ? murmura-t-il, son léger accent irlandais faisant accélérer mon pouls de manière franchement déraisonnable.

— Bientôt, soufflai-je, mais pas maintenant.

Il glissa la main sous le drap et traça une courbe intolérablement indirecte en direction de mes mamelons. Doucement, lentement, il titilla mon téton en érection du bout du pouce.

— C'est bien dommage.

Mes hormones étaient tout à fait d'accord avec lui.

— Parle-moi de la louve qui t'a fait du mal.

Son mouvement s'interrompit, mais ses doigts étaient si brûlants contre ma chair qu'on aurait cru qu'il me marquait au fer rouge. Puis je croisai son regard et frissonnai sous la dureté de celui-ci. Rhoan avait raison. Cet homme ne me donnerait jamais plus que du sexe. La louve qui m'avait précédée lui avait irrémédiablement brisé le cœur.

Il lâcha mon sein et, même si j'en ressentis un brin de regret, la curiosité était plus forte que mon désir à cet instant précis. Un de ces jours, il faudrait que j'apprenne à maîtriser mon esprit fouineur si je ne voulais pas me retrouver dans une situation inextricable. Ou, comme ici, dans une situation où je risquai de perdre toute chance avec l'un des vampires les plus sexy que j'avais jamais rencontrés.

Il s'enfonça dans sa chaise, le visage dénué de toute expression.

— Pourquoi ?

— Parce que Rhoan m'a prévenue de ne pas trop m'attacher à toi, et, vu qu'il donne rarement ce genre de conseil, je me demandais pourquoi il l'avait fait, cette fois-ci.

La surprise anima son expression sévère.

— Il t'a dit cela ?

— Tu me l'as dit, toi aussi, lui rappelai-je. J'en conclus donc que nous, les loups-garous, sommes tout juste bons pour une danse ou deux, et rien de plus ?

Il plongea un regard d'une froideur absolue au fond du mien.

— Oui, c'est ça, en gros.

— Ce qui signifie que tu souscris à l'opinion dominante chez les humains que les loups sont des grosses salopes qui ne savent pas maîtriser leurs plus bas instincts ?

— Oui.

J'eus un ricanement de dérision qui trahissait combien j'étais bizarrement déçue.

— Et moi qui pensais qu'une expérience de mille ans devait t'avoir mis un peu de plomb dans la tête.

Il eut un sourire lugubre.

— C'est effectivement le cas. Et mon expérience des loups n'a fait que confirmer ce que je croyais.

Je repensai aux photos que j'avais vues de sa fiancée. Me remémorai les articles mentionnant sa disparition.

— Eryn était une louve, n'est-ce pas ?

Il acquiesça vivement.

— Qu'a-t-elle fait ?

Il hésita un bref instant. Il n'avait visiblement pas la moindre envie de parler de tout cela, et pourtant il le faisait. Cela signifiait-il que son envie de moi était encore plus forte que celle de garder ses secrets pour lui ?

— Nous nous sommes rencontrés durant une phase lunaire, dit-il d'une voix sombre et totalement dépouillée de son accent si sexy. Mais la fièvre a continué à nous brûler après cela. Je n'en avais jamais assez d'elle. J'ai cru que c'était de l'amour.

Je levai un sourcil.

— Et ce n'était pas le cas ?

— Non. C'était une drogue nommée Éternité.

Je le considérai d'un air dubitatif. Je n'avais jamais entendu parler d'une drogue nommée Éternité, bien qu'il y eut moult substances de ce type dans les clubs.

— Quel est son effet ?

— Elle simule la fièvre lunaire chez les créatures autres que les garous.

Mes yeux s'élargirent.

— C'est super-dangereux.

— En effet. Heureusement, ce n'est qu'une drogue expérimentale. Eryn travaillait pour le laboratoire qui s'occupait de son développement et avait décidé de la tester *in vivo*. J'étais le cobaye qu'elle avait choisi.

Elle ne devait pas avoir soigneusement préparé son expérience, alors, parce que le moindre imbécile aurait pu se rendre compte qu'il ne fallait surtout pas jouer au plus malin avec ce vampire en particulier.

— Elle n'a donc jamais été vraiment amoureuse de toi ?

— Oh ! Je suis certain qu'elle aimait sincèrement mon argent.

La colère froide qui sous-tendait ses paroles me fit sursauter.

—Comment cela s'est-il terminé ?

—J'ai racheté l'entreprise pour laquelle elle travaillait et détruit tout le projet.

—Éternité appartient donc au passé ?

—Oui.

—Et en ce qui concerne Eryn ?

—Aux dernières nouvelles, elle travaillait dans un bordel de Sydney. (Un sourire cruel lui déchira le visage.) Un métier idéal pour une salope de louve qui ne s'intéressait qu'à l'argent.

Je le dévisageai, devinant qu'il devait avoir trafiqué son esprit, modifié l'image qu'elle avait d'elle-même. Il l'avait convaincue qu'elle avait toujours été ce qu'elle était devenue. Un frisson me parcourut. C'était la punition la plus cruelle qu'on pouvait imaginer.

—Et moi, tu penses que je m'intéresse à quoi, exactement ?

—Au sexe, rien de plus, répondit-il.

Il eut un instant d'hésitation puis me décocha un sourire éblouissant qui envoya valser mes hormones dans tous les sens et me fit tortiller des orteils.

—Ce qui nous ramène à ma question originelle : quand ?

—Mon frère insiste pour que je mange un peu et que je retrouve un peu de force avant de me lancer dans toute activité vigoureuse.

—Ce qui tombe bien, j'ai la ferme intention d'être *très* vigoureux.

Oh, bon sang…

—Je propose que nous scellions cet accord d'un baiser.

Déjà parce que j'allais exploser de frustration si je n'avais pas au moins un avant-goût de cet homme. Cela étant, je n'étais pas certaine de *ne pas* exploser même s'il m'embrassait.

Il se pencha vers moi et posa sa main sur ma joue avant de capturer ma bouche entre ses lèvres. C'était un baiser différent de tous ceux que j'avais déjà expérimentés, une possession lente, douce et violente qui me laissa à bout de souffle, et plus prête que jamais à accueillir un amant en moi.

J'avais hâte de savoir ce qu'il était capable de faire avec un peu plus de temps devant lui.

— J'entends ton frère qui gravit l'escalier, me souffla-t-il à l'oreille en effleurant une dernière fois mes lèvres des siennes avant de se rasseoir.

Je pris une profonde inspiration, mais l'air était plein de son odeur, mélange de santal précieux et de pure virilité. On en aurait mangé. Ou tout du moins mordillé. Et léché.

— Il a toujours le chic pour tomber au pire moment, marmonnai-je.

Quinn rigola doucement et se leva. Je portai mon regard vers son bas-ventre et vis avec plaisir qu'il semblait autant me désirer que je le désirais de mon côté.

— Désolé de gâcher votre petite fête, s'écria Rhoan en apparaissant en haut des marches, mais il faut vraiment que tu manges un bout avant de te lancer dans de grandes dépenses d'énergie.

— Moi aussi, approuva Quinn en me lançant un regard qui ne pouvait que me consumer intérieurement. Même si le sang synthétique n'est pas le mets que je privilégierais si j'avais vraiment le choix.

Il dégringola les marches et je me rappelai soudain comment on était censé respirer.

— Tu es vraiment sûr qu'il n'a pas de sang loup-garou ? demandai-je en me redressant dans mon lit, de manière que Rhoan puisse poser le plateau sur mes genoux.

Le visage de Rhoan se fendit d'un sourire amusé.

— Ce mec est particulièrement puissant, je te l'accorde. Quel dommage qu'il soit hétéro !

Je lui lançai un regard lourd de sous-entendus.

— Ne me dis pas que tu l'as déjà dragué.

— Évidemment que si. Tu ne le draguerais pas, toi, si tu le rencontrais dans un bar ? (Il posa le plateau sur mes cuisses.) Il a aimablement décliné ma proposition, nous avons sympathisé et le reste, comme on dit, fait partie de l'histoire.

— Et cela remonte à combien d'années ?

Je saisis ma fourchette et mon couteau et examinai le contenu de mon assiette. Cela ressemblait vaguement à des œufs au bacon. Mon frère n'était pas précisément un cordon-bleu.

— Seulement un an.

— Pourquoi ne nous as-tu jamais présentés ?

Ce fut à son tour de me contempler avec un air plein de sous-entendus.

— Le présenter à la louve qui ne cesse de dire que les vampires sont tous des connards arrogants ?

— C'est le cas de tous les vampires que j'ai rencontrés jusqu'à Quinn.

— Crois-moi, il peut très bien en être un dans ses mauvais jours. (Il se leva de nouveau.) Si tu t'en sens le courage une fois que tu auras fini, rejoins-nous en bas.

J'acquiesçai d'un signe de tête.

— Comment se fait-il que Jack ait permis à Liander de rester ?

— Parce que cette histoire s'annonce plus coriace que quelque chose que nous trois pourrions régler. (Il haussa les épaules.) En outre, j'ai besoin de lui, et c'est l'un des meilleurs maquilleurs de cinéma du pays.

J'arquai un sourcil.

— On dirait que vous avez déjà échafaudé un plan.

— C'est le cas. On t'en parlera lorsque tu nous rejoindras en bas.

— Et, par curiosité, comment suis-je censée descendre ? En tenue d'Ève ?

Il sourit.

—Nous avons récupéré ton sac dans la voiture de Misha. Il se trouve sur cette chaise près de l'escalier.

Il repartit en bas. Une fois que j'eus avalé la bouillie qu'il avait eu le culot de nommer repas, je me métamorphosai pour accélérer la cicatrisation des brûlures puis enfilai quelques vêtements et le rejoignis au rez-de-chaussée.

Tout le monde, y compris Liander, était assis autour de la table à manger.

—Comment ça va, ma chérie ? demanda Jack en m'examinant de ses yeux verts avec un air presque paternel.

—J'ai un peu mal partout, mais sinon ça va.

Il acquiesça.

—Veux-tu bien nous dire ce qui s'est passé ?

Je m'assis sur la seule chaise vide et leur racontai mes mésaventures.

Rhoan prit l'air soucieux.

—Je n'ai jamais entendu parler de laboratoires de recherches nommés Genoveve ou Libraska.

—Moi non plus, renchérit Jack. Il va falloir que nous consultions nos archives… à condition qu'ils y figurent, évidemment.

—Comment cela ? demandai-je en tendant la main vers la corbeille de pommes qui se trouvait au milieu de la table. Je croyais que tous les laboratoires de recherches, publics ou privés, devaient obligatoirement être déclarés.

—Seulement depuis cinquante ans. Il y a un grand nombre d'endroits, en particulier des laboratoires militaires construits durant le XXe siècle, qui n'ont jamais été déclarés, entre autres pour des raisons de sécurité. C'était une époque plutôt instable.

—Et en ce qui concerne la créature qui l'a agressée ? demanda Quinn. Je n'ai pas l'impression d'avoir jamais entendu parler de quoi que ce soit de semblable.

— En effet. Mais s'ils s'amusent à faire des expérimentations ayant trait à la structure même de la vie, on peut s'attendre à n'importe quoi. (Jack me lança un regard.) Tu es prête à continuer l'enquête ?

Je lui décochai un regard interrogatif.

— Parce que j'ai le choix ?

— On a toujours le choix.

Je ricanai doucement.

— Entre toi qui essaies de me mener là où tu le désires et ces malades qui me courent après, j'ai comme l'impression que mes options sont limitées.

Il ne prit pas la peine de me contredire et se contenta d'un petit sourire satisfait.

— Tu vas faire une merveilleuse gardienne.

— Tu ferais mieux de courir après Liander pour cela, tu auras probablement plus de chances qu'il l'accepte.

— Il m'a déjà fait ce genre de propositions, intervint Liander, ses yeux argentés brillant d'un mélange d'amusement et d'agacement. Et c'est le rôle que je tiens temporairement, de toute façon, que je le veuille ou non.

— Oui, mais avec ton passé de soldat, c'est un rôle qui te convient plutôt bien, remarqua Rhoan, un sourire malicieux aux lèvres. Et pense à tous les avantages – moi, en particulier.

Le visage de Liander s'éclaira.

— Pourquoi penses-tu que je suis ici ? Au moins, je n'ai pas à te partager avec l'autre ivrogne.

— Salope ! commenta Rhoan en souriant encore plus.

— Je ne fais que dire la vérité, répliqua Liander d'un ton sec.

— Ça suffit, les interrompit Jack avant de se retourner vers moi. Notre plan consiste en deux volets. Tout d'abord, nous allons organiser une panne d'électricité dans la région de Ferntree Gully, ce qui nous permettra, à Rhoan et moi, de pénétrer dans les locaux de Moneisha pour essayer d'en savoir plus.

Ce qui signifiait que j'allais travailler en équipe avec Quinn. Mes hormones approuvèrent joyeusement cette idée.

— Mais Moneisha a sûrement des générateurs de secours ?

— Et probablement des scanners manuels, renchérit Quinn.

Jack acquiesça de la tête.

— Mais les générateurs ne pourront qu'assurer l'alimentation des systèmes les plus essentiels, et nous sommes en mesure d'éviter les vigiles, avec ou sans scanner manuel.

— Et que serai-je censée faire pendant ce temps-là ? demandai-je.

— Toi, tu vas fouiner dans les dossiers d'Alan Brown.

— Comment ça? Toutes les serrures des bureaux aux étages supérieurs sont actionnées par des scanners oculaires.

— En effet. Mais, étrangement, ces fameux scanners n'ont pas arrêté de déconner depuis vingt-quatre heures, et tous les membres du personnel ont reçu des cartes magnétiques et des codes spéciaux en attendant que le problème soit réglé.

— Voilà qui tombe formidablement bien, remarquai-je d'un ton ironique.

Il se contenta d'un petit sourire satisfait.

— Alan Brown est connu pour son habitude d'emmener des prostituées dans son bureau. Malheureusement pour lui, il a bu en début d'après-midi un café qui ne lui a pas réussi et a dû rentrer chez lui parce qu'il ne se sentait pas bien. Il ne retournera pas travailler avant demain.

— Comment vous êtes-vous débrouillés ? Tu sais aussi bien que moi qu'Alan refuserait d'approcher à moins de dix mètres d'un café que tu lui aurais offert. Et tu n'as certainement pas pu demander à un de tes gardiens de l'empoisonner, vu que tu ne sais plus à qui faire confiance.

Jack acquiesça.

— Mais je sais que je peux avoir toute confiance en notre directrice.

Je levai les sourcils.

— Alex Hunter ? Mais c'est une vraie salope !

— Cette salope, c'est aussi ma sœur.

On pouvait décidément toujours me faire confiance pour commettre les pires gaffes ou ouvrir ma grande gueule, et cela se vérifiait encore aujourd'hui.

Rhoan éclata de rire et Jack se pencha par-dessus la table pour me tapoter la main d'un air réconfortant.

— Ne t'en fais pas. *C'est* une salope, la plupart du temps. Mais elle veut autant que nous savoir ce qui se trafique. Le Directoire, c'est son bébé – elle fait partie de ceux qui ont usé de leur influence pour sa création – et elle n'a pas la moindre intention de laisser quiconque l'utiliser pour servir des objectifs malfaisants. À partir de ce week-end, toi, Rhoan et moi sommes en mission spéciale et n'avons à en rendre compte qu'à elle.

Ce qui me rapprochait encore un peu de la fonction de gardienne. Et il m'était impossible d'y faire quoi que ce soit. Si je refusais, il m'isolerait dans un endroit sûr, et ce serait presque pire, pas seulement parce que j'étais une louve et ne supportais pas les espaces clos trop longtemps, mais aussi parce qu'une partie pervertie de mon esprit *voulait* s'en mêler. Je ne voulais peut-être pas devenir gardienne, mais ces enfoirés m'avaient attaquée deux fois, et la louve en moi réclamait vengeance.

Je lançai un regard à Quinn.

— Mais comment allons-nous pouvoir rentrer dans le bureau de Brown ? Quinn ne lui ressemble pas du tout.

Pour commencer, Brown était loin, très loin d'être aussi beau gosse que lui.

— Il lui ressemblera quand j'en aurai terminé avec lui, intervint Liander.

— Tu penses pouvoir me transformer en pute de haut vol, aussi ?

Je ne pouvais pas risquer de porter la perruque et le maquillage bleus de nouveau, des fois que quelqu'un fasse le rapport.

Le visage de Liander s'illumina d'un sourire.

— Si tu savais depuis combien de temps je rêve de te relooker ! Il faut que tu te mettes à la mode, Riley.

Ce n'était pas la première fois qu'il me disait cela. Je lui tirai la langue puis me retournai vers Jack.

— Quand y allons-nous ?

— Dès que tout le monde sera prêt. Liander gardera le fort en notre absence.

— On se retrouve ici, ensuite ?

Jack acquiesça.

— Messieurs dames, que le spectacle commence ! ordonna-t-il.

Je souris. Un instant il avait ressemblé au vieux sergent de l'armée qu'il avait été autrefois. Je croquai une pomme en me levant et en remontant prendre une douche. Cambrioler le bureau de Brown n'était pas vraiment ce que j'avais en tête pour cette soirée, mais au moins serais-je avec Quinn.

Et, quoi qu'il se passe, j'avais la ferme intention de bouleverser son petit monde de certitudes.

Chapitre 9

— Tu aurais pu louer une voiture plus discrète, fis-je observer à Quinn alors qu'il m'aidait à m'asseoir dans la Porsche.

Il haussa les épaules et claqua la portière. Celle-ci se verrouilla automatiquement et la voiture émit un « bip » signalant la mise sous alarme.

— Elle est rapide, confortable, et en plus je pensais vaguement à me l'offrir. C'est une bonne manière de la tester en conditions réelles.

La brise violente fit voleter les quelques mèches argentées qui s'étalaient sur son crâne nouvellement chauve, les dressant comme des petits drapeaux. Sans compter le bouc, les joues enflées, et un petit ventre de buveur de bière : il était difficile de croire que sous le maquillage se trouvait un être d'une beauté exceptionnelle. Je souris.

— Liander devrait avoir une médaille pour le travail qu'il a effectué sur toi.

Il ôta son manteau et l'enroula autour de mes épaules, puis descendit la main le long de mon bras avant de mêler ses doigts aux miens. La chaleur s'insinua dans mon corps, et le brasier de mon besoin se raviva. Il n'était même pas 21 heures et la lune commençait à peine à se lever. Pourtant, la fièvre bouillonnait dans mon sang en permanence, telle une force au bord de l'explosion. Je respirai profondément et tentai de penser à autre chose. Mais il était impossible de détourner mon esprit de la caresse de son corps chaud alors que nous remontions le pâté de maisons qui nous séparait du Directoire. Impossible de ne pas sentir la tension qui émanait de son corps, une tension qui trahissait que son besoin était aussi violent que le mien.

— Il a fait un sacré bon travail sur toi aussi.

Son doux accent avait disparu, grâce aux modulateurs de voix qui avaient été insérés dans ses joues. Ce qui sortait de sa bouche était la voix cassante de Brown.

— Mais je crois que je préfère le look bleu au blanc. Celui-ci te fait un peu trop ressembler à un fantôme.

Ce qui était précisément le look visé par Liander. Il semblait que la mode fantôme était le grand truc du moment. Mais personnellement, j'étais d'accord avec Quinn. Des lentilles blanches, des cheveux blancs et de la poudre blanche, c'était vraiment trop spectral.

Au moins avais-je pu recycler mes bottes en python, mais mon top à trous et ma microjupe avaient cédé la place à une robe à mi-cuisses, confectionnée à partir d'un tissu qui n'était pas grand-chose de plus qu'un souffle, et très similaire à ce que portaient les putes de Brown d'après les vidéos que nous avions regardées. Brown aimait les femmes quasiment nues et prêtes à consommer, semblait-il.

Ce qui expliquait probablement pourquoi Quinn m'avait enveloppée de son manteau : je ne portais rien sous ma robe, et dans la lueur des lampadaires cela était particulièrement visible. Je n'y aurais pas prêté particulièrement attention, mais Quinn avait fait deux ou trois réflexions sur la décence et la respectabilité qui m'avaient fait sourire.

Cela allait être tellement amusant de traîner ses idées si arrêtées en matière de sexe du terrain de l'ordinaire à celui de l'extraordinaire.

Nous gravîmes les marches et nous dirigeâmes vers l'entrée principale du Directoire. Quinn composa le code et passa sa carte magnétique dans le lecteur. Les portes s'ouvrirent dans un souffle et le rayon rouge d'un scanner nous examina des pieds à la tête. Aucun d'entre nous n'avait d'arme sur lui et nous ne déclenchâmes donc pas d'alarme. Et il n'y eut aucun problème avec les scanners d'empreintes digitales. Liander s'était occupé de cela – avec l'aide de Jack et des empreintes qu'il avait subtilisées dans les dossiers.

— Bonsoir, monsieur le directeur adjoint Brown, le salua le vigile à la réception, dont les yeux sortirent de leurs orbites lorsqu'il m'aperçut. Nous ne vous attendions pas ce soir.

— Juste une petite affaire à régler, répondit Quinn en me tapotant maladroitement le derrière d'un air libidineux.

C'était une parfaite imitation de Brown et je dus me mordre l'intérieur des joues pour ne pas éclater de rire.

— Il va falloir que je vous libère un ascenseur avec mon code, expliqua le vigile. Ils ont été verrouillés pour la nuit.

Quinn acquiesça et le garde nous précéda. Il déverrouilla un ascenseur, mais ne s'écarta pas lorsque celui-ci arriva, me forçant à me glisser entre lui et la porte en subissant force tripotages, dont une main qui se glissa sur mes fesses et tâta la marchandise.

La réaction de Quinn fut immédiate, et ce ne fut qu'en entendant le bruit des os brisés que je me rendis compte de quelque chose.

— Pas touche à la marchandise que j'ai payée, dit-il d'un ton glacial au garde, qui était soudain devenu pâle.

— Désolé, monsieur le directeur, bégaya-t-il.

— Que cela ne se reproduise plus ou je vous ferai virer.

Il lâcha la main du vigile et me rejoignit dans la cabine de l'ascenseur. J'attendis que les portes se referment sur nous et observai :

— C'était peut-être un peu excessif. Les vidéos nous ont bien montré que cela se produisait assez souvent quand Brown ramenait des prostituées.

— Je m'en fous. Cet homme n'avait aucun droit de te toucher.

— Nous sommes ici sous couverture. Nous devons nous conformer aux codes existants.

Il m'observa d'un regard indéchiffrable à cause de ses lentilles bleues.

— C'est peut-être la règle du jeu selon toi, mais pas selon moi. Surtout quand ça concerne ce genre de choses.

— Brown n'est pas un gentleman, et ça ne le dérange pas de partager. Souviens-t'en.

— Je ne suis pas Brown. Souviens-t'en.

Les portes de l'ascenseur s'ouvrirent avant que je puisse répondre. Quinn posa la main sur mes reins et me guida le long du couloir envahi d'ombre. La chaleur irradiait du bout de ses doigts, envoyant des vagues brûlantes lécher toute ma peau. La fièvre réagit en conséquence et se rua dans mes veines. Je pouvais encore faire comme si de rien n'était, mais pour combien de temps ?

Des caméras suivirent notre progression le long du couloir. Arrivé devant le bureau de Brown, il composa son code, passa la carte dans le lecteur et me fit signe d'entrer.

La lumière s'alluma lorsqu'il verrouilla la porte derrière lui. Je m'immobilisai au milieu de la pièce et regardai autour de moi. Même si j'avais pu étudier la disposition des lieux, la simple taille du bureau m'étonnait. Il n'était pas aussi grand que celui de Talon chez lui, mais ça n'en était pas loin. Et le mobilier n'était pas du genre de celui à bas prix et totalement générique que nous avions aux étages inférieurs. Ici, le cuir et l'acajou régnaient en maîtres.

Je lançai le manteau sur le fauteuil le plus proche et m'approchai du fond de la pièce.

— Tamiser lumières, dit Quinn derrière moi.

Il y avait une indéniable tension dans sa voix et je me tournai vers lui. Il m'adressa un sourire lugubre. Avec son maquillage, ça n'était pas beau à voir.

— Cette robe que tu portes presque est vraiment très transparente à la lumière vive.

Je pris une pose sexy et battis innocemment des cils.

— Et tu n'apprécies pas la vue ?

— Oh ! J'adore la vue, mais malheureusement je dois me concentrer sur ma tâche.

Je souris et m'arrêtai devant le mur apparemment vide qui se trouvait au fond de la pièce.

— Veux-tu bien ouvrir ces placards, que nous puissions nous consacrer à cette tâche, alors ?

— Ouvrir placards, bougonna-t-il.

Il y eut un « clic » imperceptible et le mur coulissa sur le côté. Je m'approchai de l'extrémité du placard, souriant en entendant un gémissement contenu derrière moi. Visiblement, ma robe était tout aussi transparente à la lumière tamisée.

— Je ne sais pas ce que Jack espère trouver, dis-je en ouvrant un premier tiroir. J'imagine que Brown n'est pas assez stupide pour conserver des documents compromettants dans son propre bureau.

— C'est pourtant plus sûr que de les conserver chez lui, commenta Quinn à l'autre bout du placard. Cet endroit est habituellement mieux protégé que Fort Knox.

Je levai le sourcil.

— Et comment sais-tu cela ?

Un sourire effleura ses lèvres, qui étaient toujours aussi pleines et appétissantes et oh ! tellement désirables.

— Parce j'ai un passé pas toujours des plus respectables.

C'est ce qu'avait laissé sous-entendre Jack.

— Tu as cambriolé Fort Knox ?

— Le système de sécurité était loin d'être aussi sophistiqué qu'aujourd'hui. En tout cas, pas assez pour empêcher un vampire déterminé d'y entrer.

Pas étonnant qu'il soit immensément riche. Je secouai la tête et il pouffa de rire.

— Ce ne fut pas la première banque à constater des pertes inexplicables.

— Parce que c'était une habitude ?

— J'ai fait plusieurs brèves incursions dans l'illégalité. La respectabilité, ça devient un peu ennuyeux, au bout de quelques siècles.

Je le considérai d'un œil curieux.

— Et on en est où dans le cycle de la respectabilité, en ce moment ?

— Assez loin pour commencer à s'en lasser de nouveau. (Il désigna le placard que j'avais ouvert devant moi et ajouta :) Si tu ne te mets pas à chercher, on ne sortira jamais d'ici.

Et je voulais sortir d'ici au plus vite, parce que je voulais lui faire l'amour. Qu'il soit ou non débarrassé de son déguisement peu flatteur.

Je me mis donc à parcourir les différents dossiers. À cette époque de merveilles informatiques, c'était effarant de voir les quantités de papier encore utilisées. Évidemment, ce n'était plus vraiment du papier, mais une sorte de plastique recyclé, néanmoins cela avait la même texture et était toujours aussi abondamment utilisé.

Il nous fallut une demi-heure pour trouver quelque chose.

— Un budget prévisionnel, constata Quinn, pour un projet dont le nom n'est pas précisé. (Il parcourut les feuilles d'un air perplexe.) Un projet qui ne semble pas avoir été approuvé par le Directoire.

J'ouvris un nouveau tiroir.

— Rien d'inhabituel. D'après Jack, la moitié des projets présentés en assemblée générale sont refusés.

Son regard croisa le mien.

— Celui-ci concernait les recherches sur le génome. La proposition date de quinze ans.

Je fronçai les sourcils.

— Pourquoi garderait-il quelque chose d'aussi ancien ?

— Pourquoi, en effet ?

Il lança le dossier sur une chaise proche et continua son exploration.

Le tiroir que je venais d'ouvrir était rempli de cartons entiers de disques argentés grands comme la phalange de mon index. J'en sortis un avec un sourire et dis :

— Tu paries combien que Brown adore graver ses exploits pour la postérité ?

— Y a-t-il quelque chose pour les lire ?

— Oui, mais on ne va pas pouvoir tous les visionner. Ça prendrait des années.

— Visionnes-en deux par boîte. Je vais continuer à fouiller les tiroirs.

Je lui lançai un disque.

— Non, toi, visionne-les. Je n'ai nul besoin de voir des gens faire l'amour à cet instant précis.

— Moi non plus, crois-moi.

— Certes, mais les conséquences découlant d'un vampire chaud comme la braise sont très différentes de celles d'un loup-garou chaud comme la braise.

Il sourit d'un air taquin.

— Mais un loup-garou chaud comme la braise a aussi ses avantages.

— Ça n'aurait que des inconvénients à cet instant précis.

— Tu n'as pas tort. Sélectionnes-en juste quelques-uns et nous les regarderons plus tard.

Mon visage se fendit d'un sourire.

— Dans l'intimité d'une chambre à coucher, peut-être ?

J'eus à peine prononcé ces paroles qu'un son captura mon attention. Des bruits de pas dans le couloir, qui s'approchaient du bureau. Je passai en vision infrarouge d'un clignement de paupières et les murs s'évaporèrent, révélant deux hommes. Ce n'était pas grand-chose de plus que des vagues formes rouges, mais le métal qui était visible à leur ceinture laissait deviner qu'il s'agissait de vigiles.

— Quinn, soufflai-je en guise d'avertissement, des vigiles approchent.

Il se retourna, les yeux plissés.

— On leur a parlé du canon que Brown avait ramené dans son bureau, et ils veulent voir ça de leurs yeux en prenant prétexte d'un simple contrôle de sécurité.

Le fait qu'il puisse lire dans leur esprit alors que le bâtiment était truffé de systèmes de protection psychique ne fit que confirmer ce qu'avait dit Jack, comme quoi les murs du Directoire ne suffiraient pas à retenir Quinn. Et la louve en moi réagit à cette confirmation avec une bouffée de désir.

— Apparemment, poursuivit Quinn, Brown tolère leur petit jeu tant qu'ils restent discrets sur ses activités hors contrat.

— Si Jack est au courant, c'est que ce n'est de toute façon pas un secret d'État.

— J'ai tendance à penser que Jack en sait plus sur ce qui se passe ici que la plupart des autres directeurs. (Il s'interrompit.) Le vigile à l'accueil leur demande de s'assurer que les caméras sont en fonctionnement. Ce qui exclut de fait la possibilité de les attaquer.

Je le regardai dans les yeux.

— Si on les attaque, on prévient Brown et quiconque se trouve derrière cette affaire que nous sommes sur leur piste. Nous ne pouvons pas encore nous le permettre.

— Alors, donnons-leur ce qu'ils sont venus chercher : un petit spectacle. (Il alla s'asseoir dans l'un des fauteuils pour visiteurs.) Tu ferais mieux d'amener ton joli petit cul par ici aussi rapidement que possible : ils sont presque arrivés à la porte.

Je fis comme on me le demandait et m'assis sur ses genoux, les cuisses de part et d'autre de ses hanches, les jambes largement écartées sur les bras du fauteuil. C'était une position d'une intimité tout bonnement dévastatrice qui fit accélérer mon pouls, mais qui en même temps était loin d'être assez intime à mon goût. Je me reculai et, avant qu'il puisse se rendre compte de ce que j'étais en train de faire, défis rapidement sa braguette et libérai sa queue de toute contrainte. Puis je m'assis sur lui en me tortillant, chair rigide contre chair humide.

Il gémit.

— Nom de Dieu, Riley, ne bouge surtout pas ou je ne réponds plus de rien.

Je souris.

— Nous sommes censés donner de quoi se rincer l'œil à ces messieurs, non ?

— Et c'est tout ce qu'ils se rinceront, tu peux me faire confiance. (Il me toucha le visage avec des doigts qui étaient délicieusement chauds sur ma peau.) Quand je te ferai l'amour pour la première fois, ce ne sera pas devant un public. Et ce sera dans un endroit bien plus confortable qu'un bureau.

— Tu es *tellement* ringard. Et le public, ça peut être stimulant. (Je gigotai un peu, juste pour l'embêter. Un spasme brutal lui parcourut le corps et sa respiration devint plus hachée.) De toute façon, si tu restes assis là comme un pantin, ils vont trouver qu'il y a quelque chose qui cloche.

Un sourire malicieux vint animer ses lèvres.

— Oh ! Je n'ai pas la moindre intention de rester assis comme un pantin.

Ses doigts parcoururent mes flancs et soulevèrent le tissu aussi fin qu'un voile. Il laissa le souffle de robe tomber à terre et, d'une main fermement posée sur mon dos, guida la pointe de mes seins jusqu'à sa bouche.

Il avait le souffle chaud et humide et le contact de ses lèvres envoya des frissons en vagues concentriques. Puis ce fut celui de sa langue, parcourant langoureusement l'aréole de mon sein de manière graduelle, jusqu'à cet endroit tendu comme une corde d'arc. Sa bouche se referma sur le téton, le suçant et l'aspirant profondément. Je fus parcourue de tremblements et laissai échapper un gémissement de plaisir.

Il rit doucement, d'un rire de gorge aussi sexy et excitant que le contact de ses lèvres, et se consacra à mon autre sein.

La porte s'ouvrit avec un léger déclic. La respiration des deux vigiles déchira le silence, de plus en plus hachée et rapide. Je n'accordai pas la moindre pensée à ce que les deux hommes pouvaient voir ou ressentir. Pas quand j'étais moi-même engluée dans le plaisir jusqu'au cou.

Quinn prit mes seins entre ses paumes, les rapprocha, sa langue courant entre la pointe érigée de l'un et celle de l'autre. Je me tortillai dans son giron, savourant la pression de son érection, la manière dont elle était parcourue de spasmes et de pulsations.

Quand il ôta sa bouche, je gémis. Ses mains descendirent sur mes hanches, les immobilisèrent, et il se laissa aller sur l'appuie-tête de son fauteuil avant de dire :

— Je pense que vous en avez assez vu pour ce soir, messieurs.

La porte se referma. Les vigiles s'éloignèrent.

— Oh ! Mon Dieu ! haletai-je. Tu ne peux pas t'arrêter maintenant !

J'en mourrais s'il s'arrêtait.

— Je n'ai pas l'intention de m'arrêter tout de suite.

Même avec la voix de Brown, ses paroles étaient pleines d'une telle passion, d'un tel désir, que tous mes sens déjà bouleversés en furent encore plus retournés.

Sa main remonta le long de ma cuisse, ses doigts effleurant ma peau. Je frissonnai et allai à sa rencontre, persuadée que j'allais exploser s'il n'y allait pas franco.

— Arrête de m'allumer, lui gémis-je à l'oreille alors qu'il évitait encore de me toucher là où j'en avais vraiment envie.

Il eut de nouveau son petit rire et me plaqua la main sur la nuque, me forçant vers sa bouche. Son baiser fut brûlant, somptueux, possessif, me laissant un sentiment d'appartenance comme je n'en avais jamais ressenti avec aucun homme.

Bouche contre bouche, il plongea enfin ses doigts entre nous, dans mon humidité, me caressant, farfouillant. Je balançai mon bassin pour m'offrir plus ouverte à lui et gémis en sentant ses doigts me pénétrer. Son pouce pressa mon clitoris et il se mit à me caresser, aussi bien intérieurement qu'extérieurement. Je me tortillai, tressautai, sentant le plaisir monter en moi avec la force tranquille d'une marée, jusqu'à ce que chaque fibre de mon être soit sur le point de céder sous la puissance de celle-ci.

Elles cédèrent enfin, et j'agrippai ses épaules, enfonçant mes doigts dans sa chair alors que les spasmes de l'orgasme parcouraient mon corps.

Il me fallut ce qui ressembla à des années avant que je retrouve l'usage de la parole.

— Waouh ! fut tout ce que je réussis à articuler.

— Waouh en effet, dit-il d'un ton à mi-chemin entre la fierté masculine et la tension sous-jacente. Ça va mieux, à présent ?

— Je me sens surtout très égoïste. C'est pourquoi (je basculai de nouveau son bassin et m'empalai profondément sur lui) je vais te rendre la faveur.

Ses mains revinrent sur mes hanches et il m'empêcha de bouger. Puis ses lèvres s'étirèrent dans ce sourire aux arômes de danger qui accélérait les battements de mon cœur.

— Quand je te ferai l'amour, Riley, ce sera à l'issue d'une longue séance de satisfaction de tous tes sens. J'aime que les choses soient bien faites, la première fois.

La confusion m'envahit. Il ne connaissait décidément pas bien les loups-garous s'il pensait que j'allais me contenter d'une telle déclaration. Ou de le laisser aller sans qu'il ait pris de plaisir.

Et il y avait bien des manières de donner du plaisir, comme il venait de me le démontrer. J'arquai un sourcil.

—Vraiment?

—Vraiment. Je te l'ai dit. Je suis un homme à l'ancienne.

—Alors, il vaudrait mieux que je me lève et qu'on continue à explorer les tiroirs?

—Ce serait une meilleure idée, oui.

Je le plaquai au dossier d'une main à plat sur sa poitrine et passai ma jambe par-dessus sa tête. Son érection noueuse et écarlate, toutes de veines et de chair dure, si dure, avait l'air carrément douloureuse et luisait de ma liqueur. Gardant ma main sur son torse, je me penchai vers lui et l'embrassai, lentement, doucement. Puis avant qu'il puisse réagir, je me laissai tomber à genoux, saisis son sexe dur d'une main, et parcourus son gland d'une langue gourmande. Il sursauta et gémit:

—Doux Jésus, non…

—Non quoi? murmurai-je en parcourant la longueur de sa tige de mes lèvres humides.

—C'est dangereux. Tout retard risque de nous faire courir un danger.

Il y avait une pointe de désespoir dans sa voix qui me fit sourire. Ce vampire mourait d'envie d'accepter l'offrande que je lui faisais, quoi qu'il en dise.

—J'aime le goût du danger, dis-je en promenant le bout de ma langue jusqu'à la limite du gland, puis ajoutai: J'aime ton goût, aussi.

Je le pris dans ma bouche. Je léchai, suçai, aspirai, titillai de la langue jusqu'à ce qu'il fut parcouru de tressautements incontrôlables, et que je sente sur ma langue les prémices salées de sa jouissance. Je suçai encore plus fort et il éjacula violemment, le corps agité de spasmes.

Quand il eut terminé, je léchai soigneusement le bout de son sexe et levai les yeux vers lui.

—Qu'est-ce que l'homme à l'ancienne a pensé de ça?

— Tu es une sorcière.

Il secoua la tête, comme n'arrivant pas à croire ce que je lui avais fait.

— Et, comme je te l'ai dit, tout retard peut nous mettre en danger. Même des retards aussi agréables.

Je souris.

— Sortir d'ici avec le chapiteau monté dans le caleçon serait dangereux. Les vigiles pourraient se demander ce que tu as fabriqué dans ton bureau.

— Ce n'est pas faux. (Il m'aida gentiment à me relever, puis me tendit ma robe.) On continue nos investigations ?

J'avais à moitié envie de plutôt continuer ce que nous avions commencé, mais il avait raison à propos d'une chose : nous étions ici pour le boulot, pas pour nous amuser.

Nous reprîmes donc notre exploration des tiroirs. C'est dans le dernier que je trouvai un dossier nommé « Projet Spectre Blanc ». Je n'avais jamais entendu parler d'un tel projet – même si de toute façon je n'étais pas en position de connaître quoi que ce soit de top secret –, mais le nom attira mon attention. À l'intérieur se trouvaient des plans, des maquettes et ce genre de choses, ainsi que le nom de plusieurs personnes qui ne travaillaient plus pour le Directoire. Je tendis le dossier à Quinn et dis :

— Jette un coup d'œil à ce truc.

Il le saisit et le parcourut rapidement.

— Ça ne nous en dit pas des masses. (Il regarda le nom sur la tranche et fronça les sourcils.) Tu sais, Genoveve, c'est une forme de Guenièvre, ou Guinivere, qui est un prénom à la fois français et gallois. Et il me semble que cela signifie « vague blanche » ou « spectre blanc ».

— Et ?

— Et les spectres blancs sont une sorte de vampire.

J'ouvris grands les yeux.

— Vraiment ?

Il acquiesça.

— C'est peut-être chercher loin, mais je crois qu'à ce stade de notre enquête, tout indice est bon à prendre.

Il jeta le dossier sur l'autre qui se trouvait sur la chaise. Nous terminâmes l'inspection des tiroirs mais ne trouvâmes rien d'autre d'intéressant. Je prélevai quelques disques, puis Quinn verrouilla de nouveau le placard, saisit les dossiers et se dirigea vers le téléphone.

— Tous les appels sortant de ce bureau sont enregistrés, intervins-je en le voyant décrocher.

— Je n'ai pas l'intention de m'en servir.

Il tendit l'index. À son extrémité se trouvait un point de la taille d'une puce.

— Le dernier cri en matière d'écoute téléphonique.

— Le Directoire est une organisation gouvernementale. On le passe souvent au détecteur de matériel espion.

Son sourire envoya de nouveau mes hormones dans une gigue endiablée.

— Ce sont mes laboratoires qui ont développé celui-ci et, jusqu'à présent, il n'a pas été détecté dans un certain nombre d'organisations gouvernementales.

J'écarquillai les yeux de surprise.

— Et pour quelle raison espionnes-tu des organisations gouvernementales ?

— Pas toutes. Juste celles qui peuvent prendre des décisions à l'encontre de mes diverses entreprises.

— Et, par un hasard tout à fait bienvenu, tu te promenais avec ça dans ta poche en arrivant ?

— Non. Le labo où ils sont conçus se trouve ici, à Melbourne. Je suis simplement allé en chercher un hier. (Il me sourit.) Bien entendu, maintenant que j'en ai parlé à ton patron, il va falloir que je développe de nouvelles solutions.

Il colla le minuscule point sur la base du téléphone puis revint devant le bureau où il me tendit la main.

— On y va ?

Je jetai un regard en direction de la pendule murale.

— Jack ne veut pas qu'on se retrouve à la ferme avant 5 heures. Cela nous donne trois heures à remplir avant de repartir pour Seymour. (Je l'affrontai du regard en tentant de contenir mon sourire.) Que penses-tu que nous devrions faire pour nous occuper ?

— T'as pas envie d'un café ?

— Non.

Il déverrouilla la porte et saisit la poignée.

— Et si on mangeait un morceau ?

— Il est plus de minuit et la seule chose dont j'ai envie à présent (je laissai mon regard descendre en dessous de sa ceinture) c'est ce que j'ai déjà goûté.

— Tu parles toujours aussi crûment à tes partenaires ?

J'éclatai de rire.

— Mon cher vampire, tu ne m'as même pas encore entendue parler crûment.

Le désir le disputa à l'amusement au fond de ses yeux.

— On dirait presque une menace.

— Prends-le comme tu voudras. Tant que tu me prends, moi, ça n'a aucune importance.

— Oh, tu peux être sûre que je vais te prendre, dit-il en ouvrant la porte avec ce sourire qui mettait un peu de gaz sous mes hormones en ébullition. Mais pas ici. Allez, ouste !

Je sortis et faillis entrer en collision avec quelque chose qui se fondait dans l'ombre. Je poussai un cri et bondis en arrière, avec la sensation que mon cœur allait sortir de ma poitrine. Mais même avant que l'ombre se dissipe je savais que c'était Gautier. Son odeur tourbillonnait autour de moi, un arôme infect qui me donnait l'impression d'une démangeaison. Quinn posa ses mains sur mes épaules et enfonça ses doigts dans ma chair, comme pour me prévenir de ne pas parler. Comme s'il avait besoin de le préciser !

— Monsieur le directeur Brown, le salua Gautier d'un air huileux et plein de respect. Je croyais que vous étiez rentré chez vous.

— C'était le cas. Maintenant, je suis revenu. Qu'est-ce que vous voulez ?

— Rien. Je faisais juste ma ronde de nuit.

Il mentait. Je savais parfaitement que c'était Radford qui était censé assurer les rondes de nuit cette semaine et non Gautier. Alors que fabriquait-il à fouiner dans les étages de direction ? Se doutait-il qu'il y avait quelque chose qui clochait ou avait-il des motivations plus personnelles ? Des motivations susceptibles de porter préjudice au Directoire ?

— Alors que faisiez-vous devant ma porte, demanda Quinn avec la voix exacte, rauque et cassante, de Brown.

— J'ai cru entendre des voix. Et, comme je vous l'ai dit, je ne savais pas que vous vous trouviez ici, monsieur.

Il mentait encore. Et est-ce que c'était une goutte de sueur, là, sur son front ? Qu'est-ce qu'il avait donc pu avoir en tête en arrivant ?

— Eh bien, maintenant que vous connaissez l'origine des voix, je vous suggère de continuer votre ronde.

Gautier eut un instant d'hésitation, regarda vers les caméras puis se fondit de nouveau dans l'ombre et disparut. Je passai en vision infrarouge et le vis s'éloigner avant de disparaître dans l'escalier.

— Allons-y, répéta Quinn en verrouillant la porte avant de me saisir par le coude et de me propulser le long du couloir.

J'attendis que nous fussions dans l'ascenseur, puis dégageai mon bras.

— Gautier se doute de quelque chose.

Il leva le sourcil.

— Comment le sais-tu ? Tu ne peux pas plus lire ses pensées que lui les tiennes.

— Non, mais j'ai vu son expression.

— Un vampire tel que Gautier n'a pas d'expression.

— Il en a eu une, un bref instant. Quelque chose que tu as dit lui a mis la puce à l'oreille.

— Alors, dépêchons-nous de sortir d'ici. Nous ne pouvons pas nous permettre d'attendre qu'il aille chercher des renforts et risquer de nous faire coincer.

En effet, nous ne le pouvions pas. J'avais déjà vu Gautier en action. Et même si je ne doutais pas que Quinn puisse avoir l'avantage sur quelqu'un tel que Gautier, je me doutais que si ce dernier avait de l'aide, ce serait une autre paire de manches. Or il y avait au moins vingt vampires dans l'immeuble que cela démangeait de se bastonner un peu.

Nous sortîmes du bâtiment et descendîmes la rue. Je n'entendais rien, mais les poils se dressèrent sur ma nuque.

— Nous sommes suivis, murmurai-je.

— Je sais. Mais le plus proche de nous n'est pas un vampire. Le battement de son cœur est trop régulier. (Il me serra la main.) Retournons à la voiture et nous aviserons alors.

Nous ne changeâmes pas notre vitesse et continuâmes simplement à marcher. Les grands immeubles qui bordaient la rue nous protégeaient du vent mais, bien qu'il soit plus de minuit, la nuit était loin d'être calme. Partout dans la ville, les loups célébraient la lune montante. Il y avait même plus de circulation que d'habitude.

Malgré le bruit ambiant, j'entendis quand même un murmure, plus un souffle qu'autre chose, qui se dirigeait vers nous à toute vitesse. Je sentis une faible odeur d'homme et de musc et la colère m'envahit. Ce n'était pas Gautier.

Je me dégageai de l'étreinte de Quinn et me retournai vivement, bloquant la main de Talon alors même qu'il s'apprêtait à m'arracher ma perruque.

La surprise transforma son visage, avant de céder le pas à la douleur quand je serrai ladite main.

— Qu'est-ce que tu crois que tu allais faire ?

— Il semblerait que tu connaisses ce gentleman, constata Quinn d'un air inexpressif, même si je sentais l'amusement sous la surface imperturbable.

Peut-être appréciait-il le spectacle de la douleur infligée à d'autres que lui.

— Je n'utiliserais pas ce terme. Mais oui, je le connais. (Je lâchai la main de Talon et la rejetai vers son torse.) Qu'est-ce que tu fous ici ? Et comment m'as-tu trouvée ?

Il sourit, mais son sourire n'atteignit pas ses yeux, qui restèrent froids et durs en passant de Quinn à moi, puis encore à Quinn.

— Un loup sait toujours retrouver sa compagne.

— C'est ton compagnon, *ça* ? demanda Quinn d'un ton glacial. Seigneur, je croyais que tu avais meilleur goût.

— Compagnon dans le sens « partenaire sexuel », pas « partenaire de vie ». Ce crétin vient juste de décider qu'il voulait des enfants avec moi et a déclaré que je lui appartenais sans me demander mon avis.

— Il y a des lois qui interdisent cela, vous savez ? commenta Quinn d'un air dégagé. Cela étant, j'ai toujours trouvé qu'une bonne correction valait mieux qu'une petite sanction.

— C'est une idée comme une autre, renchéris-je en repoussant brutalement Talon de quelques pas.

Un éclair de surprise traversa ses yeux dorés.

— Qu'est-ce que tu crois que tu fous, là ? repris-je d'un ton sec. De quel droit me cours-tu après ?

Le sourire factice disparut, laissant place à une expression dure et dénuée de tout sentiment. Mon Dieu, mais qu'est-ce que j'avais bien pu trouver à cet homme ?

— Tu es à moi, petite louve, et je n'ai pas la moindre intention de te partager avec qui que ce soit. Même pas avec un mort.

— Je n'appartiens qu'à moi-même. Et comment sais-tu qu'il s'agit d'un vampire ?

Talon eut un ricanement de dérision en lançant un regard par-dessus mon épaule.

— C'est Alan Brown, pas vrai ? Je l'ai déjà vu sur les annonces de recrutement.

Si cela avait *effectivement* été Alan Brown, Talon aurait été un homme mort. Brown n'était pas le genre de vampire à traiter avec indulgence les imbéciles ou ceux qui ne respectaient pas sa soi-disant supériorité.

— Comment m'as-tu trouvée ?

— Facile. J'ai vérifié tes horaires de permanence cette semaine et je suis venu te cueillir à la sortie.

Il mentait. Je ne savais pas pourquoi, mais j'en étais certaine. Il n'y avait pourtant rien dans son regard ou dans son expression qui le trahissait.

— Tu as pénétré dans mon appartement ?

Et comment avait-il fait pour mettre la main sur mon emploi du temps alors que c'était déjà difficile pour moi dans ce bordel ?

Il haussa les épaules et son regard me parcourut de haut en bas, brillant des flammes du désir lorsqu'il se posa sur mes vêtements. Ou plutôt mes semi-vêtements.

— J'aime, petite louve.

Pour la première fois, la puissance brûlante de son aura n'eut que peu d'effet sur moi. C'était comme si l'on avait tiré un voile entre nous deux. Je sentis la caresse de son désir, mais il ne titilla pas ma fièvre. Peut-être parce que j'avais eu un aperçu du vrai Talon et que je n'avais pas aimé ce que j'avais vu.

Il tendit la main pour me toucher, mais je l'en empêchai d'une tape sèche.

— Tu as abandonné ton idée à la mords-moi-le-nœud ?

— Ce n'est pas une idée à la mords-moi-le-nœud. Un enfant de nous serait parfait.

C'était peut-être vrai. S'il survivait. Si j'y survivais.

— Je n'ai pas la moindre intention d'avoir un enfant avec toi, alors oublie ça très vite.

Son expression était dure, déterminée, mais il y avait autre chose qui m'effrayait : de l'amusement. De la jubilation.

— Tu n'auras pas vraiment le choix, petite louve. J'ai bien l'intention de m'assurer que tu ne pourras trouver de quoi te soulager auprès de quiconque. Y compris des morts.

La colère m'envahit et je le frappai. Je n'étais pas plus partisane des femmes cognant sur les hommes que du contraire, mais à cet instant précis, avec son petit sourire satisfait et le regard qui disait « je sais quelque chose que tu ne sais pas », je ne pus résister. Il ne vit rien arriver quand de mon poing serré je percutai la pointe de son menton de toutes mes forces. Et ça n'était pas rien. Sa tête fut projetée en arrière et il perdit connaissance avant même de toucher le sol.

— Joli uppercut, commenta Quinn. Rappelle-moi de ne pas te mettre en colère.

— Tout ce qu'il faut se rappeler, c'est que cette louve-ci n'aime pas particulièrement qu'on se permette d'essayer de contrôler sa vie.

Ce qui était d'une certaine manière ce que Jack était en train de faire. Mais au moins, lui, il me laissait une marge de manœuvre, ce qui n'était pas le cas de Talon, qui considérait que ses désirs étaient d'ores et déjà un fait accompli.

Je m'agenouillai près de lui et tâtai son pouls, juste pour m'assurer qu'il n'avait pas été tué quand l'arrière de son crâne était brutalement entré en contact avec le bitume. Le pouls était bien présent, fort et régulier. Il était juste KO.

J'examinai la rue en me relevant. Notre second poursuivant était toujours là, fondu dans l'ombre, assistant à toute la scène. Si c'était Gautier, nous étions sacrément dans la mouise. Même s'il ne devinerait certainement pas qu'il s'agissait de Quinn, il devait déjà entretenir de sérieux doutes concernant mon identité à moi.

Quinn fit un signe de tête et posa sa main sur mes reins tout le reste du chemin.

— Dis-moi, lui demandai-je alors que nous sortions de la ville à toute vitesse dans sa voiture, qu'est-ce qui te fait penser que je voudrais faire l'amour avec toi si j'avais effectivement un partenaire permanent ?

Il me lança un regard lourd du regret que j'aie remarqué qu'il n'avait pas parlé de ça à la légère.

— J'ai entendu les promesses que vous faites, vous, les loups, et je n'en ai jamais rencontré un qui était capable de les honorer.

Il ralentit avant de s'arrêter à un feu rouge.

— Ce qui s'est passé entre toi et Eryn était une histoire d'argent, pas d'amour. Tu l'as dit toi-même. Ne condamne pas toute une espèce à cause des actions d'un seul de ses membres.

— Ce n'était pas la première fois. (Il se tourna vers moi avec un regard rendu impénétrable par les lentilles bleues.) J'ai, semble-t-il, une attraction fatale pour les membres de ton espèce.

La colère me monta aux narines. J'en avais ras le bol d'entendre les autres espèces juger les loups-garous comme indignes de confiance et peu fiables. Pourquoi ? Parce que nous considérions le sexe comme une fête, comme quelque chose qu'il fallait célébrer et non dissimuler derrière des portes et dans l'obscurité. Les vampires buvaient du sang pour survivre, et beaucoup tuaient leurs proies, mais pourtant le monde en général les considérait plus dignes de confiance que nous.

Cela n'avait aucun sens, surtout dans un monde où on utilisait le sexe pour vendre de tout, depuis les pansements jusqu'aux voitures. Je veux dire, à qui portions-nous exactement préjudice avec nos danses lunaires ? Bien sûr, l'aura d'un loup pouvait rendre consentants ceux qui ne l'étaient pas, mais peu de loups s'en servaient dans ce but. Nous n'en avions pas vraiment besoin, étant donné que nous trouvions tout ce qu'il fallait pour nous satisfaire au sein de notre propre espèce.

— Tu sais, la plupart des vampires avec qui je travaille sont des machines à tuer puantes. Ce n'est pas pour cela que je généralise à toute l'espèce.

Il haussa les épaules d'un air nonchalant, mais ses phalanges blanchies autour du volant donnaient une idée du sérieux avec lequel il prenait cette conversation. Cette Eryn – ainsi que tous ceux qui se trouvaient derrière cette image déplorable qu'il avait des loups-garous – avait vraiment fait un sale effet sur lui.

— Ce que je pense personnellement des loups n'a aucun rapport avec mes paroles.

— Cela en a un, vu que tu compares les loups à des prostituées ; or tu m'as dit que tu préférais éviter les professionnelles.

Le feu passa au vert et il démarra à une vitesse proche de celle de la lumière.

— Je ne vous compare pas à des prostituées. Déjà, vous ne vous vendez pas. Mais je pense effectivement que vous êtes beaucoup trop à l'aise avec votre sexualité et avec votre corps.

— Ça n'a pas vraiment l'air de te déranger, ces derniers temps.

Il prit un air amusé.

— Dans chaque vampire, il y a un homme. Et aucun homme sain d'esprit ne refuserait une offre aussi alléchante que toi.

— Voilà une attitude bien humaine : on déteste une espèce, mais on ne va pas cracher sur ses avantages de temps en temps.

— Au moins suis-je honnête. Bien plus que ton soi-disant compagnon, en tout cas.

Je le laissai changer de sujet. Nous pouvions passer des heures à nous disputer sur cette vision bien trop humaine des loups-garous, cela ne nous mènerait nulle part.

— Talon a toujours été arrogant, mais je n'aurais jamais cru qu'il puisse aller aussi loin.

— Depuis combien de temps vous fréquentez-vous ?

— Deux ans.

— Cela n'est-il pas long pour des loups ? Peut-être est-ce pour cette raison qu'il croit que vous avez un accord ?

Mon sourire se transforma en rictus.

— Nous n'avons jamais été exclusifs. En ce moment, il a sept autres maîtresses et moi, un autre amant. (Je lui jetai un regard.) Plus un autre en vue. Ces dernières années, il a eu jusqu'à dix compagnes. Et il n'a pas la moindre intention d'abandonner son harem pour les beaux yeux de qui que ce soit.

— Un loup doté de beaucoup d'endurance, semble-t-il.

— Ouais.

C'était tout Talon, en effet : rien que de l'endurance, aucune finesse.

— Alors quel est le problème ?

Je croisai les bras sur ma poitrine.

— Le problème, comme je l'ai dit tout à l'heure, c'est qu'il a décidé que je ferais une mère parfaite pour ses enfants.

Quinn sembla réfléchir à cette idée et murmura doucement :

— Il n'y a rien de mal à vouloir des enfants avec la femme qu'on aime.

— En effet, approuvai-je avec une pointe d'amertume. Sauf que nous ne sommes pas des âmes sœurs, et qu'il ne m'aime pas. Il veut juste que je joue les mères porteuses.

Quinn me regarda du coin de l'œil.

— Et tu ne le veux pas ?

— Non. Comme je te l'ai dit, nous ne sommes pas des âmes sœurs. J'apprécie le sexe, mais c'est tout. Et je ne suis pas prête à risquer ma vie en portant l'enfant de quelqu'un que je n'aime pas.

— Comment ça, risquer ta vie ?

Je poussai un soupir.

— À cause de ce que je suis. Je suis incapable de concevoir naturellement, et mon médecin n'est même pas certain que je pourrais de toute façon mener une grossesse à terme. Il a même tenu à me prévenir qu'une grossesse pourrait me tuer.

Quinn eut l'air abasourdi.

— Pourquoi ?

— Parce que des analyses récentes laissent penser que mon corps pourrait considérer le fœtus comme un corps étranger et l'attaquer. Et peut-être me tuer par la même occasion. (Je haussai les épaules.) Mon médecin pense que si je veux des enfants, cela devra se faire sous strict contrôle médical et avec l'aide de médicaments. Et même, rien n'est garanti.

— Ce n'est pas le genre de risque qu'on prend pour quelqu'un qu'on n'aime pas.

— Exactement.

Il laissa le silence s'installer un moment, le temps de prendre la voie rapide de Tullamarine, puis il me demanda :

— Tu veux des enfants ?

— Oui. Si je rencontre le loup qu'il me faut.

— Tu es encore jeune. Tu as tout le temps.

J'avais entendu Rhoan me seriner la même chose tellement de fois que je ne croyais plus en ce petit refrain. Quel loup voudrait d'une femme incapable de lui donner des enfants ? L'idéal de la famille, de la transmission de valeurs d'une génération à l'autre, était aussi enraciné dans la culture lycanthrope que les danses lunaires et la liberté sexuelle. Nous ne pouvions pas plus lutter contre l'instinct de reproduction lorsque nous rencontrions le bon partenaire que contre le besoin de célébrer la lune montante. Cela faisait partie de notre nature.

C'était la seule raison pour laquelle on nous avait permis de survivre, Rhoan et moi. Bâtards ou pas, nous constituions tout au moins une nouvelle génération dans une meute qui avait de moins en moins d'enfants. Nos gènes étaient, même en partie, ceux de la meute.

Quinn fit déboîter la Porsche dans la voie centrale et appuya sur l'accélérateur. La voiture avala le bitume à une allure proche de celle de la lumière.

— Il y a une limitation de vitesse sur cette voie rapide, lui fis-je remarquer d'un ton sec.

— Il est plus de minuit. C'est le moment idéal pour tester cette petite merveille. (Il me jeta un regard rendu étincelant par le reflet des lampadaires sur ses lentilles bleues.) Le problème est donc qu'il refuse que tu lui dises non. Pourquoi ne te sers-tu pas de la télépathie pour le forcer à l'accepter ?

Je le regardai d'un air perplexe.

— Parce que je ne peux pas.

— Il est bloqué ?

— Parce que je le connais depuis deux ans. Je ne peux pas lui imposer ma volonté de cette manière.

— Et pourquoi pas ? Lui ne se gêne pas pour tenter de t'imposer sa volonté.

Ouais, enfin, c'était Talon. Ses désirs avaient toujours la priorité sur ceux de quiconque. Mais l'usage de la force et de la parole était différent de celui des aptitudes psychiques. De plus, si je faisais cela, je ne vaudrais pas mieux que lui.

— La télépathie, je m'en sers pour ma défense. Je refuse de l'utiliser autrement.

— Tu l'as pourtant fait à Moneisha.

— C'est différent.

— C'est exactement la même chose et tu le sais.

— Secourir mon frère, c'est assurer la défense de la meute, point final.

— Si tu le dis. (Il jeta un coup d'œil dans le rétroviseur et déclara :) Ce loup ne semble pas apprécier que ses vœux ne soient pas exaucés.

— Il s'en remettra.

Mais je me remémorai son expression lorsqu'il avait juré que personne ne pouvait l'empêcher d'obtenir ce qu'il voulait et me posai la question.

Je me tournai sur mon siège et regardai Quinn.

— Et toi ?

Il garda les yeux obstinément rivés sur la route.

— Quoi, moi ?

— Tu as mis combien de temps à te remettre d'Eryn ?

Il eut un sourire désabusé et plein d'amertume.

— Il semblerait que ce ne soit toujours pas le cas.

C'était évident.

— Combien de temps as-tu passé avec elle ?

— Neuf mois.

— Quand as-tu découvert ce qu'elle avait en tête ?

Il eut une expression lugubre.

— Pas assez tôt. (Il hésita, puis ajouta :) C'était il y a quatre mois.

Seulement quatre mois. Tu m'étonnes qu'il morflait encore. Il avait des raisons d'être en colère.

— Et depuis combien de temps Eryn est-elle pensionnaire du bordel ?

— Deux mois. (Il haussa les épaules.) Le rachat de son entreprise a pris plus longtemps que prévu.

— Et tu as l'intention de l'y laisser ?

— Oui.

— La punition est disproportionnée par rapport au crime, tu sais ?

Il eut un sourire plein de sauvagerie.

— Comme on fait son lit, on se couche. Qu'elle dorme dans ces draps sales pour l'éternité, je m'en fous.

La cruauté de ses paroles était un bon rappel qu'il s'agissait bien d'un vampire à côté de moi. Un vampire rare, certes, mais tout ce qu'il y avait de plus vampire. Et il savait visiblement être aussi froid et cruel que ceux de sa espèce.

— Si tu t'en foutais vraiment, tu n'aurais pas réagi aussi violemment, fis-je observer.

Il ne répondit rien, mais nous savions tous les deux que j'avais raison. Il regarda de nouveau dans le rétroviseur et une pointe de malaise me parcourut l'échine.

— Qu'est-ce qui se passe ? demandai-je avant de me retourner et d'apercevoir les lumières rouge et bleu qui clignotaient à distance. Flics ou ambulance ?

— Les flics, à mon avis.

Je souris.

— Dommage pour ta théorie voulant que ce soit le moment ou jamais de tester cette jolie petite bestiole.

— C'est vrai. Mais contrairement à toi, je n'ai rien contre le fait de faire usage de mes aptitudes psychiques pour m'éviter les ennuis.

J'arquai un sourcil.

— Tu ne lis pas les journaux ou quoi ?

Moi non plus, cela étant. C'était Jack qui m'en avait parlé à déjeuner l'autre jour.

Il me lança un regard en réduisant sa vitesse.

— Qu'est-ce qu'il y a ?

— Tous les membres de la police et des services de secours ont été équipés de boucliers psychiques.

Il poussa un juron étouffé. Je ne pouvais m'arrêter de sourire. Derrière nous, les lumières rouge et bleu s'approchaient, et je devinai les couleurs de bonbon d'une voiture de police. Quinn se gara sur la bande d'arrêt d'urgence et deux flics descendirent de la voiture. L'un se dirigea vers le côté de Quinn, l'autre vers le mien.

Nous baissâmes nos vitres et Quinn dit, d'une voix extrêmement polie :

—Il y a un problème, monsieur l'a…

Il fut interrompu par un étrange bruit sec. Il tressauta violemment puis tomba inerte, et même si mon inquiétude atteignit des niveaux critiques, je ne réussis pas à en voir plus.

Pas avec un canon de pistolet à deux centimètres de mon nez.

Chapitre 10

— Pas un geste, m'avertit le flic armé, ou tu vas goûter du plomb.

Qu'était-il advenu de mon droit à garder le silence et tout ce genre de choses ? Qu'ils ne prennent même pas la peine de mentionner ces détails prouvait que c'était bien nous qu'ils recherchaient.

Il semblait donc bien que c'eût été Gautier qui était dissimulé dans l'ombre. Mais pourquoi envoyer des policiers au lieu de personnel du Directoire ?

Certes, il fallait reconnaître que nous nous étions arrêtés. Nous nous serions probablement plus méfiés si une voiture banalisée nous avait poursuivis ainsi.

Mes doigts se serrèrent autour de la poignée de la porte, mais en dehors de cela j'obéis aux ordres du flic. Le fait que Quinn ne réagisse absolument pas m'inquiétait. Jusqu'à ce que je comprenne ce qui se passait, j'allais continuer à jouer mon rôle.

— On allait juste un peu vite, couinai-je d'un air faussement apeuré. C'est peut-être un peu exagéré de nous menacer à bout portant ?

Le flic fit semblant de ne pas m'entendre et regarda par-dessus le toit de la voiture. Cela laissait penser qu'il ne me considérait pas comme une menace. Il allait bientôt le regretter.

— Le vampire est hors service ? demanda le flic armé.

— Ouais. Vraiment bien, ces nouveaux Tasers.

Des Tasers. Génial. Exactement ce dont on avait besoin. Même si cela faisait un moment que ces pistolets électriques existaient, ce n'était que récemment que la bonne intensité électrique pour assommer les vampires avait été implémentée. Quinn serait hors service pendant plusieurs heures.

Du coin de l'œil, je vis une main entrer par la vitre et lui arracher sa perruque.

— Ce n'est effectivement pas Brown.

Gautier s'était donc méfié de Quinn plutôt que de moi. Je me demandai ce qu'il avait dit pour lui mettre ainsi la puce à l'oreille.

— Tu ne veux pas signaler leur appréhension au central et leur demander ce qu'ils veulent qu'on fasse d'eux ? reprit l'homme au pistolet.

L'autre flic eut un grognement d'approbation et s'éloigna. J'attendis quelques secondes, puis lui arrachai le pistolet de la main tout en lui envoyant la portière dans les jambes de toutes mes forces.

Il trébucha en arrière avec un cri de surprise. Je jetai le pistolet à l'arrière et me ruai hors de la voiture, l'assommant avant qu'il ait le temps de comprendre ce qui lui arrivait.

Le bruit d'un tir de représailles déchira la nuit. Je plongeai dans le fossé obscur qui longeait la route, mais sentis le vent de la balle qui m'effleura la croupe, laissant une traînée de douleur vive. Je heurtai le sol et fis un roulé-boulé pour me remettre sur mes pieds. Je me fondis dans l'obscurité et me dirigeai en courant vers l'autre voiture. Le second flic était toujours debout à côté de sa portière, l'arme braquée dans la direction où je me trouvais avant de me camoufler.

Je secouai la tête d'un air désabusé. Quand les autorités apprendraient-elles à ne pas envoyer deux humains en équipe ? Cela n'avait aucun sens, en particulier depuis qu'on avait mis en place un système de distribution de sang gratuit pour les vampires qui rejoignaient les rangs de la police. Bien entendu, le Directoire se réservait la crème de la crème et, parmi ceux qui restaient, nombreux étaient ceux qui ne réussissaient pas les tests physiologiques et psychologiques présidant à l'entrée dans la police. Mais il y avait un tel afflux de candidatures que cela allait prendre des années pour toutes les traiter.

Je ramassai un petit caillou et marchai silencieusement jusqu'à l'arrière de la voiture. Le flic regardait autour de lui. Je lançai la pierre, attendis qu'elle atterrisse un peu plus haut sur la route et laissai mon camouflage s'évaporer avant de foncer sur lui. Il ne me vit même pas arriver. J'avais la vitesse du loup et celle du vampire, et lui, ce n'était qu'un simple humain.

Je mis son corps inerte dans la voiture, interrompis l'enregistrement vidéo, puis allai chercher l'autre flic que je tirai à son tour jusqu'à la voiture. Enfin, je revins en courant vers Quinn.

Je ne pris pas la peine de chercher son pouls, sachant qu'avec le métabolisme extrêmement ralenti des vampires, il était quasiment impossible d'en trouver un la plupart du temps. Je défis sa ceinture de sécurité et le traînai du côté passager. Une fois qu'il fut bien arrimé au fauteuil, je revins du côté conducteur et mis le contact. Le central devait avoir envoyé des renforts en voyant ce qui se passait. Il fallait que nous sortions de la voie rapide et que nous nous débarrassions de cette Porsche le plus vite possible.

Néanmoins, je ne pris pas la première sortie et continuai vers celle qui menait vers Mickleham Road. Le loueur à qui Quinn avait fait appel pour sa Porsche avait un dépôt à l'aéroport, mais je ne pouvais pas risquer d'y rapporter la voiture tant que Quinn était inconscient. Tandis que sur Mickleham Road, il y avait un hôtel, pas trop loin de la voie rapide, où l'on pouvait gentiment garer son véhicule sur un parking invisible de la route, avec des escaliers pour atteindre les chambres, pas des ascenseurs. J'allais y réserver une chambre et y monter Quinn avant d'aller me débarrasser de la voiture.

J'ôtai ma perruque et mes lentilles au feu rouge. Voilà qui me donnait l'air beaucoup moins spectral. Je pris l'entrée de l'hôtel et me garai sur le côté de la réception plutôt que devant. Je récupérai mon sac à main dans le compartiment de sécurité, derrière le siège passager, et pris soin de boutonner mon manteau. Pas la peine d'alarmer inutilement la réceptionniste.

Mais en fait, j'aurais pu arriver n'importe comment. La femme n'accordait pas la moindre importance à qui elle louait ses chambres tant qu'on payait à l'avance. Quand non seulement je payai à l'avance, mais en plus je demandai la meilleure chambre (qui s'avéra être sa seule et unique suite « lune de miel »), c'est tout juste si elle ne se mit pas à danser sur place. Visiblement, les temps étaient durs, avec tous les motels qui ouvraient dans le quartier de l'aéroport.

J'allai garer la Porsche à l'arrière et j'ouvris la porte de la chambre, puis portai (ou plutôt traînai) Quinn en haut de l'escalier, bien contente que l'hôtel soit quasiment vide ou, du moins, que personne ne vienne voir quelle était l'origine de tout ce bruit. Je n'avais pas la moindre envie de me lancer dans des explications à cet instant précis. Je l'installai confortablement sur le lit et lui écrivis un petit mot que je posai sur la table à côté du flingue, des dossiers et de ma perruque, bien visible quand il se réveillerait. Puis je ressortis de la chambre.

Je n'eus aucun problème pour rendre la voiture. Je me dirigeai ensuite vers un bureau de location moins haut de gamme et portai mon choix sur une Ford tout à fait banale.

Le temps de revenir à l'hôtel, une heure s'était écoulée, et Quinn était toujours inconscient. Je décrochai le téléphone et composai le numéro de Jack, que ce dernier avait laissé à Liander. Sauf que ce ne fut pas Liander, mais Jack qui répondit.

— Qu'est-ce que tu fais déjà là-bas ? demandai-je en espérant que rien ne s'était mal passé.

— Nous avons été plus rapides que nous l'avions anticipé. Écoute, je ne peux pas parler longtemps. Alex m'a appris que ce numéro était espionné. Tu as une minute maximum.

— Gautier nous a repérés alors que nous sortions du bureau de Brown. Il ne m'a pas reconnue, mais quelque chose lui a confirmé que Quinn n'était pas Brown. Il a envoyé les flics à nos trousses. On s'est fait arrêter et Quinn a reçu un coup de Taser. Il est inconscient. Cela pourrait nous prendre plus longtemps que prévu pour rentrer.

— Alex m'a annoncé qu'une alerte avait été lancée contre la Porsche. Elle n'a pas essayé de l'annuler car, ce qui nous intéresse, c'est de voir où tout cela mène. Je constate que tu t'en es sortie avec brio.

— Visiblement, répondis-je d'un ton sec. Et non, je ne suis pas très convaincue par le côté stimulant de la décharge d'adrénaline.

Il éclata de rire.

— Quinn a-t-il pu poser son micro ?

— Oui. Et nous avons mis la main sur des dossiers intéressants qui font mention d'un projet Spectre Blanc.

— Bien. Ne vous en faites pas pour l'urgence de votre retour. Les flics vont avoir disposé des barrages tout au long de la voie rapide, et ils y seront au moins jusqu'à l'heure de pointe. Nous ne pouvons rien faire de plus tant qu'il fera jour, de toute façon.

Une journée entière pour m'amuser avec Quinn ! C'était pas cool, ça ?

— À quelles coordonnées te trouves-tu ?

Je réfléchis, tentant de me remémorer les codes et convertissant le nom de l'hôtel en quelque chose qui pouvait passer pour des coordonnées chiffrées. Il grogna son approbation.

— Rappelle-moi s'il y a un problème ou si vous changez d'endroit.

— D'accord, dis-je en raccrochant.

Je me dirigeai vers le vieux bain bouillonnant qui trônait dans un coin de la pièce. Assez grand pour pouvoir s'y divertir à deux. Mon sourire s'élargit en voyant l'assortiment d'huiles essentielles qui ornait la petite étagère murale. La suite « lune de miel » avait décidément ses avantages.

Je jetai mon manteau et ma robe sur une chaise proche et allai dans la salle de bains examiner la blessure de mon postérieur. Ce n'était pas grand-chose, juste une égratignure qui courait d'une fesse à l'autre. Ça n'avait même pas tellement saigné. Je pris une douche rapide pour éliminer tout le maquillage dont Liander m'avait tartinée, puis m'essuyai avant de revenir, nue, vers le lit. Quinn ne bougea même pas quand je me glissai contre lui sous les draps. Je regrettai presque de ne pas l'avoir déshabillé avant de le coucher, car la peau nue était bien plus agréable au contact que le tissu. Mais là, je n'avais pas l'énergie pour me relever et le désaper. Et de toute façon, j'avais bien assez d'imagination pour prétendre que ses vêtements n'étaient pas là. Le sourire aux lèvres, je fermai les paupières et m'endormis.

Quand je me réveillai, plusieurs heures plus tard, nos deux corps se pressaient l'un contre l'autre, et le désir bouillonnait dans mes veines. Je sentis son souffle sur mon épaule, ponctué de baisers papillon qui envoyaient des ondes de plaisir dans tous mes membres.

Je m'étirai et il fit courir ses doigts de ma hanche à mon ventre, avant de remonter. Le souffle coupé, je me tendis de tous mes muscles dans l'anticipation du moment où son pouce allait toucher mon téton gorgé de sang. Quand ce fut le cas, j'eus l'impression d'être sur le point d'exploser. Je fus incapable de respirer pendant plusieurs secondes tellement le besoin était fort.

— Est-ce que tu as idée d'à quel point il est frustrant de se réveiller à côté d'une belle femme, demanda-t-il avec son si reconnaissable accent de séduction, et de se rendre compte qu'on est totalement habillé ?

Oh ! ça ! La frustration, ça me connaissait. J'en avais eu plus que ma dose depuis qu'il était entré dans ma vie en tenue d'Adam.

— Les vêtements n'ont jamais arrêté un homme déterminé, lui répondis-je en me tournant vers lui.

Il avait les cheveux mouillés et s'était débarrassé du masque de latex qui déformait ses traits harmonieux en un visage affreux. Je passai mon doigt le long de sa pommette encore humide et traçai le contour de ses lèvres.

— Comment te sens-tu ?

— Chaud comme la braise.

Il entrouvrit les lèvres et captura mon index, le suçant doucement. L'impatience était insupportable. J'eus hâte qu'il savoure d'autres bouts de moi de la même manière.

— Et toi, comment te sens-tu ? demanda-t-il après quelques instants de silence.

— Bien mieux maintenant que tu es conscient et réveillé.

Sa main posée sur ma hanche envoyait des tentacules incandescents à travers tout mon corps, me faisant passer des frissons partout. Il voulait peut-être que notre première fois soit une lente séduction des sens, mais je doutais que nous y arrivions. Le désir qui nous consumait était trop fort.

— Est-ce que tu te souviens de ce qui s'est passé hier soir ?

Il fronça les sourcils, mais son regard trahissait sa distraction alors qu'il entamait du bout de ses doigts un nouveau voyage atrocement lent vers le haut de mon corps.

— Je ne me souviens de rien après que le flic s'est penché à la portière.

— Il t'a passé au Taser. Gautier nous avait bien repérés.

— Une vraie chance que la femme qui m'accompagnait ait été capable de nous sortir de ce mauvais pas.

Je lui souris.

— En effet. J'ai néanmoins dû rendre la Porsche. Il faudra te contenter d'une Ford.

— À vrai dire, les voitures ne sont pas ce qui m'intéresse vraiment en ce moment.

J'arquai le sourcil, la commissure des lèvres frémissante.

— Et qu'est-ce qui t'intéresse tant que ça ?

— Cela.

Il glissa la main derrière ma nuque et attira mes lèvres contre les siennes. Nous nous embrassâmes comme si notre vie en dépendait. Et peut-être était-ce le cas, parce que j'allais vraiment exploser s'il ne laissait pas échapper de manière totale la pression qui montait entre nous depuis notre rencontre.

Nous reprîmes notre respiration après ce qui sembla des heures. Les battements sourds de mon cœur me semblaient assez forts pour déchirer le silence, accompagnés du rugissement du sang dans mes oreilles.

J'ouvris les yeux et les plongeai dans les siens. J'y vis le brillant foyer de son désir, un désir sexuel, mais aussi un désir de sang. Il gardait le contrôle sur ces deux besoins, plus difficilement sur le premier que sur le second.

Il m'embrassa encore, et les derniers lambeaux de maîtrise de moi-même se consumèrent à la chaleur d'un brasier inextinguible de passion.

Personne ne m'avait jamais embrassée ainsi.

Mais, à l'instant présent, ce n'étaient pas ses baisers que je voulais. Je voulais tout ce qu'il pouvait m'offrir.

Je le forçai à s'allonger sur le dos et grimpai à califourchon sur lui, m'empalant purement et simplement sur son membre. Il gémit, laissa ses mains agripper mes hanches, s'enfonçant plus profondément. Je me cambrai et gémis à mon tour, savourant la manière dont il me remplissait parfaitement, mieux que Talon ne l'avait jamais fait. C'était comme si j'avais trouvé la bonne pièce d'un puzzle, la seule susceptible de combler l'espace qui était mien.

Il ondula des hanches et je devins incapable de réfléchir. Tous mes sens se consacrèrent à suivre son mouvement en savourant les vagues de plaisir qui me parcouraient le corps.

Puis il se redressa et entoura ses hanches de mes jambes, et je me retrouvai assise dans son giron, profondément empalée, mes seins pressés contre sa poitrine. Ses yeux noirs se plongèrent dans les miens, me remuant plus que je ne l'aurais cru possible.

— Je veux t'embrasser quand je viendrai en toi, gronda-t-il.

Il eut à peine terminé de parler que je me jetai sur sa bouche, goûtant sa saveur, mes bras autour de son cou, le serrant contre moi pendant qu'il bougeait en moi. Mon corps tremblait, saturé de plaisir, mes cuisses l'enserrèrent alors que la pression montait encore et encore, jusqu'à avoir l'impression que j'étais tendue comme un arc et que quelque chose était sur le point de céder. Puis quelque chose céda en effet et je me détendis soudain, parcourue des vagues de l'orgasme, en gémissant. Ses baisers devinrent aussi carnassiers que le piston de ses hanches lorsqu'il jouit en moi, et sa bouche quitta mes lèvres pour planter ses dents dans ma gorge. J'eus un sursaut lorsqu'elles percèrent ma peau, mais le bref éclair de douleur devint rapidement une chose décidément exquise, et je jouis de nouveau.

Quand les spasmes eurent cessé de parcourir mon corps, il me prit le visage entre les mains et m'embrassa.

— Maintenant que l'urgence a été gérée, nous allons pouvoir passer aux choses sérieuses.

— Plus sérieuses que ce que nous venons de faire ?

Ma bouche était contre la sienne. L'air qu'il expirait, je l'inspirais, et vice versa. J'eus l'impression que son odeur m'imprégnait par tous les pores.

La flamme qui brillait dans son regard résonnait avec les profondeurs de mon âme, mais je soupçonnais que je n'avais encore rien vu de ce que ce vampire pouvait faire de moi.

Il m'embrassa légèrement les lèvres et demanda :

— Combien de temps avons-nous devant nous ?

— Toute la journée. Jack ne veut pas que nous rentrions avant le crépuscule.

— Alors, j'ai tout le temps de te séduire de la manière dont j'en avais l'intention. (Il se tut un moment et son sourire malicieux réapparut, faisant danser le twist à mon petit cœur.) Et tout le temps de te faire crier.

Je souris. Quelle réflexion toute masculine !

— Je ne crie pas pour n'importe qui.

Il arqua le sourcil.

— C'est qu'on ne t'a jamais aimée comme il le fallait. (Il me donna une petite tape sur la hanche.) Ouste, femme ! Je dois préparer mon rituel de séduction !

Je me laissai rouler sur le côté du lit et m'étirai comme un gros chat. Il se leva à moitié et récupéra la robe en voile sur la chaise.

— Puis-je t'attacher les poignets ?

— Pourquoi ?

— Parce que là, c'est moi qui vais te donner du plaisir. Je ne veux pas que tu me touches pour le moment.

L'excitation m'envahit et je tendis les poignets. J'avais déjà essayé de me faire attacher dans le passé, mais l'expérience ne m'avait pas laissé un souvenir impérissable. Là, la robe était tellement légère que je pourrais arracher mes liens si nécessaire. Il attacha mes deux mains ensemble, puis se rassit en se contentant de me contempler une bonne minute. La gourmandise qui brillait dans ses yeux me fit sourire.

— Y a quelque chose qui te tente ? le taquinai-je en ondulant lascivement des hanches.

— Plein de choses que j'ai bien l'intention de goûter. Mais, pour le moment, je veux que tu te retournes.

Je fis comme on me le demandait et le regardai s'approcher du spa. Cet homme était généralement agréable à regarder, mais son cul était absolument fantastique. Il se pencha au-dessus du bassin en m'offrant une vue imprenable non seulement sur le magnifique postérieur, mais aussi sur de belles couilles et de sublimes cuisses musclées, alors qu'il attrapait une bouteille d'huile essentielle.

— De la cannelle, cela devrait faire l'affaire.

Il avait choisi mon odeur préférée. Je le regardai revenir vers moi en souriant, impressionnée de voir qu'il était de nouveau prêt pour la bagatelle. L'endurance des vampires était de toute évidence à la hauteur de celle des loups-garous. Il s'agenouilla au bout du lit et versa une bonne quantité d'huile au creux de ses mains avant de les frotter l'une contre l'autre.

— Ferme les yeux, ordonna-t-il.

Je m'exécutai et poussai un soupir de plaisir en sentant ses pouces malaxer la plante de mes pieds. Il se mit à faire pénétrer l'huile dans ma peau avec des gestes experts et l'odeur capiteuse de la cannelle tiède s'insinua dans le moindre de mes pores, excitant mes sens presque autant que la caresse douce et érotique de ses doigts. Il remonta progressivement le long de ma jambe, me tenant dans le pouvoir aussi relaxant que sexuel de ses mains.

Quand il en eut fini avec la première jambe, il s'attaqua à la seconde. Mon corps vibrait d'un plaisir intense, savourant chaque nuance de cette séance de chouchoutage sensuel.

— C'est quoi, ça ? demanda-t-il en effleurant la trace laissée par la balle sur ma fesse.

— Un des flics a voulu apporter quelques modifications à mon cul.

— Encore un idiot incapable de reconnaître la perfection quand elle se trouve sous son nez.

— Je crois qu'il était un peu contrarié qu'un petit bout de femme ait été capable de mettre son partenaire KO.

Il se mit à califourchon sur moi et commença à me malaxer le dos. Si j'avais été un chat, je me serais mise à ronronner.

— Personne n'aurait l'idée de te qualifier de petit bout de femme.

Il illustra ses paroles en laissant ses mains effleurer le côté de mes seins, ce qui fit crépiter mes nerfs de moult étincelles électriques.

— En tout cas, je ne suis certainement pas une amazone.

Je sentis la chaleur de son sourire sans même avoir à le regarder.

— Tu n'en as pas l'apparence. Mais il y a en toi une guerrière qui cherche désespérément à se révéler.

— Ce n'est pas une guerrière. Juste une femme bien déterminée à se défendre elle-même et à défendre sa meute.

Quinn pétrit délicieusement ma nuque et mes épaules, et au bout du compte j'eus l'impression que tous mes os s'étaient transformés en gelée. Ce qui ne m'empêchait pas d'être aussi profondément excitée sexuellement. Je soupirai d'un air déçu quand il se releva. J'avais plus qu'espéré qu'il finirait là où il avait commencé en me prenant par-derrière.

— Mets-toi sur le dos, ordonna-t-il de nouveau.

J'obéis. Il me fit lever les bras et attacha le bout libre de la robe qui m'entravait les poignets à la tête du lit. Puis il revint à mes pieds et commença de nouveau à me masser, sauf que cette fois-ci, il garda le regard plongé dans le mien tout au long de sa lente remontée, et prit grand soin de particulièrement s'occuper de mes seins. C'était une expérience d'une sensualité et d'un érotisme incroyables, et quand il en eut terminé, chaque parcelle de mon être palpitait du désir de l'avoir, lui, profondément en moi.

Mais l'étincelle charnelle qui faisait luire son regard ainsi que son petit sourire sexy et taquin me laissèrent penser qu'il n'avait pas la moindre intention de se précipiter.

— C'est le moment du défi, murmura-t-il d'une voix de basse qui fit l'effet d'un baiser sur ma peau parcourue de frissons. J'ai l'intention de te faire hurler, Riley.

— Tu peux toujours courir.

Mais, en le disant, je me doutais que s'il y avait un homme qui pouvait en être capable, ce serait bien ce vampire.

Il se pencha vers le côté du lit pour poser la bouteille d'huile soigneusement rebouchée sur la table de chevet, puis m'effleura les lèvres d'un tendre baiser.

— Alors, que la fête commence, fit-il dans un souffle aussi brûlant que la braise qui faisait étinceler ses yeux.

Je souris.

— À toi l'honneur.

Il s'exécuta. Ses lèvres et sa langue parcoururent avec gourmandise chaque centimètre carré de ma peau, découvrant des zones érogènes dont je n'avais pas la moindre idée et les exploitant au maximum, m'amenant encore et encore à l'extrême limite de l'orgasme, mais ne la dépassant jamais. Au bout d'un moment, je me retrouvai inondée de sueur, chaque cellule de mon corps hurlant pour qu'on soulage sa tension.

C'est alors qu'il alla plus bas.

Quand sa langue titilla mon clitoris, je sursautai, un gémissement de pure béatitude s'échappant de mes lèvres. Il rit doucement, son haleine incandescente caressant ma peau humide. Puis il se mit à le sucer, le téter, et je fus soudain incapable de me maîtriser. Je franchis la frontière qu'il m'avait jusqu'ici fait tutoyer et m'abandonnai au plaisir, parcourue de spasmes, de gémissements et de tremblements, alors qu'il continuait à me sucer, me caresser, me lécher.

Il attendit que mes frissons s'atténuent et demanda doucement :

— Es-tu prête à hurler, Riley ?

Je sentis son souffle à l'intérieur de mes cuisses, baiser aérien qui me fit vaciller. Je fermai les yeux en savourant cette sensation, l'envie de le sentir profondément en moi qui le disputait à celle que cette séance de préliminaires se poursuive aussi longtemps que possible.

— Je te l'ai dit : je ne hurle pour personne.

Le ton haletant de ma réponse le fit rire doucement.

— Alors, je vais continuer à faire ce que j'ai commencé.

Et c'est ce qu'il fit, avec autant de soin que la première fois, sauf que là, il utilisa ses mains plutôt que sa bouche ou sa langue. Il m'amena aux portes du plaisir en un temps record, mais cette fois-ci s'interrompit juste au moment crucial et revint se consacrer à ma bouche, m'embrassant avec force et passion, le temps que les secousses qui agitaient mon corps s'apaisent. Puis il recommença depuis le début.

J'avais voulu des préliminaires, et on pouvait dire que mon désir avait amplement été exaucé. Sauf que je me demandais si j'allais y survivre encore bien longtemps.

— S'il te plaît…, haletai-je, Oh ! Mon Dieu ! Je t'en prie… Viens… en… moi…

Il s'agenouilla à califourchon sur moi et je sentis le poids de son corps aussi brûlant et aussi trempé de sueur que le mien. Avec un sourire malicieux, il ronronna :

— Tu connais le prix.

— Oui, oui, je sais. Vas-y, c'est tout.

Il tendit la main vers la tête du lit et me détacha les poignets puis bougea un peu et je sentis toute la longueur rigide et palpitante de son érection qui se blottissait contre ma chair, juste à l'extérieur de moi.

— Tu préfères qu'on y aille doucement ?

J'émis un gargouillement désespéré et il se mit à rire.

— Oui, c'est bien ce que je pensais.

En un rapide et violent coup de reins, il se retrouva en moi, et je faillis sangloter tellement la sensation était celle d'un délicieux soulagement. Puis il commença à bouger, enfonçant sa queue de plus en plus profondément, de plus en plus fort, et soudain le calme, la maîtrise de soi, tout cela disparut de ses actes, laissant place à la folie, à la passion, à la chaleur et à l'intensité. Même si j'arrivais à peine à respirer – et encore moins à réfléchir – je sus que c'était ce que j'avais toujours cherché, ce qui avait toujours manqué dans ma vie. Tout simplement parce que c'était bien plus que du sexe, bien plus qu'une simple connexion de corps et de désirs. C'était comme si, à cet instant précis de gloire absolue, nous ne faisions plus qu'un, aussi bien physiquement que spirituellement.

C'est alors qu'il enfonça ses crocs dans ma gorge, et que tout disparut dans une explosion d'extase. Ensemble, nous franchîmes les frontières du plaisir absolu et plongeâmes en hurlant dans un océan de béatitude aux courants plus violents que quoi que ce soit que j'avais pu expérimenter auparavant.

Quand je réussis à enfin retrouver mon souffle, je saisis son visage entre mes deux mains et l'embrassai longuement et tendrement.

— C'était fabuleux.

Il se laissa rouler sur le côté et me serra contre lui.

— Et en plus, je t'ai fait hurler.

On sentait bien un contentement tout masculin dans son ronronnement sexy et je ne pus retenir un sourire.

— Seulement parce que j'avais besoin de te sentir en moi.

Il ricana doucement et ôta une mèche humide de mon front d'un geste délicat.

— On dirait qu'il va falloir que je prouve que ce n'était pas un simple coup de chance, alors.

Et moi qui croyais que Talon était endurant. Je souris et plaquai un léger baiser sur son menton.

— On dirait, oui.

Il passa le reste de cette journée à prouver, encore et encore, que ce n'était absolument pas un coup de chance.

Mais quand l'après-midi toucha à sa fin, nous voyant, lui et moi, les membres emmêlés, couverts de sueur, je me rendis à l'évidence : j'avais un gros, gros problème. L'intensité avec laquelle s'était manifesté le désir qui nous reliait laissait penser que ce vampire pouvait être bien plus qu'un simple partenaire sexuel pour moi.

Le fait qu'il soit un quasi-inconnu n'avait aucune importance. Non plus que le fait qu'il ne voulait pas de moi autrement qu'en tant qu'amante. Je ne maîtrisais pas plus mes sentiments que les besoins que remuait la lune en moi.

Je le voulais, lui. Je rêvais d'explorer notre relation sous tous ses angles.

Sauf que c'était exactement ce que lui ne voulait pas.

Mais comme je le lui avais dit un peu plus tôt, j'étais le genre de louve prête à se battre à mort pour ce qu'elle voulait.

Et j'étais tout à fait préparée à me battre pour que les potentialités de notre relation se réalisent.

— Eh bien, eh bien ! s'exclama Rhoan en nous voyant, Quinn et moi, remonter l'allée qui menait à la grange. On dirait que tout le monde s'est bien amusé.

Mon visage se fendit d'un sourire malicieux.

— Nous n'avions pas pensé à amener un paquet de cartes, alors il a bien fallu trouver *autre chose* pour nous occuper.

Son regard se posa sur la trace de morsure qui ornait mon cou. Quinn avait bien pris soin de toujours utiliser le même point d'entrée pour que je ne me retrouve pas avec le cou parsemé de perforations. Mais nous avions fait l'amour un grand nombre de fois et la blessure prenait un peu plus de temps qu'à l'ordinaire pour guérir.

— J'espère que tu ne l'as pas trop épuisée. Nous avons un programme chargé pour cette nuit.

Ce qu'il voulait réellement dire, c'est qu'il espérait que Quinn ne m'avait pas siphonné trop de sang, et nous le savions tous pertinemment.

Quinn serra gentiment l'épaule de Rhoan.

— Je n'ai rien pris de plus que nécessaire. (Il me regarda et ses lèvres frémirent d'un sourire contenu.) Si tu dois t'inquiéter de l'épuisement d'un d'entre nous, c'est plutôt de moi.

— Je ne t'ai pas entendu te plaindre, répliquai-je d'un ton sec.

Son sourire s'élargit, faisant encore et toujours danser mes hormones.

— Et ça ne risque pas d'être le cas. Épuise-moi tout ton saoul. (Son regard se posa de nouveau sur Rhoan.) Où est Liander ? Je vais lui rendre ses modulateurs de voix.

— Il cuisine à l'intérieur. Visiblement, il a l'air d'apprécier autant mes tentatives gastronomiques que ma sœur.

Quinn plongea un instant ses yeux dans les miens, puis pénétra dans la maison. Je le suivis en savourant le panorama, avant de monter à l'étage pour enfiler des vêtements un peu plus décents. Puis je retournai dehors et me laissai tomber sur le banc à côté de mon frère.

— Alors, raconte comment cela s'est passé, la nuit dernière ?

— Un jeu d'enfant, une fois que l'électricité a été coupée. Les vigiles étaient plus nombreux que d'habitude, mais aucun d'entre eux n'était un vampire, et Jack et moi avions pris soin de neutraliser notre odeur avant l'intervention.

— Vous avez trouvé quelque chose ?

Il renifla d'un air de dégoût.

— Du sperme et des ovules, en quantité.

— Tu as réussi à retrouver et à détruire le tien ?

— Je crois. Nous avons aussi mis la main sur des fichiers intéressants, mais à part ça, rien. Comme nous le soupçonnions, Moneisha n'est qu'un endroit dédié à la collecte. Les clones ne sont pas produits là-bas.

— Il n'y avait rien qui laissait penser à des recherches quelconques ?

— Si, mais rien de bien sophistiqué.

Je fronçai les sourcils.

— Je croyais pourtant que c'était Moneisha qui avait découvert l'ensemble de gènes qui faisait d'un vampire ce qu'il était ?

Il me considéra d'un air perplexe.

— Où as-tu entendu cela ?

— Apparemment, c'était dans tous les journaux.

— Pas dans ceux que je lis, en tout cas.

C'était à mon tour de ne plus rien comprendre.

— Peut-être qu'on ne lit pas les bons journaux…

— Qui est-ce qui t'a parlé de cette histoire de gènes ?

— Misha. Il m'a dit qu'il y avait eu des manifestations autour du siège de Moneisha contre leurs recherches génétiques.

— Il y a effectivement eu des manifestations, mais c'était surtout parce qu'ils ne cessent de racheter les propriétés environnantes dans l'intention de se développer.

— Peut-être Misha a-t-il confondu, alors…

Mais au moment même où les mots sortaient de ma bouche, je me doutai que ce n'était pas ce qui s'était passé. Misha avait la mémoire la plus fidèle de tous les gens que je connaissais.

— Peut-être bien que oui, répondit Rhoan d'un air pas plus convaincu que le mien.

Je me mordillai la lèvre en réfléchissant, puis demandai :

— Avez-vous trouvé des informations sur Konane ?

— Qui ça ?

—Konane. Il semble que ce soit eux qui possèdent Moneisha.

—Qui t'a raconté cela ? À ma connaissance, la directrice Hunter elle-même a un mal fou à remonter la piste administrative.

—C'est encore Misha.

Il fronça les sourcils.

—Et comment sait-il cela ?

—Je lui demanderai la prochaine fois que je le verrai.

—Parles-en à Jack et vois ce qu'il en pense. (Il s'interrompit un instant.) Dis-moi, comment se fait-il que Gautier ait réussi à vous repérer ?

Je haussai les épaules.

—Je n'en sais rien. Il écoutait à la porte du bureau lorsque nous en sommes sortis. Peut-être a-t-il entendu quelque chose ?

—Ces bureaux sont insonorisés.

—Alors, c'est qu'il a un odorat aussi aiguisé que celui d'un loup, ou alors quelque chose qu'a dit Quinn. Mais je n'ai pas la moindre idée de ce que cela peut être.

Rhoan prit l'air pensif.

—Tu sais, les rares fois où j'ai travaillé avec lui, j'ai remarqué qu'il avait des sens particulièrement affûtés pour un simple vampire. Si c'est bien l'une de ces créatures de laboratoire, alors peut-être a-t-il *effectivement* l'odorat d'un loup.

Je me laissai aller contre le mur chauffé par le soleil de la grange.

—Jack a-t-il vérifié toutes les installations militaires ? Tout cela ne serait-il pas un programme gouvernemental ?

—Il est certain que l'armée travaille actuellement à implanter les gènes des vampires dans les autres espèces non humaines, mais, d'après Jack, aucun fruit de leurs expériences n'a survécu plus de quelques années.

Je me remémorai l'odeur qui m'avait dérangée dans le parking, cette impression d'affronter des choses mortes – ou, au moins, agonisantes.

— Je n'ai pas l'impression que ceux qui sont derrière tout ça aient beaucoup plus de succès concernant la longévité de leurs cobayes.

— Ils vivent bien assez longtemps pour faire de vraies saloperies, en tout cas.

J'arquai le sourcil.

— Qu'est-ce que tu veux dire par là ?

Il hésita un instant avant de me répondre.

— Tu es au courant de la disparition de dix de nos gardiens ? (En me voyant acquiescer, il poursuivit :) Nous avons examiné les restes de ceux que nous avons pu retrouver et il semblerait qu'on les ait obligés à se battre à mort dans une espèce d'arène.

Je fermai les yeux en priant que Kelly ne fasse pas partie des victimes et qu'elle n'ait pas servi de cobaye à ces créatures grotesques tirées de l'imagination d'un fou.

Elle ne méritait pas ce genre de mort. Pas plus que les autres gardiens.

Une fois encore, je décidai de mettre ces pensées de côté, au moins tant que l'espoir ne serait pas totalement éteint et que sa mort ne serait pas une chose certaine.

— Il semblerait que les cadavres aient été abandonnés à l'abri de la lumière du jour, car sinon il n'y aurait pas eu le moindre reste à retrouver. Cela laisse penser que l'on voulait que le Directoire les retrouve.

Il acquiesça.

— Jack a dit qu'on avait décelé des quantités astronomiques d'accélérateur de croissance dans le cadavre du vampire qui a été découvert dans l'avion de Quinn. Et les dosages préliminaires effectués sur les clones de Gautier tendent à montrer la même chose.

Je fronçai les sourcils.

— Il semble qu'ils ne prêtent aucune attention à la longévité de leurs créations.

— Peut-être qu'il suffit qu'ils vivent assez longtemps pour accomplir leur mission. (Son regard sombre croisa le mien.) Un cadavre de vampire a tendance à se décomposer très rapidement. Un être conçu pour pénétrer quelque part, faire son boulot et s'autodétruire ensuite est probablement ce qu'on peut imaginer de mieux en matière de machine à tuer.

— Je n'ai pas particulièrement envie d'y réfléchir, répondis-je en regardant une bergeronnette voleter au-dessus des vaches. Comment se fait-il que Gautier soit toujours employé par le Directoire ? Surtout depuis que ses clones ont commencé à apparaître aux quatre coins du pays ?

— Nous pensons que Gautier a un complice au sein du Directoire, autre qu'Alan Brown. Tant que nous n'aurons pas démasqué ce mystérieux complice, Gautier ne doit pas se douter qu'on le soupçonne. De toute façon, il est toujours plus prudent de maintenir son ennemi dans son champ de vision.

— Vous n'êtes pas vraiment en train de le surveiller, là, fis-je observer.

— La directrice Hunter garde l'œil sur lui.

— Ah.

Je fermai les yeux et me laissai bercer par le murmure du vent dans les eucalyptus des environs. L'orage qui s'était abattu sur Melbourne dans l'après-midi se dirigeait à présent vers nous.

— En tant que gardien, Gautier doit se soumettre à des examens médicaux réguliers, n'est-ce pas ? J'imagine qu'on n'a jamais rien trouvé de suspect.

— En effet. Et Jack t'a déjà parlé de son passé – ou plus exactement de l'absence de tout passé.

— Oui. Enfin, de manière plus que fragmentaire.

Le visage de Rhoan s'illumina.

— Il te veut au sein du programme, frangine, il essaie juste de t'appâter peu à peu.

— C'est exactement ce qu'il m'a dit.

Et quand on parlait du loup… Jack sortit du couvert des arbres et vint nous rejoindre.

— Riley, lança-t-il avec un sourire qui ne toucha pas ses yeux, il faut que nous parlions si tu as un moment.

Je jetai un regard en direction de Rhoan, qui haussa les épaules en réponse à ma question informulée. Je me levai et répondis :

— Bien sûr.

Jack revint sur ses pas en direction des bois et je le suivis. Nous marchâmes jusqu'au barrage et nous immobilisâmes au bord de celui-ci en contemplant les libellules qui frôlaient l'eau en bourdonnant.

— Qu'est-ce qu'il y a ? demandai-je après un long moment de silence.

— Il y a quelque chose que tu ne vas probablement pas apprécier, répondit-il, ses yeux verts luisant de colère. Tu te souviens des analyses de sang que je t'ai fait subir ?

Je sentis mon ventre se nouer.

— Oui ?

— Nous avons obtenu des résultats particulièrement intéressants.

Je fermai brièvement les paupières, ne sachant pas si je voulais vraiment entendre ce qui allait suivre.

— Alors, j'ai bien été droguée ?

— Oui. On a trouvé des traces de N529, un anesthésiant très efficace conçu pour les non-humains, et une autre substance qui n'est pas censée sortir sur le marché avant le mois prochain. Le produit en question se nomme ARC1-23.

Je pris l'air interrogateur.

— Et qu'est-ce que c'est exactement ?

— C'est un médicament qui en est encore au stade de l'expérimentation, car il semble avoir des effets secondaires très importants sur les non-humains. (Il eut un moment d'hésitation.) Il semble que quelqu'un soit en train d'essayer de te faire tomber enceinte.

Chapitre 11

Je restai sans réaction plusieurs secondes durant, me contentant de le dévisager, muette. Puis soudain la colère m'envahit et je serrai les poings en regrettant de n'avoir rien – ou plutôt personne – à frapper.

— Je vais le tuer, cet enfoiré.

Non, tuer, c'était trop rapide. Je me contenterais de lui arracher ses putains de couilles.

— J'en conclus que tu sais qui est derrière tout cela ?

J'acquiesçai et me mis à faire les cent pas.

— L'un de mes partenaires réguliers essaie depuis peu de me convaincre d'avoir un enfant avec lui.

— Mais tu n'as pas accepté de prendre ce médicament ?

J'eus un reniflement de dérision.

— Bien sûr que non. Si j'accepte un jour de prendre le risque de faire des enfants, ce sera avec quelqu'un que j'aime, pas avec quelqu'un avec qui je baise.

— Tu as toujours la puce dans le bras ?

— Merde.

Je passai le bout des doigts sur la peau de mon bras et fus follement soulagée de sentir la petite bosse juste sous l'épiderme. Merci *mon Dieu*.

— Nous devons faire d'autres examens, continua Jack en déchiffrant correctement mon soulagement.

Je plissai le front.

— Pourquoi ?

— Parce que la quantité d'ARC1-23 qu'on a trouvée dans ton sang laisse penser que l'on t'administre ce médicament depuis plusieurs mois et, comme je te l'ai dit, il est connu pour ses graves effets secondaires.

Je repoussai une mèche de cheveux de mon visage et repris mes allers-retours. La colère qui bouillonnait en moi me rendait incapable de rester immobile.

— Quel genre d'effets secondaires ?

— Il semblerait qu'il puisse muter une fois dans le corps du récepteur, et que sa mutation ait une influence sur la chimie de l'organisme.

— Que… quoi… ?

Jack vit ma panique et détailla sa réponse.

— Le médicament avait passé tous les tests in vitro, alors ils ont décidé de passer aux expérimentations sur des sujets volontaires qui avaient des problèmes de fertilité. Il s'agissait d'humaines, de métamorphes et de louves-garous. Parmi ces cinquante femmes, dix n'ont vu aucun effet sur elles. Trente ont réussi à tomber enceintes, avec une gestation normale et une naissance sans problème, et ni les mères ni les enfants n'ont manifesté la moindre réaction anormale au médicament. Mais les dix restantes, elles, ont commencé à muter de diverses manières.

Avec ma chance de ces derniers jours, je ne serais certainement pas de celles sur qui le médicament n'avait aucun effet. Je ne me voyais pas non plus tomber enceinte. J'expirai longuement et changeai d'avis : j'allais effectivement lui arracher les couilles, à ce salaud, mais *après*, je le tuerai.

— Comment se fait-il que certaines aient été atteintes et d'autres pas ?

— Les études qui ont été menées à ce propos laissent entendre que c'est probablement dû au fait que les dix femmes qui ont muté au lieu de tomber enceintes étaient toutes issues d'un héritage mixte.

Il avait l'air sombre et perplexe. Je n'eus pas besoin de lire dans ses pensées pour savoir que ce qui lui trottait dans l'esprit à cet instant précis concernait mon propre héritage mixte. J'avais envie de crier. Doux Jésus, comme si ma vie n'était pas déjà assez bizarre !

— Comment ont-ils réussi à trouver autant de bâtardes ?

Il était rarissime de voir se croiser les différentes espèces non humaines, en particulier métamorphes. Nous avions beau être sexuellement compatibles, il y avait quelque chose dans nos gènes qui rendait presque impossible la fécondation d'un type de garou par un autre.

— Ils ont lancé un appel dans toute l'Australie. Les métis inter-espèces sont rares, mais ils existent néanmoins.

— Combien de temps les effets secondaires ont-ils mis à se manifester ?

— Le protocole a duré plus d'un an. Les effets secondaires ne sont apparus qu'au bout de six mois. Et jusque-là, tout s'était déroulé comme prévu.

J'avais donc à attendre plusieurs mois avant de savoir ce qui m'attendait. Je donnai un coup de pied dans un caillou qui se trouvait devant moi et le regardai tomber dans l'eau avec un petit « plouf ». Les libellules survolèrent les ondes créées par mon geste en agitant leurs ailes délicates comme des bijoux.

— Comment le médicament est-il administré ?

— Par voie intraveineuse, une fois par mois.

Je fermai les yeux. Cela faisait donc deux mois que Talon me faisait subir ces injections. Je ne vois pas pour quelle autre raison je me serais évanouie chaque fois que je goûtais son « excellent » champagne.

— Je savais qu'il était prêt à bien des choses pour obtenir ce qu'il voulait, mais je ne m'attendais pas qu'il aille aussi loin.

— J'imagine que nous parlons bien de Talon Lasalle ?

Je plissai les yeux et regardai Jack d'un air soupçonneux.

— Comment le sais-tu ?

— J'ai mené ma petite enquête sur lui, répondit-il avec un sourire narquois. Tu crois peut-être que tu n'es qu'une petite scribouillarde sans intérêt, mais dans les faits tu travailles dans un service confidentiel et tu en sais plus sur son fonctionnement que la plupart des directeurs. Le Directoire a de nombreux ennemis, et les informations que toi et les autres officiers de liaison avez en votre possession pourraient être très utiles à ceux qui veulent notre destruction. (Il haussa les épaules.) Je m'arrange donc pour savoir qui mon personnel fréquente.

— Tu enquêtes sur toutes les personnes que nous rencontrons ?

Il eut un ricanement de dérision.

— Quand même pas. Nous n'avons pas le personnel nécessaire pour cela. Nous nous contentons de ceux qui tiennent un rôle important dans votre vie. La seule raison pour laquelle Liander nous assiste dans cette mission, c'est parce que je sais tout de lui, et que son dossier militaire est absolument exemplaire. Il ferait une excellente recrue pour l'équipe que je suis en train d'essayer de mettre sur pied.

— Je pense que tu auras autant de chance de le convaincre que tu en as avec moi.

— Il est loin d'être aussi têtu que toi.

Je fis mine de ne pas avoir entendu la provocation.

— Que t'ont appris tes rapports sur Talon et Misha ?

— Talon est un entrepreneur prospère qui s'intéresse à toutes sortes de domaines, et les entreprises où il a des intérêts ont elles-mêmes des activités très variées, que nous n'avons pas encore réussi à déterminer exactement. Il est sans pitié quand il s'agit d'obtenir ce qu'il veut, mais n'a jamais utilisé de méthodes illégales… à notre connaissance, en tout cas.

— Sauf depuis qu'il s'est mis en tête d'avoir un môme, grommelai-je. Et Misha ?

— Misha est encore plus compliqué à cerner. Lui aussi est prospère, mais nous ne sommes toujours pas certains de comprendre de quelle manière il a acquis cette prospérité.

Je fronçai les sourcils.

— C'est le propriétaire des entreprises Rollins.

Jack acquiesça.

— Et elles viennent de subir cinq années consécutives de lourdes pertes. Pourtant, la fortune personnelle de Misha ne cesse d'augmenter.

— Sans doute grâce à de bons investissements, suggérai-je en repensant au complexe d'appartements de South Bank.

— Il faudrait qu'ils soient même particulièrement excellents. Le problème est que nous sommes justement dans l'incapacité de déterminer en quoi ils consistent.

Je le dévisageai un moment, incertaine de ce qu'il essayait de me dire.

— Tu penses que c'est un escroc ?

— Franchement, je n'en sais rien. Les meutes or et argent ne sont pas des plus coopératives lorsqu'il s'agit de donner des renseignements sur leurs membres. Tout ce que je sais, c'est qu'il a fait beaucoup d'efforts pour couvrir ses arrières, et cela le rend suspect à mes yeux. Et, si je doute que ses intentions aient quoi que ce soit à voir avec le Directoire, je suis certain que d'une manière ou d'une autre tu as un rôle à jouer dans son plan.

Je me passai la main sur les yeux. Cette journée qui avait si bien commencé était en train de devenir positivement merdique.

— Pourquoi ne m'en as-tu pas parlé avant ?

— Parce que je n'ai pas la moindre preuve que ses intentions soient mauvaises. Mon instinct peut toujours me tromper. Ce ne serait pas la première fois.

Je pris une profonde inspiration, que je relâchai lentement. Au retour de Misha, nous allions avoir une petite discussion entre quatre yeux et, si je n'obtenais pas des réponses qui me satisfaisaient, ainsi que Jack, alors je l'effacerais de ma vie, comme Talon.

Quand je pensais qu'à peine deux jours auparavant, j'étais parfaitement heureuse avec ces deux hommes dans ma vie…

— Comment Talon a-t-il pu se procurer l'ARC1-23 s'il n'est pas encore commercialisé ?

— C'est l'un de ses laboratoires qui a mené les tests de fertilité.

Des activités très variées, comme l'avait dit Jack.

— Il ne sait pas que je suis à moitié vampire. Il a probablement pensé que je ne risquerais rien.

— Cela n'excuse pas ce qu'il a fait.

— En effet. (Je tentai de calmer une nouvelle bouffée de fureur.) Qu'est-ce qu'il va se passer, maintenant ?

Il me regarda d'un air pensif.

— Il sera condamné, bien entendu.

Du moment que je lui mettais la main dessus avant eux, je me fichais du sort qu'ils réservaient à cet enfoiré.

— Pourquoi ai-je l'impression qu'il y a un « mais » ?

Il acquiesça.

— L'armée s'intéresse énormément à ce médicament, et Talon est le seul qui puisse leur permettre de l'acquérir.

Ce qui signifiait bien sûr que tant que ce ne serait pas le cas, ils ne laisseraient rien lui arriver.

— J'imagine qu'à l'heure actuelle, on ne le présente plus comme un médicament contre la stérilité, n'est-ce pas ?

— On est en train de faire des expérimentations à plus grande échelle, avec des sujets dont le dossier médical est passé au peigne fin. Après tout, cela a fonctionné pour la majeure partie du groupe de test.

Je pris une nouvelle respiration pour me calmer et posai la question que j'avais évitée jusqu'à présent.

— Qu'est-ce qu'il fait, exactement, ce médicament, sur les gens comme moi ?

— Il semble qu'il améliore certaines capacités. Sur les dix sujets, six étaient des croisements entre des humains et soit des loups-garous, soit des métamorphes. Tous sont devenus capables de prendre *n'importe quelle* forme.

Le soulagement m'envahit. La perspective de pouvoir se transformer en n'importe quel être était plutôt sympa, comparée aux différents scénarios que j'avais déjà envisagés dans ma tête.

— Ça semble plutôt cool, comme talent.

Jack eut un grognement peu encourageant.

— Ouais, sauf que s'ils se métamorphosaient trop souvent, ils se rendaient compte qu'ils ne parvenaient plus à reprendre forme humaine. La chimie de leur organisme avait changé tellement de fois que les propres cellules de leur corps ne se souvenaient plus de leur forme réelle, et ils se retrouvaient emprisonnés sous forme animale.

Et ça, ce n'était pas bon du tout. Je préférais mourir plutôt que d'être incapable de retrouver mon humanité.

— Et les quatre autres ?

— C'étaient des croisements entre métamorphes et loups-garous, et tous avaient des pouvoirs psychiques. Trois d'entre eux ne le savaient pas avant l'expérience. Ces pouvoirs ont été tellement accentués qu'ils en sont devenus dangereux. Je crois qu'ils ont à présent été transférés dans le cadre d'un programme militaire.

Je lui décochai un regard noir.

— Ne t'avise pas de me transférer dans quelque programme militaire que ce soit.

Il me sourit de toutes ses dents avec un amusement qui ne me disait rien de bon.

— Chérie, tu es à moi. Si on te transfère dans un programme, ce sera celui des gardiens.

— Tu peux toujours compter là-dessus.

— Si ça se trouve, tu n'auras pas le choix. Si ce médicament a des effets indésirables sur toi, ce sera nous ou l'armée tant que nous n'aurons pas une idée précise de l'étendue de ces effets.

Alors, ce serait le Directoire. Mais cela ne signifiait pas que j'allais me laisser entraîner sans me défendre. Si Jack voulait vraiment de moi comme gardienne, il allait falloir qu'il me traîne dans son équipe par la peau du cou et en évitant mes coups de griffes.

— Qu'est-ce qu'on fait maintenant ?

— Le médicament ne semble pas avoir encore eu d'effets secondaires pour l'instant, mais nous allons néanmoins te faire subir des tests sanguins et des scanners cellulaires réguliers. Nous allons aussi commencer une batterie de tests psychiques, des fois que des altérations se manifestent de ce côté-là.

— Je suis télépathe, tu es au courant ?

Il acquiesça.

— Tes examens d'embauche montrent aussi des capacités latentes à la clairvoyance.

— Pas vraiment le genre de pouvoir qui intéresse particulièrement l'armée, non ?

— Au contraire, la clairvoyance est un merveilleux outil pour rassembler les informations pertinentes.

— Ouais, mais tu l'as dit : elle est latente. Ni active, ni utilisée.

— Certes. Mais ce n'est pas le cas de ta télépathie. Et comme c'est à la fois un talent utile pour la collecte d'informations et une arme, tu imagines bien que cela les intéressera énormément. Ta télépathie a été déjà évaluée tout en haut de l'échelle de notation. Ce médicament pourrait la rendre carrément inestimable.

Je ne voulais pas être inestimable. Je ne voulais pas utiliser mes talents autrement que pour ma propre défense. Mais j'avais la vague impression que Talon m'avait ôté toute possibilité de choix en l'occurrence. J'envoyai valdinguer un autre caillou du haut du barrage et imaginai que c'était la tête d'un certain loup à la fourrure dorée qui disparaissait ainsi dans les flots boueux.

Jack me serra gentiment l'épaule.

— Si ça se trouve, tu feras partie des chanceuses sur qui ce médicament n'a aucun effet.

Je lui rendis un sourire lugubre.

— Tu ne crois pas plus à cette éventualité que moi.

Il eut un instant d'hésitation.

— Non, c'est vrai. Mais à présent nous ne pouvons rien faire. Seul le temps pourra nous apporter des réponses. En attendant, nous devons découvrir où se cache notre usine à clones.

Je tournai le dos au lac et suivis Jack le long du chemin.

— Savais-tu qu'une entreprise nommée Konane était propriétaire de Moneisha ?

Il me lança un regard surpris par-dessus son épaule.

— Absolument pas. Comment l'as-tu appris ?

— C'est Misha qui me l'a dit.

— Intéressant. Je me demande comment il sait cela… et pourquoi il t'en a parlé.

— Parce que je lui ai posé la question.

— Peut-être serait-ce une bonne idée de lui poser d'autres questions. Genre s'il sait quoi que ce soit sur les clones ou les hybrides.

— Je peux m'en charger, si tu veux.

— Ça peut valoir le coup d'essayer. En attendant, je vais lancer quelques recherches sur Konane.

— Tu penses que les clones et les hybrides sortent de deux laboratoires différents ?

— Oui, et les renseignements que Quinn a obtenus tendent à confirmer cette hypothèse.

Rhoan ne se trouvait plus assis sur le banc quand nous revînmes à la grange. Étant donné l'alléchante odeur de viande rôtie qui flottait dans l'air, il était probablement en train de harceler Liander pour qu'il se dépêche de servir le repas.

—Je ne me lasserai jamais de cet arôme, observa Jack, les narines palpitantes. Ce qui explique pourquoi j'habite au-dessus d'un restaurant.

J'ouvris la porte et le laissai entrer devant moi.

—J'ai toujours pensé que les odeurs de nourriture écœuraient les vampires.

Jack secoua la tête.

—C'est un mythe hollywoodien. Quelqu'un comme toi devrait savoir qu'il ne faut pas se fier à ce genre de bêtises.

—Eh! Certains mythes me semblent parfaitement raisonnables.

—Ce n'est pas parce qu'ils semblent raisonnables qu'ils le sont.

Il s'approcha de la table alors que je parcourais la pièce du regard à la recherche de Quinn. Il était invisible, mais je l'entendis dévaler les marches. Son regard chaleureux et sombre croisa le mien, et la faim dévorante qui le remplissait me fit frissonner. La fièvre fit de nouveau battre mes veines et l'intensité de celle-ci m'engloutit instantanément. Tout ça alors que la lune ne serait pas pleine avant deux jours. Si cette mission durait plus longtemps, j'allais avoir des ennuis. J'arrivais encore à tenir les rênes de ma fièvre, mais la puissance de celle-ci était telle que je doutais de pouvoir encore la maîtriser très longtemps.

—Salut, ma jolie, dit-il en me passant le bras autour de la taille et en me serrant contre lui. Tu sais quoi?

—Quoi? répondis-je d'une voix rauque et presque murmurante.

Bon Dieu, c'était si bon de le sentir pressé contre moi que mes hormones étaient en train d'organiser une manifestation pour que je me jette sur lui et que je le baise jusqu'à l'évanouissement, là, en plein milieu du séjour.

—Rhoan et moi avons tiré le lit à la courte paille. C'est moi qui ai gagné.

Je nouai mes mains sur sa nuque et l'embrassai sur la joue.

— Ce qui signifie qu'on dormira à la belle étoile demain.

— J'en ai bien peur. Mais la météo semble être clémente.

— Cela n'a pas grande importance, car j'ai été chez les scouts. Je suis tout à fait en mesure de nous construire un abri.

Il eut un sourire indéniablement pervers.

— Dommage que tu n'aies pas pensé à apporter ton uniforme. J'adorerais te voir dedans.

J'arquai un sourcil.

— Fétichiste des femmes en uniforme, on dirait ?

— Plus particulièrement quand ce sont des rousses avec des jambes immenses.

Son haleine fit frissonner ma bouche, puis nos lèvres se rejoignirent, et notre baiser se transforma en une longue et lente séduction qui transforma mes genoux en coton.

— Ça suffit, vous deux ! commenta Rhoan d'un ton acerbe. Y en a qui mangent, ici.

Je repris ma respiration et acceptai l'assiette que mon frère me tendait.

— Qu'est-ce que c'est ?

Rhoan me gratifia d'un regard inexpressif.

— À quoi ça ressemble, à ton avis ?

— Je ne sais pas exactement. On dirait un steak frites, mais il y a quelque chose de bizarre. Je veux dire, la viande n'est même pas *noire*.

Il saisit un haricot vert dans mon assiette et le lança dans ma direction. Je remarquai que son steak était vraiment très, très saignant.

— Très bien, quand on rentrera, c'est toi qui te mettras aux fourneaux, pour rigoler.

J'attrapai le haricot au vol et le fourrai dans ma bouche.

— Ce qui signifie que tu te chargeras de la lessive, frangin.

C'était la meilleure des menaces possibles : Rhoan détestait autant les machines à laver que moi les cuisinières. Nous aimions aussi peu repasser l'un que l'autre, ce qui expliquait pourquoi notre salon était parsemé de tas de linge propre, mais froissé.

— Peut-être ton amant pourrait-il te donner quelques cours de cuisine ?

— Ce n'est pas précisément le genre d'activité que j'ai envie de pratiquer avec lui.

— Pareil pour moi, chuchota Quinn au creux de mon oreille.

Je soufflai vers mon front, mais cela ne fit pas grand-chose pour atténuer la soudaine poussée de fièvre. Pourquoi fallait-il que je rencontre cet homme alors que je me trouvais au beau milieu d'un véritable désastre ?

— C'est quand vous le voudrez, messieurs dames, intervint Jack.

Je regardai par-dessus l'épaule de mon frère et vis que Jack avait déjà étalé les plans que nous avions subtilisés au Directoire sur la table. Au bout de celle-ci, il avait disposé son ordinateur allumé, et des diagrammes s'affichaient sur l'écran. Je suivis Rhoan et m'assis sur une chaise. Quinn s'installa près de moi et colla sa cuisse contre la mienne, ce simple contact envoyant des microsecousses électriques dans tout mon corps.

— J'ai scanné les diagrammes que vous avez trouvés et les ai comparés à toutes les installations militaires que nous connaissons, expliqua Jack. Nous avons trouvé trois endroits susceptibles de correspondre. Chacun d'entre eux a été revendu par le gouvernement il y a plus de cinquante ans.

— On a une idée de leur propriétaire ou de leur usage actuels ? demanda Quinn, le regard braqué sur l'écran.

—L'un d'entre eux a été acheté par un promoteur immobilier et a laissé la place à plusieurs milliers de maisons. Le deuxième appartient actuellement à Hoyle-Brantin, une entreprise de produits ménagers. Quant au dernier, c'est une entreprise nommée Nashoba qui l'a racheté, et qui prétend se spécialiser dans la recherche et la commercialisation de cosmétiques.

Je levai le sourcil.

—Je n'ai jamais entendu parler d'une marque de maquillage nommée Nashoba.

—Moi non plus, intervint Liander en me décochant un sourire, et j'utilise probablement plus de maquillage en une journée que toi en un an.

—Quand on a une beauté naturelle comme moi, nul besoin d'artifices, répliquai-je avant d'esquiver la frite qu'il me lançait.

—Étant donné que Nashoba ne semble même pas exister, commenta Jack, pas étonnant que vous n'en ayez jamais entendu parler.

—Elle sert de couverture à une autre entreprise? demanda Quinn.

Jack acquiesça.

—Il y a des tonnes de paperasses à ce propos, le système informatique est en train d'analyser tout ça.

—Nous nageons dans un océan de paperasses, dans cette affaire, on dirait, fit remarquer Rhoan.

—Et, en attendant que le système informatique ait fini d'analyser tout ça, que sommes-nous censés faire? reprit Quinn.

—Nous allons explorer les deux endroits par nous-mêmes.

—Sont-ils particulièrement bien surveillés? m'enquis-je.

Je pris une bouchée de steak et faillis gémir en le sentant presque fondre sur ma langue. Bon sang, j'avais oublié combien la viande bien cuite pouvait être délicieuse. Je levai un pouce approbateur en direction de Liander.

— Nashoba est extrêmement bien surveillée. Rhoan et moi allons nous en charger. Quant à Hoyle-Brantin, il n'y a que des patrouilles régulières et des clôtures ordinaires. Vous ne devriez avoir aucun problème à les éviter.

J'acquiesçai d'un signe de tête.

— Tu as un plan des lieux ?

Il me fit passer des feuilles de papier.

— C'est assez similaire à ce que tu as vu sur les plans que vous avez trouvés chez Brown. Il y a juste une aile qui a été ajoutée au bâtiment principal.

Je les examinai rapidement en continuant à manger.

— Et en ce qui concerne le projet Spectre Blanc, vous avez trouvé quelque chose ? demanda Quinn.

Jack fit un signe de dénégation.

— Rien dans nos fichiers, et le nom ne dit rien à Alex. Il est possible que Spectre Blanc soit un nom de code pour un autre projet. J'ai scanné le contenu du dossier pour le lui envoyer afin qu'elle puisse faire ses propres recherches.

— Et les disques ?

Il me décocha un regard amusé.

— Je les lui ai envoyés. Elle n'a rien contre un peu de voyeurisme.

En temps normal, moi non plus, mais la simple pensée de voir Brown faire des cochonneries en boucle était suffisante pour me dégoûter du sexe.

— Quand est-ce que nous nous rendons là-bas, alors ? fit Rhoan.

Jack eut un petit sourire ironique.

— Étant donné la proximité de la pleine lune et le fait que trois de mes équipiers sont des loups-garous, je dirais aussi vite que possible.

Rhoan repoussa son assiette vide.

— Où en sommes-nous du point de vue de l'équipement ?

— Il va falloir que toi et moi passions par le Directoire.

— Est-ce bien prudent ?

— Nous emprunterons le tunnel d'urgence. Seuls les directeurs y ont accès, donc si quelqu'un nous attaque là-bas, au moins cela réduira-t-il la liste des suspects. (Jack me lança un regard.) Je rapporterai aussi cet échantillon de sang.

Je sentis le regard inquisiteur de Rhoan mais ne pris pas la peine de l'affronter. S'il découvrait un jour ce que Talon avait fait, il le tuerait. Or je voulais être la première à attaquer le salopard.

— Parfait.

Jack regarda sa montre.

— Nous décollons dans une demi-heure. Liander, ça ne te dérange pas de monter la garde ici une nouvelle fois ?

— Parce que j'ai le choix ? répondit-il d'un ton sec qui laissait entendre qu'il ressentait autant le besoin d'action que celui de sexe.

Peut-être avais-je eu tort quand j'avais cru qu'il serait aussi réticent que moi à se laisser embarquer dans les projets de Jack.

— En l'occurrence, non, en effet. (Jack hésita un instant en regardant Quinn.) Toi aussi, tu vas devoir rester ici. Riley fait partie du Directoire et pourra donc bénéficier de ma protection en cas de problème. Ce n'est pas ton cas.

— Je ne m'attendais pas que ce soit le cas. Mais il est hors de question que je reste à l'arrière pour cette mission.

— Je ne peux pas te laisser faire cela.

— Tu ne peux pas m'en empêcher, nous le savons très bien tous les deux. (Les deux hommes s'affrontèrent du regard quelques instants, puis Quinn reprit :) Tu connais les raisons qui me poussent à faire cela.

— Oui, répondit Jack, avant de reprendre après une courte pause : Ne t'attends simplement pas à mon aide en cas de problème.

Quinn sourit d'un air ironique.

— Ne le prends pas mal, mais j'ai déjà pas mal de juges, de politiciens et d'avocats disposés à me prêter main-forte en cas d'ennui. C'est l'un des avantages d'être multimilliardaire.

Jack acquiesça en se levant de sa chaise.

— Très bien. Que le spectacle commence.

Dix minutes plus tard, Quinn et moi étions en route pour Melbourne, lui au volant et moi en train d'étudier les plans de l'ancienne base militaire de Broadmeadows.

— Il y a une friche industrielle d'un côté et un vieux cimetière de l'autre.

Il plissa ses yeux avec amusement.

— Ton vote se porte plutôt sur le cimetière, je me trompe ?

Je levai les sourcils.

— Ne penses-tu pas qu'il s'agit d'un excellent point d'accès pour un mort et une demi-morte ?

Il rit doucement et le son de sa voix envoya des ondes de désir dans tout mon corps.

— Personne de sain d'esprit n'aurait l'idée de te qualifier de demi-morte.

Je souris niaisement.

— Tu m'as semblé bien vivant, toi aussi.

— Et j'ai bien l'intention de recommencer, une fois que nous en aurons terminé avec cette petite équipée.

J'avais hâte. Je repliai les plans et les lançai sur la banquette arrière.

— Dis-moi, comment se fait-il que Jack ne soit pas en mesure de t'empêcher de faire quoi que ce soit ? C'est une question d'âge ?

— Et de hiérarchie.

— Les vampires obéissent à un système hiérarchique ?

Il me lança un regard étonné.

— Évidemment. Avec l'âge, les vampires deviennent de plus en plus puissants. Un système hiérarchique permet d'éviter une guerre ouverte, ce qui serait une mauvaise chose non seulement pour notre espèce, mais aussi pour toutes les autres.

C'était ce qu'on pouvait appeler un doux euphémisme.

— Cet ordre hiérarchique consiste donc en l'attente que celui au-dessus casse sa pipe ?

— C'est un peu caricatural, mais oui, c'est ça.

— Alors, qu'est-ce qui empêche un sous-fifre de faciliter ce type d'événement ?

— Le fait que la fureur de la communauté s'abattrait sur le ou la coupable.

Je ne voyais pas en quoi cela pouvait empêcher des morts inexpliquées, en particulier si celui qui se rendait coupable d'un tel acte était lui-même plus puissant que tous les autres. Mais, d'un autre côté, les vampires ne réfléchissaient pas de la même manière que nous autres, simples mortels.

— Et quelle est ta place dans cette hiérarchie ?

— Il y en a trois au-dessus de moi.

— J'imagine que la directrice Hunter en fait partie et que c'est la raison pour laquelle tu l'as appelée : courtoisie professionnelle entre vampires ?

Il acquiesça. Je plissai le front, perplexe.

— Jack a dit qu'il était son frère. Mais si elle est plus vieille que toi alors que lui est plus jeune, comment cela se fait-il ?

Il haussa les épaules.

— Madrilene et Jack sont issus de métamorphes, et ceux-ci, comme les loups-garous, ont tendance à vivre très longtemps. Peut-être Jack n'a-t-il pas été vampirisé avant la fin de sa vie.

Ma perplexité s'accrut.

— Madrilene ? Tu parles d'Alex ?

— Oui. (Il eut un instant d'hésitation.) Elle s'appelait Madrilene lorsque nous nous sommes connus.

— Tu veux dire que les vampires changent de nom au fur et à mesure des années ?

— Oui. Et, avant que tu poses la question, c'est aussi mon cas.

— Quinn n'est donc pas le nom que tu portais à ta naissance ?

— Ce n'est pas mon prénom, en effet. C'est une forme anglicisée de mon nom de famille irlandais, O'Cuinn.

— Intéressant.

Mais cela n'expliquait pas réellement comment Jack pouvait avoir huit cents ans et la directrice Hunter, plus de mille deux cents ans, l'âge de Quinn. Dans mon esprit, il y avait *au moins* un siècle qui ne trouvait aucune justification, origines métamorphes ou non. Mais visiblement, Quinn n'avait pas l'intention d'expliquer quoi que ce soit. Si je voulais des réponses, il allait falloir que je demande directement à la source. Et j'étais loin d'être sûre d'obtenir une explication de ce côté-là non plus.

— Vu ce que tu as dit sur la hiérarchie des vampires et le fait que tu sois à la fois plus âgé et plus puissant que Jack, qu'est-ce qui t'empêche de le contrôler mentalement ?

— Il est assez puissant pour m'en empêcher. Je pourrais l'écraser et le tuer, aussi bien physiquement que mentalement, mais je n'ai pas la force nécessaire pour le contrôler très longtemps.

— Et, évidemment, je n'ai que ta parole pour garantir cela ?

— Pourquoi, ma parole ne suffit-elle pas ?

— C'est une question à laquelle je suis dans l'incapacité de répondre étant donné que je te connais très peu, en définitive. (Je croisai les bras en contemplant la route brillante de pluie.) Qu'est-ce qui te pousse à traquer avec tant d'enthousiasme ceux qui sont responsables des clonages ?

— Jack t'en a déjà parlé : le matériau source était un ami à moi.

— Un bon ami ?

Il me jeta un regard en coin.

— Pas d'un point de vue sexuel, si c'est ce que tu veux dire. Il a vu le jour sous le nom de Hieremias, fils de Glaucus, mais a changé son nom pour un Henri Glaucus plus adapté à l'époque. Notre amitié remonte à plus de mille ans.

Il était vraiment difficile d'imaginer ce que cela faisait comme effet de connaître quelqu'un depuis tout ce temps.

— Comment est-il mort ?

Il me décocha un regard si dur et froid que j'en eus des frissons dans toute l'échine. Mais il y avait autre chose, aussi, quelque chose qui ressemblait à du chagrin.

— Le cœur brisé. Il est allé s'asseoir au soleil et a attendu que celui-ci fasse son office. (Il eut un instant d'hésitation.) Enfin, c'est ce que je croyais.

J'étais prête à parier que c'était encore un foutu loup-garou qui était à l'origine de ce cœur brisé. Bon sang, j'avais vraiment envie d'aller plus loin avec lui, mais avais-je réellement l'énergie nécessaire pour apaiser la douleur infligée par son ex et par ce qui était arrivé à son ami ? Puis je me souvins de la magie que nous avions créée lorsque nous faisions l'amour et pensai *Oh ! que oui !*

— On l'a visiblement capturé avant qu'il soit réduit en cendre, vu le nombre de clones de lui qui se baladent dans les environs.

— Oui. (Il s'interrompit de nouveau.) Quand j'ai vu le clone à Sydney, j'ai d'abord été envahi de joie, pensant qu'en définitive Henri ne s'était pas suicidé. Mais une simple exploration de son esprit a suffi à me révéler la vérité. La mémoire de ce clone ne remontait pas à plus de sept ans et demi.

— C'est la raison pour laquelle on t'a attaqué à Melbourne ? Parce que tu avais tué le clone ?

— C'est probable, en particulier s'ils sont au courant des relations que j'avais avec Henri. Ils ont dû se rendre compte que j'allais partir à sa recherche.

— Parce que vous étiez amis ?

— Parce qu'il m'a sauvé la vie un nombre de fois incalculable, tout simplement.

Un vampire loyal. Voilà qui était intéressant.

— Mais pourquoi auraient-ils choisi de cloner Henri en particulier ? Qu'est-ce qu'il avait de spécial que les autres vampires n'ont pas ?

Il me regarda pensivement.

— Tu ne lis pas beaucoup les journaux, je me trompe ?

Je fronçai les sourcils.

— Qu'est-ce que cela a à voir avec ce qui nous intéresse ?

— Henri était un athlète de génie et, il y a dix ans, était le seul à pouvoir se vanter d'avoir couru lors des premiers Jeux olympiques en vrai, et pas en simulation holographique.

— Waouh… ça fait de lui…

— Un vampire ancestral, répondit Quinn en finissant ma phrase. Quand les olympiades modernes ont commencé, il y participait de manière régulière. Et quand elles ont recommencé après la Seconde Guerre mondiale, il y a de nouveau participé.

— Comment cela ? C'est un vamp. La plupart des épreuves ont lieu pendant la journée.

— C'est un très vieux vampire. Seul le soleil à son zénith est capable de le tuer.

— Comment a-t-il pu participer aux épreuves ? Les non-humains n'étaient pas autorisés dans la compétition, à l'époque.

Il eut un sourire narquois.

— À cette époque, il n'y avait aucun moyen technique de différencier les humains des non-humains. Il a gagné un nombre impressionnant de médailles pendant toutes ces années.

—Et que s'est-il passé quand les Jeux olympiques alternatifs ont été créés ?

—C'était une star. Il a quasiment gagné toutes les courses dans les trois années précédant sa mort. Cette année, le comité olympique australien a voulu rendre hommage à ses performances en le faisant entrer au Panthéon du Sport. C'était le premier vampire à avoir cet honneur et on en a abondamment parlé dans la presse.

Il allait vraiment falloir que je m'intéresse un peu plus aux informations locales.

—Mais ceux qui l'ont cloné ne pouvaient pas savoir que son histoire d'amour allait mal tourner et qu'il voudrait se suicider.

—En sommes-nous bien certains ?

Son accent irlandais avait disparu derrière la dureté de son ton. Je le regardai sans un mot pendant plusieurs secondes.

—Je ne veux pas y croire. Pourquoi se compliquer ainsi la vie quand il aurait suffi de le kidnapper ?

—Parce que comme ça, personne n'a eu l'idée de partir à sa recherche.

Je compris soudain le chagrin que j'avais deviné au fond de ses yeux. Lui, en particulier, n'était pas parti à sa recherche. Je tendis le bras et posai ma main sur son épaule. Je sentis ses muscles tressauter sous mes doigts, comme s'il ne pouvait se résoudre à accepter ma tentative de réconfort.

—Tu ne pouvais pas savoir.

—Mais j'aurais pu essayer d'en savoir plus.

—Tu te serais fait tuer.

Il eut un petit sourire lugubre.

—Peut-être que oui, peut-être que non.

J'eus l'impression que ça ne l'aurait pas vraiment dérangé tant qu'il connaissait la vérité.

—T'a-t-il parlé de ses intentions de se suicider ?

— Non, mais je le connaissais depuis toujours. J'aurais dû deviner ce qu'il avait en tête.

— Comment aurais-tu pu deviner qu'un homme qui avait vécu si longtemps voudrait se tuer à cause d'un de ces minables loups-garous ?

— Exactement, gronda-t-il, avant de me décocher un regard dur : enfin, toi, ce n'est pas la même chose.

C'était la même chose dans son esprit, et nous le savions tous les deux. Il se permettrait de me désirer physiquement, mais jamais il ne voudrait plus. Tout ça à cause de son ex et de celle de son ami. Ce qui signifiait que j'aurais beau me battre tout mon saoul pour le connaître plus intimement, au bout du compte, nos chemins se sépareraient inévitablement. Ce qui était sacrément dommage, parce qu'on aurait pu faire un chouette couple. Plus qu'un chouette couple : un couple fabuleux.

— Et que lui est-il arrivé, à elle ?

— Elle est morte.

Comme c'était surprenant.

— Elle ne t'a rien dit avant que tu la tues ?

— Je ne l'ai pas tuée. Elle était déjà morte quand je l'ai trouvée.

— Et ça ne t'a pas paru un poil louche ?

— Marnie aimait les voitures de sport et la vitesse. Elle a perdu le contrôle de son véhicule sur une route humide et est rentrée de plein fouet dans un arbre. Il y avait des témoins. J'ai considéré ça comme de la justice divine et n'ai pas cherché à en savoir plus.

— Les témoins étaient-ils vraiment fiables ?

Il me lança un regard sombre.

— Je n'en sais rien. À l'époque, je n'avais pas la moindre raison de penser qu'il pouvait s'agir d'autre chose que d'un accident.

— Et maintenant que c'est le cas ?

— Impossible de leur remettre la main dessus.

Encore une surprise.

— Mais pourquoi enlever une personne aussi connue pour la cloner ? Même s'il était le meilleur de tous les vampires, ils devaient se douter que l'émergence de ces clones finirait par créer des soupçons ?

— Pas vraiment. La mort d'Henri a fait la une des journaux, mais dix années sont largement suffisantes pour que le public ne se souvienne plus vraiment de lui. Et, accessoirement, les clones ne lui ressemblent pas *exactement*, même s'ils sont identiques d'un point de vue génétique.

— Mais si la directrice Hunter est une vieille amie à toi, elle devait être au courant de ton amitié avec Henri. Comment se fait-il qu'elle n'ait jamais mentionné à quel point Gautier lui ressemblait ?

Son expression s'assombrit.

— Parce qu'elle espérait justement que Gautier pourrait la mener jusqu'à la source des clones.

Je l'examinai un instant et complétai ce qu'il avait passé sous silence :

— Et aussi parce qu'elle savait que tu exigerais d'agir immédiatement, ce qui risquerait de mettre toute son enquête en péril.

— Oui. Mais son enquête n'a pas donné de résultats particulièrement concluants.

Avec un vampire aussi sournois que Gautier, ce n'était pas très surprenant.

— Et durant tous ces mois où tu as traqué les clones, tu n'as pas réussi à remonter leur piste ?

— Non. Mais je ne pense pas qu'ils trouvent leur origine dans un programme de l'armée.

— Pourquoi ?

— Parce que même si je suis convaincu que l'armée fait de son mieux pour créer le soldat parfait, je doute qu'elle laisse ses créations se balader en liberté dans les rues, risquant ainsi d'éveiller les soupçons.

— Tu privilégies donc l'hypothèse d'une entreprise privée qui aurait des projets de domination du monde ?

Il eut un sourire amusé.

— Peut-être pas le monde, juste un pays ou deux. Les conglomérats industriels sont aussi intéressés par le pouvoir que par l'argent, de nos jours. Contrôle le gouvernement, et tu as le pouvoir.

— La corruption et le chantage sur les politiciens sont donc passés de mode ?

— Il est toujours possible de savoir qui est derrière un chantage ou une tentative de corruption. Les clones, en revanche, éveillent moins les soupçons.

— Ils sont aussi faciles à déjouer qu'un chantage. Le Directoire, comme un certain nombre d'organismes gouvernementaux, est en train de mettre en place des scanners cellulaires, et fait subir des analyses de sang régulières à son personnel.

— Les scanners cellulaires seraient dans l'incapacité de détecter le moindre problème, vu qu'il n'y en a pas : par définition, un clone est totalement identique à l'original. Et je doute que des analyses sanguines suffisent à détecter quoi que ce soit. Si je ne m'abuse, Gautier est passé au travers sans encombre, n'est-ce pas ?

— C'est vrai, lui accordai-je en fronçant les sourcils. Comment cela se fait, d'ailleurs, si c'est un clone ?

— Je n'en ai aucune idée. Peut-être prennent-ils soin de les sevrer de l'accélérateur de croissance et de laisser le temps aux analyses sanguines de redevenir normales avant de placer leurs pions.

— Mais s'ils clonent des gens avec l'intention d'obtenir le pouvoir, pourquoi ne s'attaquent-ils pas directement aux gouvernants ? Pourquoi un gardien ?

— Parce que le processus n'est pas encore parfait. Gautier a beau ne pas sembler avoir de problème, ce n'est pas le cas des autres que j'ai croisés, qui semblent manifester des symptômes ordinairement liés au vieillissement extrême.

— C'est probablement dû aux quantités d'accélérateur de croissance qu'ils utilisent pour développer ces choses le plus rapidement possible.

— Pas nécessairement. Même lors des premières expériences sur le clonage, au XXe siècle, bien avant la découverte de l'accélérateur de croissance, il a été observé des problèmes liés au vieillissement sur les cobayes.

— Ça n'a pas l'air de les avoir découragés.

Il sourit.

— Et ça ne semble toujours pas les déranger. La science et la morale ne sont pas des plus compatibles.

La voiture franchit la crête d'une colline et Melbourne s'étendit soudain devant nous, tel un océan de lumières vives qui disparut de nouveau derrière les arbres. La sonnerie aiguë de mon téléphone portable déchira le bref silence qui venait de s'installer. Je le sortis de ma poche et Quinn me fusilla d'un regard peu amène.

— J'ose espérer que tu avais l'intention de l'éteindre avant de tenter de pénétrer dans les locaux de Hoyle-Brantin.

— Non, répliquai-je d'un ton aussi mordant que le sien, je voulais le laisser allumé, pour le côté stimulant de nous faire découvrir lorsqu'il sonnerait.

Mais, la vérité, c'est que j'avais totalement oublié qu'il était allumé. Je pris la communication en m'attendant à entendre Talon exigeant de savoir où je me trouvais et pourquoi je n'étais pas en train de me traîner à ses pieds, folle de désir.

Sauf que c'était Misha.

Et il semblait aussi contrarié que Talon aurait pu l'être.

Chapitre 12

— Qu'est-ce que tu as fait à Talon ? demanda-t-il d'un ton plein de fureur.

— En quoi est-ce que ça te regarde ?

— Il me harcèle.

Cela me surprit.

— Comment peut-il te harceler alors que tu es rentré dans ta meute et que ni lui – ni moi, d'ailleurs – ne savons à laquelle des meutes argent tu appartiens ?

— Je suis déjà revenu parce qu'il s'est avéré que ma mère avait légèrement exagéré la situation. Ma sœur a effectivement eu un accident, mais rien de grave. Maman voulait simplement me faire rencontrer quelqu'un qu'elle considérait comme la compagne idéale.

J'eus l'impression fugace qu'il ne me disait pas la vérité, même si l'attitude de sa mère était tout à fait typique. J'avais assisté de nombreuses fois à ce genre de stratagèmes lorsque j'étais adolescente et que nous n'avions pas encore été expulsés de la meute. Au moins Rhoan et moi avions-nous évité ce genre de problème, même si une partie de moi le regrettait un peu.

— Que veux-tu que je fasse ? Tu es un grand garçon, tu peux te débrouiller tout seul.

— J'ai essayé de le raisonner, mais il a complètement pété les plombs. (Misha eut un instant d'hésitation.) Il m'a affirmé que vous formiez à présent un couple exclusif.

Je laissai échapper un rire jaune.

— Comme tu l'as dit, il a pété les plombs.

— Alors, si je dois faire appel à la violence, tu n'y verras aucune objection ?

— Non, tant que tu m'en laisses assez pour pouvoir lui casser la gueule de mon côté.

Misha rigola et la tension que j'entendais dans sa voix s'évapora.

— Désolé d'avoir été aussi agressif avec toi, mais ces derniers jours ont été particulièrement difficiles, et Talon était la proverbiale goutte de trop.

Il m'avait donc appelée juste pour se plaindre ? J'en doutais quelque peu. Misha était un gars adorable, mais c'était avant tout un homme d'affaires impitoyable qui n'hésitait pas à utiliser des méthodes expéditives pour régler ses problèmes. Si Talon l'avait sérieusement contrarié, il aurait fait en sorte de le punir. Le fait qu'il m'appelle d'abord me laissait penser qu'il avait d'autres motivations que celles qu'il voulait bien avouer.

Ou était-ce simplement l'avertissement de Jack concernant Misha qui me rendait méfiante ?

— C'est la seule raison pour laquelle tu appelais ?

— Bon Dieu, non. Je voulais juste savoir si ma voiture était toujours entière.

Je souris malgré ma méfiance.

— Elle est garée en sécurité au *Casino Crown*.

— Que fait-elle là-bas ?

— Longue histoire. Mais elle est intacte.

— Un miracle. (Il eut un instant d'hésitation, puis ajouta :) J'imagine que tu n'as pas l'intention de la ramener chez moi dans les heures à venir ?

Sa voix avait perdu plusieurs octaves et fit l'effet d'une coulée de chocolat fondu à mes sens en alerte. Jack avait peut-être réussi à m'inoculer le doute à son propos, mais ça ne m'empêchait pas de continuer à le désirer.

D'un autre côté, avec la fièvre lunaire, j'aurais désiré le diable en personne s'il avait été bien foutu.

— Je suis en mission à l'heure actuelle, mais si tu peux attendre je viendrai te rejoindre.

— Je croyais que tu n'étais rien de plus qu'un gratte-papier ?

Sa voix chaleureuse recelait en son sein une froideur quasi métallique qui me dérangea.

— Au Directoire, même les gratte-papiers peuvent se retrouver sur le terrain en cas d'urgence.

— C'est donc cela qui a rendu Talon fou, observa-t-il. Tu ne lui obéis pas au doigt et à l'œil.

Si Talon se comportait comme cela, c'était parce que je lui avais dit non, et c'était quelque chose auquel il n'était pas habitué. Je doutais que ce soit parce que je lui manquais d'un point de vue sexuel. Même si nous faisions des étincelles au lit, il avait sept autres maîtresses prêtes à le satisfaire.

Une main se posa sur ma cuisse et une onde de chaleur parcourut mon corps. Je levai le regard vers Quinn. D'un air impénétrable, il annonça :

— Nous sommes arrivés.

Je regardai autour de moi et vis le vieux cimetière.

— Tu n'as pas le droit de te garer à ce niveau sur Camp Road.

— Je m'en suis effectivement aperçu, mais je ne connais pas le quartier, je te rappelle.

Même si son ton était des plus patients, je sentis une note d'agacement, pour ne pas dire de colère dans sa voix. Je n'avais pas la moindre idée de ce qui lui déplaisait.

— C'est toi qui as examiné le plan, ajouta-t-il.

— Il y a une aire de jeux un peu plus loin, sur la gauche. Tu devrais pouvoir y trouver de la place.

— Qui c'est, ça ? demanda Misha à l'autre bout du fil.

— Personne d'important, répondis-je.

Je crus deviner une expression de contrariété sur le visage de Quinn. Ce qui était idiot. Il avait obtenu ce qu'il voulait et ne désirait rien de plus.

— Écoute, il faut que j'y aille. Je te rappelle dès que possible.

— Riley, attends...

Je fis mine de ne rien avoir entendu et coupai la communication. Je lui présenterais mes excuses plus tard mais, pour le moment, j'avais du boulot.

J'éteignis le téléphone et sortis de la voiture en reniflant l'air nocturne. Le ciel était frais et rempli de la promesse d'une nouvelle averse. Au-dessus de nous, des nuages sombres s'amoncelaient, bloquant la lumière des étoiles, et la lune était invisible. Pourtant, son influence était sensible, me donnant la chair de poule et rallumant le feu qui couvait en moi. L'armature métallique de la voiture m'avait dans une certaine mesure protégée, mais maintenant que je me trouvais à l'air libre il m'était impossible de m'y soustraire. La fièvre brûlait et aurait besoin d'être rapidement soulagée.

La pleine lune n'arriverait pas avant deux jours et la part de vampire en moi réussissait à dompter la fièvre... pour l'instant. Mais elle avait beau rester sous contrôle, je sentais ma moitié de loup enragée de devoir garder son calme et ses vêtements. Il fallait que je satisfasse au moins l'un de ces besoins. J'ôtai rapidement mon manteau, que je jetai sur la banquette arrière, où il fut rapidement rejoint par mes talons aiguilles.

— Qu'est-ce que tu fabriques ? demanda Quinn d'un ton agacé alors qu'il me rejoignait de l'autre côté de la voiture.

— La lune est levée et la fièvre me brûle. J'ai besoin de sentir le sol sous mes pieds, le vent sur ma peau.

En outre, les talons hauts n'étaient pas des plus pratiques pour ramper furtivement et je n'avais rien d'autre à me mettre tant que je ne repasserais pas par chez moi.

Son regard parcourut mon corps telle une brise brûlante, s'attardant sur ma chemise en coton noir tendue sur ma poitrine et sur ma jupe qui moulait mes hanches et mes cuisses. Je n'étais pas totalement nue, mais ma tenue en révélait assez pour enflammer l'imagination.

Quand son regard croisa le mien, je vis que la fièvre qui brûlait en moi se reflétait dans ses pupilles.

— Tu as besoin d'être soulagée ?

— Soulagée ? répétai-je, un sourcil levé. On croirait que je suis atteinte d'une maladie.

Et ça, ça me restait en travers de la gorge.

— Tu sais bien ce que je veux dire.

— Oui, je le sais et non, merci.

J'eus un instant d'hésitation en le regardant d'un air particulièrement mignon, ce qui était un signe certain du fait que la salope en moi allait prendre le pouvoir.

— De plus, il se pourrait qu'un des vigiles soit un loup. Nous pourrions rendre hommage à la lune ensemble.

Il plissa les yeux d'un air menaçant.

— L'idée est d'entrer et de sortir sans que personne ne nous remarque.

— Ce que tu pourras faire aisément si je détourne l'attention.

— Nous allons plutôt faire comme prévu, gronda-t-il en me saisissant le bras et en m'entraînant derrière lui.

Il faisait à peine quelques centimètres de plus que moi, mais je dus presque courir pour me maintenir à son niveau. J'aurais très bien pu me dégager de sa poigne, mais, il fallait l'avouer, j'appréciais trop son contact pour cela. Et à l'instant présent, avec la fièvre lunaire qui bouillonnait, que ce contact soit doux ou brutal n'avait pas la moindre importance.

Nous escaladâmes la petite haie et traversâmes le cimetière. Le vent soufflait dans les branches des pins qui entouraient les tombes et l'on aurait cru entendre les morts murmurer. Mais si des morts avaient habité ici, cela faisait longtemps qu'ils étaient partis. Les pierres tombales avaient souffert des ravages du temps et leurs inscriptions étaient à peine visibles. Les tombes étaient envahies de mauvaises herbes, complètement abandonnées. Même les morts avaient leur fierté et ils n'auraient pas laissé les lieux se dégrader autant s'ils avaient encore habité ici.

La clôture qui entourait l'ancienne base militaire était apparemment aussi négligée que le cimetière. Elle n'était pas électrifiée. Les fils étaient complètement détendus.

— Je doute qu'autre chose que des produits d'entretien soit fabriqué à l'intérieur de cette clôture.

— En effet, mais nous devons tout de même nous en assurer.

J'examinai l'obscurité environnante, mais ne vis rien d'autre que les ténèbres. Je passai en vision infrarouge. Tout ce que j'aperçus, ce fut de petites traînées de chaleur au milieu des poubelles qui étaient alignées le long du bâtiment qui nous faisait face.

— Des rats, marmonnai-je en luttant contre la nausée qui m'avait envahie en repensant à la fois où, adolescente, j'avais perdu un pari d'ivrogne et dû en manger un, ce qui m'avait rendue malade plusieurs jours durant.

— Si c'est tout ce que nous devons affronter ici, je m'estimerai heureux.

Il souleva l'un des fils de la clôture pour me laisser passer et je lui demandai :

— Je croyais que tu voulais retrouver ton ami ?

— C'est le cas, mais je doute qu'on le trouve ici. Ceux qui se cachent derrière ces expériences de clonage sont très malins et très prudents. Je ne les vois pas négliger la sécurité à ce point. Ce serait trop risqué.

— C'est peut-être la raison pour laquelle il est si difficile à trouver. Nous cherchons partout, sauf aux endroits les plus évidents.

— Je pense que c'est effectivement le cas, mais je ne crois pas qu'il se trouve ici.

— Pourquoi ?

— Tu l'as dit toi-même. Renifle l'air.

Je l'avais déjà fait.

— Ammoniaque.

Mais l'odeur agressive était noyée dans celle de santal et de virilité qu'il dégageait. Il acquiesça.

— On fabrique effectivement des produits d'entretien dans le coin.

— Cela ne signifie pas qu'on n'y fabrique pas des clones aussi. La base militaire est énorme et, si on se fie aux plans, ils n'en utilisent qu'une petite partie.

Il me considéra d'un regard curieux pendant un moment.

— Tu es en train de chercher la bagarre, ou je me trompe ?

À cet instant précis, c'était bien la dernière chose qui me serait venue à l'esprit. Je haussai un sourcil.

— Qu'est-ce qui te fait dire cela ?

— Parce qu'il y a deux minutes, tu pensais que l'on ne fabriquait rien d'autre que des produits d'entretien ici, et maintenant, tu es en train d'essayer de me convaincre qu'il s'agit peut-être d'une couverture.

— Je joue simplement l'avocat du diable.

— Ça, pour jouer, tu joues. Je me demande juste à quel jeu.

Je lui souris de l'air le plus innocent du monde, mais cela ne sembla pas le tranquilliser.

— Par là, décida-t-il après un instant de réflexion.

Il se dirigea vers la droite et m'ouvrit le chemin. Le vent secouait les branches des eucalyptus et des pins environnants et faisait brinquebaler les plaques de zinc sur le toit des bâtiments de l'ancienne base. Le grondement soutenu de la circulation nous parvenait de Camp Road, mais il y avait aussi un bruit de moteur juste devant nous.

— Il y a une voiture qui se dirige vers nous.

— Probablement un vigile qui fait sa patrouille.

Je jetai un coup d'œil à ma montre.

—Il est exactement 21 heures. Peut-être font-ils des rondes toutes les heures, ou toutes les demi-heures.

—À quelle distance se trouve la voiture ?

—Encore assez loin.

—On a le temps d'arriver au bâtiment principal si on se dépêche ?

—Je pense, oui.

Il attrapa ma main, qu'il enserra de ses doigts chauds.

—Camoufle-toi, ordonna-t-il avant de m'entraîner dans sa course.

Nous arrivâmes au niveau du bâtiment à peine quelques secondes avant que la voiture fasse son apparition. La lumière de ses phares balaya l'endroit où nous nous trouvions avant de courir et faillit révéler notre présence.

Je m'accroupis dans un coin obscur à côté de Quinn et observai la voiture, ne percevant rien d'anormal d'un point de vue sensoriel. Ce qui signifiait que le vigile était un humain. Je l'aurais senti autrement.

—Il s'ennuie, chuchota Quinn, son souffle chaud caressant mon oreille. Et il déteste son boulot.

Ma cuisse était plaquée contre la sienne et l'air entre nous devint comme électrique. La fièvre se mit soudain à brûler avec une telle cruauté que je sentis la sueur dégouliner le long de mon dos, malgré l'air glacial. Je gardais encore la maîtrise de moi-même, mais il en faudrait peu pour me faire perdre le contrôle. Je devinai que Quinn savait exactement dans quel état j'étais et qu'il n'allait pas me proposer de me soulager une seconde fois. Ce serait à moi de le demander, quand cela deviendrait nécessaire. Et, s'il pensait que je ne le ferais pas, il se trompait carrément.

—Il n'est visiblement doté ni de pouvoirs psychiques, ni d'une protection quelconque, pour que tu puisses si facilement lire dans ses pensées.

Il ne répondit pas tout de suite, l'air absent. Au bout d'une minute, il cligna des yeux et me regarda.

— J'ai exploré son esprit. Il n'y a rien d'intéressant ici.

— Nous devrions quand même vérifier.

Il approuva d'un signe de la tête et se releva. Nous vérifiâmes et trouvâmes exactement ce à quoi nous nous attendions, c'est-à-dire rien du tout.

— J'espère que Jack et Rhoan auront eu plus de chance que nous, soupirai-je alors que nous retournions vers la voiture.

— J'ai dans l'idée qu'ils ne trouveront rien. Tout est trop soigneusement préparé pour qu'on puisse découvrir quoi que ce soit aussi facilement.

— Je ne dirais pas que parcourir toute cette paperasse était une tâche facile.

— Mais que sont exactement ces documents que nous avons trouvés ? Des plans qui n'ont peut-être pas le moindre intérêt.

Il souleva de nouveau le fil de la clôture pour me laisser passer. Je me courbai et, arrivée de l'autre côté, m'immobilisai.

Les morts étaient revenus dans le cimetière.

Il y en avait huit, et ils formaient un vague demi-cercle autour de nous. Tous étaient des hommes, tous étaient nus, et tous n'étaient pas des plus avantagés question virilité. Leurs corps étaient musclés, presque trop parfaits, et leur peau luisait d'un reflet qui me rappela étrangement la lune. Mais toute ressemblance avec des humains s'arrêtait là. Leurs avant-bras étaient recouverts d'une fourrure de félin et ils avaient des pattes griffues à la place des mains. Leur tête était celle d'un aigle, ornée d'un bec cruel. Et, sur leur dos, se trouvaient des ailes brun et or qui frissonnaient dans la brise.

— Des griffons, fis-je. En quelque sorte.

— Un croisement d'humains et de griffons, dirais-je.

Quinn s'immobilisa à mon côté et le simple contact de son épaule fit rugir la fièvre en moi, envoyant des frissons dans tout mon corps. C'était le signe très clair que j'approchais dangereusement du point de non-retour. Je serrai les poings en luttant contre ce que mon corps réclamait si violemment.

— Pourquoi les perçois-je plus comme des morts que comme des griffons ?

— Je l'ignore. (Il fit craquer ses doigts et me jeta un regard.) J'espère que tu sais vraiment te battre.

— Ne t'en fais pas. (Je les observai nous contempler et me demandai pourquoi ils n'avaient pas encore bougé.) J'imagine que tu ne peux pas contrôler leurs esprits.

— Non, ils sont protégés, même si je ne vois pas de fil autour de leur cou. (Ses doigts se mêlèrent aux miens et il embrassa légèrement, presque érotiquement, ma main.) Bonne chance.

Il lâcha ma main et disparut dans l'obscurité avant de se diriger rapidement sur la droite. C'était visiblement le signal qu'attendaient les créatures. Elles s'envolèrent dans un tourbillon d'ailes, cinq d'entre elles fondant sur Quinn et trois sur moi.

La cinglée en moi fut presque offensée qu'elles considèrent Quinn comme une plus grande menace.

Le battement de leurs ailes puissantes créa un véritable maelstrom d'air qui remplit l'atmosphère nocturne. Je me retrouvai au milieu d'un tourbillon de poussière et de feuilles mortes qui m'empêchait d'y voir clair.

Poursuivie par les trois griffons, je courus vers les arbres, espérant qu'ils pourraient offrir une certaine protection contre ces créatures volantes. J'avais beau être offensée, je n'étais pas idiote et je savais parfaitement que je n'avais pas d'yeux derrière la tête. Au moins les arbres m'offriraient-ils une protection relative contre des attaques venues du ciel ou de l'arrière.

Une patte griffue de la taille d'une pelle déchira l'air. J'esquivai et me retournai vivement en envoyant un coup de pied dans le ventre du griffon. Le coup fit vibrer les abdominaux extrêmement dessinés de la créature et me donna l'impression d'avoir frappé un morceau de pierre. Je regrettai un instant d'avoir ôté mes chaussures. Les talons aiguilles faisaient de bien meilleures armes que les pieds nus.

Un hurlement déchira l'air et je me jetai à terre pour esquiver l'attaque des deux autres créatures. Elles passèrent si près de moi que le déplacement d'air généré par leurs ailes créa comme un vortex qui faillit m'arracher mes vêtements, remplit l'air d'aiguilles de pin et mes poumons de poussière. Je me mis à tousser en fermant à moitié les yeux pour éviter d'être aveuglée par le chaos de saletés qui déferlait tout autour.

La première créature vira au-dessus de moi et me fonça dessus, volant en rase-mottes sous les arbres, son bec ouvert sur un hurlement silencieux.

J'esquivai les coups des deux autres et me laissai tomber en arrière, hors de la trajectoire de leur compagnon. Elle frappa mon bras de ses serres en y creusant de profonds sillons. Je poussai un juron, me jetai en avant et atterris sur son dos. Elle poussa un hurlement aigu qui n'était ni celui d'un oiseau de proie, ni celui d'un chat, et encore moins d'un humain. Je m'accrochai à elle de toutes mes forces, tentant de résister à ses puissantes ruades et, nous sortîmes soudain du couvert des arbres en fonçant droit vers le ciel.

Son odeur envahit mes poumons, et contrairement à ce que j'avais senti auparavant, ce n'était pas un arôme de moisi, de bête et de mort. Elle sentait le miel et la pluie, une odeur sucrée et fraîche qui fit déferler la chaleur lunaire déjà rampante en moi. Mais ces choses n'essayaient pas de me baiser, elles voulaient me tuer, et la fièvre de la lune n'était pas encore assez forte pour surmonter mon instinct de survie.

Je pliai mes jambes sous moi et plaquai mes pieds contre ses reins, puis je lâchai son aile et agrippai l'autre des deux mains. La position était des plus précaires, et si le griffon avait viré à ce moment précis, c'en aurait été fini de moi. Mais il ne changea pas de direction, visiblement heureux de foncer en direction des étoiles. Ses ailes battaient dans l'obscurité, luisant d'un or poli et somptueux, en un mouvement d'une beauté et d'une puissance incroyables.

Et j'allais détruire tout cela.

Je mis de côté ce sentiment fugace de regret et regardai le sol s'éloigner. Je ne devais pas tarder, sinon la chute me tuerait. Je pris une grande inspiration et me redressai brusquement en arquant mon dos et en tirant aussi fort que je le pouvais sur son aile.

J'avais la force surhumaine d'un vampire. L'aile n'avait aucune chance.

Son articulation émit un bruit d'explosion et l'aile s'arracha. La créature et moi dégringolâmes ensemble vers le sol. Ses hurlements étaient assourdissants et son sang jaillissait dans toutes les directions. Elle tomba en spirale, incapable de contrôler sa chute, son aile restante battant de toutes ses forces sans grand effet. De nouveaux hurlements déchirèrent la nuit lorsque les deux autres créatures volèrent à son secours, attrapant chacune l'un de ses bras, agitant furieusement les ailes pour tenter de ralentir sa chute.

Malheureusement, personne ne prit soin d'amortir la mienne. J'eus un soubresaut pour atterrir sur les pieds, puis me laissai tomber en boule pour soulager le choc sur ma colonne vertébrale. Cela ne sembla pas arranger vraiment les choses. Mes poumons se vidèrent violemment de tout l'air qu'ils contenaient, et pendant un moment j'eus l'impression que les étoiles étaient si proches qu'il m'aurait suffi de tendre la main pour les toucher. La douleur qui faisait hurler chaque parcelle de mon corps prit la couleur des ténèbres qui menaçaient de m'engloutir.

Je luttai contre la perte de conscience en me forçant à respirer profondément. J'entendis les hurlements se rapprocher et devinai que les créatures revenaient à l'assaut. Il fallait que je me lève. Que je coure.

Je poussai un gémissement et me forçai à me remettre debout, mais me laissai aussitôt retomber au sol en voyant l'une des créatures me fondre dessus. Je me redressai alors qu'elle me survolait, évitai ses griffes et la frappai à l'entrejambe. Elle émit un étrange bruit qui ressemblait à un toussotement et s'arrêta net dans son vol avant de s'effondrer au sol. Elle me frappa de sa jambe griffue, déchiquetant mon épaule et m'envoyant valdinguer sur le côté.

La douleur était atroce et je sentis mon front se couvrir de sueur. Je serrai les dents et me remis tant bien que mal à genoux pour attraper la jambe de la créature, que je fis tournoyer autour de moi de toutes mes forces avant de la lâcher. Elle essaya maladroitement de contrôler sa trajectoire, mais percuta le tronc d'un pin tout proche avec assez de force pour en faire tomber toutes les aiguilles. Pourtant cela ne sembla pas lui faire très mal, vu qu'elle se remit presque aussitôt debout.

La troisième créature s'élança vers moi. Je me mis à courir et dus combattre la tentation de me transformer en loup. Je n'aurais pas la moindre chance d'échapper à des créatures ailées sous cette forme-là, et les seules armes que j'aurais à ma disposition seraient mes dents. Je ne pouvais pas non plus faire appel à la télépathie : si Quinn était incapable de pénétrer dans leur esprit, je n'avais pas le moindre espoir d'y arriver.

Je m'enveloppai dans les ténèbres et ramassai quelques cailloux que je lançai en direction des arbres. Ils frappèrent des troncs, rebondirent sur le matelas d'aiguilles de pin et mon agresseur se tourna en direction du son, me laissant le temps de reprendre mon souffle.

Mais le griffon à qui j'avais arraché une aile était de nouveau à ma poursuite, le bec levé, émettant un son bizarre, similaire à celui d'un chien qui reniflait une piste. Je jurai à mi-voix. Visiblement, il n'y avait pas seulement du griffon et de l'humain dans ces créatures. Il tourna vivement la tête dans ma direction et fonça sur moi en poussant un hurlement suraigu.

Je reculai précipitamment, n'osant pas quitter la créature du regard. Elle était plus rapide que je l'aurais pensé. Elle me balaya l'estomac de ses serres et je me mis à saigner. Je laissai évaporer mon manteau d'obscurité et me mordis la langue pour ne pas crier. Puis j'attrapai la créature par le poignet, me retournai vivement en passant son bras par-dessus mon épaule et tirai de toutes mes forces. Elle fut projetée au-dessus de ma tête et atterrit violemment sur le dos. Des plumes volèrent et je lançai mes doigts tendus dans la direction de ses yeux. Elle bougea légèrement et je frappai sa joue. Je sentis la peau, puis la pommette céder sous la force de mon coup.

J'eus une remontée de bile. En frissonnant, je me laissai tomber au sol en le balayant de ma jambe pour empêcher la créature de se relever. Elle eut un rugissement débordant de frustration et se jeta sur moi. Son coup atteignit le côté de mon visage et m'envoya valser en arrière.

Elle se releva et me sauta dessus presque instantanément. L'air fut de nouveau envahi de poussière, et je devinai que les deux autres s'étaient aussi rapprochées. Je simulai un direct vers la tête du griffon, tournoyai et envoyai au lieu de cela un coup de pied dans son bas-ventre avec une force telle que toute ma jambe se mit à vibrer. Cette fois-ci, la créature se laissa tomber à terre en se tenant les parties et en couinant lamentablement.

Les deux autres se jetèrent sur moi. J'esquivai de mon mieux, cependant il m'était absolument impossible d'éviter tous les coups. J'avais la vitesse d'un vampire, mais le vent lui-même n'aurait pu se sortir d'une telle situation. Une douleur incandescente m'envahit, et l'air tourbillonnant se remplit de l'odeur de mon sang et de ma terreur.

J'espérais vraiment que Quinn se débrouillait mieux que moi, parce que j'avais un gros problème et besoin d'aide.

Vite.

Une explosion étouffée retentit à distance et la tête de la créature qui semblait mener la danse explosa dans un geyser de sang, de tissus et de matière grise. Elle tomba à mes pieds alors que la deuxième subissait le même sort.

Le tourbillon de poussière choisit cet instant précis pour s'arrêter et je sentis l'odeur familière du musc et de la testostérone. La colère vint remplacer le soulagement qui m'avait envahi.

Mais, avant que je puisse dire ou faire quoi que ce soit, quelque chose me cogna l'arrière du crâne et je perdis connaissance.

C'est la douleur qui me fit sortir des ténèbres. Ce n'était pas une souffrance aiguë, plutôt le genre de mal constant qui faisait grincer des dents. Le simple fait de respirer était douloureux.

Mais ce n'était rien comparé à la brûlure intense qui ceignait mes poignets et mes chevilles et à celle, plus désespérée et plus affamée, qui parcourait mes veines. Tout mon corps frissonnait et je sentais que cette douleur-là pourrait facilement me rendre folle.

Et c'est ce qui se passerait si l'on ne me faisait pas l'amour très rapidement.

Je me tortillai en essayant au moins de soulager cette douleur-là moi-même, même si cela ne m'apporterait au mieux qu'un soulagement temporaire. Mais je ne parvins pas à bouger ma main de plus de quelques centimètres, et le tintement métallique qui accompagna mon mouvement m'en fit comprendre la raison. J'avais été enchaînée.

Avec des chaînes en argent, à en croire la brûlure sur mes poignets.

Un ricanement retentit dans le silence. C'était Talon, qui m'observait.

J'ouvris les yeux. Je me trouvais dans une vaste pièce peinte dans des tons dorés qui étaient assez relaxants, même dans la situation où je me trouvais. À ma droite se trouvaient de grandes fenêtres qui laissaient filtrer la lumière de l'aube et ajoutaient à cette sensation d'espace. Évidemment, l'effet était un peu gâché par les épais barreaux qui y avaient été posés. Ceux-ci ne m'empêcheraient de toute façon pas de m'échapper si je réussissais à me libérer de mes chaînes. La fenêtre la plus proche était ouverte et laissait entrer une brise rafraîchissante remplie de l'odeur saline de l'océan.

Juste en face de la fenêtre se trouvait une porte ouverte à travers laquelle j'aperçus une baignoire et plusieurs serviettes de toilette. À ma gauche, il y avait une autre porte, fermée, celle-là. Il n'y avait rien dans la pièce principale qu'un lit recouvert de draps de satin et c'était là qu'était installé Talon. Il était tout habillé, ce qui en soi était surprenant.

— Pauvre con.

Ma voix ressemblait à un murmure éraillé, mais c'était un loup et il m'entendait parfaitement.

— Tu n'as pas la moindre idée de la situation dans laquelle tu t'es mis toi-même.

— Je n'en serais pas aussi sûre que toi, dit-il avec un sourire arrogant et un regard aussi froid que la glace. Les organisations gouvernementales ont tendance à être très tolérantes en ce qui concerne les pratiques sexuelles des loups-garous.

— On parle d'un enlèvement, là, et c'est un crime.

— Mais ce n'est pas ce que pensent les gens, puisque j'ai appelé ton bureau pour prévenir que tu ne te sentais pas bien. Tu es actuellement en congé maladie, et cela, depuis une heure.

Je secouai la tête, incapable de croire qu'il avait pu aller aussi loin.

— J'étais en mission spéciale. Avec mon patron. Je n'ai pas la moindre idée de la personne à qui tu as parlé, mais ça n'a aucune importance. Ils sauront que tu as menti.

— Je n'ai pas été assez idiot pour appeler d'ici. J'ai utilisé un téléphone public et un modulateur de voix. Ils seront incapables de te trouver.

— Rhoan sait qui sont mes partenaires. Il me retrouvera.

Talon croisa les bras et se mit à rire. C'était un son rempli de mépris qui fit bouillonner la colère en moi.

— Cette tapette ne serait même pas capable de trouver la sortie d'un magasin de fleurs, dit-il. Et de toute façon, nous ne nous trouvons dans aucune de mes résidences connues, mais dans une maison de vacances qu'une filiale d'une de mes entreprises vient d'acquérir. Il leur faudra des semaines pour remonter la piste. D'ici là, nous serons ailleurs.

— C'est une mauvaise idée de sous-estimer Rhoan. Il est très, très bon dans son boulot qui consiste, je te le rappelle, car tu sembles l'avoir oublié, à traquer et à tuer des gens.

Et Talon était un homme mort si Rhoan nous découvrait ainsi.

Il se leva et avança vers moi d'une démarche gracieuse, élégante et pleine de puissance. L'odeur de sa concupiscence attisa le feu qui me consumait déjà.

Je déglutis, mais cela ne fit rien pour soulager la sécheresse presque douloureuse qui avait envahi ma gorge.

— Comment m'as-tu trouvée ?

Il eut un sourire qui débordait d'arrogance.

— La puce qui se trouve dans ton bras n'est pas un appareil contraceptif. Nous l'avons enlevée il y a plus d'un an. C'est un dispositif de traçage.

Voilà la raison pour laquelle il nous avait trouvés, Quinn et moi, en sortant du Directoire. Il n'avait pas fouillé mon appartement, contrairement à ce que j'avais pensé. Il avait juste suivi le signal. Celui-ci devait avoir une portée limitée ; sinon nous aurions probablement eu le droit à une de ses visites à la vieille grange.

La sueur qui perlait sur mon front me coula dans les yeux et cela brûla horriblement. J'essayai de cligner des paupières, mais cela n'améliora pas ma vision. Tout était flou et teinté de rouge. J'espérai qu'il ne s'agissait que de sang, mais j'avais dans l'idée que c'était bien pire que cela. En dépit de ce que semblaient penser les cinéastes hollywoodiens, la fièvre lunaire ne transformait pas souvent les loups en machines à tuer. Mais, les rares fois où cela arrivait, c'était parce que le loup avait trop longtemps résisté à l'appel de la lune. La soif de sexe se transformait alors en quelque chose de bien plus dangereux : la soif de sang.

Pourquoi Talon voudrait-il que cela se produise ? Qu'est-ce que cela pouvait lui apporter ?

Il s'immobilisa. Je tentai de lui donner un coup de poing, mais mon mouvement fut interrompu par les menottes qui me rentraient dans la chair. Je sifflai de douleur et de frustration, et il sourit.

— Tu ne te demandes pas pourquoi tu te retrouves enchaînée ? fit-il en tendant la main et en me caressant distraitement le sein.

Une partie de moi ne pouvait le supporter alors que l'autre désirait ardemment ce qu'il avait à m'offrir. Je savais très bien laquelle des deux l'emporterait. Devait absolument l'emporter, ou sinon il y aurait des problèmes.

— Tu veux un enfant et je refuse de te le donner de mon plein gré.

— Très bien, commenta-t-il d'un air absent, le regard rivé sur ma poitrine qu'il continuait à caresser.

Je ne pus m'empêcher de m'arquer contre sa main. J'en avais besoin comme un drogué de sa prochaine piqûre.

— Les scans que je t'ai fait passer l'autre jour indiquent que ta date d'ovulation approche. Je ne peux pas risquer qu'un autre loup te féconde après toutes les précautions que j'ai prises.

C'était complètement dingue de penser cela, étant donné que tous les loups étaient porteurs d'une puce destinée à empêcher les grossesses. D'un autre côté, Talon n'avait pas l'air parfaitement sain d'esprit ces temps-ci.

— Il n'est même pas garanti que je puisse mener une grossesse à terme.

— C'est la raison pour laquelle j'ai fait en sorte que tu sois transférée dans l'un de mes laboratoires. J'ai l'intention de donner toutes les chances médicales du monde à notre enfant parfait.

— Un enfant parfait, cela n'existe pas.

Tout le monde avait des défauts, même si je doutais que Talon veuille bien l'admettre, surtout en ce qui le concernait, lui.

Il ne sembla même pas m'entendre et continua à parler d'une voix lointaine.

— La perfection est quelque chose que je recherche depuis bien longtemps.

Sa main descendit sur mon ventre. J'étais en feu, affamée, prête à tout. Mon cœur battait à toute allure et mes poumons étaient remplis de l'odeur de la sueur et de la luxure. Mais le besoin de me transformer en loup, de déchiqueter des chairs, de sentir le goût du sang était à présent presque aussi fort que l'appel de la lune. Mes dents et mes ongles s'allongeaient déjà dans la perspective de la transformation, et je devenais plus louve qu'humaine. La seule chose qui m'empêchait de totalement me métamorphoser, c'était l'argent autour de mes chevilles et de mes poignets.

— Pourquoi fais-tu cela ? articulai-je difficilement, les dents serrées.

J'agitai mes chaînes pour expliquer ce que je voulais dire.

— Ne te souviens-tu pas de notre propre folklore ?

Je secouai la tête. À cet instant, j'avais déjà du mal à me souvenir de mon propre nom.

— Les loups qui s'accouplent au moment où la fièvre lunaire se transforme en soif de sang réussissent toujours à concevoir un enfant.

J'eus un sourire amer.

— Ce n'est pas du folklore. C'est une vérité pure et simple à laquelle je dois ma propre existence.

Il leva les sourcils, intrigué.

— Qu'est-ce que tu racontes ?

— Rien de plus que ce que j'ai dit. J'ai été conçue alors que ma mère était en pleine soif de sang.

Elle était en route vers sa meute, mais sa voiture était tombée en panne non loin d'un petit village de campagne. D'une certaine manière, c'était une bonne chose que le cimetière et ce vampire nouvellement créé se soient dressés entre elle et les habitants du village, car cela lui avait permis d'apaiser les deux besoins qui la dévoraient sans tuer le moindre humain.

— Alors, espérons que le fameux proverbe « Telle mère, telle fille » sera avéré. (Il glissa ses doigts au cœur de mes chairs humides et je frissonnai, me cambrant de plaisir, même si ses gestes étaient brutaux et presque douloureux. Il gloussa.) Tu es proche de ce stade, n'est-ce pas ?

Bien plus qu'il ne le pensait. Le besoin de m'accoupler était en train de céder du terrain à celui de planter mes crocs dans sa chair et de hurler ma victoire à la lune. Je pris une brusque inspiration tremblante et fus soudain contente d'être entravée par ces chaînes d'argent. C'était la seule raison pour laquelle j'étais toujours humaine et lucide.

— C'était vraiment une mauvaise idée d'utiliser l'ARC1-23.

Il eut l'air surpris.

— Depuis quand es-tu au courant ?

— Depuis quelques jours.

Je haletais plus que je ne parlais et mon corps tressautait, s'offrant plus profondément au soulagement que m'apportaient ses doigts. Son désir m'engloutit, un sentiment aussi épais et lourd que l'érection qui déformait son pantalon. Que Dieu me vienne en aide, je le voulais en moi, je le voulais si fort que j'en pleurais presque.

— Ce médicament est extrêmement efficace. Tu seras fécondée quand je vais enfin te baiser, petite louve, et je m'occuperai de toi jusqu'à ton accouchement.

— Cause toujours.

Mais mon ton n'était pas des plus convaincants. La pression montait, parcourant mes nerfs de décharges électriques si puissantes qu'on aurait dit des éclairs. Il suffirait de quelques caresses supplémentaires…

Il s'éloigna soudain en riant doucement. Je me projetai en avant en essayant de l'attraper et de le forcer à terminer ce qu'il avait commencé. Mais les chaînes m'arrêtèrent de nouveau dans mon élan. Je me mis à l'agonir d'injures.

— Voilà la raison exacte pour laquelle c'est moi qui élèverai notre enfant, et pas toi, observa-t-il d'une voix pleine d'amusement.

Même si son visage était perdu dans une brume sanglante, la détermination glacée qui tendait ses traits était évidente. Étrange. Je me serais à moitié attendue qu'il soit contaminé par la folie qui brûlait dans mes veines. Et il fallait qu'il soit fou pour penser qu'il pouvait se permettre de faire une telle chose. Même s'il réussissait à me faire tomber enceinte, il ne pouvait s'attendre que je le laisse tranquillement mettre la main sur notre enfant.

— Dix des cinquante femmes n'ont jamais réussi à tomber enceintes lors des premières expérimentations. Je pourrais très bien être l'une d'entre elles.

— Les analyses que nous avons faites ces derniers mois montrent que tu réagis très bien au traitement.

Mais peut-être que je réagissais d'une manière inattendue, et qu'il n'avait pas poussé les analyses dans ce sens.

— Et les dix autres ? Celles qui ont muté ?

Il leva les sourcils.

— En quoi cela nous concerne-t-il ?

— C'étaient des bâtardes. Exactement comme moi.

Toute trace d'amusement s'évapora de son visage, et son regard devint dur comme la pierre.

— Qu'est-ce que tu racontes ?

J'eus un rire rempli d'amertume.

— Tu ne t'es jamais demandé pourquoi j'étais si rapide et si forte ? Je ne suis pas qu'un loup-garou, je suis aussi un vampire.

Il croisa les bras sur la poitrine et protesta d'une voix blanche :

— Impossible. Les vampires ne sont pas fertiles.

— Sauf lorsque leur transformation intervient dans les vingt-quatre heures suivant leur mort. Et c'est un de ces vampires qui a violé ma mère.

— Non.

— Pourquoi crois-tu que je me suis fait expulser de ma meute ? Ils ont accepté que je sois élevée en leur sein par simple loyauté envers ma mère, mais dès que j'ai atteint la puberté j'ai été forcée de m'exiler.

— Non.

Il le dit plus fort, cette fois-ci, et je ricanai.

— Qu'est-ce qu'il y a ? Ça te dérange d'avoir baisé une bâtarde durant toutes ces années ?

Il ne répondit rien. Je l'examinai plus attentivement et vis à la soudaine horreur qui déformait ses traits que ma plaisanterie avait touché juste. Talon était de ceux qui croyaient dur comme fer à la supériorité de l'espèce lycanthrope, mais je ne m'étais jamais rendu compte que cela signifiait aussi qu'il ne tolérait pas les bâtards.

— Nos examens n'ont jamais montré que tu étais autre chose qu'un loup, reprit-il d'un ton dangereusement calme, et la fureur qui sous-tendait ses paroles m'effleura la peau avec la même incandescence que son désir, quelques minutes plus tôt.

— C'est normal, parce qu'en définitive je suis effectivement une louve. Cela ne pourrait être détecté que lors d'une analyse complète de mon ADN.

Il me fusilla du regard en silence pendant plusieurs secondes. Sa colère enflait de plus en plus, devenant une déferlante qui me consumait jusqu'au plus profond de mon être. Il serra les poings et je sus qu'il allait me frapper. Je laissai descendre mon bouclier psychique et m'empressai de tenter d'entrer dans son esprit… sauf que lui aussi était équipé d'un bouclier. Pour la première fois en deux ans, je remarquai le petit fil qui était tressé dans la chaîne en or blanc autour de son cou. Il était porteur d'un bouclier de protection contre les intrusions psychiques depuis que je le connaissais.

Je faillis éclater de rire. Et moi qui m'étais efforcée de ne pas laisser mes capacités psychiques le blesser…

Il enfonça son poing dans mon estomac et mon rire se transforma en une bataille désespérée pour reprendre mon souffle.

Il continua à me tabasser avec méthode. Je me débattis de toutes mes forces, essayant à tout prix de me libérer de mes entraves, autant pour survivre que pour lui arracher ses membres un à un.

— Sale lâche, crachai-je entre deux coups. Approche-toi si tu l'oses.

J'étais parcourue de tremblements, envahie par la douleur, recouverte de sang. Le monde était devenu entièrement rouge, mais ce n'était pas dû au sang. Ma rage et le loup en moi avaient pris le pouvoir et la douleur atroce ne m'atteignait même plus.

Je voulais du sang. J'en avais besoin.

S'il s'approchait juste un peu, je serais en mesure de l'attraper et de le réduire en charpie. Je recroquevillai mes doigts à cette perspective. Je voulais le bouffer, plonger mes crocs dans sa chair tendre et voir le sang jaillir de ses blessures et se mêler au mien sur le beau tapis doré.

Il n'entendit pas ce qui suivit, ou alors était-ce qu'il refusait de l'entendre ? Il prit son élan pour m'assener un nouveau coup et la porte de gauche s'ouvrit dans un grand fracas. Puis Talon disparut de mon champ de vision. Je fermai les yeux et poussai un hurlement où la frustration et la colère se mêlaient.

Des mains se posèrent sur moi et me secouèrent comme un prunier.

— Riley ? C'est Quinn. Tu es en sécurité. Tout va bien.

Sa voix fut assourdie par le rugissement du besoin qui avait envahi mes oreilles. Je le frappai à la joue, le griffant de mes doigts crochus. L'odeur du sang remplit mes narines et ma soif n'en devint que plus dévorante. Je me tordis dans tous les sens pour sucer mes doigts, savourant le sang et la peau coincés sous mes ongles. La saveur presque sucrée me fit saliver, mais elle ne suffit pas à satisfaire la faim de mort en moi.

— Riley…

— Ne lui enlève pas ses chaînes, avertit une deuxième voix étrangement calme. Elle est en pleine crise de soif de sang et nous tuera tous les deux si tu la libères.

— Qu'allons-nous faire, alors ?

— Nous, je ne sais pas, mais toi, si. (Cette voix me rappelait vaguement quelqu'un, mais mon cerveau embrumé par le désir ne réussit pas à mettre un nom dessus.) Il va falloir que tu la baises alors qu'elle est attachée.

— Doux Jésus, mais regarde l'état dans lequel elle…

— Tu n'as pas le choix. Nous n'avons presque pas pu la maîtriser à quatre lorsque nous essayions de soigner ses blessures. La soif de sang multiplie sa force par trois.

Quinn ne répondit rien. Je ne parvenais ni à le voir, ni à le sentir. Je ne réussissais pas à savoir s'il était près de moi. Je me lançai de tout mon poids en avant, testant la solidité de mes chaînes, essayant de les briser. Mes poignets hurlèrent au contact brûlant des menottes d'argent et tout mon corps se couvrit de sueur, une sueur qui sentait encore meilleur que le sexe. Mais je n'arrivais pas à la toucher, à la goûter. Les chaînes étaient trop courtes.

Quinn poussa un long soupir plein de colère.

— Occupe-toi de ce salopard et assure-toi qu'il ne puisse s'échapper.

Des doigts effleurèrent mon visage. J'essayai de mordre, mais refermai mes dents sur de l'air.

— Je m'en charge, acquiesça doucement la deuxième voix. Mais je crains que ce ne soit pas tout ce que tu vas devoir faire.

— Pardon ?

Sa voix profonde vibrait de fureur.

— Elle doit aussi boire du sang.

— Je suis un vampire. Si elle boit mon sang de son plein gré, elle prend le chemin du vampirisme.

— Je sais, mais vu qu'elle est déjà à moitié vampire, peut-être est-elle immunisée contre cette malédiction.

— Bénédiction, pas malédiction.

Il prononça ces mots d'un ton qui ne laissait aucun doute quant à la colère qui l'avait envahi.

— De toute façon, c'est un risque que nous devons prendre. Tu pourras probablement y survivre, et ce n'est pas mon cas. Regarde ses dents.

Il y eut un silence, puis Quinn reprit la parole :

— Des dents de loup.

— Et elle ne se contentera pas de mordre, elle déchiquettera tes chairs. J'ai beau être un loup, je n'oserais pas prendre le risque de me faire mordre ainsi, surtout qu'il faudra plus que quelques minutes pour satisfaire sa soif. Elle me tuera certainement. Et nous ne pouvons pas non plus faire appel à un médecin, car peu d'entre eux ont déjà vu un loup en pleine soif de sang, et encore moins sauront comment la guérir.

Quinn prit une profonde inspiration et la laissa lentement ressortir. Son souffle me frappa comme un poing et je me jetai dans sa direction en grognant et en claquant des mâchoires.

— Surveille tout ce qui se passe pendant que je m'en occupe.

— Fais attention.

— Je ne suis pas fou.

La porte claqua et le silence revint. Je sentis l'odeur du santal autour de moi et devinai que Quinn était toujours proche. J'attendis, les muscles tendus, prête à bondir dès qu'il serait à ma portée.

J'entendis un froissement de tissu, le « zip » d'une fermeture à glissière, le bruit de chaussures qu'on ôtait brusquement. L'impatience m'envahit et je sentis la soif de sang et la fièvre lunaire se livrer une bataille sans merci dans mon organisme.

Il glissa ses doigts entre mes cuisses et la chaleur de la lune prit momentanément l'avantage sur la brume rouge. Il fit aller et venir sa main sur mon sexe humide et le plaisir monta en faisant vibrer chacune de mes terminaisons nerveuses. Puis il fit glisser deux doigts en moi et caressa vigoureusement la paroi de mon vagin. Je me mis à trembler en me tortillant dans tous les sens et ce fut comme si la moindre parcelle de mon être était sur le point d'exploser de plaisir. Enfin, les digues cédèrent, et je hurlai la gloire de mon plaisir à la face de cette lune que je ne pouvais même pas voir.

Mais c'était loin d'être suffisant pour satisfaire ma faim.

Il s'approcha. Je claquai des mâchoires. Il leva le bras et le pressa contre ma bouche. Je me reculai juste assez pour pouvoir assurer ma prise et enfonçai profondément mes dents dans sa chair, déchiquetant ses muscles dans mon enthousiasme. Il n'émit pas le moindre son, mais lorsque le sang se mit à couler au fond de ma bouche, il enfonça son sexe en moi et me laboura de grands coups de reins. Je n'avais jamais ressenti rien de tel. C'était l'extase pure.

Il me fit l'amour avec force, longtemps, jusqu'à ce que les frémissements qui parcouraient mon corps se calment enfin et que ma soif soit étanchée par la saveur de son sang et de sa sueur. Finalement, il n'y eut plus rien qu'une délicieuse langueur et une irrésistible envie de dormir. Et, pour une fois, c'était une envie que je pouvais me permettre de satisfaire sans l'aide de quiconque.

Quand je me réveillai, de nouveau saine d'esprit, je sentis le contact du satin au lieu de celui du mur dans mon dos. La pièce était envahie d'une douce lumière qui était vraisemblablement celle du soleil couchant et mon corps était rassasié, mes douleurs presque imperceptibles. Mais le goût du sang envahissait ma bouche. Tout ce dont je me souvenais, c'était de la somptueuse saveur de sa chair quand mes dents l'avaient déchiquetée…

Je sentis mon estomac se soulever et dégringolai du lit avant de me précipiter vers la salle de bains. J'y arrivai juste à temps.

Quand il n'y eut plus rien à vomir, je tirai la chasse et me laissai aller en arrière en fermant les yeux. Je sentais toujours le goût du sang sous celui de la bile. Il fallait que je me lève et que je trouve quelque chose de sucré pour me rincer la bouche, sinon j'allais encore vomir. Mais, à cet instant précis, je n'avais même pas la force de me relever.

J'entendis un bruit de pas qui s'approchaient. La démarche tranquille et l'odeur qui le précédaient me dirent qu'il s'agissait de Quinn. Mais je n'ouvris pas les yeux. Je ne voulais pas voir les dégâts que j'avais causés.

— Comment m'as-tu retrouvée ?

— J'ai vu Talon t'enlever, mais je n'ai pas pu venir à ton secours à cause des griffons. (Il s'immobilisa face à moi et je sentis sa chaleur à défaut de le voir, lui.) Dès que j'ai pu, j'ai appelé Liander et je lui ai demandé de lancer une recherche sur toutes les adresses connues de Talon.

C'était donc la voix de Liander que j'avais entendue plus tôt.

— Mais il m'a assuré que cet endroit avait été récemment acheté par une filiale de son entreprise. Comment avez-vous fait pour me retrouver ?

— C'était justement l'une des filiales que Jack avait découvertes. Vu qu'il s'agissait d'un achat récent, on a pensé que cela valait le coup d'essayer.

Et Talon qui s'était cru tellement malin ! Mais toute trace d'amusement laissa la place à l'appréhension : celle de savoir ce qui s'était passé et ce que j'avais fait subir à Quinn.

Ce qu'il m'avait fait subir, aussi.

— Je ne veux pas devenir un vampire à ma mort, chuchotai-je d'une voix étranglée.

Je déglutis pour soulager ma gorge sèche, mais cela eut pour seul résultat de faire redescendre le goût amer, et mon estomac eut un soubresaut d'avertissement.

— Je déteste le goût du sang.

Je n'avais jamais goûté de sang humain avant cette expérience de folie lunaire, mais j'avais assez chassé de lapins dans ma vie pour savoir que chaque fois que je plongeais mes crocs dans leur chair, le goût du sang chaud dans la gorge m'avait donné la nausée. Rhoan pensait que j'étais une végétarienne qui refusait de l'admettre.

— Beaucoup de vampires détestent ce goût, au début. (Il me mit un verre dans la main.) Mais il faudrait que nous partagions le sang par trois fois, et que nous organisions une cérémonie lors de cette troisième occasion, pour que tu sois susceptible de devenir un vampire après ta mort.

Je levai les yeux vers lui, étonnée.

— Je ne savais pas ça.

Il leva les sourcils avec amusement.

— Si ce n'était pas le cas, tu imagines bien que le monde serait envahi par les vampires à l'heure actuelle.

— Je n'y avais jamais vraiment réfléchi.

Il poussa ma main vers ma bouche et força le verre contre mes lèvres.

— Rince-toi la bouche. Tu te sentiras un peu mieux, crois-moi.

Ce n'était pas de l'eau dans ce verre, mais un liquide à la fois sucré et épicé. Quoi que ce soit, en tout cas, cela fonctionna et je me sentis effectivement mieux sans ce goût amer et métallique dans ma gorge. Il me reprit le gobelet et le rinça au robinet.

Son bras était recouvert de bandages du poignet au coude, et le fait qu'il ne soit pas immobilisé en écharpe laissait penser qu'au moins, je ne lui avais pas broyé les os. Néanmoins, il utilisa sa main gauche pour rincer le gobelet et fermer le robinet.

— J'ai fait beaucoup de dégâts ?

Il haussa les épaules.

— Rien que mon organisme ne puisse guérir.

— Cela ne répond pas à ma question.

— En effet.

Il tendit la main gauche et je glissai mes doigts contre sa paume. Il m'aida à me relever et m'embrassa affectueusement sur le front, laissant ses lèvres s'attarder et son haleine réchauffer ma peau moite. Puis il fit un pas en arrière.

— Je devrais avoir des cicatrices du coude au poignet.

S'il s'en sortait avec des cicatrices, c'était que j'avais tout fait à part lui broyer les os. Je fermai brièvement les paupières.

— Je suis désolée.

— Tu ne faisais qu'obéir aux besoins de ton corps. Ce n'est pas ta faute à toi, mais celle d'un autre.

Même si son ton était plein de douceur, quelque chose dans son expression me dit que le temps que nous avions passé ensemble touchait à sa fin. Certes, il me désirait toujours, mais il était prêt à passer à autre chose.

Je pris une profonde inspiration, mais cela ne fit pas grand-chose pour apaiser la soudaine bouffée de colère qui m'avait envahie. Le loup en moi était peut-être rassasié, mais bon Dieu, ça ne m'empêchait pas de vouloir casser la gueule de Talon. Pas seulement pour ce qu'il m'avait fait, mais aussi pour la manière dont il avait totalement détruit toute chance pour Quinn et moi de faire un bout de chemin ensemble.

— Il est mort ?

Une fureur froide étincela dans son regard.

— Non.

— Très bien, parce que je meurs d'envie de lui défoncer la figure.

— Quand nous remettrons la main dessus, je m'assurerai que tu sois la première à le frapper.

L'incrédulité m'envahit et je le regardai d'un air ahuri.

— Vous l'avez laissé s'échapper ?

— Nous ne l'avons pas fait exprès. Quelques hommes à lui sont arrivés alors que je m'occupais de toi. Quand j'ai compris ce qui se passait et que je me suis précipité pour aider Liander, c'était trop tard. Il s'était enfui.

— Putain.

— C'est exactement ce genre de réaction qui nous a amenés dans cette situation.

J'eus une nouvelle bouffée de colère.

— C'est ma faute, maintenant ? Je n'aurais jamais rien pu faire contre la soif de sang, je te rappelle.

— Vraiment ? Si tu avais accepté mon offre de te soulager dans le parking au lieu de jouer à ce petit jeu, nous n'en serions pas là.

— Peut-être la soif de sang ne serait-elle pas arrivée aussi vite, mais de toute façon il m'aurait quand même enlevée et enchaînée. Et, partant de là, ce n'était qu'une question de temps avant qu'elle intervienne.

— Nous t'aurions trouvée avant qu'il soit trop tard.

Peut-être bien que oui, peut-être bien que non. Talon aurait de toute façon senti la violence de mon besoin et su si j'étais proche ou non du point de non-retour. Peut-être ne m'avait-il emmenée dans cette maison que parce qu'il savait qu'il lui restait peu de temps pour m'enchaîner ?

Cela me fit penser à autre chose.

— Pourquoi n'as-tu pas fait en sorte qu'il ne puisse s'échapper ? Je ne sais pas, en le forçant psychiquement à obéir à tes ordres, par exemple.

— Il portait un dispositif de protection.

— Et alors ? Tu aurais pu le lui enlever.

— En effet, mais j'avais d'autres problèmes plus urgents sur le feu.

Il parlait évidemment de moi.

— J'étais enchaînée. Tu aurais pu faire ce que tu voulais.

— Pas alors que je voyais la douleur qui te tordait.

Ma colère s'évapora en partie en entendant ces paroles. Il posa la main sur ma joue, son pouce effleurant mes lèvres. Mon regard croisa le sien plein de fièvre, et mon pouls s'accéléra. La lune avait beau ne pas être encore levée, vu qu'il faisait toujours jour, la simple proximité de Quinn suffisait à attiser mon désir.

C'était sacrément dommage qu'il habite à Sydney et qu'à l'issue de cette affaire, il n'hésiterait pas à s'en aller sans un regard derrière lui, tout simplement parce que j'étais un loup-garou et que nous étions des êtres qu'on pouvait baiser, mais avec qui il était inenvisageable de s'impliquer sentimentalement.

Ce n'est pas tant que je désirais m'impliquer sentimentalement. Mais je voulais vraiment explorer les limites du territoire de notre attirance mutuelle.

— Penses-tu que Talon était à l'origine des créatures qui nous ont attaqués ? demandai-je.

— Non.

— Pourquoi ?

— Parce que je ne le vois pas lâcher ses créatures sur nous avant de les tuer pour te sauver. Et aussi parce qu'il y avait d'autres personnes, là-bas, qui étaient venues assister au spectacle.

Il y avait de la nervosité dans sa voix et cela m'intrigua.

— Tu as réussi à leur mettre la main dessus ?

— Non. Mais j'ai vu leur camionnette partir et aperçu une partie de leur plaque d'immatriculation. Jack a consulté la base informatique pour en savoir plus, concernant la plaque ou le nom de l'entreprise inscrit sur le véhicule. (Il s'interrompit un instant, et son petit sourire fit faire quelques sauts périlleux à mon cœur.) Il semble que nous ayons suivi une mauvaise piste dans nos recherches concernant Genoveve.

Cela n'était pas tellement surprenant, vu que nous nous étions basés sur ce que nous avions trouvé, c'est-à-dire pas grand-chose.

— C'était l'une de leurs camionnettes ?

— Oui. Sauf qu'il ne s'agit pas du tout d'une entreprise en rapport avec l'armée ou la recherche. C'est une fabrique de bonbons.

Je clignai des yeux. Des bonbons ?

— Mais qu'est-ce que cela a à avoir avec le clonage et l'hybridation ?

— Dieu seul le sait. Peut-être ont-ils simplement volé cette camionnette parce qu'elle n'éveillerait les soupçons de personne.

— Sauf que ce serait une sacrée coïncidence, étant donné que mes ravisseurs disaient aussi m'emmener dans un endroit nommé Genoveve. (Je fronçai les sourcils en mordillant distraitement ma lèvre inférieure.) Tu sais, j'ai la désagréable impression d'avoir déjà vu ce nom avant.

— Probablement dans les rayons d'un supermarché.

— Non, autre part.

Il plissa le front.

— Où ça ?

J'ouvris la bouche pour lui dire que, si je m'en souvenais, je le lui aurais dit, quand soudain la mémoire me revint.

J'avais vu ce nom près d'un an auparavant et, dans les circonstances où cela s'était produit, c'était un miracle que je m'en souvienne encore.

J'avais eu un rendez-vous avec un nouvel amant, et nous nous étions rendus à son bureau pour des raisons qui m'échappaient aujourd'hui. Genoveve était un nom inscrit sur l'un des dossiers que nous avions balayés de la surface de son bureau dans notre hâte de dégager assez d'espace pour faire l'amour.

Je fermai les yeux, refusant d'admettre que j'avais peut-être été victime d'une nouvelle trahison.

Parce que mon compagnon, ce soir-là, était le directeur et le propriétaire des entreprises Rollins.

Misha.

Chapitre 13

Quinn me serra plus fort le bras.

— Quoi ?

— Ce n'est probablement rien.

En tout cas, je l'espérais. Le destin aurait été bien trop cruel si j'avais dû être trahie par deux fois.

— Dis-moi.

J'inspirai profondément et expulsai lentement l'air de mes poumons.

— J'ai toujours eu l'impression de connaître ce nom et je viens de me rappeler pourquoi. Mon deuxième amant avait un dossier sur son bureau intitulé « Confiseries Genoveve ».

— As-tu pu y jeter un coup d'œil ?

— Pour quelle raison ? C'était il y a plus d'un an, et nous n'avions que le sexe à l'esprit à ce moment-là. C'est déjà un miracle que je m'en sois souvenue.

Il lâcha mon bras et recula d'un pas.

— Comment s'appelle-t-il ?

— Misha Rollins.

— Le même Misha à qui tu parlais au téléphone lorsque nous sommes arrivés au cimetière ?

Je le regardai fixement alors que la signification de ses paroles m'apparaissait et qu'une sensation de froid m'envahissait le ventre.

— Il doit y avoir une dizaine de Camp Roads à Melbourne, et, même si c'était lui qui était derrière cette agression, je ne vois pas comment on aurait pu nous localiser aussi précisément et aussi rapidement.

Néanmoins, je me souvenais de ce que m'avait dit Talon. Et que je portais une puce de traçage dans le bras. De plus, il avait utilisé le mot « nous ». Cela signifiait-il que Misha et lui étaient complices dans cette histoire de fous ? Et, si c'était le cas, pourquoi nous attaqueraient-ils avec leurs créatures avant de les tuer ?

Cela n'avait aucun sens. Rien dans cette histoire n'avait de sens.

— Il avait ton numéro de téléphone et tu avais laissé celui-ci allumé.

— Ils n'auraient eu nul besoin de triangulation satellite : il s'avère que j'ai un dispositif de traçage dans le bras.

— Alors, on ferait mieux de l'enlever.

— Misha n'est pas responsable de notre agression.

Je ne voulais pas croire le contraire. Je refusais. Parce que sinon, je ne pourrais plus jamais faire confiance à mon instinct.

Le visage de Quinn était totalement fermé.

— Pourquoi n'allons-nous pas lui poser la question directement ?

— Ne serait-il pas plus prudent d'attendre de voir ce que Jack a à nous dire à ce propos ?

Son expression ne changea pas d'un iota, mais je sentis une bouffée de colère s'échapper de lui.

— Très bien.

Il fit volte-face et sortit à grandes enjambées de la salle de bains. Je le regardai s'éloigner, même si à cet instant précis j'aurais largement préféré l'attraper et lui faire l'amour. Et cela n'avait rien à voir avec la fièvre lunaire, plutôt avec le fait que je voulais profiter le plus possible de ce qui était si bon… et sur le point de m'échapper.

Avec un soupir, je fis couler l'eau dans la douche et me mis sous le jet lorsqu'il fut assez chaud. Quand j'eus terminé de rincer la sueur et le sang qui recouvraient mon corps, j'examinai mes blessures diverses et variées. Mon ventre était sensible au toucher et trois cicatrices d'un rose pâle barraient l'arc-en-ciel d'ecchymoses qui ornait ma peau. Mes bras étaient eux aussi couverts de petites coupures en voie de cicatrisation, ainsi que mes épaules et mes cuisses. Je ne me rappelai pas avoir changé de forme durant la nuit, mais cela devait être le cas, parce que sinon de telles blessures n'auraient jamais pu guérir aussi vite.

Je sortis de la douche et me séchai, puis revins dans la chambre dans l'intention de dénicher de quoi me vêtir. Je m'aperçus que mon sac se trouvait au pied du lit. Liander devait l'avoir rapporté de la grange. J'enfilai ma jupe et un chemisier et fus ravie d'avoir eu l'idée d'emporter une culotte de rechange lorsque j'étais partie au club, quelques jours auparavant. Une fois habillée, je parcourus un large couloir, traversai un salon plongé dans l'ombre et débouchai dans une cuisine plus vaste que tout mon appartement. Une myriade de lumières brillaient de l'autre côté de la fenêtre, laissant deviner de nombreuses maisons sur la pente que dominait la demeure où je me trouvais. Un peu plus loin, des vagues déferlaient sur une rive invisible, réfléchissant les lumières de celle-ci.

Liander était assis à une table en verre tarabiscotée et lisait le journal, mais il leva les yeux en m'entendant arriver. Il avait un œil au beurre noir et des bleus plein les bras.

Son regard me parcourut, s'arrêtant un bref instant sur la cicatrice qui barrait ma cuisse. Cela n'avait rien de sexuel et trahissait plutôt son inquiétude à mon propos.

— Ça va mieux ?

— Beaucoup mieux, merci. Et toi ?

Il haussa les épaules.

— Je pense que c'est surtout ma fierté qui en a pris un coup. Ils n'étaient que quatre, et pourtant ils ont pris l'avantage sur moi.

— Que quatre ? Bon sang, tu te laisses aller, commentai-je d'un air ironique qui lui arracha un petit sourire.

— Il fut un temps où j'aurais pu en mettre le double KO.

— Ta carrière militaire remonte à un certain nombre d'années, aussi.

— Cela ne devrait pas avoir la moindre influence là-dessus. Je fais tout ce qu'il faut pour garder la forme.

— Oui, mais il y a une différence entre la forme d'un militaire et celle d'un civil. Après tout, tu n'avais aucune raison de t'entraîner pour de tels combats.

— C'est vrai.

Je me dirigeai vers le réfrigérateur en espérant y trouver de quoi manger, mais il n'y avait que quelques fruits trop mûrs à l'intérieur. Visiblement, et malgré ce qu'avait prétendu Talon, il n'avait pas eu l'intention de rester ici bien longtemps. J'attrapai une pêche à l'aspect acceptable et claquai la porte du frigo.

— Où est Quinn ?

Liander fit un signe de tête en direction des portes-fenêtres qui se trouvaient à ma droite.

— Il est dans la véranda, au téléphone, pour obtenir des renseignements sur Misha. (Il eut un instant d'hésitation et ses traits se crispèrent.) Il se sert de nous, tu sais ?

— Ouais. Tout ce qui l'intéresse, c'est le sort de son ami.

— Tu veux dire celui dont on a utilisé l'ADN pour fabriquer ces clones ?

J'acquiesçai en mordant dans ma pêche.

— J'imagine que Rhoan t'a un peu raconté ce qui se passait ?

Ses yeux se plongèrent dans les miens.

— Il n'y a aucun secret entre nous deux, Riley.

Je me rappelai soudain ce qu'il avait raconté à Quinn lorsque j'étais perdue dans la soif de sang et je pris conscience qu'il savait ce que nous étions… tout simplement parce que Rhoan le lui avait dit. Cela me fit extrêmement plaisir de voir que mon frère avait trouvé un compagnon qui l'aimait pour ce qu'il était vraiment.

Même si, au fond de moi, je doutais que Rhoan soit bien conscient de la chance qu'il avait.

Liander referma son journal et se laissa aller contre le dossier de sa chaise.

— Rhoan m'a aussi parlé des mauvaises expériences de Quinn en ce qui concerne les loups-garous. Fais attention à toi.

J'essuyai le jus de pêche qui coulait sur mon menton du revers de la main.

— D'abord mon frère, puis l'amant de celui-ci, soupirai-je d'un ton plein d'exaspération. Vous ne voudriez pas me faire un peu confiance, plutôt ?

Il sourit, mais l'inquiétude continua à faire briller ses yeux argentés.

— Tu es en général l'une des personnes qui a le plus les pieds sur terre parmi celles que je connais, mais le cœur a ses raisons que la raison ignore, tu le sais bien.

— Je ne connais pas Quinn depuis assez longtemps pour que mon cœur ait quoi que ce soit à voir dans l'histoire. À l'heure actuelle, c'est juste un nouveau partenaire sexuel.

Un partenaire sexuel auquel je pourrais aisément m'attacher s'il m'en laissait le temps, il fallait le reconnaître. Mais vu qu'il n'avait justement pas l'intention de traîner dans les environs, pourquoi est-ce que tout le monde s'inquiétait autant ?

— Les hommes qui sont venus chercher Talon étaient-ils des humains ?

Il secoua la tête en souriant, pas dupe de mon soudain changement de sujet.

— Non, c'étaient des loups.

— Et leur odeur ?

Il haussa les épaules.

— Une odeur de loups et d'hommes.

Ce n'étaient donc ni des clones, ni des produits de laboratoire. Ce qui était probablement une bonne chose :

cela laissait penser que la folie de Talon était ordinaire, pas du genre « Je veux dominer le monde ».

— Et Jack a été informé des événements ?

— Oui. (Il consulta sa montre.) Ils ne devraient pas tarder à arriver.

Je levai un sourcil.

— Est-ce bien prudent ? Je veux dire, étant donné que ces gens passent leur temps à nous mettre la main dessus, ne vaudrait-il pas mieux que nous restions séparés en deux groupes distincts ?

Cela étant, j'avais un dispositif de traçage dans le bras. Peut-être était-ce pour cela qu'ils n'arrêtaient pas de nous trouver. Talon était celui qui l'avait inséré sous ma peau, mais rien ne garantissait que quelqu'un d'autre n'avait pas découvert le signal émis.

— Probablement, mais ce n'est pas moi qui commande, c'est Jack.

Et ce dernier ferait ce que bon lui semblait. Et peut-être voulait-il justement qu'ils arrivent jusqu'à nous. Après tout, c'était une manière comme une autre de découvrir qui se cachait derrière tout cela.

Je finis ma pêche et jetai le noyau dans la plus proche poubelle. De l'extérieur nous parvint le ronronnement d'une voiture qui s'approchait. Liander se leva et s'approcha d'un air faussement dégagé de la fenêtre pour voir de quoi il s'agissait.

— Jack et Rhoan, annonça-t-il au bout d'un moment.

Il alla leur ouvrir la porte principale et je me tournai en entendant Quinn revenir de la véranda.

— Tes sources ont-elles pu t'apprendre quelque chose sur Misha ?

— Pas encore, répondit-il. On devrait me rappeler d'ici une heure.

Je croisai les bras.

— Vas-tu partager tes renseignements avec Jack ?

— Oui, répondit-il.

Mais, ce qu'il voulait vraiment dire, c'était « non ».

J'eus un sourire triste.

— Et tu as l'intention de tuer ceux qui ont retenu Henri prisonnier toutes ces années ?

— Je ne suis pas un tueur.

— Tu diras ça au clone dans les toilettes.

— C'était un clone. C'est différent.

Je voulus lui demander en quoi, mais mon frère choisit cet instant précis pour entrer dans la pièce. Son regard passa de Quinn à moi et il plissa légèrement les yeux.

— Tu vas bien ? demanda-t-il en m'étreignant avec force.

— Oui, répondis-je. Je veux juste que si tu trouves Talon avant moi, il soit encore assez vivant pour que je puisse le tabasser moi-même.

— Je tâcherai de m'en souvenir, assura-t-il avant de me relâcher légèrement. Est-ce qu'il t'a dit quoi que ce soit d'intéressant ?

— Rien de neuf. Juste sa même vieille obsession.

— Cet enfoiré a vraiment besoin d'une bonne leçon.

Il se tourna en gardant un bras autour de mes épaules. Jack avait donné deux petits coups sur la table pour attirer notre attention.

— Nos explorations de l'ancienne base militaire n'ont rien révélé de plus que des installations destinées à la fabrication de produits cosmétiques. Et pour le moment, les recherches que nous avons lancées à propos des Confiseries Genoveve n'ont pas donné grand-chose. Il semblerait que les véritables propriétaires aient eux aussi voulu dissimuler leurs traces.

— Il se peut que nous ayons un indice à ce propos, intervins-je en devançant Quinn. Il y a un an, Misha avait sur son bureau un dossier intitulé « Confiseries Genoveve ». Il serait peut-être utile de lui demander directement quelles relations ils entretiennent.

Jack me dévisagea un instant, ses yeux verts plissés, mais brillant de l'amusement que je commençais à m'habituer à y voir. Il jouait toujours à son petit jeu qui avait pour but de m'embringuer dans son équipe, mais en l'occurrence je n'avais pas la moindre intention d'esquiver ses manigances. Ceux qui étaient responsables de l'existence de ces créatures devaient à tout prix être arrêtés et, si je pouvais jouer un rôle dans leur arrestation, alors je le ferais avec enthousiasme. Ne serait-ce que pour qu'ils cessent de s'en prendre à moi.

— Tu sais, fit-il d'un air dégagé, cela pourrait être une très bonne idée. Surtout si tu t'arranges pour le voir en dehors de son bureau.

— Que je joue les appâts pendant que vous vous introduirez dans son bureau, c'est ce que tu veux dire, n'est-ce pas ?

Il me sourit de toutes ses dents.

— Chérie, je suis bien content que tu sois dans mon camp.

— Je ne suis dans le camp que de Rhoan et moi.

— Pour le moment.

— Pour toujours.

Il secoua la tête. Il n'abandonnerait pas son idée fixe malgré tout ce que je pourrais lui dire. Et je supposais qu'il avait raison de persévérer. Après tout, selon les effets qu'aurait ou non le traitement antistérilité sur moi, je serais peut-être bien obligée de rejoindre le programme des gardiens que je le veuille ou non.

— Cela pourrait être dangereux pour Riley, observa Quinn, surtout si c'est bien Misha qui se cache derrière les clones et les hybrides.

— Ce n'est pas une gardienne, renchérit Rhoan. Tu ne peux pas lui demander une telle chose, elle n'a pas reçu l'entraînement nécessaire.

— Tout ce qu'on lui demande, c'est de se comporter comme n'importe quel loup-garou lorsque la lune brille haut dans le ciel.

— On lui a tiré dessus, on a essayé de l'enlever, s'obstina Rhoan. Je ne pense pas que ce soit prudent de l'envoyer là-bas seule.

— Je ne serai pas seule.

Jack me jeta un regard curieux.

— Cela ne t'ennuie pas de devoir faire cela ?

— Non.

Bon Dieu, s'il fallait être honnête, lorsque la nuit tomberait ce soir et que la fièvre ferait bouillir mon sang, je me ficherais d'avec qui je dansais, tant que je dansais.

— Mais on a un autre problème.

Ses yeux s'étrécirent.

— Quoi ?

— Talon a mis un dispositif de traçage dans mon bras.

— Il y a des balises de repérage dans la voiture. Nous en réglerons quelques-unes sur la fréquence de ta puce. Ainsi, si quelque chose devait t'arriver, nous serions en mesure de te trouver.

C'était aussi le cas de Talon, mais je n'y voyais pas d'inconvénient. Mes poings avaient deux mots à dire à sa figure.

— J'espère que cette fois-ci, tu ne vas pas nous demander de rester hors de tout cela, Quinn et moi, intervint Liander d'un ton sans réplique.

— Non. Ta spécialité dans l'armée étant l'électronique, cela pourra nous être utile pour pénétrer dans le bureau de Collins. Quinn jouera les gardes du corps pour Riley, au cas où Talon essaierait de nouveau de l'enlever.

Quinn ne dit rien, mais il était évident qu'il était mécontent de ne pas pouvoir s'impliquer dans les choses sérieuses. Je me demandai s'il serait encore là quand je sortirais du club.

Jack me lança son téléphone et déclara :

— Messieurs dames, que le spectacle commence !

Il était près de 21 heures quand nous arrivâmes au *Blue Moon*. Le ciel nocturne était piqueté d'une multitude d'étoiles, la lumière argentée de la lune chantait dans mes veines et chacune de mes terminaisons nerveuses vibrait comme une corde de violon sur le point de céder.

Quinn gara la voiture dans une allée sombre, de l'autre côté de la rue, et contempla le bâtiment illuminé de bleu d'un air pensif.

—On dirait qu'il y a du monde.

Son expression n'avait pas varié d'un iota dans les dernières heures, et il avait toujours un regard aussi froid que de l'obsidienne. Si nous avions été en couple ou quelque chose du genre, j'aurais pu penser qu'il était contrarié – pour ne pas dire jaloux – que j'aie l'intention d'aller danser avec Misha. Mais vu son opinion des loups-garous et le fait qu'il ne voulait rien de plus de moi qu'un peu de bon temps, son attitude était tout simplement ridicule.

—J'ai toujours une table réservée à mon nom les deux jours précédant la pleine lune, donc je n'aurai aucun problème pour entrer.

Je parcourus du regard la file de loups qui attendaient de pouvoir entrer et aperçus l'homme qui se trouvait devant la porte. C'était Jimmy. Je me détendis un peu. Au moins y aurait-il une autre personne en qui je pouvais avoir confiance, des fois que Quinn disparaisse et que je me retrouve dans une situation délicate.

Quinn se pencha vers la banquette arrière et saisit la balise qui s'y trouvait. Elle émit un petit « bip » qui résonna dans le silence de la voiture.

—As-tu une idée de la portée de ce truc ?

—Non, mais elle doit au moins être de deux ou trois kilomètres. Talon s'en est servi pour nous trouver lorsque nous étions au Directoire, et ni son bureau ni son domicile ne sont dans le même coin.

Quinn acquiesça.

—Fais attention à toi lorsque tu seras à l'intérieur. Si tu as besoin d'aide, baisse ton bouclier psychique et hurle mentalement.

Je levai les sourcils d'un air surpris.

—Est-ce bien prudent de baisser le tien ? N'oublie pas que tu es garé juste à l'extérieur d'un club de loups-garous plein à craquer… toutes ces auras, ce ne sera pas un peu trop envahissant ?

—Non.

—Pardon ?

Il eut un instant d'hésitation.

—Parce que je n'aurai pas besoin de le baisser. Je t'entendrai à travers.

—Comment ça ?

—Nous avons partagé notre sang. Je suis mieux accordé psychiquement avec toi, maintenant.

—Cela signifie que tu peux lire dans mes pensées quand tu le désireras ?

—Non, ton bouclier est trop puissant. Mais si tu le baisses et que tu m'appelles, je t'entendrai.

Si je l'appelais dès maintenant, est-ce qu'il viendrait ? Pas à moi, mais avec moi ? En moi ? D'une certaine manière, j'en doutais. De toute façon, si Misha était effectivement derrière cette histoire, il fallait que ma fièvre soit à son maximum. J'avais besoin que mon aura le frappe de plein fouet et qu'il n'ait pas le temps de réfléchir, juste de réagir. Puis, durant notre accouplement, j'obtiendrais les réponses que je voulais, que cela soit verbalement ou en lisant ses pensées.

—Je ne sais vraiment pas combien de temps cela va me prendre.

Il haussa les épaules.

—Je ne vais nulle part.

Ça, c'est ce qu'il disait. Je saisis la poignée de la portière et eus un moment d'hésitation.

— Quinn…

— Il n'y a rien entre nous, fit-il doucement. Rien à part du supersexe, évidemment.

Il n'avait pas tort : à l'heure actuelle, il n'y avait rien de plus que du supersexe. Mais cela faisait à peine quelques jours que nous nous connaissions et tout laissait à penser, même maintenant, qu'il pourrait y avoir davantage. Que cela soit une vraie relation amoureuse ou simplement une véritable amitié avec du sexe en plus, c'était quelque chose que seul le temps pouvait nous dire. Et, quoi qu'en pensent Rhoan et Liander, j'étais tout à fait prête à nous donner une chance et à explorer les différentes options à notre disposition.

— Du supersexe, c'est un bon début.

Il eut un sourire mélancolique qui me fit manquer un battement de cœur.

— Je ne suis pas partageur, Riley, et je n'ai pas envie de me retrouver entraîné dans toute cette culture lycanthrope. Ce n'est simplement pas moi.

Je levai les sourcils.

— Même si ça signifie que tu perdras l'occasion d'avoir du supersexe ?

— Oui. (Il détourna le regard.) Tu ferais mieux d'y aller. Il est probablement déjà à l'intérieur.

— Probablement, oui.

J'étudiai son profil encore quelques instants, puis me penchai en avant pour plaquer un baiser sur sa joue.

Sauf qu'il se tourna juste à ce moment-là, et que mes lèvres atterrirent sur les siennes. Ce fut un long baiser passionné, une lente possession qui me coupa le souffle et me laissa dans un état où je le désirais, lui, plus que toute autre chose au monde.

— Vas-y, dit-il seulement quand nos lèvres se séparèrent, et son accent irlandais était alors si fort que c'est tout juste si je le compris.

Je sortis de la voiture. Immédiatement. Je n'avais pas le choix.

Jimmy me salua joyeusement et ouvrit la porte pour moi, me faisant dépasser toute une file de loups qui se mirent à protester à mi-voix. Un autre gorille attendait près de la deuxième porte : Stan, le frère de Jimmy. Il était légèrement plus petit et plus mince que Jimmy, mais en dehors de cela c'était une copie presque conforme de son frère, sauf que lui avait encore toutes ses dents.

— Salut, Riley, gronda-t-il. Misha a demandé où tu étais quand il est arrivé, il y a une dizaine de minutes.

J'eus un sourire crispé.

— Merci, Stan.

Il me fit un signe de tête.

— C'est bourré à craquer, ce soir. C'est une bonne chose que tu aies réservé une table.

— Ouais.

Je pris une clé de vestiaire, comme d'habitude, puis pénétrai dans le club.

Les étoiles holographiques brillaient de mille feux au plafond, leur lumière encore plus vive que la lune bleue qui venait à peine de se lever dans un coin du club.

La piste de danse était un maelstrom de corps nus virevoltants et la plupart des tables étaient occupées. L'air était aussi brûlant que la musique et saturé de l'odeur de la luxure et du sexe. Je respirai profondément pour m'imprégner par chaque pore de ma peau et jusqu'à la moelle de cette atmosphère.

Si je voulais un jour m'impliquer plus sérieusement avec Quinn, il faudrait probablement que j'abandonne ce type de danse. Mais c'était ma nature. La liberté et l'excitation de ces danses lunaires faisaient partie de moi, et je refusais de nier ma nature juste à cause de sa sensibilité si humaine. Je n'étais pas humaine et il n'avait aucun droit de me juger d'après ces critères. Me demander d'arrêter les danses de la lune, ce serait comme lui demander d'arrêter de boire du sang. Ce n'était pas juste, et ce n'était pas normal.

Je descendis l'escalier et entrai dans le vestiaire. Misha était peut-être en train de m'observer et je devais agir comme je l'avais toujours fait ces derniers mois, y compris en prenant une douche et en pliant soigneusement mes vêtements.

Quand je sortis du vestiaire, j'étais aussi nue que tous les clients du club. Je parcourus les tables du regard jusqu'à apercevoir la mienne, mais il ne s'y trouvait pas. Ce qui signifiait qu'il était soit sur la piste de danse, soit dans l'une des alcôves privées avec quelqu'un d'autre.

Je traversai la piste de danse et le riche arôme de sueur et de concupiscence m'enveloppa, me coupant le souffle puis me faisant haleter. Le contact de la chair nue brûla ma peau et fit battre encore plus fort mon cœur déjà palpitant.

Des mains m'agrippèrent et me firent virevolter avant de m'attirer contre un corps puissant, élancé et hâlé. Son propriétaire me décocha un sourire éblouissant en m'enlaçant par la taille et m'entraîna dans une danse à la fois joyeuse et sensuelle.

La lune, l'atmosphère et mes hormones en folie faisaient que j'étais plus que prête à prendre ou à être prise. Aurait-ce été un autre jour, dans d'autres circonstances, j'aurais probablement cédé à cette impulsion ici et maintenant.

L'étranger effleura mes lèvres des siennes, une caresse légère qui portait en elle la promesse d'une chaleur merveilleuse.

— Je te veux, dit-il doucement. Es-tu libre d'aller plus loin dans cette petite danse ?

Il avait une voix qui était aussi joueuse que sa manière de danser et j'appréciai le fait qu'il demande plutôt que de se servir, comme d'autres sur cette piste n'auraient pas hésité à le faire. Son corps écrasé contre le mien était plus qu'agréable, une irrésistible tentation. Je pris une grande inspiration en me forçant à me souvenir de la raison pour laquelle je me trouvais ici.

—Malheureusement non, pas pour le moment, murmurai-je en me serrant juste un peu contre lui.

Il était à peine plus grand que moi, et son corps brûlant pressait le mien exactement aux bons endroits. Ses yeux étincelèrent d'une lueur amusée et d'un désir puissant.

—Je m'appelle Kellen.

—Moi c'est Riley.

—Tu es une habituée ?

—Oui. Et toi ?

—C'est la première fois que je viens. Mais j'ai dans l'idée que j'aurai des raisons de revenir.

Je lui souris, amusée et flattée par la lueur coquine et néanmoins déterminée qui brillait dans ses yeux, par la manière dont son corps s'accordait si bien au mien.

—Je n'hésiterai pas à te saluer.

Il leva ma main et embrassa le bout de mes doigts.

—C'est entendu, dit-il, avant de me laisser virevolter dans la folie de la danse.

Je trouvai Misha à peine quelques secondes plus tard. Il était presque au centre de la foule tournoyante, en train de danser avec plusieurs louves argentées ; lorsqu'il se posa sur moi, son regard me fit l'effet d'une lave en fusion. Son désir était si puissant qu'il me coupa le souffle et me picota la peau. Cela me surprit. Misha n'était pas du genre patient quand il s'agissait de son plaisir et les trois louves avec lesquelles il dansait ne semblaient pas des plus farouches.

Il m'attrapa par la main et m'attira contre lui en tournant le dos à ses cavalières argentées. Leur colère fut comme une brutale flambée qui se fondit aussitôt dans l'atmosphère de concupiscence qui nous entourait.

Il ne dit rien, se contentant de m'entraîner au cœur de la foule, là où les corps se pressaient les uns contre les autres avec une force hallucinante et où l'odeur de sexe était si forte qu'elle en semblait presque liquide. J'avais des difficultés à respirer tellement le désir était puissant en moi, mais pourtant je n'étais pas assez partie pour ne pas sentir la fureur qui brûlait en lui.

Il plaqua une main sur ma nuque et me dévora la bouche d'un baiser carnassier qui me sembla durer des heures.

— Tu aurais dû me demander, Riley, finit-il enfin par murmurer. J'aurais répondu à tes questions.

Je lui mis les bras autour du cou et continuai à jouer le jeu, même si je savais que celui-ci était terminé.

— C'est justement ce que je suis venue faire : te poser des questions.

— Peut-être. Ou plutôt sers-tu à détourner mon attention ?

Je ne pouvais pas bouger, impossible de m'enfuir, et pour tout dire je n'en avais pas la moindre envie. Il était trop proche et son contact était tellement agréable.

— Qu'est-ce qui te fait penser cela ?

— Le fait que trois minutes avant que tu arrives, j'ai été informé que quelqu'un était entré par effraction dans mon bureau de Collins Street, répondit-il avec un sourire crispé. Ils peuvent chercher tant qu'ils veulent, ils ne trouveront rien.

— Tu en es si certain que tu ne vas pas les en empêcher ?

— Exactement.

La chaleur était étouffante, une chaleur qui venait autant de Misha que des loups qui se pressaient autour de nous. Chaque respiration emplissait mes poumons d'une faim dévorante et, sur ma peau, la sueur étincelait de la lumière bleue des étoiles comme des petits diamants. J'arrivais à peine à réfléchir tellement la fièvre me consumait, et pourtant je savais que je n'avais pas d'autre choix que de me maîtriser. Je ne pouvais me permettre d'oublier que Misha était peut-être mon ennemi.

— Comment l'as-tu su ? haletai-je.

— J'ai toujours préféré me fier à autre chose que le dernier cri en matière de technologie informatique.

Il n'explicita pas plus ses paroles et je n'avais pas le souffle nécessaire pour le lui demander. Il serra encore plus fort ma taille, laissant ses doigts brûlants s'enfoncer dans ma chair alors qu'il me soulevait pour entrer en moi. J'enroulai mes jambes autour de sa taille et commençai à onduler des hanches.

— L'appât va devoir mériter ses réponses, ce soir, tu peux me croire, gronda-t-il.

Je ne répondis pas. J'en étais incapable. Mon sang bouillonnait, mon cœur battait aussi fort qu'une locomotive à vapeur et tout ce que je voulais à cet instant, c'était chevaucher cet homme mince et rempli de colère jusqu'à ce que les lentes vagues de plaisir qui parcouraient ma peau se transforment en une force en fusion que rien ne pouvait arrêter.

Et c'est exactement ce que je fis.

Nous jouîmes en même temps avec une force qui m'arracha un cri étranglé alors que son corps me plaquait furieusement contre ceux des loups qui nous entouraient.

Les frissons finirent par diminuer. Il était encore dur en moi, mais ce n'était pas surprenant, tout simplement parce que l'influence de la lune était à présent à son maximum. La chaleur de l'astre permettait aux loups de lui rendre hommage encore et encore lors de cette semaine, mais ce soir et demain étaient les périodes les plus excitantes, avec une période réfractaire réduite à zéro. Peut-être était-ce la seule façon qu'avait trouvée la nature de compenser la métamorphose qui nous était imposée le soir de la pleine lune. Cette nuit-là était la seule où nous n'avions aucun contrôle sur notre forme. Cette nuit-là, nous étions avant tout des loups.

Il recommença à aller et venir en moi. Ses traits étaient tirés, son expression crispée et résolue, et je devinai qu'il avait effectivement l'intention de me faire payer au centuple les renseignements qu'il allait me donner.

Le simple fait qu'il se trouvât ici en train de me baiser alors même qu'il était parfaitement conscient qu'on avait pénétré dans son bureau me laissa penser qu'en effet, ils ne trouveraient rien de compromettant là-bas. Quant à savoir si les preuves de son implication se trouvaient ailleurs ou si elles n'existaient tout simplement pas, c'était une autre histoire.

Nous restâmes au milieu de la masse tournoyante près d'une heure avant de nous en dégager. Nous continuâmes à baiser à la table, contre un mur et sur les marches d'un escalier. Chaque possession était brutale et pleine de fureur, et la plupart du temps il ne prêta pas la moindre attention à mon plaisir, seulement au sien. La louve en moi s'éclatait carrément, mais la femme, elle, commençait à se lasser de ce petit jeu.

Il finit enfin par me ramener à la table et je laissai échapper discrètement un soupir de soulagement. J'étais pleine de bleus, j'avais mal partout et pourtant, ma faim n'avait été que partiellement satisfaite. Je savais que c'était exactement ce qu'il voulait. Il me faisait payer ce qu'il considérait comme une trahison.

Je me glissai sur l'une des banquettes et attrapai une bière sur le plateau d'un serveur qui passait par là. Je ne la bus pas immédiatement, me contentant de faire rouler la bouteille fraîche sur mon front fiévreux.

Misha s'assit sur la banquette d'en face.

— Pose-moi tes questions.

Son regard argenté était impénétrable.

— Dis-moi pour quelle raison tu avais un dossier intitulé « Confiseries Genoveve » sur ton bureau l'année dernière.

— C'était une entreprise que je pensais acheter. (Il arqua son sourcil presque blanc.) Tu as une sacrée mémoire.

— Exceptionnelle, même, quand on se souvient des circonstances.

Il eut un petit sourire amusé qui contrastait étrangement avec son regard glacial.

— Et tu l'as achetée ? demandai-je vu qu'il ne répondait rien.

— Non.

— Qui l'a fait ?

— Konane.

— La même entreprise que celle à qui appartient Moneisha ?

— Oui.

Je décapsulai ma bière et en bus une longue gorgée avant de demander :

— Et à qui appartient Konane ?

Il sourit.

— Question suivante.

Son expression m'indiqua qu'il finirait par répondre au bout d'un moment. Je me demandai combien d'heures de paiement je serais obligée de lui donner.

— Qu'est ce que le chocolat a à voir avec la recherche ?

— Peut-être que le propriétaire de Konane voulait diversifier ses activités.

La manière dont il dit cela me fit deviner qu'il y avait autre chose.

— Ce n'est pas ce que tu penses.

— En effet.

— Pourquoi ?

Il se laissa aller contre le dossier de la banquette et m'examina quelques instants avec une expression mi-arrogante, mi-amusée.

— Parce que le propriétaire de Konane et moi-même avons les mêmes intérêts, et qu'il nous est arrivé dans le passé d'être partenaires en affaires.

Je me forçai à sourire.

— Tu ne m'avais jamais parlé de ta passion pour le chocolat.

Il y avait quelque chose de bizarrement froid et cruel dans son expression. J'eus l'impression étrange que cet homme-là, celui qui m'avait prise si brutalement ce soir, était le véritable Misha. Que celui qu'il m'avait été donné de connaître dans les douze derniers mois n'était qu'un masque destiné à obtenir quelque chose de précis. Ce que cette chose était, je ne le savais pas, mais j'eus la désagréable impression qu'il était indispensable que je le découvre.

Je baissai mon bouclier psychique et tentai de pénétrer dans son esprit, mais me retrouvai face à un mur qui entourait ses pensées… et qui n'était pas une protection électronique. Son bouclier était aussi naturel que le mien, et tout aussi impénétrable.

Je bus une autre gorgée de bière et tentai de ne pas répondre à la pulsion qui me poussait à m'enfuir le plus rapidement possible. J'avais une mission et, de toute façon, la fièvre brûlait encore dans mes veines.

— Ce n'était pas le chocolat qui nous intéressait, mais plutôt le fait que l'usine ait été bâtie sur une base militaire, répondit-il d'une voix douce.

Les plans que nous avions trouvés dans le bureau d'Alan Brown correspondaient-ils donc à la base sur laquelle Genoveve avait été bâtie ? C'était probablement le cas.

— J'ai entendu parler des souterrains et autres caches d'armes datant de la Seconde Guerre mondiale qu'on a découverts aux alentours de Melbourne, mais jamais de quoi que ce soit de plus vaste.

— Mais personne n'avait non plus entendu parler de ces tunnels avant leur découverte. Tous les plans étaient censés avoir été détruits, et la plupart des tunnels condamnés.

Si les plans avaient été détruits, comment se faisait-il qu'Alan Brown ait mis la main dessus ? Et pourquoi ne les avait-il pas détruits ? Je terminai ma bière et posai la bouteille sur la table.

— Qu'est-ce qui te fait penser que les rumeurs concernant cette base militaire sous Genoveve sont exactes ?

— Parce que j'ai parlé à l'homme qui en a découvert l'entrée, comme l'a fait le propriétaire de Konane.

— Et pourquoi lui et toi êtes-vous tellement intéressés par d'anciennes installations militaires ?

— Parce que la quête de la perfection prend parfois des routes que le gouvernement n'approuve pas et, dans ces cas-là, il est plus prudent de conduire ses recherches dans le secret absolu.

Oh mon Dieu… Est-ce qu'il disait bien ce que je pensais ?

Il me sourit.

— Je ne suis pas impliqué dans Genoveve ou dans ces expérimentations sur les clones non humains.

— Je n'ai que ta parole et, à cet instant précis, je ne sais pas si je peux m'y fier.

— Je te jure sur la tête de ma mère que je n'ai pas menti ce soir.

Pas menti, d'accord, mais avait-il dit toute la vérité ? J'avais dans l'idée que non.

— Tu n'as donc rien à voir avec le clonage ?

Une lueur amusée brilla dans ses yeux.

— Je ne suis aucunement impliqué dans les tentatives actuelles de clonage. Et, si tu veux mon opinion, je ne comprends même pas leur utilité. Tant que nous n'aurons pas compris toutes les implications du concept de vie, le clonage sera toujours une recherche menant à l'imperfection.

— Il est impossible de comprendre quelque chose si on ne l'étudie pas.

— En effet. Mais pour le moment c'est juste de l'argent jeté par les fenêtres. Cela fait combien d'années que l'homme essaie de se cloner ? Et pour quel résultat ? Nous sommes à peine capables de créer des copies imparfaites ou en mauvaise santé une fois tous les cinquante essais.

— C'est grâce à ces recherches que le clonage thérapeutique a pu être mis en place, et c'est déjà quelque chose de très profitable.

Il haussa les épaules.

— Pas vraiment. Le gouvernement garde la main sur la recherche et la commercialisation d'organes clonés.

Mais le marché noir était lui en pleine expansion et le gouvernement aurait beaucoup de mal à empêcher quoi que ce soit.

— Quel type de recherches avais-tu alors l'intention de mener sous Genoveve, et pourquoi as-tu abandonné l'idée d'en faire l'acquisition ?

Il sourit.

— Mes entreprises, à l'instar de beaucoup d'autres, tentent de démêler le mystère de l'immortalité des vampires. C'est le genre de recherches qui peuvent rapporter une fortune.

C'était un doux euphémisme, vu l'obsession de la jeunesse qu'avaient les humains.

— Alors, quand tu as prétendu que Moneisha était justement parvenu à découvrir le groupe de gènes qui fait d'un vampire ce qu'il est, c'était en fait de tes propres recherches que tu parlais ?

— En partie. J'essayais simplement de découvrir ce que tu soupçonnais.

— Mais pourquoi ?

Il me dévisagea un long moment avant de répondre :

— Parce qu'on m'a demandé de le faire.

J'ouvris de grands yeux. Je ne voyais pas vraiment Misha obéir aux ordres de quelqu'un, mais, d'un autre côté, qu'est-ce que j'en savais ?

— Qui ça ?

Il se contenta de sourire. Je passai à une autre question.

— As-tu réussi, toi, à isoler ce groupement de gènes ?

— En partie.

J'étudiai quelques instants son expression.

—De telles recherches n'ont pas besoin d'être menées dans des installations secrètes.

—Si, quand les cobayes ne sont pas consentants.

—Tu enlèves des vampires pour faire tes expériences?

—Non. J'en avais l'intention, tout simplement parce que les réglementations gouvernementales les plus récentes m'empêchent d'obtenir suffisamment de peau et de sang pour mener mes recherches. Mais je n'ai jamais acheté Genoveve parce que quelqu'un d'autre a fait une meilleure offre. Toutes mes entreprises respectent les lois en vigueur.

Pour le moment, voulait-il dire, et je devinai que ce ne serait probablement plus le cas à l'avenir.

—Tu es au courant que Jack va vérifier tout ça?

Il haussa les épaules d'un air indifférent.

—Il ne trouvera rien d'illégal.

—Et ces recherches sur les vampires, c'est la seule activité de tes entreprises?

Il eut un sourire entendu.

—Non.

—Quoi d'autre?

—Elles sont aussi impliquées dans la conception de médicaments.

Combien voulais-je parier qu'il avait quelque chose à voir avec l'ARC1-23?

—Est-ce que cela signifie que tu étais parfaitement au courant des tentatives de Talon de me féconder?

Un nouvel éclair d'amusement fit étinceler ses yeux.

—Oui.

La colère m'envahit et je serrai les poings.

—Et tu approuves cela?

—Non.

—Alors pourquoi diable ne m'as-tu pas prévenue?

—Une fois encore, parce qu'on m'a ordonné de ne pas le faire.

J'eus un ricanement de dépit.

— Et tu obéis toujours aux ordres ? Mon cul, Misha.

— Il se passe quantité de choses dont tu n'as pas conscience. Je suis soumis à des restrictions énormes et je ne peux pas passer outre, même si je voulais absolument le faire.

Je levai les sourcils.

— Tu peux m'en dire plus à ce propos ?

— Pas encore.

Je soufflai d'un air excédé et réfléchis à toutes les informations que j'avais glanées de sa bouche ces derniers jours.

— Tu m'as demandé d'imaginer quel type de supersoldat on pourrait obtenir avec tous les avantages des vampires et aucun de leurs inconvénients. Est-ce ce que tu essaies de faire ? Tu veux fabriquer un supersoldat en hybridant des gènes de vampires et des gènes d'humains ?

— Peut-être, répondit-il avec un sourire oiseux.

— Et en ce qui concerne les hybrides non humains ?

— Comment cela ?

— Est-ce que tu es impliqué dans leur développement ?

— Je t'ai déjà dit que non.

Il n'y eut pas le moindre frémissement dans son expression, mais j'eus le sentiment qu'il venait de mentir vraiment pour la première fois.

— Alors, tu ne sais rien concernant une agression qui s'est produite juste après que j'ai raccroché d'une conversation téléphonique avec toi ?

Il arqua un sourcil étonné.

— Je veux te baiser, pas te tuer.

Je me laissai aller contre le dossier de la banquette, tentée de le croire, mais n'osant pas lui faire confiance.

— Ce n'est pas une réponse.

— Si, ça l'est. (Il hésita un instant.) En fait, j'ai même essayé de te prévenir, mais tu as coupé la communication avant que je le puisse.

— Tu étais au courant du guet-apens dans le cimetière ?

— Oui.

— Comment mes agresseurs savaient-ils où je me trouvais ?

Ses yeux se posèrent sur le bras où se trouvait la puce et j'eus ma réponse. Je poussai un juron.

— Et comment savais-tu que j'allais me faire agresser ?

Il me décocha une nouvelle fois cet insupportable sourire de sphinx et ne répondit rien.

Je tapotai impatiemment la table du bout des doigts et demandai :

— Vas-tu finir par me dire à qui appartient Konane ?

Il me balaya du regard des pieds à la tête, et la fièvre qui couvait en moi connut une nouvelle poussée. Ses yeux argentés se plongèrent dans les miens, vibrant du même désir que celui qui m'animait. Je n'avais pas la moindre envie de le désirer, mais en l'occurrence je n'avais pas le choix. Et j'avais besoin de la réponse à cette question.

— Cela te coûtera deux heures supplémentaires dans ce chaos, répondit-il en désignant d'un signe de tête la foule palpitante sur la piste de danse.

— Pourquoi ?

Il sourit gentiment, mais il y avait aussi quelque chose de froid dans son expression. Quelque chose de calculateur. Et à cet instant je vis soudain combien lui et Talon se ressemblaient.

— Cela n'est pas important.

J'imagine qu'il n'avait pas tort. Il eut ce qu'il désirait. Et finalement, j'obtins le nom que je demandais.

Talon.

Chapitre 14

Je retournai dans les vestiaires et pris une longue douche chaude. Cela ne soulagea pas vraiment mes diverses douleurs, mais au moins me sentis-je plus propre. Et la fièvre lunaire ne brûlait plus dans mes veines. Misha avait finalement pris soin de satisfaire ma faim, à défaut de toute ma curiosité. Peut-être pensait-il qu'ainsi, je serais obligée de revenir le voir.

Mais s'il pensait vraiment cela, c'est qu'il ne me connaissait pas du tout. Cela étant, que savais-je de lui ? Ou même de Talon ?

Au moins avais-je obtenu des réponses à la plupart de mes questions. Qu'elles soient conformes à la réalité, cela restait à prouver.

Mais cette soirée avait abouti à tout autre chose : ma détermination à ne pas devenir gardienne en était sortie renforcée. Parce que les gardiens, qu'ils soient mâles ou femelles, n'hésitaient pas à utiliser le sexe pour obtenir des informations, et cette soirée avec Misha m'avait donné un avant-goût de ce type de méthodes. Je n'avais pas le moindre problème à baiser avec des inconnus. C'était quelque chose que j'avais souvent fait dans ma vie dans de nombreux clubs de loups-garous, et j'avais adoré ça. Néanmoins, baiser avec un inconnu dans la seule intention d'obtenir des informations ressemblait beaucoup à de la prostitution, et cela me mettait mal à l'aise.

Or, n'était-ce pas exactement ce que je venais de faire ? Certes, je connaissais Misha, mais est-ce que cela faisait vraiment la différence ? Le fait que je me sois impliquée dans cette mission en toute connaissance de cause prouvait que je ressemblais plus à mon frère que je le pensais… et aussi que je n'étais pas mauvaise quand il s'agissait de travailler sous couverture.

C'était une pensée qui me dérangeait énormément.

Je frottai mes yeux, qui me donnaient l'impression d'être pleins de sable, et jetai un regard à la pendule murale. Il était un peu plus de 2 heures du matin et il fallait vraiment que j'y aille. Je restai immobile sous le jet brûlant de la douche encore quelques minutes puis me séchai avec une serviette avant de me rhabiller. Stan et Jimmy me saluèrent gaiement quand je sortis du club avant de me diriger vers l'impasse sombre où nous nous étions garés.

Quinn était appuyé contre le capot, les bras croisés, l'air impassible.

— Ça va ?

Je haussai les épaules.

— J'ai eu les réponses aux questions que tout le monde se posait.

— Cela peut attendre. Tu as une mine atroce.

— Marrant. C'est exactement comme ça que je me sens.

Je m'immobilisai à quelques pas de lui en espérant qu'il me prenne dans ses bras et me garde contre lui. Seulement ça. Rien de plus, pas maintenant en tout cas. J'avais juste besoin d'un contact réconfortant qui ne soit ni brutal, ni violent, ni calculateur.

Mais il ne bougea pas, et je n'osai rien demander.

— Misha était au courant que Jack et Rhoan avaient pénétré dans son bureau.

— Cela explique le sentiment de contrariété que j'ai perçu venant de toi.

Était-il vraiment étonnant qu'il reçoive de telles vibrations ? Mes deux amants m'utilisaient pour une raison inconnue et je ne m'en étais jamais doutée. Tu parles d'un foutu instinct infaillible !

— Talon est passé au club dans la soirée.

L'inquiétude m'envahit.

— Quoi ?

Il acquiesça.

— Il est entré il y a environ trois quarts d'heure et reparti au bout d'une dizaine de minutes.

— Je me demande pourquoi.

Surtout qu'il m'avait semblé plus que déterminé à me tuer lorsqu'il avait appris que j'étais issue d'un croisement d'espèces.

— Peut-être a-t-il changé d'avis ?

— Non.

Ce n'était pas le genre de Talon. S'il s'était rendu au club, ce n'était pas pour essayer encore de me faire un enfant.

— As-tu essayé de l'arrêter ?

— Non, mais je l'ai suivi à l'intérieur.

Je n'avais perçu la présence d'aucun d'entre eux.

— Qu'est-ce qu'il a fait ?

— Il vous a espionnés, toi et Misha.

— Misha a laissé entendre qu'ils avaient été en affaire dans le passé. Peut-être est-ce toujours le cas et que c'est pour cette raison que Talon est venu ce soir.

— Ou peut-être qu'il s'est rendu compte que tu avais beau être de race impure, tu étais quand même un sujet d'expérience des plus intéressants.

Je réprimai un frisson. Je devinai qu'il avait mis le doigt sur la vraie raison.

Quinn me regarda attentivement, puis m'attrapa le bras et m'attira contre lui. Il ne prononça pas la moindre parole et se contenta de m'étreindre. Et c'était si bon, si chaud, cela semblait si parfait que j'eus envie de pleurer.

— Nous ferions mieux de garder l'œil sur Talon. Je crains qu'il soit plus impliqué qu'on le pensait.

— C'est le cas. Konane lui appartient, ainsi que Genoveve.

Il m'embrassa le sommet du crâne, effleurant mes cheveux

de ses lèvres brûlantes. Puis il me tint à bout de bras et j'eus l'impression que la nuit devenait soudain plus froide.

— Si c'est le cas, nous ferions mieux de ne pas tarder ici.

J'acquiesçai, même si le seul endroit où je voulais vraiment retourner, c'était dans ses bras.

— Tiens, mets ça et monte dans la voiture.

Il parlait d'un ton calme, mais je sentis une certaine excitation sous-jacente dans sa voix. Peut-être que, comme moi, il sentait que la résolution de cette affaire n'avait jamais été aussi proche.

Je pris le fin bracelet de métal qu'il me tendait.

— Qu'est-ce que c'est ?

— C'est un brouilleur pour ton dispositif de traçage. Comme ça, nous serons sûrs de ne pas être suivis.

Je l'enfilai à mon poignet en montant dans la voiture.

— Des nouvelles de Jack et Rhoan ?

— Ils ont terminé et nous attendent chez Liander.

Nous nous rendîmes à l'atelier en silence. Rhoan, Jack et Liander étaient installés dans la petite pièce à l'arrière qui tenait lieu de salon et de salle à manger. Rhoan se leva du canapé où Liander et lui étaient assis et me prit dans ses bras. Je lui rendis son étreinte, heureuse d'avoir quelqu'un de stable dans ma vie. Une personne digne de confiance, qui m'aimait pour ce que j'étais, pas pour ce que je pouvais lui apporter. Quelqu'un qui m'accepterait comme j'étais, vampire, loup-garou et tout le reste.

— Ça va ? murmura-t-il.

J'acquiesçai d'un signe de tête, n'osant pas prononcer la moindre parole de peur que les larmes qui me piquaient les yeux se mettent à couler.

— Ce n'est jamais facile de troquer du sexe contre des renseignements, la première fois.

— C'est le problème : au bout du compte, le sexe en lui-même était plus qu'agréable. (Je frissonnai.) Je ne veux pas devenir une gardienne.

Mais c'était ce qui risquait de se produire et je devinais que Jack avait raison. Non seulement je ferais une excellente gardienne, mais en plus j'aimerais ça. Y compris toutes ces histoires de troc d'informations contre du sexe avec des inconnus.

—Alors résiste tant que tu le pourras, répondit-il en reculant d'un pas, le regard triste, mais compréhensif. Tu ne veux pas quelque chose de chaud à boire ?

—Du café, avec un peu de bourbon, merci.

Il me pressa la main et se dirigea vers le minibar. Je m'assis sur une chaise en bois inconfortable près de Quinn.

—Alors, demandai-je d'un ton agacé, pourquoi n'avez-vous pas coupé tous les systèmes d'alarme ?

Liander eut l'air vexé.

—Je suis peut-être rouillé, mais pas à ce point-là.

—Alors comment se fait-il que Misha était au courant que vous vous étiez introduits dans son bureau quand je l'ai vu ce soir au *Blue Moon* ?

—Impossible, répliqua Jack. Tu peux me faire confiance, nous avons fait le nécessaire.

—D'un point de vue électronique peut-être, mais Misha m'a laissé entendre qu'il y avait autre chose que cela.

—C'était le cas, mais ses vigiles n'ont pas pu nous voir.

—Pourtant, quelqu'un – ou quelque chose – vous a détectés.

Rhoan me tendit le verre d'alcool et je l'avalai cul sec. Le bourbon laissa une traînée brûlante sur son chemin, mais au moins cela réussit-il un peu à relâcher le nœud glacé que j'avais dans l'estomac.

—Il a donc refusé de répondre à tes questions ?

—Au contraire, il semblait très enthousiaste. Il est convaincu de ne rien avoir à cacher.

—Et tu le crois ? demanda Quinn d'une voix douce.

Je croisai son regard et me perdis un instant dans ses yeux sombres.

—Non, finis-je par répondre.

—Alors, pourquoi Genoveve? intervint Jack.

—Il semblerait que l'entreprise ait été construite au-dessus d'un bunker de la Seconde Guerre mondiale. Il avait l'intention d'utiliser celui-ci pour mener des recherches interdites par le gouvernement.

—Avait? demanda Jack.

Rhoan me tendit une tasse fumante que j'acceptai avec un petit sourire.

—Ouais. Mais l'entreprise à qui appartient Moneisha a fait une meilleure offre.

—Konane?

—Oui. Qui s'avère appartenir à Talon.

Liander poussa un gémissement.

—Dire que nous le tenions et que nous l'avons laissé s'échapper.

—Et il a probablement quitté le pays à l'heure qu'il est, ajouta Rhoan en s'asseyant sur le bout du canapé et en me passant le bras autour des épaules. Nous n'avons plus aucune chance de lui mettre la main dessus.

—Mais si, susurra Quinn. Il était au *Blue Moon* ce soir, à espionner Misha et Riley. Et il était fou de rage.

—Intéressant, murmura Jack. Cela laisserait penser qu'il s'intéresse toujours à Riley. Peut-être pouvons-nous exploiter ce fait.

—Non, répondirent en même temps Quinn et Rhoan.

Jack ne leur prêta aucune attention et me regarda.

—Il y a bien plus qu'un seul loup-garou et une seule entreprise dans cette histoire, mais c'est la seule piste dont nous disposons. Nous devons le capturer et l'interroger.

—D'accord, cracha Rhoan, mais pourquoi encore utiliser Riley comme appât? Elle s'est déjà plus qu'amplement sacrifiée pour le bien de son espèce et de son pays.

—J'en ai bien conscience, répondit Jack d'un air contrit qui était démenti par la lueur qui brillait dans ses yeux verts.

Mais Talon n'est intéressé ni par toi ni par moi. Et, à cause de l'influence que Gautier peut avoir sur eux, nous ne pouvons actuellement faire confiance à aucun autre gardien.

— Nous savons où se situent les Confiseries Genoveve. Pourquoi n'opérerions-nous pas un raid là-bas ?

— Parce que nous ne savons pas où se situent les entrées qui mènent aux sections souterraines et que, le temps que nous les trouvions, les preuves dont nous avons besoin risquent d'être détruites.

Je sirotai mon café en affrontant calmement le regard de Jack. Même si j'avais bien conscience qu'il continuait à me manipuler, les raisons pour lesquelles je m'étais rendue au *Blue Moon* ce soir étaient encore tout à fait valables. Celui qui se cachait derrière tout cela devait être arrêté et, s'il m'était donné de jouer un rôle dans son arrestation, pouvais-je vraiment me défiler ?

De toute façon, est-ce que mon refus garantirait ma sécurité ? Ils avaient déjà essayé de m'enlever à la gare, avant même que je sois mêlée de quelque manière que ce soit à l'enquête. Peut-être que le fait de refuser ne ferait qu'empirer la situation.

Sans compter que la louve en moi commençait sérieusement à en avoir assez de ces âneries et réclamait vengeance de fort méchante manière.

— N'oublie pas que dix gardiens sont déjà morts et que Kelly est peut-être la onzième, ajouta Jack en s'adressant à Rhoan, mais ses yeux ne quittaient pas les miens.

Je fermai les paupières, refusant de penser aux autres gardiens et d'envisager que Kelly puisse faire partie des victimes.

Bon sang, je ne voulais pas y penser. J'avais toujours eu du mal à me faire des amis. Le destin ne pouvait pas être cruel au point de m'enlever l'une des seules que j'avais.

— Nous devons mettre un terme à tout cela maintenant, renchérit doucement Jack.

— Riley n'est même pas une gardienne, protesta Rhoan en se levant brusquement, les poings serrés et le visage livide. Comment veux-tu qu'elle survive alors que d'autres bien entraînés n'y sont pas parvenus ?

— Parce que c'est une survivante, répliqua Jack d'un ton sec. Et aussi parce que c'est un dhampire, comme son frère. C'est un avantage dont ni l'un ni l'autre ne semblez avoir conscience.

— Et elle se trouve dans la même pièce que vous, des fois que vous ne l'auriez pas remarqué, intervins-je. Rhoan, calme-toi et assieds-toi. Jack, laisse-moi juste le temps de boire mon café et de reprendre mon souffle, OK ?

La tasse à la main, je me levai et me dirigeai vers le balcon. L'air nocturne était glacial et je pris une profonde inspiration. Cela ne fit rien pour atténuer la peur que je ressentais. Non une peur de ce que je devais faire, mais de ce que je pouvais devenir.

Je m'appuyai à la balustrade en fer forgé et sirotai le délicieux café aux arômes de noisette. Le vent faisait bruisser les feuilles des arbres et dresser mes cheveux sur ma nuque. On aurait dit des doigts de fantôme.

Je fermai les yeux et tentai de me calmer grâce à la fraîcheur de la nuit et à la lueur des étoiles.

Je ne perçus aucun bruit, mais la caresse excitante du santal recouvrit l'odeur de noisette et je devinai que je n'étais plus seule. Il s'appuya sur la balustrade, son corps à une dizaine de centimètres du mien, mais assez proche pour que sa chaleur me consume la peau.

— C'est la lune ? demanda-t-il doucement.

— En partie. Jack semble avoir complètement oublié que Rhoan, Liander et moi nous transformerons tous en loups demain soir.

— Je suis persuadé que tout sera réglé d'ici là.

J'ouvris les yeux. On aurait dit que les étoiles se reflétaient dans ses yeux couleur de nuit.

— Tu n'es pas venu essayer de me dissuader ?

Il eut un sourire doux-amer.

— De quel droit pourrais-je le faire ?

— Cela ne semblait pas te déranger il y a quelques minutes.

Il haussa les épaules.

— La suggestion de Jack m'a pris par surprise.

— Mais maintenant que tu as pu y réfléchir, tu te dis que c'est probablement le meilleur moyen de retrouver ton ami, c'est ça ?

Il m'affronta du regard.

— Oui.

Je détournai les yeux et pris une gorgée de café.

— Ce serait une entreprise extrêmement risquée et Talon n'est pas idiot.

— Jack non plus, tu peux me croire.

— C'est Talon qui m'inquiète. (Je levai les yeux au ciel.) Et c'est lui qui a posé la puce dans mon bras. S'il me met la main dessus, la première chose qu'il fera, c'est de l'ôter.

— Mais il ne se doutera pas que j'en ai une, moi aussi.

Je lui jetai un regard surpris. Son sourire étira ses lèvres, mais ne toucha pas ses yeux.

— Tu ne vas pas te lancer là-dedans seule.

— Si quelqu'un doit m'accompagner, c'est Rhoan. Il est entraîné pour ce genre de choses.

— Et moi, j'ai des siècles d'expérience. Le temps et la vie sont un bien meilleur entraînement que tout ce que peut procurer le Directoire.

— Jack ne sera jamais d'accord.

— Jack ne peut rien faire pour m'en empêcher.

— Mais Talon n'essaiera peut-être pas de m'enlever si tu es avec moi.

— Oh ! Je pense que si. Déjà, je lui ai cassé le nez quand je suis venu te secourir et je suis certain qu'il meurt d'envie de me rendre la politesse. Et ensuite, j'ai déjà tué un bon nombre de ses précieux clones.

Il fallait le reconnaître, je me sentais incomparablement mieux à l'idée de jouer les appâts avec Quinn à mon côté. Je ne serais probablement pas plus en sécurité, mais au moins ne serais-je pas seule.

— Merci, lui dis-je doucement.

Il fit une grimace.

— Mes raisons sont purement égoïstes, alors ne te fais pas trop d'idées.

— Ce qui signifie que si tu as le choix entre ton ami et moi, tu sauveras ton ami ?

Son visage se ferma complètement.

— Oui.

C'était normal. Cela faisait des siècles qu'il connaissait son ami. Il ne m'avait fait l'amour que deux ou trois fois. Si j'avais été à sa place, j'aurais probablement réagi de la même manière.

Enfin, je croyais.

— Il y a juste quelque chose que nous devrions faire avant de donner l'assaut, reprit-il. Juste au cas où nous nous retrouverions séparés.

— De quoi s'agit-il ?

— Nous allons créer un lien psi entre nous.

— Les liens psi peuvent être annulés par des atténuateurs psychiques et je parie que Talon aura le dernier cri en la matière.

Même si le dernier cri en la matière n'avait pas fonctionné sur Quinn à l'intérieur du Directoire, ce serait certainement différent pour moi.

— Il ne peut pas courir le risque de ne pas en avoir s'il fabrique des clones de vampires, continuai-je.

— Mais nous avons échangé notre sang.

— Et alors ? Un atténuateur, c'est un atténuateur.

— Et cela fonctionne sur une zone spécifique du cerveau. Mais comme nous avons échangé notre sang, notre connexion psychique se situe dans une zone totalement différente.

— Tu te fous de moi ?

Son petit sourire fit battre mon cœur un peu plus rapidement.

— Pas du tout.

Je penchai la tête et l'examinai avec attention.

— Pourquoi fais-tu cela ?

Il haussa les épaules.

— Parce que si j'ai le choix, j'ai l'intention que nous nous en sortions tous deux vivants.

— Et, une fois ce lien créé, est-il possible de le briser ?

Il hésita un instant.

— Non. Mais comme je suis à Sydney la plupart du temps, cela n'aura aucune importance.

— Et quand tu n'y seras pas ?

— Ce sera pareil. On peut comparer le lien à une porte verrouillée qui sépare deux pièces : ton esprit et le mien. Et, comme avec toute porte, il faut frapper pour pouvoir entrer.

— Il n'existe pas de passe-partout ?

Les étoiles dansèrent un instant au fond de ses yeux.

— Rien de ce genre.

— Que devons-nous faire, alors ?

— Pose ta tasse.

Je m'exécutai.

— Maintenant, lève ta main gauche, touche ma tempe du bout des doigts, et ferme les yeux.

Il fit de même en posant ses doigts tels des papillons chauds sur mon front.

— Maintenant, imagine que tu te trouves au milieu d'une vaste plaine plongée dans l'obscurité. Au milieu de cette plaine, il y a un mur et tu ne peux pas voir de l'autre côté. Ce mur, ce sont tes boucliers psi.

C'était plus difficile que je le pensais. J'avais toujours considéré mon bouclier psi comme un acquis, quelque chose dont j'avais hérité à la naissance, qui s'était beaucoup développé avec les années. Rhoan m'avait appris à le baisser quand il était devenu gardien, mais c'était à peu près tout l'entraînement que j'avais suivi. Personne ne m'avait jamais dit que je pouvais y creuser des « portes ». Peut-être était-ce quelque chose dont tout le monde n'était pas capable.

La sueur dégoulinait sur mon visage et je résistai à l'envie de l'essuyer. La plaine obscure se formait peu à peu dans mon esprit, ainsi que le mur. Il était rouge, infini et semblait briller légèrement.

— Maintenant, psalmodia Quinn, imagine qu'il y a une porte à la gauche de ce mur.

— Le mur est infini.

— Alors soit tu n'as pas envisagé d'extrémité, soit tu as des talents psi que tu n'as pas encore découverts. Imagine que la porte se trouve aussi à gauche que possible sans que tu aies à bouger.

Je fis ce qu'il me demandait, mais l'effort que cela nécessita me laissa tremblante.

— Maintenant, ouvre la porte. Je suis derrière.

Je respirai lentement et tentai de m'imaginer la porte qui s'ouvrait lentement. Cela me donna l'impression de devoir déplacer une foutue montagne. Je poussai encore et encore et, finalement, elle s'ouvrit d'un coup et je tombai psychiquement à plat ventre. Je levai mes yeux mentaux, imaginai Quinn devant moi, et je le vis qui riait.

Et soudain je l'entendis vraiment rire, pas à voix haute, mais à l'intérieur de mon esprit. C'était comme la caresse d'un vent chaud qui fit chanter les fibres de mon âme, plus intime que le toucher, et même que le sexe.

Personne ne s'est jamais cassé la figure en ouvrant une porte.

Sa voix psychique était aussi enveloppante et sexy que sa voix normale, ce qui bizarrement m'étonna.

Eh bien, je ne suis pas comme tout le monde. Je relevai mon moi psychique et ajoutai : *Cette porte va donc rester ouverte tant qu'aucun d'entre nous ne la fermera, c'est bien ça ?*

Oui, mais je pense qu'il vaut mieux le faire dès maintenant, tout simplement parce que tu es un loup et que ton aura va bientôt être à son maximum. En revanche, dès que nous entrerons dans les locaux de Genoveve, rouvre-la.

Ce qui signifiait qu'il n'était pas aussi insensible à mon aura qu'il le prétendait… Cela ne me dérangeait pas particulièrement. *Et comment fais-je pour la fermer ?*

Imagine simplement qu'elle se ferme, et cela sera le cas.

Simplement, simplement, c'était bien gentil. Cette fichue porte fut aussi difficile à fermer qu'à ouvrir. Mais peut-être était-ce parce qu'une partie de moi ne voulait pas perdre ce contact d'une si intense intimité.

Elle claqua sur les derniers centimètres, comme si on lui donnait un coup par-derrière. Un halètement s'échappa de mes lèvres et je rouvris les yeux. Je croisai son regard chaleureux et sexy.

J'ôtai les doigts de sa tempe.

— Cela doit être incroyable de faire l'amour de cette manière.

Il arqua un sourcil étonné et laissa glisser ses doigts de ma tempe à ma joue.

— Tu n'as jamais fait l'amour avec un autre psychique ?

— Eh bien, visiblement si, puisque j'ai fait l'amour avec toi et que j'ai découvert ce soir que Misha l'était aussi. Mais personne ne m'a jamais proposé de baisser nos boucliers et de mêler nos esprits aussi intimement que nos corps.

— C'est une expérience fabuleuse.

Le contact de ses doigts chauds sur ma joue me noya dans une lumière proche de celle du soleil et m'emplit de désir. Mon cœur battait si fort que j'étais persuadée qu'on pouvait l'entendre du salon. Je m'éclaircis la voix et réussis, je ne sais comment, à bégayer :

— Il faudra que je te croie sur parole.

— Peut-être un jour…

Il ne termina pas sa phrase tout simplement parce que nos lèvres se rencontrèrent. D'un point de vue baiser, ça pulvérisait tout ce que j'avais connu auparavant, même avec lui. C'était une possession sauvage et érotique qui était à la fois passionnée et intime. Et cela fit totalement voler en éclats son mensonge voulant qu'il ne veuille rien de plus que du sexe. Personne ne pouvait embrasser de cette façon et que cela ne soit que sexuel.

Mais pourtant il refuserait de l'admettre, pas avec des mots, en tout cas, et je n'avais aucun doute sur le fait qu'à la fin de cette affaire, il s'en irait quand même.

Ce qui était foutrement agaçant.

Je m'écartai de lui. Nos deux respirations étaient haletantes, et son désir était aussi évident que le mien.

— Continue encore comme ça et tu risques de te retrouver chevauché par moi sur ce balcon.

— Et tu crois que ça me dérangerait ?

— Non, c'est juste que je ne pensais pas que tu étais un exhibitionniste.

— Avec toi, je pourrais le devenir.

Je lui souris.

— Rappelle-moi de te prendre au mot un de ces jours.

Un sourire effleura ses lèvres, mais la tristesse qui luisait dans son regard me serra le cœur.

— Cela n'arrivera jamais, Riley.

Mon œil que ça n'arriverait jamais. La louve en moi avait mémorisé son odeur et elle n'allait pas abandonner la partie aussi facilement. Il prit la tasse de café et me la tendit.

— Est-ce que j'ai remué trop de choses ?

— La fièvre est encore sous contrôle.

Ce qui était surprenant. Même en ayant passé cinq heures avec Misha, la chaleur de la lune aurait dû rugir dans mes veines. La pleine lune n'était qu'à quelques heures de là et, étant donné l'intensité de mes besoins plus tôt dans la semaine, j'aurais déjà dû atteindre un pic de fièvre.

Peut-être était-ce dû à la situation. Peut-être que la peur de jouer les appâts domptait temporairement l'influence de la lune. Mais quelle qu'en soit la cause, je n'avais aucun doute que le désir me consumerait plus tard dans la journée. J'étais un loup-garou, et il n'y avait aucun moyen d'esquiver ce que j'étais fondamentalement.

— Nous devrions y aller. (Il regarda le ciel.) Le jour va bientôt se lever.

Je sentis mon estomac se serrer. Je jetai le reste de café par-dessus la rambarde, puis revins à l'intérieur.

— Quel est le programme, alors ?

Rhoan poussa un gémissement.

— Riley…

— Il n'y a pas d'autre solution et tu le sais aussi bien que moi.

— Je l'accompagne, intervint Quinn en défiant Jack du regard.

Jack n'eut pas l'air tellement surpris.

— Je ne pense pas que ce soit une bonne idée. Comme je te l'ai dit, je peux protéger Riley, mais pas toi.

— Si ça tourne mal, ta protection ne me sera pas plus utile qu'à elle.

— C'est vrai. (Jack tourna le regard vers moi.) Je n'ai pas besoin de te prévenir que cela va être dur, tout simplement parce que tu sais mieux que nous tous ce dont Talon est capable. Ce que je peux te dire, c'est que tu dois faire tout ce qui est nécessaire pour survivre. Y compris tuer.

Je le dévisageai un bon moment, la gorge sèche, et acquiesçai.

— Nous allons insérer des nanopuces dans vos aisselles pour pouvoir vous localiser, et vous donner des armes, poursuivit-il. Puis ce sera le moment de rentrer chez toi, Riley.

Et d'attendre que le piège se referme sur moi, j'imaginais.

— Ils nous fouilleront certainement à la recherche d'armes.

Jack eut un sourire soudain qui lui donna une expression retorse.

— Mais ils chercheront des armes qui ont l'air d'armes.

Je levai un sourcil, mais ne lui demandai pas de m'expliquer. De toute façon, je le saurai bien assez vite.

Jack se leva de son fauteuil et répéta encore une fois ce qui devait être une de ses expressions préférées :

— Messieurs dames, que le spectacle commence !

Jamais le fait d'entrer dans mon appartement n'avait été aussi stressant. Même si je n'avais senti la présence d'aucun intrus, cela ne signifiait pas qu'il n'y en ait pas. Après tout, j'étais incapable de percevoir les humains et les choses qui avaient attaqué Quinn dans son appartement sentaient l'humain, selon ses dires.

Quinn s'était arrêté sur le pas de la porte et ce ne fut que quand j'eus vérifié toutes les chambres que je compris pourquoi. Il ne pouvait entrer sans invitation.

Je lui souris.

— Tu veux entrer ?

— Ce sera plus simple de jouer les appâts à l'intérieur que dans le couloir, dit-il d'un ton sarcastique. Mais souviens-toi que cela a des conséquences.

J'acquiesçai.

— Entre une fois, entre chaque fois.

— Ce qui signifie que je pourrai revenir ici si je le désire et quand je le désire.

— Ce qui signifie que tu pourrais venir t'amuser la nuit avec moi quand tu es de passage à Melbourne ?

Il me décocha un regard ombrageux qui pouvait vouloir dire à peu près n'importe quoi.

— Pourquoi pas ?

C'était plutôt encourageant, ça aussi.

— Quinn O'Conor, tu es autorisé à franchir le pas de ma porte dès que tu le désireras.

Il franchit la porte puis attrapa ma main et m'embrassa le bout des doigts. Un éclair de chaleur se répandit comme du vif-argent à travers mon corps et, au plus profond de moi, mon âme frissonna.

— Merci.

— Mais de rien, vraiment.

Je repris ma main puis me dirigeai vers la cuisine où j'allai chercher un soda et une poche de sang synthétique dans le réfrigérateur. Quand je revins dans le salon, Quinn était debout devant la fenêtre, le soleil matinal qui traversait la vitre formant un halo doré autour de lui.

Il accepta la poche de sang avec un sourire et dit :

— Je n'arrive pas à les voir.

— Tu n'es pas censé en être capable. (Je posai mon sac et ouvris mon soda.) Rhoan et Jack sont des gardiens, et des bons.

Je descendis mon soda en quelques gorgées, puis retournai dans la cuisine pour jeter la canette à la poubelle. Quinn me suivit des yeux alors que je revenais vers lui.

— Tu utilises un peu plus ta jambe droite que ta jambe gauche. Tu ferais mieux de régler la position du couteau.

— Facile à dire.

Je me penchai et essayai d'ajuster le couteau. Rien que de glisser ma main dans ma botte était difficile, et je me pris à souhaiter d'avoir choisi quelque chose de plus flexible en matière de chaussures. Mais Talon les appréciait et pouvait être tenté de ne pas me les enlever. C'était presque une seconde peau et, dans des circonstances ordinaires, elles auraient laissé transparaître n'importe quelle arme glissée dedans.

Sauf que les couteaux du Directoire étaient loin d'être ordinaires. Trois d'entre eux étaient de minces feuilles en plastique transparent aussi dur que de l'acier et qui pouvaient trancher à peu près n'importe quoi – enfin, c'est ce que l'on m'avait assuré. Le dernier était presque identique sauf qu'il était fait d'un matériau spécial qui se désintégrait au contact du sang et laissait apparaître la fine bande d'argent qui se trouvait en son cœur. Idéal, m'avait assuré Rhoan, pour contraindre les garous et autres métamorphes à garder forme humaine. Personnellement, je préférais le mini-pistolet laser qui se trouvait dans mon chignon.

Quinn avait un arsenal similaire avec quelques additions, mais je soupçonnais qu'il ne les utiliserait que s'il y était vraiment obligé.

Quand je réussis enfin à mettre le couteau dans une position confortable, il me passa le bras autour des épaules et me serra contre lui. Je posai la joue sur sa poitrine en écoutant le lent battement de son cœur, et je me sentis plus en sécurité qu'à aucun autre moment dans ma vie.

C'était une illusion, mais le genre d'illusion par laquelle je me laisserais facilement abuser.

— Il est presque 9 heures, dis-je au bout d'un long moment. J'espère qu'ils ne vont pas tarder.

Sinon, le courage qui m'animait risquait de s'évaporer.

— Il y a une camionnette qui remonte la rue, annonça-t-il d'une voix grondante qui vibra au creux de mon oreille. Ils sont huit à l'intérieur.

— Je crois que je devrais être offensée que Talon n'ait envoyé que deux hommes supplémentaires pour m'enlever.

Il rit doucement et m'embrassa les cheveux.

— Ils comptent sur l'effet de surprise.

— Ils devraient aussi compter sur le fait que je ne me laisse pas faire.

— Talon ne t'a jamais vue en action, n'est-ce pas ? Et six personnes ont déjà été largement suffisantes pour triompher de moi.

Je levai les yeux vers lui.

— Tu ne m'as jamais expliqué comment cela se faisait, d'ailleurs.

Il eut une grimace.

— C'est simplement le fait qu'ils étaient tous le portrait craché d'Henri. Je ne m'y attendais pas et ça m'a déstabilisé. Dans les situations de vie ou de mort, une seconde suffit à renverser l'avantage.

Et il avait failli en mourir.

— Mais pourquoi dans une jardinerie ?

— Je soupçonne qu'ils voulaient faire passer cela pour un meurtre de vampire au hasard.

Ça se tenait. Vu le nombre de meurtres de vampires qui avaient été commis dans les dernières semaines, personne n'aurait trouvé ça étonnant. Et même si le Directoire avait enquêté, si ça ressemblait plus à un acte individuel qu'à un crime en relation avec une organisation criminelle, cela n'aurait probablement pas été considéré comme une affaire prioritaire.

— Ils sortent de la camionnette, murmura-t-il.

Mes muscles se tendirent et mon estomac commença à danser la gigue.

— Des clones ?

— Un mélange de clones et de loups-garous.

Je pris une grande inspiration, puis me dressai sur la pointe des pieds et l'embrassai.

— Bonne chance.

Ses lèvres s'attardèrent sur les miennes, et son souffle chaud caressa ma peau.

— Toi aussi.

On sonna à la porte. J'inspirai de nouveau profondément puis m'arrachai à son étreinte et secouai mes doigts engourdis.

— Oui ?

— J'ai un colis, répondit une voix bourrue. J'ai besoin d'une petite signature.

Je jetai un dernier regard à Quinn et vis la nervosité tendre ses épaules, puis j'allai à la porte. Je saisis la poignée d'une main tremblante et déverrouillai le cadenas. Mais je n'eus même pas le temps d'ouvrir : les hommes de l'autre côté poussèrent violemment et je me pris la porte dans la figure, avant d'être projetée en arrière.

Je heurtai le sol avec un grognement, mais me remis immédiatement sur mes pieds. Le sang jaillissait de mes narines et les gros bras de ma porte. Ils dégageaient une odeur de poubelles laissées trop longtemps au soleil. Quelle que soit la méthode que Talon utilisait pour créer ces choses, ça les tuait simultanément.

Puis je n'eus plus le temps de réfléchir, vu que deux d'entre elles se ruèrent sur moi. J'esquivai un crochet de la première créature, mais pas le deuxième. Il écrasa son poing contre mon menton avec une force qui m'envoya valdinguer en arrière. Je heurtai le sol une nouvelle fois en expulsant tout l'air de mes poumons avec un sifflement. Des étoiles dansèrent devant mes yeux pendant quelques instants, le monde s'assombrit, et le goût amer du sang me remplit la gorge.

Quelqu'un qui sentait le sexe et la mort me sauta dessus. Même à travers mes halètements et l'obscurité qui menaçait de m'engloutir, j'entendis la créature rugir. Il avait l'odeur et l'apparence d'un loup, mais ses dents s'allongeaient et un filet de bave dégoulinait à leur extrémité dans l'anticipation du repas.

Ce salopard n'allait certainement pas se nourrir de moi, si j'avais mon mot à dire.

Avec toute la force que je pus rassembler, je frappai son visage de la base de ma main. L'os et le cartilage volèrent en éclats sous le coup et il hurla. Je le repoussai, me remis sur mes jambes et essuyai le sang qui coulait de mon nez du dos de la main.

Il y eut un déplacement d'air sur ma gauche. Je pivotai sur une jambe et frappai violemment de l'autre. Le coup atterrit dans le ventre du clone qui me fondait dessus, mais ne sembla pas lui faire le moindre effet. Il saisit mon pied et le tordit brutalement, ce qui m'arracha un cri de douleur. Il avait un sourire mielleux et présomptueux dont je compris la raison en voyant une seconde après le pistolet qu'il tenait dans la main. J'essayai de dégager ma cheville, entendis un léger « pop » et sentis une piqûre au bras gauche. Je baissai les yeux et vis la fléchette.

Se faire droguer était mieux que d'être battue jusqu'à l'inconscience.

Cela ne m'empêcha pas de me débattre jusqu'au bout.

Talon n'en aurait pas attendu moins de moi.

Chapitre 15

Je revins à moi progressivement avec une impression de déjà-vu. Des voix retentissaient autour de moi, certaines nasillardes, d'autres plus gutturales. Une lumière aussi brillante que celle du soleil filtrait entre mes paupières fermées. Il y avait une agréable brise fraîche, mais pourtant ma peau me brûlait.

Au fur et à mesure que la conscience me revenait se forma dans mon esprit une image de plaisir croissant et de douleur sous-jacente. Mes bras étaient attachés au-dessus de ma tête et les fourmis que je sentais dans mes doigts laissaient supposer que cela faisait un moment que c'était le cas.

Une odeur de sueur empestait l'atmosphère déjà saturée de l'arôme entêtant du sexe et de la luxure. La fièvre lunaire entra en éruption dans mon système avec une force qui laissait présager que la métamorphose était proche.

Mon dos était plaqué contre une surface dure et froide ; quant à mon ventre, il se pressait contre une peau aussi chaude que le soleil. Mon épiderme était en feu et chacun de mes muscles tressautait.

Je sentis des mains sur moi, brutales et familières. Une chaleur m'envahit, s'enfonçant profondément, me poussant vers ce crescendo que je détestais autant que je le désirais.

Comme auparavant, ce n'était pas un rêve. Talon était en moi, et je répondais à ses mouvements aussi intensément qu'à l'ordinaire.

Le plaisir monta en spirale jusqu'à devenir une force qu'on ne pouvait maîtriser. Je jouis en même temps que lui mais me mordis les lèvres pour étouffer le halètement étranglé qui menaçait de s'échapper de ma gorge. Mon corps était peut-être conditionné à répondre à son contact et à son odeur, mais je n'étais pas consentante dans cet accouplement, et il était hors de question que je lui donne la satisfaction de savoir qu'il réussissait toujours à me faire jouir.

Il donna un dernier coup de reins, puis se retira et s'éloigna. La pièce derrière lui était longue et étroite, avec un mur entièrement vitré à l'autre bout. Le long de celui-ci étaient installés plusieurs fauteuils à l'aspect confortable et des canapés. Cela me rappela le genre de loges qu'on trouvait dans les stades. La seule chose qui en différait, c'étaient un panneau de contrôle et un bureau à droite.

Mon regard croisa enfin celui de Talon. Ses yeux dorés étincelèrent d'amusement et d'arrogance. Mes poings se serrèrent mais, avec les mains attachées au-dessus de la tête, je n'avais pas grande liberté de manœuvre pour lui donner un coup de poing.

— Alors comme ça, tu trouves maintenant OK de baiser une bâtarde ? demandai-je sèchement.

Il alla d'un pas nonchalant jusqu'à l'un des canapés et s'assit sur le dossier, en laissant balancer une de ses jambes.

— Baiser, oui. Lui faire un enfant, non. Je suis le pinacle de l'espèce lycanthrope. Je ne peux me reproduire qu'avec quelqu'un qui répond aux mêmes standards de perfection.

Je haussai les sourcils. Il était parfait, mais seulement de corps. Le cœur et l'âme laissaient beaucoup à désirer.

— Alors, tu vas mourir sans enfant.

Un sourire fit frémir ses lèvres.

— Peut-être.

Je n'aimais pas ce sourire, ni cette lueur dans ses yeux. Ils ne me disaient rien de bon. Je bougeai un peu pour tester la solidité des chaînes autour de mes chevilles. Elles étaient aussi serrées que celles autour des poignets, mais la sensation du cuir sur mes cuisses m'indiqua que je portais toujours mes bottes. Cela étant, ça me faisait une belle jambe si je ne pouvais même pas attraper l'un des couteaux. Néanmoins, il y avait quelque chose d'encourageant : les chaînes n'étaient pas en argent.

— Mais alors, pourquoi m'avoir emmenée ici ?

— Parce que tu es un dhampire, et un dhampire qui a peu de problèmes de santé, ce qui est extrêmement rare. La possibilité d'examiner tes gènes me sera d'une grande aide pour mes recherches.

— Je croyais que tu fabriquais des clones ?

— C'est le cas. Mais j'étudie aussi l'ADN de différentes espèces pour savoir pourquoi mes clones meurent si vite.

— J'ai une grande nouvelle pour toi : si tu veux créer un dhampire, il te suffit d'aller près de la tombe d'un mort-vivant. Attrape-le dès qu'il sort de son cercueil et prélève son sperme. Il est fertile jusqu'à vingt-quatre heures après la mort.

— Les vampires tout juste sortis de la tombe sont extrêmement violents, et je n'ai pas encore les ressources nécessaires.

— Cela ne t'empêche pas de les envoyer sans cesse attaquer Quinn.

Et moi.

Il haussa les épaules.

— Il devenait dangereux.

— Parce qu'il se rapprochait de la vérité ?

— Oui.

— Et où est-il maintenant ?

Il me considéra d'un œil étincelant.

— Cela t'inquiète donc ?

Je levai les yeux au ciel.

— C'est un vampire, bon Dieu.

Talon gloussa.

— Au moins as-tu encore un peu de goût. Il est en bas, dans une cellule. Il fera un excellent test pour mon prochain lot.

— Ce n'est pas un gardien.

J'avais dit cela par pure intuition, mais cela collait.

— Non. C'est bien mieux. Un extrêmement vieux vampire.

Une partie de moi mourait d'envie de demander des nouvelles de Kelly, mais je me l'interdis. Principalement parce que j'avais besoin d'être forte à cet instant, et que si je savais sans aucun doute qu'elle était morte, je serais tout sauf forte.

— Et c'est le sort que tu me réserves, à moi aussi ?

— Oh ! non, petite louve. Tu passeras tes journées ici aux laboratoires Genoveve et la nuit dans mon lit.

Sa voix grave et familière était une caresse qui me touchait profondément. Avec la pleine lune qui s'approchait à grands pas, le désir était presque automatique, mais là, il fut accompagné d'un nœud dans mon estomac. Je n'avais vraiment pas envie qu'il me touche ; pourtant, s'il fallait en arriver là, je n'aurais peut-être pas le choix.

— Dis-moi, c'est toi qui as envoyé ces malades en camionnette après moi ?

Ses yeux étincelèrent de colère.

— Non.

— Qui alors ?

— Quelqu'un qui ne représente aucune importance pour toi.

Il croyait vraiment que j'allais me satisfaire de ça comme un gentil toutou ? Ce mec était un abruti. Un abruti et un fou.

— Pourquoi voulaient-ils m'amener d'abord ici alors ?

— Parce que ce sont mes gardes et qu'ils obéissent avant tout à mes ordres.

Je levai un sourcil. La division dans leurs rangs ne pouvait pas être une mauvaise chose.

— Et quels étaient tes ordres ?

— T'amener ici pour que je puisse avoir ce que je voulais avant quiconque. (Il eut un moment d'hésitation.)

Évidemment, je ne savais pas encore que tu avais du sang impur.

Du sang impur ? C'était presque aussi vexant que Quinn me demandant si j'avais besoin d'être « soulagée ».

— L'autre qui donnait les ordres, c'était Misha ?

Talon ricana.

— Misha est un idiot qui joue un jeu dangereux.

— Alors, qui est derrière tout cela ?

Ses yeux dorés pétillèrent d'amusement.

— Quelqu'un que tu connais, petite louve. Quelqu'un à qui tu as eu affaire depuis un certain temps.

Ouais, super, voilà qui réduisait follement les possibilités. Cela pouvait être un ancien amant, un ami ou le mec à qui j'achetais mon café tous les midis.

— Tu ne pourrais pas être un poil plus précis ?

— Non, je ne pense pas.

Je serrai mes poings en un impuissant réflexe de frustration.

— Tu penses vraiment que le Directoire va te laisser enlever l'un de ses employés sans y faire quoi que ce soit ?

— Tu es une secrétaire, pas une gardienne. Je pense qu'ils se rendront à peine compte de ta disparition.

— Rhoan s'en rendra compte.

Son sourire me fit penser à la gueule d'un requin. Et un requin sournois, en plus.

— Ni Rhoan ni le Directoire ne connaissent l'existence de Genoveve ou de ces installations. Ils concentreront leurs efforts sur Moneisha et cela ne me dérangera absolument pas.

C'était son arrogance qui causerait sa chute… et j'espérais vraiment que je serais là pour y assister.

Il se leva et alla nonchalamment regarder à travers la fenêtre. Je fermai les yeux, imaginant cette plaine obscure et la porte que j'avais créée.

La voix de Talon me fit sursauter.

— Mon père a commencé ces recherches il y a très longtemps, et j'ai bien l'intention de les mener à leur terme.

— Ton père était donc aussi fou que toi ? commentai-je d'une voix absente.

Toute mon attention était consacrée à essayer d'ouvrir cette fichue porte. La sueur coulait sur mon front.

— Mon père était un génie. Il a vu le potentiel de l'espèce lycanthrope, un potentiel qui n'était pas réalisé tout simplement parce que la reproduction n'était pas assez sélective.

La plaine obscure se déroulait devant moi, le mur rouge étincelait vivement. Je saisis la poignée de la porte et me projetai de tout mon poids contre celle-ci. J'eus de nouveau l'impression d'être en train d'essayer de bouger une montagne et je me demandai si cela s'améliorerait avec le temps – et la pratique – ou si cette difficulté mentale était naturelle.

Talon continuait à déblatérer.

— Il a passé sa vie à étudier les séquences de gènes de l'ADN des loups-garous adultes, la façon dont les protéines se forment et comment l'organisme s'en sert pour bâtir le corps. Je suis le résultat de ces recherches.

J'ouvris de grands yeux.

— Tu es un clone ?

Il me regarda par-dessus son épaule.

— Je préfère me qualifier moi-même de création naturelle de laboratoire. Je suis tout ce que mon père et l'espèce lycanthrope ne sont pas.

Je le dévisageai d'un air abasourdi. Et pourtant, cela expliquait sa taille. Et la puissance irrésistible de son aura. Tout cela n'était pas naturel.

— Mais alors… pourquoi est-ce que tous tes clones puent la mort si ton père avait remporté le succès dans ses recherches ?

— Parce que la plupart de ses documents ont été détruits dans un incendie qui a aussi tué mon père. Et parce que j'utilise un accélérateur de croissance pour avoir des adultes fonctionnels à tester. Les gènes de vampire sont plus insaisissables que ceux des loups-garous.

—Alors pourquoi travailles-tu sur des clones de vampires si ton père parlait d'exploiter le potentiel des loups-garous ?

—Parce que le vampire est plus rapide que le loup et a la faculté de se camoufler. Si on réussit à isoler la séquence de gènes responsable de ces atouts et à les implanter dans le patrimoine d'un loup-garou, on obtient une créature d'une puissance écrasante.

—Et pourtant, tu me rejettes parce que je ne suis pas entièrement loup-garou. Cela n'est pas très cohérent, même pour un fou.

Il eut un petit sourire condescendant.

—Mes créations seront entièrement lycanthropes. Elles auront juste quelques séquences en plus qui leur donneront des capacités supplémentaires.

—Alors, ce ne seront pas des loups.

Il eut un ricanement.

—Et moi, je ne suis pas loup, parce que mon ADN a été amélioré ? Non, mes créations seront des loups-garous, et elles seront toutes-puissantes.

Et il projetait d'être le cerveau derrière cette puissance. Dieu seul savait ce qu'il avait l'intention d'en faire.

—Est-ce que Misha est ton complice ? Son entreprise se consacre certainement à l'isolation des gènes de vampire.

Talon fit la moue.

—Misha refuse de voir les bénéfices du clonage.

Celui-ci avait donc bien dit la vérité à ce propos. Mais était-ce le cas pour le reste ? D'une certaine manière, je me doutais que non.

—C'est donc ton associé.

—Pas dans Genoveve.

Une fois encore, Misha n'avait pas menti. La question était : pourquoi ? Il était visiblement impliqué dans d'autres projets avec Talon, mais aussi avec l'homme qui les contrôlait tous les deux.

Un voyant clignota sur la console. Talon alla tranquillement décrocher le téléphone. La voix à l'autre bout du fil était gutturale, avec une sorte d'accent qui la rendait difficilement compréhensible de là où je me trouvais.

Talon raccrocha, puis revint vers moi et m'attrapa le visage d'une main en enfonçant ses doigts dans mes joues. À cette distance, son aura était étouffante de chaleur, de désir et de besoin.

— Je dois m'occuper de quelque chose, dit-il avant de m'embrasser brutalement.

Que Dieu me vienne en aide, la fièvre grimpa, et je dus me faire violence pour ne pas me plaquer contre son corps. Mais, lorsqu'il recula, je lui crachai à la figure. Il éclata de rire et essuya la salive avec sa manche.

— Nous verrons à quel point tu seras téméraire quand la fièvre te consumera des pieds à la tête.

Il sortit de la pièce. Je fermai les yeux et conjurai de nouveau la porte psi, la poussant de toute ma force mentale. Cette fois-ci, elle s'ouvrit et je ne me cassai pas la figure.

— *Ça va ?*

La voix mentale de Quinn était calme et douce, et pourtant, sa colère et son inquiétude semblaient résonner dans chaque fibre de mon corps, me procurant à la fois chaleur et force.

— *Oui. Et toi ?*

— *Rien de plus sérieux que des côtes froissées. Je suis actuellement enfermé dans une cellule, mais j'ai encore toutes les armes cachées sur moi.*

— *Moi aussi. Je suis enchaînée dans ce qui ressemble à une salle de contrôle dominant ce que je présume être une arène.*

— *Talon est-il avec toi ?*

— *Il vient de partir.*

— *Et la fièvre ?*

— *Elle brûle.*

Pour le moment, ma peur était encore la plus forte. Mais il suffisait que Talon revienne dans la pièce et c'en serait fini de toute simulation de maîtrise de moi-même.

Peux-tu t'échapper?

Je tirai mes chaînes pour les tester et un peu de poussière de béton me fit éternuer.

Cela me prendra probablement un moment, mais oui.

— *Alors, commence à travailler là-dessus. Cette cellule a des barreaux laser et je ne pourrai pas en sortir tant qu'ils ne seront pas coupés.*

— *Tu n'espères donc pas que Jack et Rhoan surgissent à notre secours d'une minute à l'autre?*

— *Il est 17 heures. S'ils ont surgi quelque part, ils ont une drôle de manière de le montrer.*

— *Quelque chose ne tourne pas rond.*

— *Visiblement.* (Il eut un instant d'hésitation, puis ajouta:) *Ils vont venir, ça, j'en suis certain. Je pense juste qu'on ne peut pas se permettre d'attendre qu'ils viennent nous sauver.*

— *Surtout pas quand Talon projette de se servir de toi comme sac d'entraînement pour sa dernière fournée de clones.*

Je commençai à remuer mon pied, à le tourner, le pivoter en tirant la chaîne jusqu'à ce que la peau de ma cheville soit tout écorchée et que la douleur fasse palpiter ma jambe. L'anneau dans le mur finit par bouger en dégageant des petits nuages de poussière encourageants.

Il céda d'un seul coup et ma chaîne entraînée par l'élan alla fouetter le tapis avant de revenir vivement à sa place comme un serpent qu'on aurait énervé.

Je me mis au travail sur l'anneau qui entravait mon autre jambe, couverte de sueur et tremblante, et réussis enfin à me libérer. Je rassemblai les chaînes derrière moi des fois que Talon revienne, puis me consacrai à celle qui m'immobilisait les deux bras.

Peut-être parce que l'anneau se trouvait plus haut et que je pouvais donc lui faire supporter davantage de poids, celui-ci se descella plus rapidement. Néanmoins, mes poignets étaient écorchés et irrités quand je me libérai enfin.

— *Je suis libre.*

Encore enchaînée, mais libre. Je m'approchai dans le fracas des chaînes de la console et commençai à explorer les tiroirs du bureau.

— *Génial. Maintenant, c'est la partie la plus difficile du truc : me trouver.*

— *Malheureusement, Talon n'a pas eu la politesse de laisser un plan des lieux dans les environs.*

Je sentis l'amusement de Quinn chatoyer dans mon esprit, assourdissant momentanément la douleur dans mes poignets et mes chevilles.

— *Je lui en toucherai un mot quand je le croiserai.*

Le troisième tiroir du bureau était verrouillé. Je le forçai et y trouvai plusieurs clés. La quatrième déverrouilla mes menottes et la septième les anneaux autour de mes chevilles. J'ignorais totalement ce que les autres ouvraient, mais je n'avais pas l'intention de les laisser derrière moi.

Je rangeai les chaînes sous le bureau puis revins à la console.

— *Tu as une idée d'où tu te trouves ?*

— *Non. Il n'y a aucune indication et pas le moindre mouvement.*

Je balayai du regard les différents écrans et finis par apercevoir ce qui ressemblait à des images de caméra de sécurité. J'appuyai sur un bouton et l'angle changea. Je continuai à appuyer. La première personne que je vis fut Talon. Il se trouvait dans un laboratoire et examinait quelque chose au microscope. Sa posture laissait deviner qu'il était extrêmement contrarié. Et cela me rendit très joyeuse.

Je continuai à explorer les caméras jusqu'à tomber sur ce qui ressemblait à des croisillons de lumière rouge.

— *Ces barreaux laser, est-ce qu'ils sont rouges et sortent des quatre côtés de la porte ?*

— *Oui.*

— *Alors, je crois que je t'ai trouvé.*

Je regardai en haut de l'écran : sous-sol niveau trois.

— *Tout ce qu'il faut maintenant, c'est trouver comment on fait pour y arriver.*

— *Fais attention.*

— *Tu crois ? Et moi qui étais prête à courir en hurlant dans les couloirs.*

Son rire me fit l'effet d'une brise d'été.

— *On dirait que tu as fait ça toute ta vie.*

Je ne réussis pas à retrouver mes vêtements, alors je me dirigeai vers ce qui ressemblait à un placard. À l'intérieur se trouvaient plusieurs vestes en cuir et pantalons à la taille de Talon, ainsi qu'une blouse blanche de laboratoire. J'enfilai celle-ci, en retroussai les manches puis défis mon chignon pour récupérer le pistolet laser. Je laissai les couteaux là où ils étaient.

— *J'arrive.*

Enfin, j'espérais.

J'ouvris la porte et glissai un regard dehors. Le corridor était long et s'incurvait vers la droite. Je regardai vers le haut. Deux caméras de sécurité, l'une juste au-dessus de moi, l'autre à l'endroit où le couloir tournait.

— *Neutralise-les.*

— *Si je fais ça, ça déclenchera l'alarme.*

— *Le simple fait de sortir de cette pièce peut suffire à la déclencher. Tu n'as pas la moindre idée de qui regarde.*

Je glissai le laser autour de mes doigts, ajustai la gâchette, levai la main et tirai. Des éclats de verre noir volèrent, atterrissant sur le sol aussi légèrement que des flocons de neige. Je fis de même avec la seconde caméra puis tendis l'oreille à l'écoute d'éventuels sons indiquant que l'alarme avait été déclenchée.

Rien.

Je me glissai hors de la pièce. Le silence était absolu et l'air ambiant froid. Je frissonnai et souhaitai avoir un peu plus sur le dos qu'une simple blouse en longeant le mur du couloir.

Lorsque je tournai au coin, un léger bourdonnement se fit entendre. Je m'immobilisai. La sueur me dégoulinait dans le dos et mon doigt tremblait sur la détente du pistolet laser. Le bourdonnement s'arrêta. Je laissai échapper le souffle qui s'était bloqué dans ma poitrine, mais au même moment entendis des pas qui se dirigeaient vers moi de l'autre côté du mur.

Je jurai silencieusement et regardai rapidement autour de moi. Aucune porte, et nulle part où me cacher en dehors de la pièce dont je sortais. Je n'étais peut-être pas allée bien loin, mais je n'avais aucune intention de battre en retraite. Je reniflai l'air ambiant. Pin et café. Ce n'était donc pas Talon.

Je pris une grande inspiration et me décollai du mur avant d'emprunter le couloir, le bruit de mes talons me semblant aussi fort que les battements de mon cœur. Son odeur devint soudain plus présente et, une seconde plus tard, je le vis : un petit homme brun avec un bloc-notes et un air furtif.

Il s'immobilisa en me voyant.

— Qui diable êtes-vous ?

— Équipe de recherche, répondis-je en m'approchant de lui.

Son expression de perplexité s'accentua.

— Quel département ?

— Celui-ci, répondis-je en arrachant les boutons de ma blouse et en lui montrant mes seins.

Le bloc-notes tomba à terre, presque imité par sa mâchoire inférieure. C'est à ce moment-là que je le frappai. Sa tête fut projetée en arrière et il heurta le sol avec un craquement qui me fit grimacer. Je le traînai sur le côté et m'assurai que son cœur battait toujours.

C'était le cas. Je lui chipai le laissez-passer qu'il portait autour du cou, rajustai du mieux que je pus la blouse sur moi, ramassai le bloc-notes et poursuivis mon chemin. J'arrivai bientôt devant des portes d'ascenseur. Il y avait aussi une caméra.

Je gardai le visage baissé et ne m'arrêtai pas. Les portes s'ouvrirent. J'entrai dans l'ascenseur, appuyai sur le bouton du troisième sous-sol, puis attendis.

Et attendis encore.

Le cœur battant, les doigts tremblants, j'appuyai sur le bouton une deuxième fois.

Toujours rien.

Puis je vis le lecteur de cartes à côté du tableau de contrôle. Je jurai à mi-voix et y insérai le pass que j'avais emprunté. Les portes de l'ascenseur se refermèrent.

Je me laissai aller contre la paroi et respirai profondément à plusieurs reprises. Jusqu'à ce que je voie la caméra. Ce maudit endroit était encore pire que le Directoire en matière de vidéosurveillance. Mais je ne bougeai pas, espérant que mon allure échevelée et suante m'identifierait aux yeux d'un éventuel spectateur comme l'une des putes de Talon. Ce que j'étais, en quelque sorte.

L'ascenseur s'arrêta au troisième sous-sol et les portes s'ouvrirent. Je jetai un coup d'œil à l'extérieur. L'obscurité n'était barrée que de quadrillages de lignes rouges. Je passai en vision infrarouge et examinai les environs. Une tache de chaleur palpita à l'autre bout de la pièce. Il n'y avait rien – ou personne – d'autre plus près.

—*Dépêche-toi*, dit Quinn.

—Genre : je traînasse, marmonnai-je, et je sentis une onde distante d'amusement me traverser le corps aussi affectueusement qu'un baiser.

Il me fallut ce qui me sembla des heures pour réussir à passer au travers des rayons laser. De toute façon, la hâte n'était pas des plus pertinentes dans cette situation où le moindre mouvement inconsidéré résulterait en l'ablation de diverses parties du corps.

J'atteignis enfin sa cellule et l'incroyable soulagement que je ressentis en le voyant devant moi me laissa tremblante. Je récupérai les clés dans la poche de la blouse, en trouvai une qui semblait correspondre et l'insérai dans la serrure. Les lasers s'éteignirent. Quinn était libre.

Il ne bougea pas, se contentant de m'étudier d'un regard détaché. Même si je ne voulais rien de plus que de me perdre dans le réconfort et la chaleur de ses bras, c'était un risque que je ne pouvais prendre. La fièvre était aiguisée comme un couteau.

— Et si nous rencontrons Talon ?

Il lisait dans mes pensées mieux que je lisais dans les siennes. En même temps, il avait nettement plus de pratique. Je haussai les épaules.

— Je m'en occuperai.

Il acquiesça en acceptant ma réponse même si nous savions très bien tous les deux qu'il n'y avait qu'une seule manière pour moi de soulager le torrent brûlant qui parcourait mes veines.

— Allons-y.

Il ouvrit le chemin dans le labyrinthe de lumière. Un doux bourdonnement emplit le silence. L'ascenseur était en mouvement.

— Mets-toi à gauche, moi à droite. S'il s'arrête ici, on attaque, dit Quinn.

La bouche sèche, je me camouflai dans l'ombre et me plaquai contre le mur. La progression de l'ascenseur vibrait dans ma colonne vertébrale et j'espérai contre toute probabilité qu'il ne s'arrête pas à notre niveau.

Il s'arrêta.

Huit personnes en sortirent et se dirigèrent vers les cellules laser. Ils sentaient la mort et un frisson de soulagement me parcourut : il aurait suffi d'un seul loup-garou pour que nous ayons de gros problèmes.

La porte de l'ascenseur se referma, nous coupant l'accès à toute possibilité de retraite.

Vas-y, m'enjoinit Quinn, et je m'exécutai.

J'avais beau être rapide comme un vampire, mes talons annoncèrent néanmoins mon arrivée en martelant le sol. Il y eut un cri et le dernier vampire de la file fit volte-face en lançant un coup de poing plus rapide que le vent. Je l'évitai, puis lui décochai un direct dans les côtes qui lui arracha un gémissement.

Du coin de l'œil, je vis un éclair de mouvement. Je me retournai vivement et donnai un coup de pied dans la tête du premier vampire, puis me dégageai des mains qui tentaient de m'agripper. Mais ce ne fut que pour tomber dans d'autres mains. On glissa un bras autour de mon cou et je ruai en poussant force jurons. Je ne frappai rien d'autre que de l'air et mon adversaire ricana, son haleine fétide empestant ma joue. Je me tortillai et saisis ses couilles en serrant fort. Il émit un son étranglé et relâcha légèrement sa prise autour de mon cou. Je me libérai et le poussai dans la trajectoire d'un troisième. Ils s'effondrèrent tous les deux dans un méli-mélo de bras et de jambes.

Un autre vampire se jeta sur moi. Je me propulsai en arrière et évitai son poing de justesse. J'esquivai un deuxième coup puis pivotai et le frappai dans l'estomac. Le coup rebondit sur les muscles du vampire et sa force résonna dans toute ma jambe. Cet enfoiré semblait avoir des briques à la place des abdos.

J'esquivai un nouveau coup en sautillant avant de viser sa mâchoire. Sa tête eut beau être violemment projetée en arrière, je le vis rugir… ou rire. C'était dur de le déterminer, car je ne vis qu'un éclair de canines. Je frappai de nouveau, mais cette fois-ci il saisit mon poing dans le sien et le tordit brusquement. La douleur remonta comme une traînée de poudre le long de mon bras et je laissai échapper un cri… qui se transforma en hurlement quand il commença à se nourrir de mon bras. Le son de sa succion me retourna l'estomac.

Avec un frisson, je pivotai et déséquilibrai de nouveau le vampire. La douleur me donna l'impression de tordre mon bras quand ses canines furent arrachées de ma chair, et il rugit de frustration. Je le frappai de toutes mes forces au visage et l'envoyai valser sur le côté.

Il n'alla pas bien loin. Il y eut un tourbillon de chaleur rouge, puis Quinn se retrouva devant moi, animé d'une telle fureur que mon corps et mon esprit en étaient consumés.

Il saisit le vampire à la gorge et l'attira à lui.

— Où se trouve l'homme dont on se sert pour produire les clones ?

Le vampire lui répondit par une insulte, puis s'interrompit brutalement. Le silence s'installa. Aucune conversation, aucun mouvement chez aucun des vampires. Je savais ce qui se passait. Quinn explorait l'esprit de l'autre.

Je remontai les manches de ma blouse et inspectai ma blessure. Elle était aussi atroce à voir qu'à ressentir, mais avant que je puisse changer de forme, il y eut un craquement d'os et la main de Quinn se trouvait sur la mienne. Le vampire était étendu, immobile, derrière lui.

— Permets-moi, dit-il doucement.

Il leva le poignet jusqu'à sa bouche et passa sa langue sur la blessure. C'était une caresse si agréable que j'en sursautai en laissant un couinement échapper de mes lèvres. Ses yeux noirs étaient plantés dans les miens, son haleine brûlante caressait ma peau. Il lécha la blessure avec le soin qu'y aurait apporté un chat, rinçant le sang, nettoyant la plaie et l'aidant à cicatriser. C'était érotique, sensuel et indéniablement exquis.

Je sentis ma gorge se serrer et la fièvre commencer à déborder les barrières de mon self-control.

— Quinn… non… s'il te plaît.

C'était une douce prière haletante, mais il ne voulut pas l'entendre. Les sensations se mêlaient en moi. Je frissonnais au contact érotique de sa langue en serrant les cuisses et en sentant la pression monter encore et encore, jusqu'à être si tendue qu'un souffle aurait suffi à me faire céder. Puis cela céda et je me retrouvai à gémir en étant parcourue des spasmes si reconnaissables de l'orgasme.

Cela avait à peine pris quelques minutes et, lorsque j'ouvris les yeux et croisai son regard, je sus qu'il l'avait fait exprès. Il avait laissé échapper un peu de la vapeur qui était en moi, me donnant la possibilité de me maîtriser un peu plus longtemps.

— Merci.

— Un sang aussi sucré que le tien ne devrait jamais être gâché.

Il m'embrassa les doigts, chatouillant leur extrémité de ses lèvres chaudes avant de me lâcher la main et de s'éloigner.

— Il faut qu'on s'en aille.

À cet instant, j'aurais pu le suivre n'importe où, mais je me contentai de l'ascenseur.

— As-tu réussi à obtenir des renseignements du vampire avant de le tuer ?

— L'endroit où se trouve Henri, et la plus proche sortie.

— Nous allons donc récupérer Henri puis rebrousser chemin ?

— Non. Je vais récupérer Henri et toi, tu te barres d'ici.

— Quinn…

Les portes s'ouvrirent. Il mit sa main sur mes reins et me poussa à l'intérieur de l'ascenseur.

— C'est la meilleure solution. Il y a une sortie pas loin de l'ascenseur. L'alarme ne semble toujours pas avoir été donnée, mais cela ne devrait pas tarder. C'est là que ça deviendra dangereux.

— Tu ne peux pas combattre ces créatures seul.

Il me prit la carte magnétique et l'inséra dans le lecteur avant d'appuyer sur le bouton du premier étage.

— Je combattrai d'autant mieux en sachant que tu es en sécurité. Je t'en supplie, sois raisonnable.

Je pris une longue inspiration tremblante. Une partie de moi voulait rester avec lui et combattre à ses côtés, mais le reste savait qu'il avait raison. Je n'étais pas entraînée pour ce type de travail. Je savais me battre, mais je ne voulais pas tuer, et cela pouvait être dangereux non seulement pour moi, mais aussi pour Quinn.

— OK.

Un sourire effleura ses lèvres sensuelles.

— Tu es la femme la plus surprenante que j'ai jamais rencontrée.

Je levai un sourcil.

— Parce que je fais ce qui est raisonnable ?

— Parce que tu le fais sans argumenter d'abord.

— Je n'ai pas l'esprit de mort, et je n'apprécie pas particulièrement la situation.

De plus, et même s'il n'y avait ni pendules, ni fenêtres dans cet endroit, je savais que la nuit était en train de tomber. La pleine lune était sur le point de se lever et sa puissance était telle que mon corps était parcouru de picotements. Incessamment, je serais un loup et, même si les dents étaient de bonnes armes contre un seul adversaire, elles seraient inutiles contre plusieurs.

J'effleurai sa joue.

— Je t'en prie, sois prudent.

Il m'attrapa la main et embrassa ma paume.

— Je suis un très vieux vampire, c'est le genre de chose qu'on ne peut pas devenir sans être prudent. Et ce n'est pas un jeune loup-garou complètement cinglé qui se prend pour Hitler qui va me tuer.

Peut-être pas. Mais ce jeune loup complètement cinglé

avait à sa disposition une armée de clones dysfonctionnels, et eux pouvaient très bien y parvenir.

L'ascenseur s'arrêta et les portes s'ouvrirent. Quinn me lâcha et jeta un coup d'œil à l'extérieur. Je récupérai deux couteaux dans mes bottes et les mis dans les poches de la blouse.

— Personne, fit-il en me poussant dehors. Prends à gauche et le premier couloir à droite. La sortie se trouve tout au bout de celui-ci.

Je restai immobile en gravant son visage dans ma mémoire, juste au cas où quelque chose se produirait et que je ne le reverrais jamais.

— Vas-y, dit-il doucement en me lâchant la main.

Je m'avançai et lui donnai un léger baiser sur les lèvres, puis me retournai et m'éloignai. Mais j'avais à peine fait dix pas qu'une sonnerie stridente déchira le silence. Je m'immobilisai, le cœur dans la gorge battant à mille à l'heure.

— *Cours*, m'ordonna mentalement Quinn.

Je courus. La sonnerie était assourdissante et résonnait horriblement dans mes oreilles, mais peut-être au moins étouffait-elle aussi le bruit de mes talons. Le couloir était long et s'incurvait sur la gauche, n'offrant aucune visibilité des gens qui pouvaient arriver en face. Je n'avais pas vu grand monde dans les couloirs et croisai les doigts pour que cela continue jusqu'à ce que je sorte d'ici.

J'aurais dû me douter que je n'aurais pas une telle chance.

Derrière moi, une porte s'ouvrit et un bruit de pas lourds sembla répondre au rythme avec l'alarme. Ils se dirigeaient vers moi, pas de l'autre côté.

Il y avait d'autres bruits de pas devant moi. Je jurai à mi-voix et vérifiai le laser. À moitié chargé. Je pouvais encore espérer en neutraliser quelques-uns avant de devoir me battre au poing et au couteau.

Le couloir cessa de s'incurver et ce fut la fin de ma liberté aussi. Talon se tenait sous l'insigne lumineux indiquant la sortie, aussi nu que lorsqu'il m'avait quittée plus tôt, ses bras musclés croisés sur sa poitrine et une expression pleine d'arrogance sur le visage. Six clones l'encadraient.

Je m'arrêtai d'un coup et serrai ma main droite, le doigt sur la détente, prête à tirer dès que l'un d'entre eux ferait le moindre mouvement.

—Tu as l'intention d'aller quelque part ? demanda-t-il d'une voix traînante.

Mon autre main serrait un couteau.

—J'ai décidé que je n'aimais pas ce petit club de vacances. J'imagine que tu ne vas pas vouloir te pousser afin que je puisse accéder à la sortie ?

Il leva un sourcil.

—J'imagine que tu ne vas pas vouloir me dire où est passé ton amant vampire ?

—Qu'est-ce qui te fait croire que je le sais ou que je m'y intéresse ?

—Le fait que tu l'aies aidé à s'échapper.

—Si je l'avais aidé à s'échapper, il serait avec moi, pas vrai ?

Son sourire me fit passer un frisson.

—Il ne trouvera jamais son ami, tu sais ? Cet endroit est un labyrinthe et les couloirs sont bien éclairés. Aucun coin sombre où se camoufler, je le crains.

Quinn n'avait pas besoin d'ombre ou de se camoufler. Il lui suffisait de toucher l'esprit des gens en les convainquant qu'ils n'avaient rien vu. Bien mieux que n'importe quel camouflage.

—Tour ce boxon, c'est donc parce qu'une louve et un vampire ont échappé à ta vigilance ? Un peu exagéré, n'est-ce pas ?

Il haussa les épaules.

— L'alarme est automatique quand une porte est ouverte de manière anormale.

Mon cœur battit un peu plus vite. Quinn et moi n'étions entrés par effraction nulle part. Cela signifiait-il que Rhoan et Jack étaient dans le coin ?

Talon, lui, ne présumerait pas qu'il s'agissait obligatoirement de nous. Il s'en assurerait bien auprès de la sécurité.

Ses paroles suivantes répondirent alors à ma question.

— Mark, tiens-la, tu veux bien ? La sécurité m'appelle.

Des pas résonnèrent dans mon dos. Je vis volte-face et m'accroupis en balayant les jambes des trois hommes qui approchaient avec le rayon du laser, coupant à travers la chair et les os avec autant de facilité qu'un couteau dans du beurre. L'odeur de la chair brûlée se répandit dans l'air et ils s'abattirent tous trois au sol en hurlant et en serrant des membres qui n'étaient plus attachés à leur corps.

La nausée me saisit. Je déglutis difficilement en essayant de ne pas penser à ce que je venais de faire.

Parce que ce que j'avais fait était, de manière incontestable, bien plus grave que de tuer.

Le juron de Talon se perdit dans un nouveau bruit de pas. Je fis volte-face et découpai trois autres clones avant que le laser s'éteigne. Je saisis le deuxième couteau dans ma poche et me jetai en avant, faisant étinceler tels des diamants les lames fines comme du papier dans le violent éclairage. Deux clones supplémentaires tombèrent, les couteaux profondément enfoncés dans leur poitrine.

Puis le dernier clone me tomba dessus. J'esquivai les premiers coups, puis m'accroupis en pivotant ma jambe tendue pour lui faire perdre l'équilibre. Il tenta de m'agripper en tombant, mais je me dégageai de sa poigne et le frappai aussi fort que possible. Je sentis mon poing déchirer des chairs et faire jaillir une giclée de sang tiède. Puis je me retournai vivement en attrapant sa jambe et en la tordant. Il y eut un bruit d'os brisés et le clone poussa un hurlement.

Le cœur battant à cent à l'heure, je m'efforçai de reprendre mon souffle, le dos inondé de sueur. Puis je lâchai le clone, réprimai la montée de bile dans ma gorge et croisai le regard de Talon.

Ma réaction l'avait non seulement empli de colère, mais aussi de désir.

— Maintenant, c'est juste toi et moi, susurrai-je mielleusement.

— Pas vraiment. J'ai environ une centaine de ces créatures à mes ordres.

— Tu n'es donc pas ce parfait spécimen de loup, après tout ?

Il arqua le sourcil et un sourire sûr de lui étira ses lèvres.

— Tu veux te battre, petite louve ?

Je fis craquer mes doigts.

— Tu crois que j'ai peur ?

— Je crois que tu as très peur.

Et il n'avait pas tort. Mais ce n'était pas tant sa force physique que son aura que je craignais. Même d'où je me trouvais, je pouvais la sentir. Cela faisait comme une couverture qui m'étouffait, comme une vague de chaleur qui progressait sur ma peau comme un démon insistant et insidieux. Je craignais de ne pouvoir y résister à plus courte distance.

Il décroisa les bras et appuya sur le bracelet autour de son poignet.

— Sécurité, j'ai un petit problème ici, merci de vous en occuper. Utilisez tous les moyens nécessaires pour mettre un terme à cette intrusion.

L'équipe de sécurité sembla contrariée par ces ordres, car je les entendis protester d'où je me trouvais. Talon les interrompit d'un « Exécution » sec puis revint à moi.

— Cela devrait régler le sort de ton amant, dit-il en secouant les bras et en faisant craquer ses doigts.

— Ne le sous-estime pas, répliquai-je en sautillant sur la pointe de mes pieds, prête à m'esquiver au moindre de ses mouvements.

— Oh ! que non, je ne le sous-estime pas, mais même le plus puissant des guerriers n'a pas la moindre chance face à l'efficacité du laser, comme tu l'as si bien démontré.

— Dommage que ce fichu bidule soit tombé en rade trop tôt. J'aurai adoré découper ce sourire suffisant de ton visage.

Ce n'était peut-être pas des plus raisonnable de le provoquer, mais je ne pouvais m'en empêcher. Son regard me déshabilla, ranimant une flamme en moi qui, paradoxalement, me glaça.

— La nuit est tombée, là, dehors, petite louve. La lune va se lever dans quelques minutes. Je vais adorer te soumettre à la force de mes poings avant de te baiser en forme de loup.

Je dus lutter contre une remontée de bile. Violer quelqu'un quand on était en forme de loup n'était pas seulement un acte méprisable, c'était aussi la pire humiliation que l'on pouvait infliger à un loup-garou. Cela n'avait rien à voir avec le pouvoir de la lune ou les besoins du loup, car la chaleur lunaire disparaissait dès que nous nous laissions envahir par le changement. C'était un viol, un acte de domination, une affirmation de son pouvoir. Celui qui faisait cela n'avait que faire de son ou sa partenaire et, à ses yeux, celui ou celle-ci ne valait pas mieux que l'animal dont il ou elle avait pris la forme.

Je n'avais jamais entendu parler de loups qui faisaient l'amour cette nuit-là. La plupart allaient courir dans les montagnes, savourant la liberté des forêts, se ressourçant à la lumière de la lune.

— Essaie toujours, me contentai-je de répondre.

Mais je savais aussi bien que lui qu'il faudrait que je triomphe de lui avant la métamorphose. Sous forme de loup, il serait plus fort que moi. C'était la nature et même mes gènes de vampire n'y pouvaient rien.

Son sourire s'élargit et il attaqua. J'attendis qu'il soit à ma portée et pivotai, mon poing tendu s'écrasant dans son visage, avant d'éviter sa riposte. Il agrippa du bout des doigts le bas de ma blouse et m'arrêta brutalement dans mon élan. Je poussai un juron et me dégageai de la blouse en tournoyant.

Il gloussa.

— Je sens ton excitation, petite louve. Et je la vois aussi.

Son aura était effectivement étouffante de si près. Mais je réussissais à résister et c'était tout ce qui comptait.

Et peut-être, avec un peu de chance, pourrais-je réussir à faire jouer son propre désir contre lui.

Je remontai mes mains le long de mon corps et saisis mes seins en frottant mes pouces sur mes tétons.

— Et tu vois quelque chose qui te fait envie ?

La luxure fit étinceler ses yeux. Il jeta la blouse sur le côté et chargea. Je m'ôtai de sa trajectoire, le corps parcouru de picotements de plus en plus intolérables. Il fallait en terminer le plus rapidement possible.

Il s'interrompit dans sa charge et se tourna avec un juron.

— Attrape-moi si tu peux, le taquinai-je.

Il chargea de nouveau sans réfléchir, tout en réaction. Son aura me coupa le souffle et me fit tourner la tête, mais je ne sais comment le désir resta sous contrôle. Tout juste.

Je saisis son poignet et le fis tournoyer autour de moi avant de le coincer contre le mur. D'une main, j'agrippai sa gorge et de l'autre, je me mis à caresser son énorme érection. Il tressauta au contact de ma main, se pressant contre elle, la peau recouverte d'une fine pellicule de sueur.

— Si tu veux que je te donne quelque chose, il faut demander. Je n'aime pas qu'on se serve sans permission.

— Tu n'as pas toujours dit ça, haleta-t-il entre deux spasmes.

— Les choses changent.

Je continuai les va-et-vient de ma main, observant le désir qui envahissait son regard et luttant contre l'envie de m'empaler sur lui et de le chevaucher jusqu'à l'orgasme. Il commença à s'approcher de la limite et je lâchai sa gorge pour récupérer le dernier couteau dans ma botte. Puis il jouit et son corps fut parcouru de tressautements au même rythme que se répandaient les giclées de sa semence sur ma main. Je levai le couteau au cœur d'argent en le plantai dans son épaule.

Ses paupières s'ouvrirent soudain sur un regard choqué. Puis le sang entra en contact avec la lame et de la fumée commença à s'élever de la blessure. Il poussa un hurlement et me frappa du poing. La force de son coup m'envoya voler à travers le couloir. Je heurtai le mur avec un grognement, m'effondrai par terre en voyant trente-six chandelles et sentis pour la deuxième fois de la journée le goût du sang dans ma bouche.

Je ne pus alors rien faire d'autre que de tenter d'éviter les coups, car Talon me bondit dessus tel un tourbillon de poings et de fureur contre lequel je ne pouvais rien faire.

Mais cela ne dura pas plus de quelques minutes, car les picotements qui me dévoraient le corps devinrent soudain intolérables. Le besoin m'envahit, me chahuta, troublant ma vision et atténuant la douleur. Des hurlements remplirent mes oreilles, des hurlements qui ne ressemblaient en rien à ce que je connaissais. Puis soudain il y eut un éclair de fourrure rousse et je ne sentis plus le poids de Talon sur moi.

— Rhoan, non!

C'était la voix de Jack, et il était inenvisageable de désobéir à son ordre.

Je me redressai à grand-peine, les griffes dérapant sur le sol métallique. Rhoan était en forme de loup et avait cloué Talon au sol. Son rugissement faisait trembler tout son corps et ses crocs ne se trouvaient qu'à un cheveu de la gorge de Talon.

Mais celui-ci était au-delà de tout espoir. Ses yeux grands ouverts étaient vitreux et il hurlait toujours. Son corps étincelait de la lueur de pure énergie orange qui signalait habituellement le passage d'une forme à l'autre, sauf que la bande d'argent que je lui avais insérée dans l'épaule empêchait celui-ci de se produire.

Je m'étais toujours demandé à quel point cela devait être horrible.

Maintenant, je le savais.

Jack s'approcha de Rhoan et le saisit par la peau du cou, le retirant de Talon.

— Il nous sera plus utile vivant que mort, aboya-t-il avant de me jeter un regard : Tu vas bien ?

J'acquiesçai de la tête. Je ne pouvais pas faire grand-chose d'autre. Rhoan s'approcha et m'enfonça le museau dans la fourrure. Je lui léchai la truffe. J'aurais aimé que nous soyons sous forme humaine pour qu'il me prenne dans ses bras.

— Alors, je vous propose de partir à la recherche de nos deux vampires, poursuivit-il d'un ton acide.

C'est ce que nous fîmes.

Mais Quinn avait disparu.

Ainsi que son ami.

Chapitre 16

Je traversai d'un pas léger la pelouse recouverte de rosée et serrai autour de moi les pans de la blouse que j'avais empruntée. Le soleil était levé depuis un peu plus de une heure, mais le ciel était encore zébré des nuages de cuivre et d'or de l'aube.

Au pied de la colline où je me trouvais, il y avait un grouillement d'activité. Des camions étaient alignés le long de la route de terre qui menait à l'entrée du laboratoire souterrain et de nombreuses personnes allaient et venaient, certaines emportant du matériel, d'autres ramenant des prisonniers.

Vers ma droite, une épaisse colonne de fumée noire montait vers le ciel et l'atmosphère était saturée de l'odeur de chair calcinée. Les clones avaient été exécutés et le nettoyage avait commencé.

Je me frottai le front d'un air épuisé. Je voulais simplement rentrer chez moi, prendre un bon bain et oublier toute cette histoire. Tout sauf Quinn, évidemment.

Mais Jack m'avait ordonné de rester ici tant qu'il n'aurait pas pu parler avec moi, alors je restais là à poireauter en assistant au spectacle et en me demandant comment j'allais pouvoir éviter d'être impliquée dans les conséquences de tout ce bordel.

Parce que ce n'était pas terminé.

Je fermai les yeux et savourai la caresse de la brise, m'endormant presque. Au bout d'un moment, j'entendis un bruit de pas s'approcher et j'ouvris un œil.

Jack, pas Rhoan.

Il s'assit à quelques pas de moi, les yeux braqués sur le soleil, l'air épuisé.

— Pourquoi avez-vous mis tant de temps à arriver ? demandai-je quand je vis qu'il ne semblait pas vouloir prendre la parole.

Il eut un ricanement.

— Tu me croiras si je te dis que c'était à cause des embouteillages ?

— Non.

— Ah. Bon. Eh bien, j'avoue que c'est parce que nous avons perdu le signal.

— Eh ! Merde…

— Ce n'est pas tombé loin, oui. (Il me jeta un regard.) C'est Rhoan qui t'a trouvée. Il s'est juste mis à marcher et paf, tu étais là.

Remercions Dieu pour la connexion gémellaire.

— Il faudra que je lui rappelle de marcher plus vite, la prochaine fois.

Un sourire effleura ses lèvres, mais ses yeux étaient d'un sérieux mortel.

— Tu sais ce que je suis venu te dire, n'est-ce pas ?

Je pris une profonde inspiration, que je laissai lentement sortir de mes poumons.

— Le travail n'est pas terminé.

Nous avions découvert la source des clones, mais même si Talon avait fait quelques essais d'hybridation, ses labos n'étaient pas à l'origine principale des hybrides. Ils n'étaient pas non plus derrière l'étrange créature bleue qui m'avait attaquée dans le parking.

Jack acquiesça.

— Tout ce que j'ai trouvé dans ce labo me laisse penser que Talon ne travaillait pas seul.

— Il a dit qu'il avait été associé à Misha dans le passé. (Talon était tellement certain de son succès qu'il avait beaucoup plus parlé qu'il ne l'aurait dû.) Il a aussi prétendu qu'il n'était pas responsable de la fois où deux hommes m'ont enlevée, mais que je connaissais apparemment très bien celui qui était derrière tout cela.

—Oui. Il a été assez bavard avec nous ces derniers temps, aussi.

Pas de son plein gré, je le soupçonnais.

—Qu'a-t-il révélé ?

Il eut un moment d'hésitation.

—L'idée de te féconder était bien la sienne.

—Pas étonnant.

Jack opina.

—Non, mais il semble que cela fasse bien plus qu'un an. L'ARC1-23 n'était pas le seul traitement pour la fertilité qu'il avait utilisé, même si tous les autres étaient légaux.

Ce qui signifiait que ses essais infructueux l'avaient poussé à essayer d'autres traitements. Et ce qui signifiait aussi que j'étais peut-être donc aussi stérile que les médecins le redoutaient. Je fermai les yeux en ne sachant pas réellement comment réagir, même si la boule que j'avais dans la gorge me donnait bien une idée.

—Pourquoi ne l'a-t-on pas détecté dans mes analyses semestrielles ?

Il fit la grimace.

—J'ai vérifié, et cela a été détecté. Mais comme les traitements pour la fertilité ne font pas partie des substances à signaler, on n'en a jamais parlé dans le résumé de première page.

—J'ose espérer que cela ne sera plus le cas à l'avenir ?

Mon ton était sec, et il eut une grimace embarrassée.

—À compter de maintenant, toutes les substances sortant de l'ordinaire seront signalées.

C'était probablement un peu tard pour s'en occuper, mais c'était mieux que rien.

— Bien entendu, poursuivit Jack d'un ton plus léger, l'obsession de Talon de créer le loup-garou parfait est assez amusante quand on pense qu'il n'est lui-même pas entièrement loup.

Je le dévisageai d'un air ahuri.

— Pardon ?

— C'est un dhampire, tout comme toi.

— Il a dit qu'il était un loup-garou.

— Et le maintient. Mais nos analyses prouvent le contraire.

Lui qui se pensait le pinacle de l'espèce lycanthrope !

— Mais si Talon est un exemple de ce qui pouvait être obtenu, comment se fait-il que l'expérience soit aussi peu concluante aujourd'hui ?

— Parce que son père était un rebelle très puissant et très riche qui travaillait seul, et que la plus grande partie de ses recherches a disparu dans un incendie où il a d'ailleurs lui-même perdu la vie.

— Cela signifie qu'il y a probablement d'autres créations aussi réussies que Talon dans les environs.

— Exactement.

— Et peut-être que l'une de ces créations dirige l'autre laboratoire.

Qui pouvait ou non s'appeler Libraska.

Jack me décocha un autre de ses sourires satisfaits, mais j'étais trop épuisée pour m'en agacer.

— Tout cela, vous l'avez lu dans son esprit ? demandai-je.

— Et dans les dossiers qu'on a trouvés dans son bureau. Nombre d'entre eux appartenaient à son père.

— Tu sais donc pour qui Talon travaille ?

— Non, répondit-il avec une grimace. Cette partie-là de sa mémoire a été effacée, comme carbonisée. Quelqu'un doté de pouvoirs psychiques extrêmement puissants s'en est chargé dans les deux derniers jours. Il ne fait que réciter ce qu'on lui a dit de raconter.

— Alors pourquoi se montre-t-il aussi coopératif ?

— Il semblerait que l'effacement n'ait pas été aussi total que prévu.

— Cela signifie aussi qu'ils étaient prêts à sacrifier Talon et toute cette partie de leurs recherches.

— Quinn se rapprochait, et nous aussi. Ce projet en particulier devenait un peu trop brûlant et il fallait s'en débarrasser.

Cela se tenait.

— Et Misha ? Comment est-il impliqué là-dedans ?

— Je pense qu'il est effectivement impliqué, mais est-ce lui qui donne les ordres ? Je ne le pense pas, surtout étant donné sa pleine coopération quand on l'interroge. (Il me coula un regard de côté.) Si Talon dit vrai, et que celui qui se trouve derrière tout cela te connaît bien, alors peut-être sait-il ce que tu es.

— Personne d'autre ne sait ce que nous sommes.

— Je le savais. Quinn le savait. Liander le sait.

— Tu veux que je devienne gardienne, Liander aime Rhoan et ne toucherait pas un seul cheveu de ma tête rien que pour cette raison, et Quinn n'aurait jamais utilisé l'homme qui est son ami depuis toujours comme source de ces clones.

Un sourire effleura les lèvres de Jack.

— Tout cela est vrai. Mais si Talon dit la vérité et que la personne qui se trouve derrière tout cela est quelqu'un que tu connais bien, ce ne devrait pas être difficile de découvrir qui.

Je fronçai les sourcils.

— Mais cela n'a aucun sens. Enfin, si cette personne savait ce que j'étais, pourquoi attendre cette dernière semaine pour m'envoyer un tueur ou deux ravisseurs ? Et pourquoi se doute-t-elle de ce que je suis, mais ne se préoccupe pas de Rhoan ?

Il haussa les épaules.

— Je l'ignore.

— Et moi qui pensais que le Directoire avait réponse à toutes les questions.

— Nous les aurons. Bientôt.

Super. En attendant, j'étais coincée au milieu de tout ce bordel sans la moindre possibilité de m'en désengager même si j'en mourais d'envie. Je fermai de nouveau les yeux et posai la question à laquelle je n'avais pas envie d'entendre de réponse.

— Qu'allons-nous faire, alors ?

— Misha est la seule piste que nous avons.

— Attends d'avoir examiné tous les dossiers trouvés aujourd'hui avant de dire cela.

— C'est vrai.

— Je ne veux plus rien avoir à faire avec Misha.

— Je sais.

— Alors ne me le demande pas.

— Je n'en ai pas l'intention. Mais toi, tu devrais te demander comment tu vas jamais pouvoir te fier de nouveau à tes compagnons et deviner s'il ne s'agit pas d'un autre piège.

J'en avais pleinement conscience. Et j'avais aussi conscience que mes protestations, c'était du vent, parce que la vérité, c'est que j'allais m'impliquer dans cette affaire jusqu'au bout. Je voulais juste éviter que Jack pense que j'étais prête à m'impliquer au-delà. Ou qu'il m'avait appâtée trop facilement.

— Je refuse de devenir gardienne.

Mais c'était peut-être trop tard, et nous le savions tous les deux.

— Riley, si j'avais le choix, je ne te demanderais jamais cela.

Je ricanai doucement.

— Tu ne me feras pas avaler ça, Jack. Pas cette fois.

Il me grimaça un sourire.

— Cette fois, c'est la vérité. La personne qui se trouve derrière tout ça a visiblement infiltré le Directoire. Je n'ai pas la moindre idée de qui, outre Gautier et Alan Brown, participe à cette infiltration. Toutes les personnes de la liste que tu as trouvée dans le bureau de Brown sont mortes, et nous avons beau examiner tout ce sur quoi ils ont travaillé, cela prendra du temps. Ce qui signifie que Misha est actuellement notre seule source d'information. Si nous essayons de mettre quelqu'un d'autre sur son chemin ou dans son lit, ils sauront qu'on le soupçonne.

—Misha sait qu'on le soupçonne. Le cambriolage de son bureau l'en a informé.

—Mais je suppose que Misha joue des deux côtés de la barrière, et nous pourrions sûrement en récolter les bénéfices.

—Ce qui signifie que je dois faire mon devoir et écarter les cuisses comme la bonne petite chienne que je suis ?

L'agacement fit étinceler son regard.

—On a retrouvé les restes de Kelly là-dedans. Elle a été battue à mort dans cette foutue arène.

Les larmes jaillirent de mes paupières closes. J'avais espéré contre tout espoir qu'elle ne connaisse pas le même sort que les autres gardiens. Espéré qu'elle soit encore sous couverture et seulement dans l'impossibilité de faire son rapport. Mais le destin semblait déterminé à bouleverser ma vie, ces temps-ci, et j'aurais dû me rendre compte que tout espoir était futile.

—Ça, ce n'est pas fair-play.

—Ils ne sont pas fair-play, eux non plus. Je suis obligé de me mettre à leur niveau.

Je ne dis rien. Je me contentai de pleurer silencieusement la perte d'une amie précieuse.

—Ce n'est pas fini, et au fond de toi tu le sais.

J'essuyai les larmes sur mes joues et lui donnai ce qu'il était venu chercher.

—Ne perds pas ton temps à convaincre quelqu'un qui est déjà converti.

Il rit doucement et me tapota le bras.

— Tu vas être l'une de mes meilleures gardiennes.

— Non, jamais. Et ce n'est pas moi qui irai chercher Misha. Je pense qu'il vaut mieux qu'on attende que lui vienne me chercher.

— Je suis tout à fait d'accord. (Il se leva et étira ses membres en faisant craquer ses articulations.) Pourquoi n'irions-nous pas retrouver ton frère pour que vous alliez tous deux vous reposer chez vous ?

Je l'affrontai du regard.

— Je crois que nous avons bien mérité une semaine de permission.

Ses yeux s'étrécirent légèrement, mais l'étincelle d'amusement qui les faisait briller était revenue.

— Deux jours.

— Cinq.

— Trois.

— Coupons la poire en deux : quatre.

Son visage s'illumina d'un sourire.

— Marché conclu. Mais si Misha vient te voir pendant cette période, je compte sur toi pour m'en parler.

— OK, répondis-je.

Il ne viendrait pas. J'en étais persuadée, je ne savais pas pourquoi.

Jack descendit la pente et disparut dans le bâtiment. Je restai allongée au soleil quelques minutes supplémentaires, puis décidai de me bouger avant de prendre racine.

Je me remis debout et m'en retournai vers Genoveve. Rhoan apparut à la porte principale alors que je m'approchais, l'air aussi épuisé et échevelé que moi.

Il ne dit rien et se contenta de m'attirer dans l'étreinte que j'avais voulue toute la nuit. Les digues cédèrent et les larmes se mirent à couler, de chagrin pour Kelly, pour moi et pour une relation qui n'avait jamais eu la moindre chance.

— Ne le laisse pas te forcer à faire quelque chose que tu ne veux pas, murmura Rhoan au bout d'un moment.

Je reculai d'un pas, agitée de sanglots et essuyant mes larmes avec les manches de la blouse que j'avais empruntée.

— Ne t'en fais pas.

— Et ne te décourage pas à propos de Quinn.

Je l'interrogeai du regard.

— C'est bien toi qui m'as pourtant dit de ne rien espérer avec lui.

Il fit la grimace.

— C'était avant que je lise son message.

Mon cœur manqua un battement.

— Il a laissé un message ?

— Oui, dans la chambre cryogénique dans laquelle ils devaient garder Henri. Le voici.

Il sortit un bout de papier de sa poche et me le tendit. Je le dépliai d'une main tremblante.

« Merci de m'avoir aidé à retrouver mon ami. Désolé de ne pas pouvoir t'offrir ce que tu recherches. Ah, si nous nous étions rencontrés quelques siècles plus tôt… Fais attention à toi. Quinn. »

Mon cœur se serra et je regardai mon frère.

— Tu parles d'une déclaration.

Il me décocha un grand sourire.

— Le simple fait qu'il en ait tant écrit prouve que pour lui, c'est plus que sexuel, en particulier quand il regrette que vous ne vous soyez pas rencontrés plus tôt.

Je regardai de nouveau le message et dis :

— Si je fais ce que Jack veut que je fasse, je peux prendre ça et en faire cela (je froissai la note et la jetai par-dessus mon épaule).

— Donne-lui du temps, Riley. Cela ne fait pas longtemps que vous vous connaissez, et il a eu des expériences difficiles avec les loups.

— Je sais. (Je me forçai à sourire.) Mais c'est justement ce que je suis, un loup, et lui c'est un vampire bourré de préjugés très humains. Je ne pense pas qu'il y ait grand-chose en commun entre nous.

— Mais un loup ne lâche jamais la piste sur laquelle il est lancé.

Je lui lançai un sourire ironique.

— Surtout quand la piste mène à du sexe de grande qualité.

— Exactement. Le sexe de qualité, ce n'est pas quelque chose qu'on peut décemment négliger.

— C'est pour ça que tu es toujours avec Davern ?

— Putain, ouais. (Il me sourit d'un air coquin puis enlaça ses doigts aux miens avant de les presser doucement.) Si on rentrait chez nous et qu'on se lavait avant d'aller se torcher la gueule ?

Je souris.

— Cela me semble être la conclusion idéale à cette semaine de merde.

Et c'était la plus pure vérité.

Achevé d'imprimer en octobre 2010
Par CPI Brodard & Taupin - La Flèche (France)
N° d'impression : 60660
Dépôt légal : octobre 2010
Imprimé en France
81120221-2